궁 안에 잠들어 있는 꽃

태양을
사랑한
달

차혜진 장편소설

1

단글

궁 안에 잠들어 있는 꽃 1
태양을 사랑한 달

초판 1쇄 인쇄 2017년 7월 21일
초판 1쇄 발행 2017년 7월 31일

지은이 차혜진
발행인 오영배
기획 박성인
책임편집 김규영
디자인 기갈
제작 조하늬

펴낸곳 (주)삼양출판사 · 단글
주소 서울시 강북구 도봉로 173
대표 전화 02-980-2112 **팩스** / 02-983-0660
편집부 전화 02-980-2116 **팩스** / 02-983-8201
블로그 blog.naver.com/dan_gul
출판등록 1999년 3월 11일 제9-00046호

ISBN 979-11-283-9270-2 (04810) / 979-11-283-9269-6 (세트)

단글은 (주)삼양출판사의 로맨스 문학 브랜드입니다.

궁 안에 잠들어 있는 꽃

태양을
사랑한
달

차혜진 장편소설

1

단글

궁 안에 잠들어 있는 꽃

태양을
사랑한
달

목 차

서장(序章)

꽃잎이 휘날리는 따스한 봄날이었다.

오늘따라 붉은 의상은 마음에 들지 않았고 화려한 머리 장식은 목을 짓눌렀다. 곳곳에 보이는 꽃들도 눈에 거슬렸고, 저 멀리에 쌓여 있는 수많은 선물 역시 마음에 들지 않았다.

이 모든 게 '국혼'이라는 말이 나온 지 겨우 일주일 만에 준비되었다는 게 그저 놀랍기만 하다.

"전하, 시간이 되었습니다."

말이 끝나기 무섭게 문이 열리더니 곧 웅장한 광경이 눈앞에 펼쳐졌다.

수많은 사람들이 나에게 머리를 숙였고, 문제의 남자는 날 향해 손을 뻗고 있다. 이제 이 손을 잡으면, 나는 한 남자의 여인이 된다.

"간단해요."

나는 한숨을 내쉬며 그의 손을 잡았다. 그리고 우리는 앞을 바라본다. 현실을 마주한다.

"나는 남편이 필요했고, 당신은 내 힘이 필요했어요."

"……."

"그것뿐이에요, 우리 사이는."

남자의 표정이 묘하게 굳어지더니, 내 손을 부드럽게 쥐었다. 그 느낌이 조금 설레어 그를 바라봤다. 그는 활짝 웃고 있다.

"간단해서 좋네."

一花.
여왕과 허수아비

"통촉하여 주시옵소서, 전하!"

대전 안에 울려 퍼지는 목소리에 여인의 표정이 어두워졌다.

"이미 충분히 통촉하고 있습니다."

눈앞에 쌓인 상소문을 노려보던 아라는 침착하게 대꾸했다. 갑자기 떼로 몰려든 그들이 무엇을 원하는 지 모를 리가 없다. 그러나 그것은 쉽게 내어줄 수 있는 게 아니었다.

"일전에 약조하지 않으셨습니까!"

"그렇습니다. 이제 그 약조를 지켜 주실 때가 되었습니다, 전하."

침착한 그녀와 달리 신료들의 속은 까맣게 타들어 갔다.

붉은 용상에 앉아 있는 저 아름다운 여인은 이 나라, 천유국의 어린 여왕이었다.

조막만 한 얼굴에 백옥 같은 피부, 거기에 보는 이를 간단히 무장 해제시키는 커다란 눈.

대신들은 긴장했다. 아직 어리다고는 하나 그녀가 이따금씩 보이는 눈빛은 야무지고 당찼다. 어디 그 눈빛에 당한 적이 한두 번이던가.

어느 때라면 찍소리도 못 했겠지만, 이제 그들에게는 시간이 얼마 없었다. 오늘은 무슨 수를 써서라도 이 문제를 해결해야만 했다. 설령 제 목에 칼이 들어오는 한이 있더라도!

"국혼, 국혼을 서두르셔야 합니다!"

"하루라도 빨리 국서를 들이셔야 합니다!"

내 이럴 줄 알았지.

한숨을 내쉰 아라가 슬쩍 제 옆에 서 있는 남자와 여자를 바라봤다. 그러자 그들도 이번만큼은 어쩔 수 없다는 듯 고개를 저었다.

아, 다 끝났구나. 결국 그녀는 포기했다.

"알겠습니다."

"전하!"

"약조한 대로, 국혼을 올리겠습니다."

그녀의 항복 선언에 신료들의 고개가 번쩍 들어올려졌다.

두 눈을 반짝이며 승리의 기쁨에 취해 있는 그들을 본 아라는 눈살을 찌푸렸다. 분하지만 어쩔 수 없었다. 그들의 주장대로 그녀는 약속을 했으니까.

"그럼…… 이번 서하연 정기 교육이 끝난 후에 바로 국서를 간택해 주시겠습니까?"

입으로는 얼마든지 약속할 수 있지. 그들의 얼굴에는 확실한 날짜를 받아내고야 말겠다는 의지가 가득했다. 이에 아라는 한숨을 내쉬며 고개를 끄덕였다.

"좋습니다."

다행히 내일부터 사나흘 간은 궐 밖에 볼일이 있어 궁을 떠나기로 되어 있었다. 이 사태에 대한 대책을 강구하려면 그때가 기회일 것이다.

그러나 단순히 시간을 번다고 해서 뾰족한 수가 떠오를 거 같지 않았다. 궁지에 빠져 버렸다.

어쨌거나 그녀는 궐에 돌아오기 무섭게 누군가와 혼인을 해야 하고, 이를 인정하는 순간 하늘이 무너져 내리는 기분이 들었다.

반면 이제 모든 마음고생이 끝났다며 잔뜩 희망에 부풀어 있는 신료들을 보고 있자니 아라는 속이 뒤틀렸다.

"단."

"단?"

그녀의 한 마디에 대전 안에는 다시금 긴장감이 맴돌았다.

"공적인 절차는 생략하도록 하겠습니다."

"예? 그게 무슨……."

"어차피 그대들이 멋대로 후보를 간추릴 텐데, 귀찮게 절차 같은 거 밟아 뭐합니까?"

아라가 날카롭게 말했다. 원래라면 왕실의 법도를 따르는 게 도리임을 그녀도 알고 있었다.

하지만 의미 없는 금혼령을 내려 무엇하랴, 부부의 연을 맺고자 봄을 기다리던 연인들의 마음만 애타게. 초간택, 삼간택 수순을 밟아 무엇하랴, 어차피 저들이 마음에 드는 후보를 올릴 거면서 쓸데없이.

"그러니 알아서 명단을 만들어 오세요. 그럼 그중에서 선택할 테니."

그녀의 말에 신료들의 머리가 빠르게 돌아갔다. 여왕이 드디어 국혼을 하겠다는데 괜히 성질 긁어서 득 볼 게 있을까 싶었다.

"알겠습니다, 전하!"

그들의 외침은 어느 때보다 우렁찼다.

슬하에 장성한 아들이 있는 자들은 희망에 부풀어 들떠 있었고, 딸만 있거나 아직 어린 아들이 있는 자들은 적절히 줄을 서며 그들을 응원하기 바빴다.

묵묵히 이를 지켜보고 있던 아라는 두 눈을 질끈 감았다.

다시 생각하니 후회됐지만, 한 입으로 두말할 수는 없었다. 그들의 검은 속내를 알면서도 그것을 이용한 건 자신이었으니까.

모든 것은 2년 전 봄날, 그녀의 아버지인 혜루왕이 세상을 떠나면서 시작되었다.

슬하에 달랑 아라만을 두고 있던 혜루왕은 숨이 다하기 전 공주에게 왕위를 물려주겠다는 말을 남겼고, 이에 몇몇 신료들이 반발한 것이다.

아무리 그래도 왕위는 사내가 이어야 하지 않겠느냐며 그들이 앞세운 건, 아라의 작은아버지인 시건형이었다.

그들은 아라 공주가 아직 성인이 아니라는 점을 꼬집어 당당히 섭정을 요구했다. 하지만 아라가 이에 동의하지 않자 신료들은 두 개의 파로 나뉘어 대립하기 시작했다.

이에 중립에 서 있던 대신과 귀족들은 고민에 빠졌다. 정통 후계 자이기는 하나 나랏일에 무지할 공주냐, 아니면 혜루왕의 동생이자 귀족 세력을 꽉 쥐고 있는 시건형이냐.

사실 고민할 필요도 없는 문제였다. 부모를 잃은 어린 공주는 힘이 없었고, 그녀의 숙부는 귀족들에게 엄청난 지지를 받고 있었으니까. 때문에 귀족들은 시건형이 왕위에 오를 것을 확신하고 있었다. 하지만 그들이 간과한 것이 있었으니, 그건 바로 아라가 여느 응석받이 공주들과는 차원이 다르다는 것이었다.

외동으로 태어나 몸이 좋지 않은 아버지의 곁을 지키며 자란 그녀는 어려서부터 후계자 수업을 받으며 왕이 될 준비를 해 왔다.

그녀는 대범했고 영특했다. 또한 귀족들을 어떻게 다뤄야 하는지 잘 알고 있었다.

'아무래도 나 혼자 이 큰 나라를 통치하는 건 힘들겠지요.'

혜루왕 서거 이후, 그녀가 대전에 모인 신료들에게 한 첫 마디였다.

'그러니 여왕의 자리에 오르면 국혼을 할 생각입니다. 국서와 함께 나라를 다스리겠습니다.'

아라의 발언은 아들이 있는 대신들과 귀족들의 마음을 움직였다. 그들은 제 아들이 국서가 될 수 있다는 꿈에 부풀어 공주의 편을 들어주었다.

그렇게 섭정 없이 여왕의 자리에 오른 지 2년. 그동안 이런저런 핑계를 대어 가며 국혼을 피해 왔지만, 이제 한계였다.

그녀는 그때의 약속을 지켜야만 하는 상황에 놓이고 말았다.

*   *   *

"방법이 없네. 허수아비 국서를 들이는 수밖에."

"……."

"왜, 달리 좋은 수라도 있어?"

말도 안 되는 월비의 의견에 아라는 옆에 앉아 있는 무휼을 바라봤다. 너라도 정상적인 의견을 내어 달라는 의미에서였건만.

"나도 월비와 같은 생각이야."

그 역시 같은 생각이란다.

아라는 한숨을 내쉬었다.

대대로 태양의 곁을 지킨다 하여 월(月)가의 호칭을 받은 두 개의 가문, 소월가와 유월가의 장남, 장녀인 그들은 그녀와 함께 자란 소꿉친구로, 삭막한 궐 안에서 유일하게 믿을 수 있는 측근이었다.

"아무래도 이번에는 국혼을 피하기 힘들 거 같아."

"맞아. 그거 하나 믿고 네 편을 든 사람들인데, 네가 성인이 되는 걸 얌전히 지켜보고 있을 리가 없잖아."

"그렇다고 국혼을 하면, 국서가 간택된 집안에서 정치적으로 간섭하려 들겠지."

그 말대로, 계속해서 국혼을 미뤘다가는 제 편을 들었던 귀족들이 돌아설 게 뻔했다. 그렇다고 순순히 귀족 가문의 자제와 혼인을 하자니 왕권이 위험했다.

"하아, 이제 1년만 버티면 되는데……."

아라의 나이 올해로 열일곱. 열여덟부터 성인으로 취급하는 천유국의 법도에 따라 앞으로 몇 개월만 있으면 그녀의 유일한 약점이 사라진다는 뜻이었다.

2년 전에 한 그 말은 똘똘 뭉친 귀족들을 분열시키기 위함이었지 결코 진심이 아니었다.

이대로 성인식까지 3년만 버티면 되겠지 했는데, 채 1년도 남지 않은 지금 기어이 일이 터지다니.

"허수아비라……."

허수아비라는 말을 몇 번이나 되뇌던 아라는 인상을 찌푸렸다.

조건이 너무 까다로웠다. 우선 신료들의 입을 막기 위해서는 그들 중 한 명의 자제여야 했다. 그리고 가문의 이익보다도 그녀의 편을 들어 국서를 연기해야 했고, 반년 후에는 미련 없이 그 자리를 떠나야 했다.

"그런 사람이 있을 리가 없잖아."

"있을지도 모르지."

"그러니까 어디에?"

"이제부터 찾아봐야지."

허, 참. 아라는 기가 막혔다.

지금 이 상황에서 심각한 건 저밖에 없는 건지, 무휼과 월비는 너무나도 해맑아 보였다.

"귀족 자제가 몇 명인데, 그중에서 한 명을 설득 못 시킬까."

"그래. 너무 걱정하지 마, 아라. 일단 명단이 나온 다음에 두고 보자고."

자신들이 함께 있으니 너무 걱정하지 말라는 말에 아라는 이상하게도 마음이 편해지는 거 같았다. 이렇게나 든든할 수가 없다.

"그나저나 시기가 별로 안 좋네. 이러면 내일 떠나기로 한 잠행도 취소해야 하나……."

무휼이 품 안에서 어떤 문서를 꺼내며 말했다. 최근 수령의 비리를 조사하기 위해 보내 놓았던 감찰관이 함흥차사가 되었다는 조서였다.

지방에까지 왕권을 확고히 하고 싶었던 아라는 즉위를 하고서부터 종종 잠행을 나가고는 했다. 내일 역시 지난달부터 계획해 두고 있던 잠행의 날이었다.

지금 상황이 안 좋기는 했지만, 암행도 가고 싶다고 아무 때나 갈 수 있는 게 아니었다. 이번 기회를 놓치면 또 몇 달 후에나 가능할 것이다. 서하연 합숙이라는 좋은 핑계는 항상 오는 게 아니었으니까.

서하연은 아라가 공주 시절 다니던 교육 기관이었다. 이곳에는 졸업 후에도 사나흘 정도 합숙 형태로 이루어지는 교육 과정이 있었고, 이는 천유국의 공주라면 누구나 받아야 하는 필수 과정이기도 했다.

물론 지금은 그저 잠행의 좋은 핑곗거리가 되어 주고 있었지만.

"후우……."

잠시 고민하던 아라는 입을 열었다.

"가야지. 상황이 안 좋기는 하지만, 그렇다고 일을 안 할 수는 없으니까."

"정말?"

잠행을 가자는 그녀의 말에 무휼이 눈을 반짝였다.

"그래, 숨통도 틀 겸 나가서 나쁜 탐관오리도 잡고 좋지, 뭐. 가는 김에 허수아비 국서까지 찾아내면 소원이 없겠네."

이렇게 방 안에 가만히 앉아 있는다고 답이 나올 거 같지는 않았다. 게다가 무휼의 말대로 아직 후보 명단도 나오지 않았으니, 그들이 할 수 있는 건 정말 아무것도 없었다.

결국 아라는 굴복하고 말았다. 말이 굴복이지 사실은 포기 상태였다. 두 손 두 발 다 들었다.

"이번에는 어디라고 했지?"

아라의 질문에 무휼이 재빨리 조서의 어느 한 곳을 가리켰다.

"예서(叡西)."

"예서라……."

예서라고 하면 주로 관직에서 물러난 관리들이 노후를 편하게 보내기 위해 가는 곳이었다. 때문에 조용하고 주변 경관이 수려하기로 유명했다.

"거기 수령이 무당이나 역술가들에게 꽤 호의적이래."

"역술가라. 그럼 우리……."

"그래서 수도에서 유명한 역술가가 예서를 방문할 거라고 살짝 흘렸더니, 바로 초대하더군."

그녀의 시선이 재빨리 무휼을 향했다. 하여간에. 역시 행동이 빠르다니까.

"지금쯤 예서에는 꽃이 피었겠다."

마치 소풍이라도 떠나는 사람처럼 들뜬 월비의 말에 아라는 작게 웃었다. 확실히 다가오는 봄기운을 생각하면 나들이로 적합한 장소였다.

"정인을 만나기에도 최적의 장소네."

*　　*　　*

수도 천유의 남쪽에 위치한 예서는 사계절이 크게 차이가 나지 않았다. 온화한 기후는 생활하기에 딱 좋았고, 근처에는 산과 들이 많아 아름다운 경치를 자랑했다.

오죽하면 천유국을 대표하는 작가 무향이 자신의 소설에서 예서를 신선이 사는 곳으로 표현했을 정도일까.

그런 예서에는 최근 한 가지 고민거리가 있었다. 바로 얼마 전에 부임한 새로운 수령 때문에 백성들이 생활고에 시달리고 있다는 것이다. 오늘도 수령이 없는 빈 관아는 탄원을 하러 온 사람들로 문전성시를 이뤘다.

"제하 님, 제하 님!"

커다란 저택 안으로 뛰어 들어온 남자가 다급히 방으로 향했다.

문을 두드리며 애타게 누군가를 찾았지만, 아무런 기척이 없다. 발을 동동 구르던 그는 결국 방문을 열고 안으로 들어섰다. 혹시나 하고 들어갔더니 역시나, 기척 없는 방에는 누군가가 있었다. 사람이 온 줄도 모르고 그저 꿈나라에 푹 빠져 있는 한 남자가.

이불에 폭 파묻혀 있던 남자는 두 눈을 감고 있음에도 인물이 훤했다. 흔히들 말하는 꽃 도령. 꽃같이 아름다운 남자였다.

"아, 제하 님!"

한숨을 내쉰 사내가 울음 섞인 외침을 내질렀다. 그러자 정신없이 잠들어 있던 남자가 인상을 찌푸리며 뒤척이더니 곧 말간 눈이 떠졌다.

"아, 깜짝이야."

"계시면서 왜 대답을 안 하시는 건데요. 안 계신 줄 알고 간 떨어지는 줄 알았습니다!"

"……자고 있는 거 안 보이냐."

방금 막 잠에서 깬 남자가 짜증 섞인 목소리로 대꾸했다. 그러자 종종걸음으로 그의 곁에 바짝 달라붙은 사내가 호들갑을 떨기 시작했다.

"빨리 일어나세요!"

"너나 빨리 나가."

제하가 다시 돌아누웠다. 그러고는 듣기 싫다는 듯, 이불을 머리 끝까지 뒤집어썼다.

"나 오늘 휴일이야. 그러니까 없는 거나 다름없어."

"제하……."

"나 찾지 말라고 해."

찾지 말기는, 지금 난리가 났는데!

"안 됩니다. 얼른 일어나세요! 지금 수령님께서 자리를 비우시는 바람에 관아가 난리도 아닙니다! 대리인인 제하 님께서 나서야 한다고요!"

계속되는 유신의 외침에 어느 정도 버티던 제하는 결국 혀를 차며 일어났다. 힘겹게 이불 속에서 기어 나와 다 죽어 가는 얼굴로 옷을 입었다.

그놈의 망할 수령 때문에 미칠 거 같았다.

"아, 진짜…… 귀신은 뭐 하나, 그런 늙다리 하나 안 잡아가고."

"제하 님! 수령께서 들으시면 어쩌시려고!"

"걱정 마라. 또 어디 근처 기방에서 술이나 퍼먹고 있을 테니."

밖으로 나오기 무섭게 들려오는 사람들의 통곡 소리에, 제하는 마른세수를 하며 한숨을 내쉬었다. 문득 예서로 막 부임받았을 때가 떠올랐다.

부임 초반의 예서는 워낙 조용한 시골 마을인지라, 일어나는 문제라고 해 봐야 사소한 갈등이나 관광객들의 난동이 전부였다. 분명 그랬는데…….

인상을 찌푸리며 집을 나선 제하가 코앞에 있는 관아로 향했다. 문을 지나 안으로 들어서니 사람들이 줄지어 서 있는 게 보인다.

그들은 전부 수령에게 사기를 당한 피해자였다. 사기를 당한 사람이 사기를 친 사람에게 탄원하러 올 수밖에 없다니, 참으로 그 처지가 딱하고 가여웠다.

"……임기가 끝나면 다른 지방으로 옮겨 달라고 해야지. 조용하다기에 왔는데 이게 뭐야. 수령이 벌인 일 뒤치다꺼리나 하고."

"그러게 말씀드렸잖습니까. 자꾸 지방만 뱅뱅 돌지 마시고 천유로 돌아가시라니까요?"

절망적인 얼굴로 탄원자 명단을 확인하던 제하가 등 뒤에서 들려오는 목소리에 고개를 돌렸다. 낡은 옷차림의 노인 한 명이 빗자루를 들고 서 있다.

"할아범."

노인은 관아에서 일하는 노비로, 제하에게는 할아버지와도 같은 존재였다.

수령 대리씩이나 되는 그가 일개 노비와 친하게 지내는 것을 수령은 이해하지 못했지만, 워낙 상하관계를 따지는 걸 싫어하는 제하는 아무래도 좋았다.

"내가 그렇게 싫어요? 왜 자꾸 나를 보내려고 해?"

"제가 아까워서 그럽니다. 제하 님께서는 중앙 귀족의 자제분이신데, 굳이 이런 지방에 콕 박혀 있을 필요가 없지 않습니까."

"거기가 재미없어서 여기로 도망친 거예요."

"그럼 차라리 아버님께 잘 말씀드려서 이곳의 수령이 되세요."

농담 같지 않은 농담에 제하는 쓰게 웃었다.

할아범도 그렇고 지금 마당에 주저앉아 자신만이 유일한 구세주라며 바라보고 있는 사람들도 그렇고, 그들만 없었더라면 이깟 마을 진즉에 뜨고도 남았을 것이다.

마을의 모든 이들이 수령을 싫어했다. 그들은 노골적으로 제하가 수령의 자리를 맡아 주기를 바랐지만, 정작 그는 그럴 생각이 없었다.

"그건 싫어요. 자리가 높을수록 져야 할 책임이 늘어나니까."

그가 웃으며 답했다.

"수도에서 큰일을 해 보실 생각은 없으십니까?"

"없어요."

귀찮은 건 딱 질색이다.

누군가는 역사에 길이 남을 공을 세우고 싶어 했지만, 그는 아니었다. 그런 사람이 있었나 싶을 정도로 존재감 없는 삶을 살고 싶었다. 제발, 조용히.

"천유라고 하니까 생각난 건데, 내일 천유에서 유명한 역술가가 온답니다."

"역술가?"

"예. 아주 용하기로 소문이 자자하다더군요."

역술가라는 말에 제하의 눈썹이 올라갔다. 그 망할 수령은 정말 무슨 생각인 건지…… 돌보아야 할 사람들은 내팽개치고 이상한 데에 정신이 팔려 있으니 큰일이었다.

최근에는 그것이 더욱더 심해져, 사람들을 상대로 사기를 치더니 이제는 역술가나 무당을 관아에 끌어들이기까지 했다.

"용한 역술가라니, 운명의 상대도 찾아주고 그런대요?"

"글쎄요, 내일 오시면 한번 물어보지 그러십니까?"

노인의 말에 제하는 어깨를 으쓱였다.

"우리의 못난 수령께서 언제쯤이면 쫓겨나실지 먼저 물어본 뒤에 묻도록 하지요."

그 말에 노인은 물론, 그들의 뒤를 졸졸 따르던 유신까지 웃음을 터트렸다. 제하 역시 피식 웃으며 수령의 자리에 앉았다.

"내일이 기대되네요."

*   *   *

"눈 둘 곳을 모르겠네."

관아에 도착한 아라는 인상을 찌푸렸다.

하루 꼬박 달려온 예서는 듣던 대로 아주 아름다운 곳이었다. 다른 곳보다도 먼저 찾아온 봄 덕분에 주변이 온통 꽃향기로 가득했다.

그러나 정작 이곳은 자신이 생각하던 곳과는 너무 달랐으니, 지엄해야 할 관아의 주변에는 야시시한 옷차림의 여인들이 가득했고 지독한 분 냄새가 풍겨 왔다.

'들어가지 말고 기다리고 있어. 절대 나서지 마.'

무휼과의 약속 때문에 일단 가만히 있기는 하는데, 수려한 경관과 풍류로 유명한 마을을 이 꼴로 만들어 놓은 수령이라는 놈을 당장이라도 패대기쳐 버리고 싶었다.

그때였다.

"저기요."

때마침 관아를 나서던 한 남자가 아라를 발견하고는 다가왔다.

"관아에 무슨 볼일이라도 있으신가요?"

문 앞에서 선뜻 들어오지 못하고 있는 그녀가 신경 쓰였는지 그가 조심스레 물었다. 남자의 선심에 아라는 난감했다.

이런, 하필 혼자 있을 때 사람이 나올 줄이야.

"아…… 네, 수령께서 예서에 오면 들르라고 하셔서 말입니다."

초대를 받고 왔다는 말에 남자의 눈이 가늘어졌다. 순간 그녀를 바라보는 눈빛이 바뀌었는데, 아라는 자신을 위아래로 빠르게 훑는 그의 시선이 불쾌했다.

"아아."

"아아?"

"잠시만 기다려 주세요."

한참 동안 고개를 갸웃거리며 아라의 얼굴을 응시하던 남자의 눈이 반짝였다. 무언가를 깨달았다는 얼굴로 작은 감탄까지 내뱉은 그가 관아의 앞에 있는 건물로 달려갔다. 잠시 뒤, 다급한 걸음으로 밖으로 나온 그는 수상할 정도로 주위 눈치를 보기 시작했다.

"안으로 들어오시죠."

그러면서 남자가 가리킨 곳은 관아가 아닌, 그 앞에 위치한 건물이었다. 왜 자신을 저곳으로 데리고 가는 걸까. 고개를 갸웃거리던 아라는 조심스레 그 뒤를 따랐다.

"제하 님!"

집이 떠나가라 자신의 이름을 불러 대는 유신 때문에 방 안에서 한창 업무 중이던 제하는 불안해졌다. 본능적으로 숨을 죽였다.

원래 그의 거처는 관아에서 아주 멀리 떨어진 곳이었다. 그런데 이놈의 몹쓸 수령이 자꾸만 자리를 비우는 바람에 사람들은 수령 대리인인 제하를 찾기 시작했고, 결국 그는 관아 바로 앞에 있는 이곳으로 거처를 옮길 수밖에 없었다.

부를 때마다 급하게 달려 나가지 않아 좋기는 한데, 한 가지 단점이 있다면 지금 이곳이 집인지 일하는 곳인지 구분이 안 간다는 것이다.

제하는 한숨을 내쉬며 붓을 내려놓았다.

그가 한창 작성 중인 건 바로 비리 장부. 정확하게 말하면 수령이 말도 안 되는 방법으로 착취한 세금과 지방 귀족들에게 받은 뇌물들을 적어 놓은 목록이었다.

"내가 왜 이걸 옮겨 적고 있어야 하는 거지…….."

마음 같아선 먹을 들이붓고 싶었다. 아니, 불태워 버려도 모자랄 것이다. 어차피 더러운 것들이 적힌 종이니 아무것도 아닐 텐데.

"제하 님! 계시면서 왜 또 대답을 안 하시는 건데요!"

"앞으로 대답이 없으면 없나 보구나, 하고 다른 곳을 찾아봐라."

하루에 한 번씩 일이 터지지 않으면 심심한 건지, 이제는 유신이 헐레벌떡 등장할 때마다 안 좋은 예감부터 들었다.

"그래서, 뭔데?"

"그게…… 수령님께 손님이 찾아오셨는데…… 어쩌면 좋을까요?"

손님이 오셨으면 맞이해야지 그걸 왜 자신에게 묻느냐 따지려던 제하가 멈칫했다.

아, 이놈의 수령이 또 부재중이로구나. 어차피 또 기방이겠지. 최근 마음에 드는 아이라도 생긴 건지 아예 거기서 살다시피 하고 있으니 정말 문제였다, 문제.

"어쩌긴, 객실로 안내해야지. 좀 기다리시라고 해."

"그런데 그게…… 젊은 여자던데요? 그것도 아주 곱상하게 생긴."

여자라는 말에 제하는 다시 들었던 붓을 떨궜다. 정말 매일매일 수령의 뒤치다꺼리를 하느라 하루가 어떻게 가는지 모를 지경이었다.

아니, 이 늙다리가 진짜 정신이 나간 거 아니야?

"다른 사람들 눈에 띄면…… 역시 보기 안 좋겠지요?"

"당연하지! 그걸 말이라고 해?"

시도 때도 없이 기방을 들락날락하는 것도 충분히 문제였지만, 그래도 그건 어느 정도 눈감아 줄 수 있었다. 어디까지나 사생활이니까.

하지만 관아 안에서까지 이러는 건 너무하잖아.

"할 수 없지. 여기서 기다리고 해. 이곳이라면 사람들 눈이 닿지 않으니까."

머리가 지끈거렸다. 이놈의 수령, 정신을 차리기에는 이미 늦은 거 같고 이제는 새로운 수령이 오기만을 기다리는 수밖에 없나?

한숨을 내쉬던 제하는 다시 붓을 집어 들었다.

"안에서 기다리세요. 수령께서 곧 오실 겁니다."

밖에서 다시 유신의 목소리가 들리더니 문이 열렸다. 그리고 그의 안내를 받으며 아라가 방 안에 들어섰다.

커다란 책상과 몇 개의 의자가 고작인 방을 둘러보던 그녀의 시선이 맞은편에 앉아 있는 남자에게로 향했다.

사람이 들어왔음에도 고개 한 번을 들지 않고 묵묵히 제 할 일을 하고 있는데, 그의 예의 없는 태도가 너무나도 거슬렸다.

'이 남자는 누구지?'

보니까 나이가 젊다. 제 또래 정도 되어 보이는데, 아무리 많아도 20대를 넘지 않았을 것이다.

그녀의 시선이 너무나 집요했던 걸까. 한창 장부에 집중하고 있던 제하가 고개를 들었다. 자신을 바라보는 곧은 시선에 아라는 순간 숨이 멎었다.

뚜렷한 이목구비의 남자는 얼굴을 찌푸리고 있기는 했지만 전체적으로 온화한 분위기를 풍기고 있었다. 젊은 사내라고는 무휼밖에 모르고 자랐던 그녀가 봐도 눈앞의 남자는 미남이었다.

그렇게 멍하니 넋을 놓고 있기를 얼마, 마찬가지로 아라를 뚫어져라 바라보고 있던 그가 붉은 입술을 비틀더니 말했다.

"뭐야, 너무 어리잖아?"

응? 갑자기 무슨 소리래?

뜬금없는 그의 말에 아라는 깜짝 놀랐다.

그러나 놀란 건 그녀뿐만이 아니었다. 제하는 생각보다 훨씬 앳되어 보이는 그녀의 외모에 놀랐다. 그리고 아까 유신이 호들갑을 떨며 예쁘다고 했던 말이 이해가 됐다.

예쁘네. 수령이 싫어할 리가 없지. 어디 수령뿐이랴, 웬만한 사내라면 누구나…….

관찰하듯 저를 빤히 바라보는 눈빛에서는 어린애 같은 순진함이 엿보였다. 정말 이런 꼬맹이가 수령의 눈에 든 여인이란 말이야?

아니, 괜히 관여하지 말자. 제 일에나 집중하자고 스스로에게 말해 보지만······.

"아, 진짜 신경 쓰이네."

결국 그는 적어 내려가던 장부를 덮었다.

"집에 몸이 안 좋으신 부모님이라도 계신 거야?"

"네?"

뜬금없는 남자의 물음에 아라는 당황했다.

"······두 분 다 안 계십니다."

이내 혼란스러움을 가라앉힌 그녀가 솔직하게 답했다.

어머니께서는 어렸을 때 돌아가셨고, 아버지인 혜루왕이 서거한 지도 올해로 2년째였다.

"형제는."

"없습니다."

"어쩐지."

형제마저 없다는 말에 동정은커녕 오히려 고개를 끄덕이며 그럴 줄 알았다는 반응이 돌아왔다.

"그래서 어린 나이에 이런 일을?"

"무슨 일?"

"그런 일."

제하는 물론 아라의 눈 역시 찌푸려졌다. 도대체 지금 무슨 말을 하는 건지 모르겠다.

다만 그녀의 입장에서 봤을 때, 자신은 이곳에서 역술가로 통하고 있으니 이렇게 어린 나이에 어떻게 역술가가 될 수 있었느냐는 질문이겠거니 했다.

"요즘 나이나 성별은 중요하지 않으니까요."

천유국에 평등 제도가 도입된 게 언제인데 아직도 이런 사고방식을 가진 사람이 있는 건지, 참. 자신이 여왕이라는 사실을 알면 기겁할지도 모르겠다.

새파랗게 어린 여왕이 나라를 다스리고 있는 마당에 여성 역술가가 뭐 어때서?

그러나 아라의 말에 제하의 얼굴은 더더욱 창백해졌다.

"……성별도?"

이번에는 성별을 지적하는 그의 발언에 아라는 날카롭게 물었다.

"혹시 성차별주의자입니까?"

"아니, 그건 아니지만……."

기가 막힌다는 얼굴로 한참이나 아라를 바라보던 제하는 고개를 떨궜다. 지금 저 어린아이에게 무슨 말을 듣고 있는지 모르겠다.

힐끔거리며 아라를 바라보던 그가 품에서 작은 주머니를 꺼내더니 그녀에게 내밀었다.

"보아하니 나이도 어려 보이는데, 그런 일을 하는 건 좋지 않아. 뭐든 새롭게 시작해도 늦지 않을 나이이니……."

"죄송합니다만, 무슨 말씀을 하시는지 전혀 모르겠습니다."

나름대로 배려심을 발휘하여 일부러 돌려 말한 건데, 전혀 못 알아듣겠다는 그녀의 당당한 태도에 제하는 아무래도 안 되겠다고 생각했다.

"수령 그 인간, 나이가 오십 끝자락이다. 지금도 기방에 있어. 말이 수령이지 그건 인간도 아니야. 툭하면 농민들을 상대로 사기를 치지 않나, 관아에서까지 문란하게 놀지를 않나. 그러니 깊게 엮이기 전에 돌아가. 이건 갈 때 여비로 쓰고."

"아아."

그제야 아라는 그가 무슨 말을 하고 있는지 눈치챘다.

이 남자는 지금 오해를 하고 있다. 그것도 말도 안 되는 오해를. 그는 자신을 관아 밖에서 서성이고 있는 기방의 여자로 착각한 것이다.

순간 수치심과 함께 파르르 분노가 몰려왔지만, 이곳 수령이 오죽 바닥이면 이럴까 싶었다.

일단 이 말도 안 되는 오해부터 풀어야겠다고 생각한 그녀가 피식 웃으며 돈주머니를 밀어냈다.

"저는 천유에서 왔습니다."

천유라는 말에 제하의 두 눈이 동그랗게 커졌다. 그러고 보니 오늘 천유에서 사람이 온다고 했는데…… 설마.

"혹시…… 역술가?"

"네, 그렇습니다."

분명한 답변에 제하는 아라에게 바짝 다가갔다. 상대에게 실례라는 건 알고 있었지만 그는 개의치 않고 바로 앞에서 그녀를 뚫어져라 쳐다봤다. 정확하게는 눈을.

"아닌 거 같은데?"

한참을 보더니 역술가가 아닌 거 같단다. 순간 아라는 가슴이 철렁했다. 이렇게 가까이에서 외간 남자와 마주한 적도 없거니와, 나름대로 완벽하다 자신한 변장이 들통났다고 생각하니 식은땀이 흘렀다.

"어, 어째서 그렇게 생각하는 거죠?"

"눈빛이 너무 선하잖아."

"……세상 모든 역술가들에게 사과하셔야 할 겁니다."

그녀의 말에 그가 웃는다. 다시 제자리로 돌아가 앉더니 좀 전과는 달리 한결 부드러워진, 안도한 얼굴로 다시 붓을 집어 들었다. 그러다가도 다시 멈칫, 손을 멈추더니 사뭇 엄한 목소리로 말한다.

"그 늙다리는 여자만 보면 사족을 못 쓰니 조심해. 특히나 너같이 고운 애한테는 환장을 하니까 더더욱."

그러니까 지금 예쁘다는 거지?

예쁘다는 말을 싫어할 여인이 어디 있겠는가. 솔직히 말해 기뻤다. 기쁜데 뭔가 부끄럽게 기뻤다. 그래도 이를 티를 내서는 안 됐다.

"크흠, 그런데 지금 뭐하시는 겁니까?"

아무리 기다려도 오지 않는 수령 때문에 지루해 죽을 것만 같던 아라는 결국 자신이 있든 말든 오로지 일에 몰두 중인 그를 방해하기로 했다.

"어린애는 몰라도 돼."

"어린애 아닙니다. 올해 열일곱이라고요. 알 거 다 압니다."

"흐음."

'그렇게 안 보이는데?'라는 듯한 반응에 아라의 미간이 찌푸려졌다. 이를 본 제하는 재빨리 미안하다며 엷게 미소 지었다. 그러고는 다시 장부로 시선을 내리더니, 될 대로 되라는 식으로 말했다.

"장부 정리야."

"장부?"

"그래."

그런데 그냥 장부는 아니고.

"비리 장부."

"……."

순간 아라는 할 말을 잃었다. 아까부터 생각했지만 이 남자는 특이했다. 너무 특이해서 어떻게 반응하면 좋을지 모를 정도였다.

보통 저렇게 솔직하게 말해 줄 리가 없잖아, 안 그래?

"그런 걸 솔직하게 말해도 괜찮습니까?"

"왜, 전하께 가서 일러바칠까 봐?"

아라는 표정을 굳혔다. 남자의 말이 사실인지 그냥 장난을 치는 건지 구분이 가지 않았다.

너무 솔직하게 말했나. 그런 그녀를 응시하던 제하가 한숨을 내쉬더니 이건 비밀 이야기라며 속삭이듯 말했다.

"실은 진작에 궐에 밀고도 해 봤는데, 소용없더라고."

밀고! 그렇다면 이 남자가…….

"중앙에서 보낸 감찰관은……."

"왔지. 그런데 수령이랑 한패가 되어서는 오히려 한술 더 뜨고 있지."

그럼 그렇지. 보냈던 감찰관 소식이 뚝 끊긴 데에는 다 이유가 있었다.

"유명한 역술가라고 했나. 혹시 저주 같은 거 못 거나? 죽으면 두 발 뻗고 못 잘 거 같으니까 업무를 못 볼 정도로만 살짝⋯⋯."

이 남자가 점점⋯⋯.

아라는 말도 안 되는 요구를 늘어놓고 있는 제하를 흘겨봤다. 그러나 그것도 잠시, 슬슬 그가 불쌍해졌다. 얼마나 쌓인 게 많으면 이럴까. 오죽하면 그의 측근으로 추정되는 유신이 뒤에서 주의를 줄 정도였다.

"제하 님, 그만하세요. 아가씨께서 당황해하시잖아요."

"미안, 반은 농담이다."

"그렇다면 반은 진심이란 뜻이군요."

"딱 두 발로 못 걸어 다닐 정도만⋯⋯."

좀 전에 농담이라고 했으면서 표정이 너무나도 진지하다. 그의 옆에 서 있던 유신이 계속해서 허리 숙여 사과했다.

"죄송합니다, 죄송해요. 이분이 쌓인 게 많아서⋯⋯."

"그래 보이네요."

"아무래도 안 되겠습니다. 여기에 더 계셨다가는 성격 버리시겠어요. 아가씨, 천유에 돌아갈 때 이분 좀 데리고 가 주시면 안 될까요?"

"네?"

"이래 봬도 중앙 귀족 출신이신데 여기서 이러고 있는 거거든요."

그가 천유의 귀족이라는 말에 아라의 눈빛이 단번에 바뀌었다.

중앙 귀족의 자제가 이런 지방에서 일을 하고 있다니 의외였다.

그것도 콧대 높기로 유명한 중앙 귀족이 수령도 아니고 수령의 뒤치다꺼리나 하고 있을 줄이야. 지방 수령직 정도라면 충분히 손을 쓸 수 있었을 텐데.

그런데 이 남자는 왜?

"왜 수령이 아닌 대리를? 그것도 이런 시골 마을에서?"

아라의 물음에 제하는 한숨을 내쉬었다. 지금까지 수도 없이 들어 본 질문이었다. 그리고 그때마다 그의 대답은 언제나 한결같았다.

"난 조용한 게 좋거든. 귀찮은 건 딱 질색이야. 그런 의미에서 이곳이 제격이었는데…… 이제는 여기도 너무 시끄럽네."

"그럼 돌아가면 되잖아요."

"……."

마음 같아서는 조용한 절이나 산에 틀어박히고 싶었지만 그럴 수 없었다. 사람이 먹고 살려면 돈이 필요했으니까. 주변에서는 귀족인데 왜 그러고 사느냐며 떠들어 댔지만, 그는 아버지에게 손을 벌리고 싶지 않았다. 애초에 집을 나온 것도 부자간 사이가 좋지 않았기 때문이었다.

"천유에는 보기 싫은 게 너무 많아서 싫어."

보기 싫은 것들?

"그럼 어떤 곳이 좋습니까? 어디에서 살고 싶으세요?"

어떤 곳이 취향이냐는 그녀의 질문에 제하는 잠시 행복한 고민에 빠졌다. 비리 장부는 옆으로 팽개쳐 둔 지 오래였고, 어느샌가 자신도 모르게 눈앞에 있는 작은 여자와의 대화에 푹 빠져 있었다.

"조용한 곳. 혼자만의 시간이 많은 곳. 아무것도 하지 않아도 살 수 있는 곳. 그리고 사람들 비위 맞추지 않아도 살 수 있는 곳…… 인데 그런 데가 있을 리가 없지."

풀이 죽은 그와 달리 아라는 그 어떤 때보다 생기가 넘쳤다. 그녀의 입가에는 깊은 미소가 지어졌고, 두 눈은 전에 없을 정도로 반짝였다.

'찾았다!'

설마설마했던 사람을 찾고야 만 것이다.

조용하고, 혼자만의 시간이 많고, 아무것도 하지 않아도 살 수 있는 곳. 그런 곳이 딱 한 군데 있기는 했다. 그것도 수도인 천유에!

게다가 이 남자, 중앙 귀족의 자제라고 했다. 아들이 이런 일을 하는데 가만히 내버려 두는 걸 보면 부자지간 사이도 별로인 거 같았다.

더욱이 유순한 그의 태도가 가장 마음에 들었다.

몰아치는 기쁨에 아라는 자리에서 벌떡 일어났다. 이것 참, 못된 수령을 잡으러 왔다가 건진 뜻밖의 횡재였다.

"그쪽 이름이 뭐예요?"

"그건 왜?"

왜긴 왜야. 어렵게 찾아낸 허수아비 적합자의 이름을 알아야 당신을 국서로 간택할 수 있으니까 그렇지. 하지만 이를 솔직하게 말할 수는 없었다.

아라가 한참 무슨 변명을 대야 하나 고민하고 있는데, 묵묵히 그들의 대화를 듣고 있던 유신이 불쑥 끼어들었다.

"왜긴 왜겠어요. 역술가시잖아요. 저 이런 거 본 적 있어요. 이름과 생년월일은 사주에 필수 정보죠!"

"아, 그런 거야? 내 사주라도 봐 주려고?"

갑자기 끼어든 유신 덕분에 다행히 잘 넘어갔다. 아라는 이번 잠행에서 역술가라는 설정을 선택해서 천만다행이라며 속으로 안도했다.

"구가(家)의 차남, 구제하라고 해."

구가(家)? 들어 본 적이 없다. 그렇다는 건 하급 귀족일 가능성이 컸다. 게다가 차남? 차남이라는 말에 아라는 더더욱 확신이 들었다. 이 남자다. 이제 이 남자가 아니면 안 된다.

차남이라고 하는 걸 보면 후계자는 아니었다. 애초에 후계자였다면 이렇게 수령 밑에서 일하고 있지도 않았겠지만.

이럴 수가 너무 완벽하잖아.

그녀가 웃으며 말했다.

"당신은 싫다고 했지만, 조만간 천유로 오게 될 거예요."

"뭐?"

천유라는 말에 절망적인 미래를 예감한 제하는 질색했다.

"그리고 이 나라에서 아주 높은 사람이 당신을 기다리고 있을 겁니다."

"세상에나, 엄청나네요!"

"……너무 엄청나서 오히려 순 엉터리 같은걸."

기껏 좋은 말을 해 줬는데 너무 좋아서 오히려 못 믿겠단다. 자신이 그럴 생각이니 정말 믿어도 된다고 말을 할 수도 없어서 아라는 그저 애매한 미소만 지었다.

"내 운세는 됐고, 이곳 수령은 언제 물러날지도 알 수 있나? 난 그게 더 궁금한데."

"어디 보자……."

아라는 정말 역술가인 척 두 눈을 꼭 감고는 잠시 생각에 잠겼다.

지금 당장 예서를 떠나면 천유까지 대충 하루 정도 걸릴 것이다. 돌아가서 수령의 파면을 명령하는 조서를 작성해 대신들에게 발표하는 데에 또 하루, 이것이 예서에 공표되는 데에 또 하루. 그녀가 손가락 세 개를 쫙 펴 보이며 당당하게 말했다.

"삼 일 후에 파면될 겁니다."

정말 삼 일이면 충분했다. 천유에 돌아가기 무섭게 그 일 먼저 처리할 생각이었으니까.

그런데 어쩐지 그녀를 바라보고 있던 그의 눈에 불신의 빛은 점점 짙어져만 갔다.

"진짜 용한 거 맞아? 사기꾼 아니야?"

어디 믿을 수가 있어야지. 다음 주, 아니 다음 달, 다음 계절, 내년이라도 좋으니 물러났으면 좋겠다고 바란 게 하루 이틀도 아닌데 삼 일?

갑자기 코앞으로 다가온 파면 소식을 어찌 믿을 수 있겠는가.

"사기꾼이라니."

자신을 사기꾼 취급하는 그의 말에 아라는 그만 웃음을 터트렸다.

그래, 사실은 사기꾼이 맞았다. 하지만 이 입을 통해 나오고 있는 말에 거짓은 없었다.

"어디 두고 보세요. 제 말이 맞나, 틀리나."

더는 수령을 기다릴 필요가 없었다. 그의 비리는 확인되었고 뜻밖의 선물까지 얻었으니, 아라는 이만 가 보겠다는 말과 함께 자리에서 일어났다.

"어디 한번 두고 봅시다."

아라가 다시 한 번 그를 돌아봤다.

앞으로 자신에게 닥칠 일은 조금도 예상 못 하고 있을 그에게 조금 미안해졌다. 본인의 의사와 관련 없이 이제 그는 권력 다툼에 끼게 될 테니까.

짧게 인사하고 재빨리 밖으로 나왔다. 관아 앞에서 정신없이 왔다 갔다 하고 있는 무휼과 월비가 보인다. 아, 참. 저 둘이 있었지.

아라는 잠시 잊고 있던 그들에게 달려갔다. 그녀를 발견한 무휼이 버럭 외쳤다.

"도대체 어디 갔던 거야? 내가 앞에서 기다리라고 했잖아!"

"아, 미안. 그쪽 일은 어떻게 됐어?"

"수령은 확인했어. 대낮부터 기방에 있더군."

"나도 확인했어. 장부를 봤거든."

"뭐?"

"장부의 존재를 확인했다고. 자, 이만 돌아갈까?"

아라가 재촉하자, 화를 내던 무휼이 월비를 태운 말에 올랐다.

"장부는 또 어떻게 찾았대?"

"지금 그게 중요한 게 아니야. 그것보다도 더 엄청난 걸 찾은 거 같아."

수령보다 중요한 일이 무엇일까. 애초에 그것 때문에 예서에 온 것인데 도대체 여왕께서는 무엇을 찾으셨기에 저리도 신이 나신 걸까.

"뭔데?"

월비의 물음에 아라는 활짝 웃었다.

"허수아비."

그녀는 오늘, 꼭꼭 숨어 있던 허수아비 하나를 찾아냈다.

*　　*　　*

"그럼 예서의 수령은 파면, 새로운 수령 후보는 알아서 결정하도록 하겠습니다."

"예, 전하."

응?

글 하나는 기가 막히게 잘 쓰는 월비에 의해 탄생한 조서를 훑던 아라는 고개를 들었다. 눈앞에는 대신들이 다소곳이 앉아 있다.

이렇게 얌전한 인간들이 아니었는데, 왠지 기분 나빴다.

스스로 무언가를 결정하겠다고 하면 한두 번은 안 된다고 걸고 넘어졌을 그들이 오늘은 무슨 일인지 너무 순순히 그녀의 말을 따랐다. 어디 그뿐인가, 어깨를 들썩이는 것으로도 모자라 지금 당장 하고 싶은 말이라도 있는 건지 다들 입이 근질근질해 보인다.

그래, 내 그대들이 무슨 말을 하고 싶어 하는지, 잘 알고 있지.

"자, 그럼 오늘은 여기까⋯⋯."

"전하!"

그럼 그렇지. 올 것이 왔구나.

아라는 한숨을 푹 내쉬었다. 물론 저들이 그냥 넘어갈 리가 없다는 건 잘 알고 있었지만, 그래도 저렇게 의기양양한 태도로 나오니 속이 뒤틀렸다.

"일전에 말씀드린 대로, 명단을 만들어 왔습니다. 여기⋯⋯."

보는 것만으로도 숨이 턱 막힐 정도로 엄청나게 두꺼운 두루마리를 본 아라의 마음이 무거워졌다. 물론 나름대로 해결 방안을 마련해 둔 상태라 걱정은 없었지만, 그래도 그렇지 이건 너무했다.

두루마리를 받아 든 그녀가 그것을 펼쳐 쭉 훑었다. 그러자 앞에 앉아 있던 대신들이 안절부절못했다.

"고, 공정하게 하기 위해 중앙 귀족 자제들의 이름은 모두 올렸습니다. 나이는 아라 님의 다섯 살 아래부터 다섯 살 위까지만으로 제한했습니다."

"그것참 고맙군요. 뻔뻔하게 본인들 이름을 적었으면 어쩌나 걱정했는데."

"하하⋯⋯."

여왕의 농담에 긴장으로 얼어붙어 있던 대신들이 어색하게 웃어 주기까지 했다. 아라는 그런 그들이 너무나도 불편했다. 평소처럼 하라고, 제발.

그렇게 한동안 어마어마한 양의 명단을 대충 훑던 그녀의 눈에 익숙한 이름이 들어왔다.

드디어 찾았다.

그녀가 조용히 미소 지었다.

구가(家)의 구제하.

그럼 그렇지. 있을 줄 알았다. 장남, 차남 가리지 않고 최대한 많은 이름을 올리는 게 간택될 확률이 높으니까.

"이 중에서 마음에 드는 사람을 선택하면 되는 거죠?"

"예, 전하! 저희들은 전하의 뜻을 따를 것입니다."

"그럼 선택하기 전에 나와 약속 하나만 해 주겠습니까?"

"약속이요?"

약속이라는 말에 대신들의 표정이 급격히 어두워졌다. 반짝이던 눈빛과 활기차던 목소리들은 다 어디로 갔는지, 이제는 불안에 떨고 있다.

약속이라니, 여왕이 이제 와서 무슨 꿍꿍이인 거지?

긴장한 그들을 바라보던 아라가 웃으며 손짓을 했다. 그러자 무휼이 미리 준비해 뒀던 종이와 붓을 들고 와 대신들의 앞에 내려놓았다.

"이 많은 사람들 중 국서로 간택되는 건 단 한 명이지 않습니까?"

"네, 그렇습니다만……."

"이 중에서 한 명을 선택하면, 나머지 분들의 마음이 상할까 봐 걱정이 되어서 말입니다."

"전하께서 내린 결정이신데 마음이 상하다니요, 저희가 어찌 감히……."

"그럼 각서를 써 주실 수 있겠군요. 내 결정에 토를 달지 않고 결과를 순순히 받아들이며, 앞으로도 천유국을 위해 열심히 일하겠다는 각서."

각서를 요구하자 대신들이 술렁였다. 서로 눈치를 보며 여왕의 의중을 파악하기 위해 머리를 굴려보지만 아무리 생각해도 모르겠다.

"내 마음이 불편해서 그럽니다."

그녀의 말에 잠시 고민하던 그들은 고개를 끄덕였다. 어차피 이번에는 빠져나갈 구멍이 없는데 그깟 각서 하나 쓴다고 무엇이 바뀌랴.

"쓰겠습니다."

한 명이 쓰니 또 다른 한 명이 쓰고, 앞의 사람이 쓰니 뒤의 사람까지 썼다.

그렇게 한 장, 한 장 모인 각서는 엄청난 두께의 뭉치가 되어 아라의 손에 들어왔다.

"너무 시간을 끌지 않으셨으면 좋겠습니다. 전하."

제 손에 들어온 귀족들의 각서를 흐뭇하게 바라보고 있던 아라는 멈칫했다. 요 며칠 들리지 않던 익숙한 목소리가 들린다 싶었는데, 역시나.

입술을 이죽거리며 은근히 정신적인 압박을 가해 오는 남자는 그녀의 숙부 시건형이었다.

한동안 회의에 나오지 않더니 지금 막 온 건지, 여유롭게 지각을 한 그가 제 자리에 앉으며 말을 이었다.

"혹시 또 모르지 않습니까. 의심 많은 사람들은 안 좋게 생각할지도⋯⋯."

"안 좋게?"

"뭐, 예를 들면⋯⋯ 일부러 시간을 끌며 뒤에서 손을 쓰고 있다거나⋯⋯ 그런 말도 안 되는 소리를 하면서 말입니다. 허허."

지금 일부러 저러는 게 틀림없다. 명단에 적혀 있는 귀족들을 설득하고 돌아다닐 것을 대비해, 미리 경고해 두는 거지.

"당연하지요, 숙부. 걱정하지 마세요. 안 그래도 금방 답변을 드릴 생각이었습니다. 나도 괜한 오해를 사고 싶지는 않으니까요."

기분이 나쁘기는 하지만 티를 내지는 말자.

빨리 답하겠다는 그녀의 말에 대신들이 또다시 들썩이기 시작했다.

"어, 언제쯤이면 답변을 들을 수 있을까요⋯⋯ 사흘 후? 아니면 닷새? 아니지요, 중대사인 만큼 일주일⋯⋯."

"시간 끌어 뭐합니까. 내일 조회 시간에 말씀드리겠습니다."

사흘도 아니고 닷새도 아니고 일주일도 아니란다. 바로 내일이라는 말에 표정이 확 피어나는 대신들과 달리 시건형의 표정은 미묘하게 일그러졌다.

"네?! 내일 말입니까? 그, 그렇게 빨리 결정하셔도⋯⋯ 아니, 물론 그러는 편이 저희들은 좋지만⋯⋯."

"어차피 나는 여기에 적힌 사내들 얼굴도 모르는데, 누굴 고르든 마찬가지 아니겠습니까."

말은 그렇게 해도 사실 이미 내정이 되어 있는 상태인지라 시간을 끌 필요도 없었다. 군이 시건형의 도발이 아니었어도 그렇게 말할 참이었다.

* * *

"그런데 무휼, 여기 네 이름이 없다? 너도 어엿한 소월가의 도련님이면서 말이야."

회의가 끝나고 잔뜩 들뜬 대신들과 끝까지 불신의 눈빛을 거두지 않던 시건형까지 퇴장한 뒤, 오늘도 삼인방이 한자리에 모였다.

"최악의 경우, 너와의 혼사도 생각했는데."

"난 내가 사랑하는 사람이랑 할 거야."

그가 제 옆에 앉아 있는 월비를 힐끔거리며 말했다.

그래, 어련하시겠어. 안 말릴 테니까 제발 좀 해, 그 혼인. 저렇게까지 티를 내는데도 월비는 그저 물건들을 구경하느라 정신이 없었다.

대신들이 나가며 하나둘 놓고 간 진상품들이 어느새 한가득 쌓여 있었다. 다들 제 아들 좀 잘 봐달라며 내놓은 뇌물인데, 그 수가 많다 보니 그림, 도자기, 화초, 먹거리, 보석류 등 종류도 다양했다.

하지만 그것들에 관심이 없는 아라는 눈부신 물건들에는 시선도 주지 않고 후보자 명단을 읽느라 정신없었다. 많고 많은 이름이 있었지만 그중에서도 특히 그녀의 눈살을 찌푸리게 만드는 이름이 하나 있다.

"시도하? 누구야?"

처음 보는 이름인데 성씨만큼은 너무나도 친숙했다.

성이 '시'라니, 왕족들만 사용하는 성이었기에 짚고 넘어가야겠다며 인적 사항을 확인하는데, 놀랍게도 부친의 이름난에 적혀 있는 건 시건형의 이름.

기록해 의하면 올해로 열여덟 살이라는데, 숙부인 시건형에게는 그녀와 비슷한 또래의 딸 하나와 바깥에서 태어난 세 돌 지난 아들 하나가 전부였다.

"그 소문이 사실이었구나."

"소문?"

"시건형이 양자를 들였대."

양자? 이미 제 아들이 있음에도 불구하고 이렇게 장성한 아들을 입양했다는 말인가? 설마 이번 국서 간택을 위해?

"아직도 왕위를 포기 안 했구나. 무섭다, 무서워."

숙부를 봐서라도 이 남자를 선택하는 일은 절대 없겠지만 그래도 은근히 걱정이 되었다.

어린 후계자가 있는 집안에 양자라니. 이러다가 나중에 괜히 문제가 되는 건 아닐까. 그런 위험을 감수하면서까지 이번 간택전에 끼어들어야 했을까.

"아, 몰라. 그것보다 무휼, 구가와 구제하에 대해 알아보라는 건?"

"구가는 하급 귀족이라 귀족들 사이에서도 발언권이 크지 않아. 네가 말한 구제하는 구가의 현 가주인 구제율의 둘째 아들이야."

"음. 확실히 들어 본 적 없는 가문이지."

천유국에는 많은 귀족 가문이 있어 그들을 전부 기억한다는 건 거의 불가능한 일이었다. 때문에 그녀가 알고 있는 귀족이라고 하면 어느 정도 발언권을 갖고 있는 고위층 귀족 가문이 전부였다.

"그런데 주위에서 하는 말을 들어 보면 부자간 사이가 안 좋나봐. 집을 나간 지 꽤 되었다고 해."

"왜 사이가 안 좋은지도 알아?"

"자세한 건 모르겠지만, 후계자 문제인 거 같아. 아, 그리고 조사하다 알게 된 건데…… 정혼자가 있었나 봐."

"잠깐…… 설마 유부남이었어?"

놀란 아라가 벌떡 일어나 외쳤다. 생각해 보니 가장 중요한 걸 확인하지 않았다. 혼자 지방에 내려와 있다기에 미혼이겠거니 했는데, 만약 그게 아니라면 모든 계획이 무용지물이 된다!

그녀가 식겁을 하며 묻자 무휼이 진정하라며 재빨리 고개를 저었다.

"아니, 그건 아니야. 그런데 그 여자가 구제하의 형에게 시집을 갔다나 봐."

"저런, 좋아하는 여자가 하루아침에 형수님이 된 거네."

그렇게 생각하면 천유에 대한 말이 나오기 무섭게 그의 낯빛이 어두워졌던 것도 이해가 됐다. 조용한 시골구석에서 살고 싶다며 틀어박힌 것도 앞뒤가 다 맞았다.

"사랑에 상처 입은 남자라. 점점 더 마음에 드네. 적어도 헛된 꿈은 꾸지 않을 거 아니야."

이미 사랑이란 감정에 배신을 당한 전적이 있으니, 감정적인 일에 휩쓸릴 일도 없을 것이다.

"구가의 장남인 구제용은 망나니로도 유명해. 몇 번 국시 응시 기록이 있는데 매번 낙방했어……. 그런데 정말 괜찮을까? 이런 사람들이 의외로 권력욕이 강한데."

"그러면 더 좋지. 원하는 게 명확한 사람일수록 내 편으로 만들기가 쉬우니까."

다른 이름은 더 볼 필요도 없겠다, 아라는 들고 있던 명단을 아무렇게나 내팽개쳤다.

"요구하는 거라고 해 봐야 귀족 승격밖에 더 있겠어? 그 정도야 식은 죽 먹기지."

대신들이라면 모를까, 귀족들의 승격 정도는 어떻게 해 볼 수 있었다. 특히나 하급 귀족이라면 말 한마디면 충분했다.

"자, 그럼……."

간택 교지에 인장을 찍은 아라는 싱긋 웃었다. 그 미소가 사뭇 비장하면서도 즐거워 보였다.

"꽃가마 한 대 준비해야겠네. 장신구가 주렁주렁 달린 화려한 녀석으로."

아무것도 모르고 있을 우리 허수아비를 태우고 돌아올 꽃가마니, 특별히 신경 써야 했다.

* * *

"말도 안 돼."

예서에 또다시 한바탕 난리가 났다. 웬만한 일에는 놀라지 않는 제하조차도 아침식사 중 말도 안 되는 소식을 듣고 숟가락을 집어 던질 정도로 깜짝 놀랐다.

그만큼이나 예서를 덮친 특종은 어마어마했다.

아침 댓바람부터 관아에 들이닥친 사람들을 헤치고 들어서니, 안은 난리도 아니었다.

수령의 소유인 화려한 짐들은 전부 밖에 나와 있고, 사람들은 그 것들을 마차에 싣느라 분주했다. 그리고 그 짐들의 주인인 수령은 망연자실한 표정으로 땅바닥에 털썩 주저앉아 있었다.

"오늘 아침 일찍, 수령의 파면을 통보하는 명령이 내려졌다고 합니다. 그것도 여왕께서 직접 내리신 어명이랍니다."

게다가 백성들의 혈세로 불린 재산은 몽땅 몰수란다. 몰수한 그 재산은 원래 주인에게 돌려주고 조만간 여왕이 직접 선택한 새로운 수령을 보낸다고 하니, 안 기쁠 리가 없었다. 하루아침에 자리에서 쫓겨나게 된 수령이 조금 불쌍하기는 했지만, 그 덕분에 예서는 한 바탕 축제 분위기가 되었다.

"여왕이 일 하나는 제대로 하네."

오전 내내 수령의 푸념과 짜증을 듣느라 제하는 정신적으로 지쳐 버렸다. 오후에는 피해를 입은 사람들에게 돈을 돌려주느라 정신이 없었다. 그리고 지금은 전 수령을 대신하여 사죄의 의미로 관아에서 연회를 여는 중이었다.

정말 하루가 어떻게 지나갔지?

"그나저나, 그 역술가 말이 사실이었네요."

함께 있던 유신이 제하의 술잔에 술을 채우며 말했다.

"그러게."

잊고 있었는데, 생각해 보니 오늘이 딱 그녀가 말했던 삼 일째 되는 날이었다. 천유에서 유명한 역술가라더니 과연 그 명성이 거짓이 아니었나 보다.

"에이, 진짜인 줄 알았으면 슬쩍 물어보는 거였는데."

제하와 함께 아라를 사기꾼 취급하던 유신이 뒤늦게 기회를 놓쳤다며 투덜댔다.

"뭘 물어보고 싶었는데?"

"글쎄요, 운명의 정인이라든가? 제하 님은 그런 거 안 궁금하세요?"

"별로. 그런 쪽에는 관심이 없어서."

"아니요. 보통 사내라면 관심 있지요."

"보통 사내가 아닌가 보지."

유신은 말하고 싶었다. '예, 제가 봐도 그런 거 같습니다.'라고. 하지만 이렇게 말하면 혼나겠지. 그래도 오늘은 눈엣가시이던 수령이 떠났는데 뭐든 넓은 마음으로 봐주지 않을까 싶기도 했다.

"참, 그때 그 역술가가 제하 님에 대한 이야기도 했잖아요. 조만간 천유에 가시게 될 거라고."

"아."

안 좋은 기억을 떠올렸다며 제하가 인상을 찌푸렸다. 설마 싶지만 이번 수령의 파면도 예견한 자였다. 그 말대로 이루어진다면 자신은 다시 천유로 돌아가게 된다는 건데…….

"……기껏 다 내려놓고 도망쳤는데. 그놈의 수령도 가고 이제 좀 살 만해지니까…….."

"그리고 또 뭐라더라? 천유로 돌아오고…… 아! 이 나라에서 아주 높은 사람이 제하 님을 기다리고 있을 거라고도 했지요. 그것도 그럼……."

"아무리 그래도, 그건 불가능하지 않을까."

혹시나 하는 마음에 진지하게 실현 가능성을 따져 보는 유신이었지만, 제하는 그것만큼은 말도 안 된다고 손사래까지 치며 부정했다. 어쨌거나 오늘 일어난 아주 기쁜 일은 그저 우연에 불과하다며 웃어넘기려는데, 갑자기 집 밖이 소란스러워졌다.

뭐지, 너무 기쁜 나머지 술기운이 올라 난동이라도 부리는 건가? 중재를 위해 방을 나선 제하의 앞에 하인 한 명이 다급히 달려왔다.

"제하 님! 제하 님! 빨리 나와 보세요!"

호들갑 떠는 하인을 따라 밖으로 나온 제하의 눈에 무언가가 들어왔다. 이를 본 제하는 굳어버렸다.

어째서인지 그의 집, 마당 한가운데에 화려하게 치장된 꽃가마 한 대와 가마꾼들이 떡하니 서 있었다.

"이게 다 뭐야?"

그의 물음에 이 소동의 주모자로 추정되는 이가 앞으로 나왔다. 그러더니 손에 쥐고 있던 봉투 하나를 내밀었다.

"구가의 가주님께서 보내셨습니다."

"……아버지께서?"

구가의 가주라는 말에 봉투를 열던 그의 손이 멈칫했다. 수령이 떠나고 난 뒤 활짝 펴졌던 얼굴이 급격히 어두워졌다.

"뭐라십니까?"

뒤따라 나온 유신이 어깨너머로 서신을 힐끔거리며 물었다. 제하가 종이를 짜증스럽게 구겨 버리는 것으로 보아, 필시 안 좋은 일임을 짐작할 수 있었다.

"……지금 당장 천유로 돌아오란다."

"예? 가주님께서요?!"

도대체 무슨 일이지? 늘 형님에게만 관심 있던 인간이 이리 다급히 저를 찾고 있다니, 무언가가 있는 게 틀림없었다.

부자지간의 연을 끊고 집을 나온 지도 수 년. 아버지 역시 자신을 없는 자식 취급하겠다고 말하기까지 했는데 왜 이제 와서?

"왜 갑자기 나를 찾는 거지? 뭐 들은 거 없나?"

"저…… 그게…….”

"이 가마는 또 뭐고?"

들어야겠다. 몇 년째 연락을 끊고 지내던 아버지가 갑자기 자신을 찾는 이유. 게다가 신부들이나 탈 법한 이 꽃가마는 또 뭐란 말인가. 그의 질문에 수행원으로 따라붙은 사람이 우물쭈물했다. 시원한 대답이 들려오지 않자 제하는 한숨을 내쉬며 돌아섰다.

"아버지께 전하거라. 무슨 꿍꿍이인지 모르겠지만, 한번 끊은 부자의 연은 이을 수 없다고 말이야."

그래도 조금은 궁금해하면서 따라나설 줄 알았는데, 관심 없다며 미련 없이 돌아서는 제하를 본 사람들은 당황했다.

아무래도 안 되겠구나.

"제하 님!"

이대로 돌아갈 수는 없었다. 어떻게든 그를 데리고 돌아가야만 했다. 가주님께서는 미리 말하지 말라고 하셨지만 어쩔 수 없잖아. 할 수 없지.

"여왕 전하의 국서로 간택되셨습니다!"

"……뭐?"

수행원의 선택은 탁월했다. 그의 말이 끝나기 무섭게 걸음을 멈춘 제하가 지금 무슨 헛소리를 하느냐는 표정으로 돌아섰으니 말이다.

"지금 뭐라고……."

그냥 놀란 것도 아니고, 그는 기겁했다. 얼굴까지 새하얗게 질려서는 돌이 되어 버렸다.

"국서요. 여왕 전하의 남편."

"……누가, 내가?"

수행원은 장난기 쏙 빼고 진지하게 고개를 끄덕였다. 그러자 흔들리는 눈빛으로 그들을 응시하던 제하의 시선이 다시금 화려한 가마로 향한다.

"그래서, 지금 나보고 이걸 타고 여왕한테 장가들라고?"

이건 말도 안 됐다.

*   *   *

"이건 말도 안 되는 일입니다!"

궁 안이 다시 한 번 소란스러워졌다.

아침마다 울려 퍼지는 '통촉하시옵소서.'보다는 나았지만 그래도 거슬리는 건 여전했다. 현재 궐 안 최고의 화젯거리는 단연 여왕이 선택한 남자에 대한 이야기였다.

"설마 구가의 아들을 선택할 줄이야."

"그러게 말입니다······. 그것도 장남이 아닌 차남을."

"오늘 아침에 구가의 가주를 봤는데, 어깨에 힘주고 다니는 꼴이 눈꼴시어 못 보겠더군요."

"아, 저도 봤습니다. 고개를 빳빳이 치켜들고는 인사도 하지 않는데, 어찌나 꼴사납던지."

"벌써부터 전하의 시부라도 된 것처럼 말입니다."

궐 안, 궁에서 조금 떨어진 곳에 많은 사람들이 머리를 맞대고 앉아 있다.

그들은 모두 조회에 참석할 권한이 없는 귀족들로, 혹시나 여왕의 선택이 바뀌지는 않았을까 하는 희망 하나로 모인 사람들이었다.

결과 발표는 어제였지만 그래도 번복될지 모른다는 희망을 가져 보려 했는데······ 궐 안이 조용한 걸 보니 아무래도 여왕의 뜻은 변함없는 모양이었다.

"솔직히 구가라니, 너무 뜬금없지 않습니까."

"제 말이 그겁니다. 귀족 회의에도 참석 못 하는 어중간한 위치의 가문이잖아요."

"······여왕과 따로 뭔가, 모종의 거래가 오고 간 거 아닐까요?"

아무리 여왕의 선택을 이해하려고 해도 그것 외에는 달리 떠오르는 가능성이 없었다. 물론 여왕께서는 그냥 눈을 감고 찍었다는데, 어디 그 말을 믿을 수가 있어야지.

"그런데 전하께서 구가의 가주와 만날 기회가 있었을까요? 저희도 만나 뵙기 힘든 분을 구가가 무슨 수로…….."

"그럼 그 아들과…….."

"그것도 불가능합니다. 알아본 바에 의하면 구가의 차남은 지금 지방에서 수령 대리로 일하고 있더군요. 천유에 걸음하지 않은 지 벌써 몇 년도 더 되었답니다. 전하와 따로 만났을 리가 없어요."

"그럼 정말 눈 감고 찍으셨다는 말인가…….."

말도 안 되는 일이라고 생각되기는 하지만, 왠지 여왕이라면 정말 그러고도 남을 거라는 생각도 들었다. 머리 아프게 누굴 선택할까 고민하는 것보다는 차라리 운에 맡기는 게 그녀답기는 했다.

"쳇. 구가의 가주에게 천운이 따랐군요."

"그러게 말입니다."

비겁한 술책 같은 게 아닌 순전히 운에 의한 결과라면 더 이상 이의를 제기할 수 없었다. 애초에 그들은 어떤 경우에라도 결과를 받아들이겠다고 각서를 쓴 입장이라 뭐라고 할 수도 없었다.

"……이제 그쪽에 줄을 서야 하나…….."

"하지만 어떻게 하급 귀족 따위에게 고개를 숙인단 말입니까."

"……듣자 하니 반가(家)에서는 벌써 축하선물을 보냈다더군요."

투덜거리던 사람들이 갑자기 조용해졌다.

한숨을 푹 내쉬던 그들이 이제는 현실을 받아들여야 한다고 생각한 건지 조심스럽게 서로 눈치를 보기 시작했다. 원래 권력이라는 게 그렇지 않은가.

"오늘 구가에서 연회를 연다던데…… 다들 초대받았나요?"

"그렇기는 합니다만…… 오늘은 시건형 님의 정기 모임이 있는 날…… 둘 중의 한 곳을 선택해야겠군요."

"구가의 가주가 일부러 이 날을 선택한 게 틀림없어요. 귀족 모임에 참석하려고 온갖 수작을 다 부렸지만, 끼워 주지 않았잖아요."

방 안에는 한숨 소리밖에 들리지 않았다. 둘 중에서 반드시 한 곳을 선택해야만 했다. 누가 되든지 선택받지 못한 사람에게는 제대로 찍히는 꼴이 되겠지. 기왕 찍힌다면…….

"시건형 님은 이 일 때문에 양자까지 들이셨다던데……."

그때였다. 밖에서 누군가의 걸음 소리가 들려왔다. 곧 문이 열리고 한 남자가 안으로 들어왔다.

"지금 구가의 가주가 전하를 만나러 왔다고 합니다."

그 말에 귀족들이 고개가 푹 떨어졌다. 결정이 난 것이다. 물론 후폭풍은 있겠지만, 어쩔 수가 없지 않은가. 먹고살려면 대세를 따르는 수밖에.

"받아들일 수밖에 없겠군요."

"그래요. 시건형은 이제 끝났습니다."

*　　*　　*

"이렇게 전하를 뵙게 되어 영광입니다!"

얼굴에 주름살이 자글자글한 사내가 능글맞은 미소를 지으며 꾸벅 인사했다. 아라는 그런 그가 마음에 들지 않았다. 궐에 들어온다고 유난히 차려입은 티가 팍팍 나는 구가의 가주, 구제율은 과연 듣던 대로 욕심이 가득한 인상이었다.

"나를 만나고 싶어 했다고요. 결과를 발표한 지 하루밖에 안 지났는데 성격도 급하십니다."

"아, 결과를 듣고 너무 들떠서…… 송구하옵니다."

"뭐, 좋습니다. 나도 국혼 전에 따로 이야기를 나누고 싶었으니까요."

순간 구제율의 표정이 밝아졌다. 하지만 그것도 잠시.

"단도직입적으로 말씀드리자면, 혼례는 생략할 생각입니다."

혼례를 생략하겠다는 그녀의 말에 연신 싱글벙글이던 구제율의 낯빛이 어두워졌다. 그가 뭘 걱정하고 있는지 잘 알고 있는 아라는 그 입이 열리기도 전에 재빨리 선수를 쳤다.

"걱정 마세요. 식만 생략하겠다는 말이니. 나머지는 절차대로 진행할 겁니다."

"아, 그렇군요. 하하. 전하의 뜻이 그러시다면 따라야지요, 암."

이 모든 게 무산된 줄 알고 식겁했던 구제율은 식은땀을 닦아냈다.

마음 같아서는 성대한 식으로 모든 귀족들에게 눈도장을 확실하게 찍고 싶었지만, 괜히 고집 부렸다가는 여왕이 결정을 번복할지도 모르는 일이었다. 제 아들이 공식적으로 국서가 되기 전까지 그는 최대한 몸을 사려야만 했다.

이는 그에게 있어 인생에 마지막으로 찾아온 기회나 다름없었다. 그동안 다른 사람들에게 얼마나 무시받으며 살아 왔던가.

같은 귀족이라고는 해도 귀족 사회에는 계급이라는 게 있어, 어중간한 위치에 있는 구가가 설 곳은 없었다. 어떻게든 위로 올라가려고 발버둥 쳐 봤지만 소용없었다. 그러던 중 여왕의 국서 간택을 위한 명단이 만들어졌고, 공정성을 위해 모든 귀족 자제들의 이름이 들어갔다. 일종의 도박이었지만 놀랍게도 그는 그 도박에서 승리를 했다.

이제 그동안의 수모를 갚아 줄 때가 온 것이다.

"크흠. 오늘 제가 전하를 뵙고자 한 것은…… 한 가지 아주 작은 청이 있기 때문입니다."

그럴 줄 알았지. 아라는 슬쩍 월비와 무휼을 바라보며 시선을 교환했다. 그들 역시 그녀를 바라보며 고개를 끄덕였다.

좋아. 여기까지는 예상했던 대로이다.

"말해 보세요."

"제하를 국서로 선택하신 건 정말 탁월한 선택이셨습니다. 제 아들이기는 하지만 인품 하나는 천유국에서 둘째가라면 서러울 정도니 말입니다. 하지만……."

"하지만?"

"아시다시피 저희는 보잘것없는 집안입니다. 하여 나중에라도…… 이를 흠으로 여기는 자들로 인해 전하께 안 좋은 영향을 끼칠까, 그것이 걱정될 따름입니다."

말은 아라를 걱정한다는 식으로 말하고 있었지만, 간단하게 요약하자면 국서라는 집안에 걸맞게 제 가문의 위상을 높여 달라는 뜻이었다.

"그래서?"

아라는 침착했다. 모든 것이 그녀의 예상대로 흘러가고 있었다. 대충 귀족 회의에 참석할 수 있을 정도의 직위 상승을 원하겠지. 하지만 구제율의 탐욕스러운 눈빛을 본 순간, 그녀는 무언가가 잘못되었다는 걸 직감했다.

"국서의 집안이라는 이름에 걸맞게, 저희 가문을 월가(月家)에 포함시켜 주셨으면 합니다."

월가라는 말에 아라는 황당했고, 그녀의 양 옆에 서 있던 월비와 무휼은 발끈했다.

"월가는 함부로 들어갈 수 없습니다. 그것은 구가의 가주께서도 잘 알고 있을 텐데요?"

"월가에 속해 있는 두 가문은 모두, 천유국을 세울 당시부터 왕의 곁을 지킨 공신입니다."

"그러니 드리는 말씀입니다. 여왕의 국서를 탄생시킨 우리 가문 역시 공신에 버금간다 할 수 있지 않겠습니까?"

너무나도 억지스러운 답변에 무휼과 월비가 한숨을 푹 내쉬었다. 이 남자가 지금 정신이 나갔나? 주제를 알아야지. 벌써부터 이러는 걸 보면 이후로도 국서를 내세워 엄청 뜯어내려 들겠구나 싶었다.

아라는 무휼과 월비에게 어쩌면 좋겠냐는 시선을 보냈다. 그들도 내키지는 않지만 어쩔 수 없다고 생각하는 모양이었다.

"한번 생각해 보겠습니다."

"전하! 성은이 망극……."

"단, 당장은 안 됩니다. 귀족 회의 참여권에 만족하세요. 아직 그대의 아들이 국서에 적합한지는 모르는 일입니다. 확신이 생길 때, 그때 월가로 올려 주겠습니다. 계속 국서의 자리를 유지할 수 있을지도 아직 모르는데 미리 올려 줄 순 없으니."

"……."

"천유국은 왕족도 이혼을 할 수 있으니 말입니다. 여러 가지 상황을 생각해 봐야지요."

제가 원하는 바를 완벽하게 이루지는 못했지만, 그래도 반은 성공한 것이다. 그렇게 생각한 구제율의 입가에는 미소가 지어져야 했지만, 그는 웃을 수가 없었다.

계속 국서의 자리를 유지할 수 있을지 아직 모른다는 건, 여왕이 제 아들을 완벽하게 받아들인 게 아니라는 뜻이었다. 아직은 마음을 놓을 수 없었다.

할 수 없지. 더 밉보이면 오히려 손해이니 이쯤에서 만족하고 물러서는 수밖에. 조용히 기회를 보자. 더 욕심 부렸다가는 아무것도 건지지 못할 테니까. 최대한 빨리 여왕과의 사이에서 떡두꺼비 같은 아들을 낳으라고 제하를 들볶아야겠다.

그렇게 다짐한 그는 재빨리 중앙궁을 떠났다.

"설마 월가를 넘볼 줄이야. 욕심이 과해."

"그래, 구제율을 설득시키는 건 어려워 보여. 이제라도 늦지 않았어. 결정을 취소하고 다른 사람을 선택하는 게 어때?"

구제율이 돌아가고 난 뒤, 또다시 셋은 머리를 맞대고 고민에 빠졌다. 생각했던 것보다 너무 탐욕스러운 사람이라 당황스러웠다. 그런 그의 아들을 과연 믿어도 될지, 확신이 서지 않았다. 무휼과 월비는 아예 다른 사람을 고르는 게 낫다고 생각하는 모양이었지만, 구제하를 직접 만나 본 아라의 생각은 달랐다.

"구제율의 아들, 구제하는 다를지도 몰라. 내가 직접 그에게 제안을 해 봐야겠어."

어떻게든 1년 동안만 가짜 남편이 되어 달라고 설득할 생각이었다. 하지만 그러려면 직접 그를 만나야 한다는 게 문제였다.

이 일은 그들끼리만 알아야 하니 사람을 시킬 수도 없고.

"설마 직접 만날 생각은 아니겠지? 어떻게 만나려고?"

"국서가 되기도 전에 몰래 궁으로 불러들인다면 시건형이 바로 수상하게 여길지도 몰라."

"걱정 마. 몰래 만날 거니까."

월비의 두 눈이 말하고 있었다. '그러니까 어떻게?'

그 질문에 쉽게 대답 못 하고 있던 아라는 잠시 골똘히 생각에 잠겼다. 곧 좋은 생각이 떠오른 그녀의 입꼬리가 쓱 올라간다.

"오늘 밤, 구가에서 연회가 열린다던데 무휼, 월비, 너희도 당연히 초대받았겠지?"

"……."

구가의 연회라는 말에 무휼과 월비가 약속이라도 한 듯 경직되어 입을 다물었다. 그녀의 말대로, 초대를 받기는 했는데 갈 생각은 없었다. 그런데 어째서 아라는 그런 연회에 관심을 보이는 걸까? 이유야 뻔하지.

무휼이 제 머리를 쥐어뜯으며 중얼거렸다.

"아, 나 또 불안해지기 시작했어."

그러거나 말거나, 아라는 여전히 여유로운 미소를 지었다. 오랜
만의 밤 외출은 꽤 즐거울 거 같았다.

"걱정 마. 절대 안 들킬 테니까."

*　　*　　*

"제하 님이 국서라니! 여왕의 남편이라니! 가문의 영광입니다."

"……유모, 진정해."

제하는 기분이 좋지 않았다. 지금 있는 이곳이 태어나고 자란 집
이기는 했지만, 뭐 하나 좋았던 추억거리라는 게 없다 보니 감옥이
나 다름없었다. 게다가 제 발로 돌아온 게 아니라 강제로 끌려오다
시피 했으니 더더욱 좋을 리가 없다.

오랜만에 돌아온 집은 한바탕 난리가 나 있었다. 도착하기 무섭
게 온 집안사람들이 버선발로 뛰쳐나오더니 그를 떠받들기 시작했
다. 이게 다 무슨 일인지, 해명을 듣기 위해 구제율부터 만나야겠다
며 소란을 피웠지만 아버지께서는 여왕을 만나러 갔단다. 할 수 없
이 제하는 얌전히 그를 기다리는 중이었다.

"뭔가 착오가 있었을 거야. 여왕이 날 어떻게 알고? 많고 많은 귀
족 가문 자제들이 있는데 날 선택할 리가 없잖아."

창 너머로 사람들이 분주히 움직이고 있는 게 보였다. 오늘 무슨

연회를 연다던데 다 부질 없는 짓이라는 생각이 들었다.

"우리 제하 왔구나!"

그때, 방문이 열리며 궐에서 돌아온 구제율이 나타났다. 방 안에서 자신을 기다리고 있던 제하를 알아본 그가 두 팔을 벌려 와락 아들을 끌어안으려 했지만 제하는 얼굴을 찌푸리며 이를 피했다. 어렸을 때조차 그 품에 안긴 기억이 없다. 품은커녕 자신과 제 어머니에게 저렇게 밝은 표정으로 말을 걸어 온 적도 없는 사람이었다.

그런데 이제 와서 친한 척, 아버지인 척이라니.

"지금 이게 다 무슨 일입니까."

"그래. 이야기를 들어야겠지. 앉아라, 앉아. 크흠……. 그래도 일단 안부 인사 먼저……."

"됐고, 본론만 간단하게 요약하세요."

제하의 말에 제율이 살짝 인상을 썼지만 금세 표정을 풀었다.

"최근에 여왕께서 국서를 간택하겠다고 하시면서 명단을 만들라고 하셨단다. 거기에는 모든 귀족 가문의 자식들 이름이 올라갔는데……."

"거기에 제 이름도 올리신 겁니까?"

"당연하지. 너 역시 내 자식이니 말이다."

너무나도 당연하게 제 자식이라고 하는 그의 말에 제하는 어이가 없었다.

"자식이라고 생각하신 적은 있습니까? 부자지간의 연은 진즉에 끊지 않았나요?"

그의 말에 당황한 듯 제율의 낯빛이 약간 붉어졌다. 사실은 제율도 제하가 자신을 달갑지 않아 한다는 걸 잘 알고 있었다.

그는 후계자 문제로 자신이 버린 아들이었으니까.

구가의 후계자이기도 한 큰아들 제용이 국서로 선택받았으면 이런 문제도 없었을 텐데. 하지만 어쩔 수 없지. 여왕에게 선택받은 건 제하였으니, 구가에는 다시 그가 필요했다.

"허허. 무슨 소리냐. 너는 내 자랑스러운 아들이란다."

"지나가던 개가 웃겠습니다."

"크흠. 제하야……."

"전하께는 제가 말씀드리겠습니다. 저는 이 혼인 못 합니다. 거절하고 다시 예서로 돌아갈 겁니다."

"뭐야? 그건 안 된다!"

볼일 끝났으니 가 보겠다며 제하가 자리에서 일어나자, 제율의 눈이 확 뒤집어졌다. 두 번 다시 찾아오지 않을 천금과도 같은 기회인데! 놓칠 수는 없지!

"안 된다! 넌 절대 돌아갈 수 없어! 너는 이대로 얌전히 국서가 되는 거다! 그래야 우리 집안이 살아!"

그 외침에 문밖에서 대기하고 있던 사람들이 방 안으로 우르르 들어오더니 제하를 제압했다. 순식간에 사람들에게 붙잡혀 버린 그가 벗어나기 위해 몸부림쳐 봤지만 역시나 역부족. 그 사이 구제율은 진정이 된 건지, 다시금 나긋나긋한 목소리로 그를 설득하기 시작했다.

"생각해 봐라, 제하야. 국서가 되면 우리만 좋겠냐. 너 역시 하고 싶은 것을 마음껏 하며 살 수 있어! 그리고 네 덕분에 우리 가문은 월가에 들어갈 기회를 얻었다. 그러니 제발 이렇게 부탁⋯⋯."

"부탁? 양심도 없으세요? 아버지는 저와 어머니를 버리셨어요. 그런데 이제 와서 필요하니까 돌아오라고요?"

결국 분을 참지 못한 제하는 부들부들 떨며 외쳤다. 어찌 잊을 수 있겠는가. 그날의 그 끔찍한 기억을!

가뜩이나 몸이 좋지 않던 어머니께서 강제로 쫓겨나시고, 새어머니라며 그 자리에 나타난 여자에게는 놀랍게도 자신보다 두 살 위의 아들이 있었다. 아버지는 어머니와의 결혼 생활 동안에도 다른 여자를 만나고 있었던 것이다. 친정으로 내쫓긴 어머니는 충격 때문에 건강이 악화되어 돌아가셨다. 그뿐만이 아니다. 당시 제하에게는 처음으로 연모했던 여인이 있었다. 그런데 아버지가 자신에게 넘겨주기로 했던 집안을 형에게 넘겨주겠다는 폭탄선언을 하자, 그녀는 곧장 후계자로 결정된 형님에게 시집을 가 버렸다. 결국 진실된 사랑이 아니었던 것이다.

그렇게 이 집은 끔찍한 기억밖에 없는 곳인데, 미쳤다고 이곳을 위해 희생하겠는가. 악을 쓰는 제하를 바라보던 구제율이 한숨을 내쉬더니 고개를 돌렸다.

"곧 궐에서 사람이 나올 거다. 그때까지는 이렇게 하는 수밖에 없겠구나."

그래도 좋게 말하려고 했는데, 계속해서 싫다는 말만 늘어놓으니 할 수 없지. 눈빛이 싸늘하게 변한 구제율이 제하를 붙잡고 있는 사람들에게 명했다.

"방에 가둬 놓아라. 돌아다닐 수 있는 범위는 후원까지로 제한시키겠다. 도망치지 못하게 잘 감시해."

"이봐!"

"아, 살살 다루고. 국서가 될 몸인데 다쳐서야 쓰나."

제율이 끌려 나가는 제 아들을 바라보며 만족스런 미소를 지었다. 이미 그의 눈에는 뵈는 게 없었다.

그 어린 여왕은 이혼까지도 생각해 두고 있는 거 같은데…… 무슨 꿍꿍이인지는 모르겠지만 한번 문 기회, 절대 놓칠 수는 없지.

제하를 이용해 여왕을 손아귀에 넣어야 했다. 그래야 구가가 이 나라를 쥐락펴락할 수 있을 테니까.

"넌 우리 집안을 위해 궐에 들어갈 거란다, 제하야."

"……."

"그리고 여왕의 마음을 얻어라."

사람이 미치면 딱 이렇게 되지 않을까? 원래부터 권력 욕심이 많았던 그였지만 이번에는 아주 제대로 정신을 놓은 거 같았다.

"말이 여왕이지, 어차피 사랑에 약한 계집애나 다를 게 없어."

*   *   *

커다란 저택 안.

여왕의 발표가 있고서부터 계속 기분이 좋지 않던 주인 때문에 집안사람들은 숨 쉬는 것조차 조심스러웠다. 지금도 방에 틀어박혀 잘 하지 않던 낮술을 기울이고 있는데, 그런 시건형의 모습에 눈치만 보고 있던 남자가 심호흡을 하고는 고개를 들어올렸다.

"저…… 지금 구가에서 사람이 왔는데…… 오늘 구가에서 주최하는 연회에 참석할지의 여부를 알려 달라고……."

말이 끝나기 무섭게 시건형의 손에 들려 있던 작은 잔이 그대로 바닥에 내리꽂히며 산산조각 났다.

"내가 그곳에 갈 리가 없잖느냐!"

방 밖에 서 있던 사람들이 안절부절못했다. 안 그래도 기분이 안 좋은데 불난 집에 기름을 들이붓는다며 남자를 욕하는 사람도 있었고, 주인인 시건형을 욕하는 사람들도 있었다.

깨져 버린 잔 대신 새로운 잔에 술을 가득 채운 시건형이 연거푸 술잔을 들이켰다.

구가의 가주라면 소문을 들어 잘 알고 있었다. 권력을 위해서라면 자존심도 팔 인간이라던데, 많고 많은 사람 중에서 왜 하필 그 사람을 선택한 건지.

"여왕의 선택을 받았다고 아주 기고만장해졌군. 지금쯤 천하를 손에 쥔 기분이겠지? 하! 다 망해 가는 집안이 건방지게, 주제를 알아야지!"

시건형의 속은 뒤집어질 대로 뒤집어졌다. 2년 전에 끝냈어야 했다. 아무것도 모를 줄 알았던 그 어린것이 깜찍하게도 그런 잔꾀를 부릴 줄이야. 그 말에 넘어간 사람들도 한심했다. 덕분에 원래 계획했던 섭정이 무산되었다. 정사에 관해서는 아무것도 모를 줄 알았던 꼬맹이가 2년 동안 일을 척척 해내며 대신들에게 신임까지 얻게 되었다.

그 여우 같은 계집…….

"아직 끝난 게 아니야. 반드시 내가 왕위에 오르고 말 거야, 반드시!"

*   *   *

"표정 좀 풀어. 연회 온 사람이 왜 이리 낯빛이 어두워?"

연신 투덜대기 바쁜 무휼을 힐끔거리던 아라가 가마의 문을 열고 말했다. 함께 가 주는 건 고마운데 그놈의 잔소리는 좀 자제해 줬으면 했다.

"누구 때문인 거 같은데?"

나란히 옆을 따르던 무휼이 인상을 팍 쓰더니 아라를 노려보며 물었다. 그러자 이번에는 반대쪽에 있던 또 다른 가마의 문이 열리더니 월비가 활짝 웃으며 끼어들었다.

"혹시 나 때문이야?"

"너희 둘 때문이야!"

저 멀리, 화려한 불빛에 싸여 있는 집 한 채가 보이기 시작했다. 그 불빛이 가까워지면 가까워질수록 무휼의 마음은 무거워졌다.

정말이지 양쪽에 거느리고 있는 두 아가씨 때문에 제 명에 못 살 거 같았다. 한 명은 매사에 어디로 튈지 몰라 늘 곁에서 감시해야 했고, 또 다른 한 명은 그나마 얌전했지만 종종 제 높은 신분을 망각하고 문제를 일으키는 바람에 매번 설득하는 데 진땀을 빼야 했다.

그래도 설득으로 그치면 다행이지. 이미 일을 터트린 후라면 그

뒷수습 하는 게 더 힘들었으니까.

"하아…… 난 이런 곳 싫어하는데. 사람들이 우릴 잡아먹을 거 같은 눈으로 바라본단 말이야."

"그렇게 싫으면 따라오지 말지 그랬어."

하긴, 그의 심정을 이해를 못 하는 건 아니었다. 잘생긴 외모에 집안까지 좋으니 모임 같은 데 나가면 사람들 피해다니느라 정신 없었으니까. 유월가의 공주님인 월비 역시 비슷한 상황이었지만, 그녀의 경우에는 이를 즐기는 편이었다.

"너희 둘만 보냈다가 잘못되기라도 해 봐!"

"넌 참 좋은 아버지가 될 거야."

솔직하게 말해 봐. '우리'가 잘못될까 봐 걱정되는 게 아니라, 월비가 웬 이상한 놈에게 홀딱 넘어갈까 봐 그러는 건 아니고?

곧 그들이 집 앞에 멈춰섰다.

그리 높은 귀족은 아니라더니, 궐에서 꽤 떨어져 있는 곳에 있는 구가(家)는 생각했던 것보다 규모가 작았다. 그 작은 집에 벌써 수 많은 사람들이 모여들어 있었다.

"잘 들어, 아라. 너는 월비의 친구로 따라온 거야."

"나도 알아."

"너울 쓰는 거 잊지 말고. 물론 네 얼굴을 아는 건 고위 신료들뿐 이겠지만, 저들 중에 없다고 장담은 못 하니까."

구가의 문을 지나기 전, 무휼이 또다시 충고했다. 고개를 끄덕인 아라는 가마에서 짙은 색 천이 둘러진 너울을 꺼내어 썼다.

"아니, 이게 누구십니까!"

이런. 이제 막 한 발자국 뗴었을 뿐인데 벌써부터 시작되었다.

그들을 알아본 구제율이 엄청난 속도로 달려오더니 온갖 방정을 떨며 반가워했다. 제 아들딸뻘 되는 그들에게 고개를 조아리는 꼴이 우스웠지만, 어쩔 수 없었다. 사회적인 위치로 따져 보면 이 둘의 서열이 더 높았으니까.

"소무휼 님! 유월비 님! 어서 오세요. 잘 오셨습니다. 어, 이쪽은……."

그들과 함께 온 일행이 궁금한 건지, 제율의 관심이 아라에게로 향하자 월비가 재빨리 나섰다.

"제 지인입니다. 함께 왔는데 괜찮겠죠?"

"아, 물론입니다. 두 분의 친구라면, 제 손님이기도 하니까요. 자, 자. 어서 들어오세요."

온갖 친한 척을 하며 한 손에는 무휼, 다른 한 손에는 월비를 붙잡은 그가 연회장을 향해 돌아섰다. 당연히 사람들의 시선이 집중되었다. 모두가 놀란 표정인데, 그러면 그럴수록 제율의 걸음은 더더욱 당당해졌다.

하긴, 왜 안 그럴까. 아무리 초대를 해도 연회 같은 데에는 코빼기도 내비치지 않는 그 둘이 이렇게 납시었으니 놀랄 수밖에. 게다가 그들은 여왕의 최측근들이 아니던가.

"그나저나, 연회의 주인공께서는 어디에 계십니까? 보이지 않네요."

"아…… 제하 말씀이시군요. 그 녀석이 오늘 막 집에 돌아와서 말입니다, 몸살에라도 걸린 건지 상태가 좋지 않아 지금 방에서 쉬고 있습니다."

이런, 이곳에 오면 쉽게 만날 수 있을 거라 생각했던 사람이 없다
니.

아라는 인상을 찌푸렸다. 원래의 계획대로라면 연회에 나와 사
람들에게 축하 인사를 받고 다니느라 정신없을 그를 슬쩍 만날 생
각이었지만 불가능하게 되었다. 그렇다고 여기까지 온 마당에 그
냥 돌아갈 수도 없었다.

할 수 없지. 이렇게 되었으니 셋 중의 한 명이 사람들의 눈을 피
해 그가 있다는 방을 찾을 수밖에.

"유월비, 나한테서 떨어지기만 해 봐."

"너야말로. 웬 이상한 여자한테 끌려가지 않게 조심해라."

셋 중 누군가가 나서야 한다면 아라가 가장 적합했다. 어딜 가나
사람들의 주목을 받는 월비와 무휼이 직접 수상한 움직임을 보인다
면 금방 눈에 띌 것이다. 다행히 그들의 등장에 귀족들의 관심이 한
쪽으로 몰린 상태라 아라는 손쉽게 연회장을 빠져나올 수 있었다.
그렇게 그녀는 사람들의 시선을 피해 조용히 집 안 구석으로 향했
다.

집의 규모가 그리 크지 않은 게 다행이었다. 그렇다고 작다는 건
절대 아니었지만, 그래도 으리으리한 궐에 살고 있는 아라의 눈에
는 어쩔 수 없었다.

집을 둘러싸고 있는 담벼락에 손을 짚고 빙 둘러 걸어가니, 얼마
안 가 칠흑과도 같은 어둠이 내려앉은 작은 정원이 나왔다. 시끌벅
적한 마당과는 달리 이곳만큼은 고요했다.

자, 그럼 이제 어떻게 하면 좋을까?

"누구세요?"

일단 불이 켜진 방부터 수색해 볼 생각에 계단을 밟는데 등 뒤에서 누군가의 목소리가 들려왔다. 이런, 벌써 들킨 건가?

시작도 전에 들켜 버린 잠입에 소스라치게 놀란 아라는 발을 삐끗하고 말았다. 평지보다 한 층 높은 단에서 발을 헛디딘 그녀는 그대로 바닥에 쓰러졌다.

"어?"

바스락거리는 소리와 함께 누군가가 다가오는 기척이 느껴졌다. 아라는 허둥지둥거리며 자리에서 벌떡 일어났다. 쓰러지면서 떨어뜨린 너울을 재빨리 집어 들었지만, 이미 너무 늦었다.

"역술가 아가씨?"

이런, 누군가 했더니 아는 얼굴이다. 예서에서 만났던 구제하를 따르는 사람. 그나저나 얼굴을 보이고 말았으니 이를 어쩌면 좋지? 듣자 하니 오늘 연회에 초대받은 사람들은 모두 귀족이라던데, 눈앞의 남자는 자신을 역술가로 알고 있었다. 왜 이런 곳에 있는 거냐고 물으면 뭐라고 대답해야 할까.

아라의 머릿속이 복잡해졌다. 그런데 한 가지 이상한 건, 그녀를 수상하게 여겨도 모자랄 판에 남자는 그리운 친구를 만난 것처럼 반가워 보인다는 점이었다.

"제하 님! 나와 보세요!"

최대한 조용히 볼일을 끝내고 돌아가려고 했는데, 들뜬 남자의 목소리가 정원 안에 가득 울려 퍼졌다. 혹시라도 사람들이 오면 어찌나 걱정된 아라가 그에게 목소리를 낮추라 경고했지만 소용없었다.

그때였다. 근처에 있던 문이 벌컥 열리더니 그녀가 그렇게나 찾아 헤매던 사내가 나타났다.

"정말이네? 어떻게 여기에……."

아라 못지않게 놀란 얼굴을 하고 있는 제하가 밖에 나와 그들의 앞에 섰다. 일전에 봤을 때와는 다르게 편안한 차림을 하고 있는 그는, 그때와 다르게 날카롭고 지쳐 보였다.

"어…… 안녕하세요. 또 뵙네요."

"연회에 초대받은 건가? 하지만 역술가라고……."

뒤늦게 아라가 자신의 집에 있다는 걸 이상하게 생각한 제하가 눈에 힘을 주고 물었다. 그녀는 이 위기를 잘 넘어갈 수 있는 변명을 해야만 했다.

자, 그럼 뭐가 좋을까? 지난번에 말했던 대로 역술가라는 주장을 뒤집지 않으면서 귀족들만 참석할 수 있는 이곳에 올 수 있는 적절한 이유…… 친구를 따라왔다고 하면 정말로 믿을까?

"정말 역술가 맞아?"

"네?"

이런, 제대로 의심하기 시작했구나. 불신의 눈빛으로 그녀를 바라보던 제하가 슬쩍 고개를 내려 그녀와 눈높이를 맞췄다.

"우연치고는 이상한 게 한두 가지가 아니야. 그렇게 밀고를 해도 꿈쩍 않던 수령이 하루아침에 여왕의 이름으로 파면됐어. 그리고 네 말대로 나는 이렇게 천유에 왔고, 여왕에게 선택되었지."

"하하……."

그를 납득시킬 만할 이유를 찾기 위해 아라가 머리를 굴리고 있는 사이, 이번에도 먼저 선수를 친 건 유신이었다.

"혹시 여왕과 아는 사이라든가?"

"뭐?"

"왜요, 천유에서도 용하기로 소문이 자자한 역술가라잖아요. 전하께서도 그런 거에 관심 있으실지 누가 알아요?"

그게 말이 되느냐며 따져 묻는 제하와 왜 말이 안 되는지 모르겠다며 응수하는 유신. 그때와 마찬가지로 투닥거리는 둘을 바라보던 아라가 재빨리 중재에 나섰다. 유신이 본의 아니게 시간을 끌어준 덕분에 그럴싸한 변명이 떠오른 참이었다.

"맞아요. 전 여왕 전하를 잘 알고 있어요."

"뭐? 네가?"

아, 일전에도 보았던 불신이 가득 담긴 눈빛이구나.

하지만 한 번의 위기를 넘긴 그녀는 두려울 게 없었다.

"사실 저는 서운관(筮運館)의 박사입니다. 전하와는 공주 시절, 서하연 동기생이었고요."

"서운관?"

"예. 사주풀이나 관상, 또는 풍수지리에서부터 기상, 천문학까지 방대한 분야에 걸쳐 연구를 하고 있는 연구 기관이지요."

마치 미리 준비라도 해 두었던 것처럼 거짓말이 입에서 술술 흘러나와 스스로도 놀랄 지경이었다.

꽤 구체적인 거짓말에 제하의 눈빛에 슬며시 믿음이 보이기 시작했다. 겁을 주려는 건지 찌푸리고 있던 인상이 풀어지면서, 그의 목소리는 다시 차분해졌다.

"그럼 혹시, 그때 예서에 찾아온 것도……."

"예, 여왕의 명을 받고 갔던 겁니다. 수령이 비리를 저지르고 있다는 신고가 들어와 감찰관을 파견했는데 소식이 끊겼거든요. 그래서 확인하고 오라며 절 보내셨지요. 마침 그쪽 수령이 점술이나 역술에 관심이 많다니 제가 적합했던 겁니다."

아라는 안심했다. 들키면 어쩌나 걱정했는데, 다행히도 술술 풀리는 거 같았다. 좋아. 기왕 이렇게 이야기를 풀었으니 어디 한번 끝까지 가 보자.

"사실은 오늘 이렇게 온 것도, 여왕께서 보내신 겁니다."

여왕이 보내서 왔다는 그녀의 말에 제하의 표정이 다시금 날카로워졌다. 안 그래도 여왕에게 따지고 싶은 게 많았던 터라 잘되었다.

"들어와. 나도 여왕에게 한 소리 퍼붓고 싶었는데 잘됐네."

이대로 밖에 서서 이야기하기도 뭐하니 일단 들어오라며 그가 그녀를 방으로 안내했다. 얼결에 남정네의 방에 들어오게 된 아라는 멀뚱히 서 있다가 바닥에 앉았다.

창 너머로 형형색색의 불빛과 시끌벅적 떠드는 소리가 여과 없이 흘러 들어오고 있는데, 이곳 분위기는 너무나도 차분했다. 아니, 오히려 무겁다.

"그런데 왜 연회의 주인공이 여기서 이러고 있는 거예요? 보니까 몸살이라는 건 거짓말 같은데."

"시끄러운 건 딱 질색이라서."

아라는 가만히 주변을 둘러봤다. 널찍한 방은 크기에 비해 물건 가짓수가 눈에 띄게 적었다. 깔끔하다는 말보다는 썰렁하다는 말이 더 어울렸다. 이 남자의 성격일지도 모르겠지만, 그렇다고 하기는 그가 너무 어색하고 불편해 보였다. 마치 긴 시간 동안 사용한 적 없던 방을 오랜만에 방문한 사람처럼.

"어쩐지. 뭔가 꿍꿍이가 있을 거 같아. 굳이 지방에 있는 나를 불러들일 필요가 없을 텐데 말이야. 뭔가가 있는 거지, 그렇지?"

"……맞아요."

아라는 순순히 고개를 끄덕였다.

"사실은 당신에게 한 가지 제안할 게 있습니다."

"제안이라고 하면?"

"기왕 이렇게 된 거 솔직하게 말할게요. 단, 지금 우리가 하는 이야기는 절대 밖으로 새어 나가서는 안 됩니다. 아셨죠?"

"그래."

혹시라도 이 이야기가 밖으로 새기라도 하면 아라는 끝장이 나는 거나 다름없었다. 아직 그를 믿을 수 있을지 확신이 서지 않았지만, 그녀는 믿음을 얻는 데에는 먼저 솔직하게 털어놓는 게 가장 좋은 방법이라고 생각했다.

"지금 전하께서는 숙부이신 시건형 님께 자리를 위협받고 계십니다. 즉위 당시 왕위를 빼앗기지 않기 위해 국서를 핑계로 귀족들을 자신의 편으로 만드셨지요. 그렇게 해서 현재 왕위를 지키고 계시는 겁니다."

"그렇군."

"하지만 전하께서는 국서를 들일 생각이 없으세요."

"국서를 들이겠다는 평계로 귀족들 표를 받았다면서?"

"그건 그저 시간 끌기용으로 하신 약속이에요. 성년이 되면 섭정 소리가 쏙 들어갈 테니까."

"음……."

"그런데 성인식까지 1년도 안 남은 지금, 귀족과 대신들이 단합해 약속을 지키라고 들고 일어나서 말입니다."

"……그래서?"

제하의 물음에 아라는 마른 침을 삼켰다.

"그래서…… 여왕께서는 딱 1년 동안만 국서를 맡아 줄 사람을 찾고 계십니다."

"잠깐, 설마 그게 나야?"

경청하던 제하가 말을 끊으며 묻자, 아라는 고개를 끄덕였다.

자, 그럼 이제 어떻게 나오려나? 너무나도 갑작스러운 이야기에 당황할 법도 한데, 당황하기는커녕 제하의 얼굴에는 미소가 떠올랐다.

"뭐 하나만 묻지. 왜 하필 날 선택한 거지?"

그의 질문에 아라는 잠시 말이 없었다. 뭐라고 대답하면 좋으려나? 솔직히 말하면 며칠 전까지만 해도 그녀 역시 이 남자를 선택하게 될 줄은 몰랐다.

할 수 없지.

"운명이 그리하라 말했으니까요."

굳이 변명할 필요는 없었다. 그에게 있어 그녀는 여전히 역술가였으니, 추상적인 표현을 사용해도 넘어갈 수 있었다.

"……이게 내 운명이라는 건가, 지금?"

"예. 그렇습니다."

아라는 단호하게 고개를 끄덕였다. 왠지 사기를 치는 거 같아 그에게 미안했지만 방법이 없었다. 그녀는 그가 절실하게 필요했으니까.

"운명이라……."

운명이라는 말에 제하는 사뭇 진지해졌다. 눈앞의 저 작은 역술가의 예언이 백발백중이라는 걸 직접 목격한 사람으로서, 그녀의 말을 무시할 수가 없었다.

"만약…… 그 운명이라는 걸 거스르면 어떻게 되는 거지?"

"그야 뭐, 천벌을 받겠죠? 내세에서도 평생 불행이 쫓아다닐지도 모르겠군요. 워낙 어마어마한 죄라……."

온갖 안 좋은 것들을 늘어놓던 아라의 입가에 어느새 옅은 미소가 지어졌다. 거짓말 하나에 콕콕 쑤셔 오던 양심도 그새 단련이 된 건지 아무렇지 않았다. 오히려 제하의 표정이 점점 굳어지면 질수록 재미있기까지 했다.

"만약 수락하면, 구체적으로 내가 뭘 해야 하는 건데?"

그 말에 아라는 바닥에 두 손을 '쾅!' 하고 내려쳤다. 됐다!

"그냥 아무것도 하지 않으셔도 됩니다. 그냥 가만히 계세요. 원하셨던 거잖아요?"

잠시 머뭇거리던 제하가 작게 고개를 끄덕였다.

그건 그렇지. 혼자만 조용히 있을 수 있는 곳, 아무것도 하지 않아도 살 수 있는 곳에서 살고 싶다고 했으니까. 설마 그게 궐이 될 줄은 상상도 못 했지만.

"운명이라고는 했지만 맨입으로 부탁하는 게 아닙니다. 저희 편을 들어주면 전하께서도 당신이 원하는 걸 주실 거예요."

"내가 원하는 거?"

"예를 들면…… 아버지와 형님에 대한 복수? 이 구가(家)를 그들에게서 빼앗아 준다거나?"

그녀의 말에 다시금 제하의 눈동자가 흔들렸다.

웬만한 사람은 잘 모르는 개인 사정을 눈앞의 여인이 한눈에 꿰뚫고 있다니, 그녀에 대한 믿음이 더더욱 커졌다.

게다가 복수라니. 이토록 달콤하게 들리는 말이 또 있을까.

"그게 가능한가?"

조심스러운 그의 말에 아라는 하마터면 활짝 웃을 뻔했다.

"그 정도야 식은 죽 먹기보다 쉽지요."

"……."

제하는 생각에 잠겼다. 어차피 이대로라면 아무리 자신이 싫다고 발버둥 친다고 한들 아버지에 의해 강제로 장가들게 생겼다. 게다가 이 작은 여자는 이것이 자신의 운명이라고까지 했다.

그렇다면 답은 하나밖에 없지 않은가?

"……아무래도 손해보다는 득 보는 게 더 많을 거 같군."

"그럼……."

딱 1년 동안만 거짓 국서 노릇을 하면 되는 것이다. 그 기간만 지나면 다시 자유를 되찾을 수 있다. 뿐만 아니라 구가의 가주가 될수도 있다. 그렇게만 된다면 제일 먼저 아버지와 형부터 내쫓아야지.

이는 복수였다. 제 앞에서 꼼짝도 못 하게 만들 거다. 지난 날 어머니와 저에게 한 짓을 손이 발이 되도록 싹싹 빌게 만들 것이다. 그들의 목을 움켜 쥘 생각을 하니 벌써부터 기분이 좋아지는 거 같았다.

"좋아, 여왕의 뜻에 함께하도록 하지."

"잘 생각하셨습니다."

아라가 활짝 웃었다. 그제야 답답하던 먹구름이 개고 맑은 하늘이 모습을 드러낸 거 같은 기분이었다.

그녀는 자신의 자리를 지키기 위해, 그는 원래 자신의 자리를 되찾기 위해. 그렇게 각자의 목적을 위해 그들은 거짓 부부의 연을 맺게 되었다.

二花.
거짓 부부의 연

"저, 전하. 슬슬 준비를 하셔야……."

"좀 이따가."

아라의 말에 궁녀들이 어쩔 줄 몰라 했다.

안 그래도 시간이 없는데 꼼짝을 안 하는 아라 때문에 그들은 발만 동동 굴렀다. 궁녀들의 불안이 극에 달할 쯤에서야 아라는 조서에서 눈을 떼고 문제의 의상을 바라봤다.

눈에 확 띄는 붉은 천으로 만든 그것이 혼례복이라는 사실을 그녀가 모를 리 없었다. 분명 식은 생략하겠다고 했는데, 규율 좋아하는 무휼이 그건 말이 안 된다며 그녀를 설득하고 만 것이다. 설마 저것을 입게 될 줄이야.

"예쁘죠?"

"……."

그녀가 혼례복에 관심을 보이자 궁녀들의 표정이 밝아졌다. 신이 난 그들이 눈앞에 그것을 늘어뜨리며 난리도 아니었지만, 아라의 반응은 여전히 차가웠다.

"지나치게 화려하네."

그녀의 감상은 그것으로 끝이었다.

붉은색만으로도 충분히 눈에 띄었을 텐데, 그 천에 수놓아진 황금빛 자수들이 거슬렸다. 수많은 인파 속에 있더라도 단번에 눈에 띌 것이다. 그리 생각하니 끔찍했다.

"전하……."

"내려놓고 가."

시간이 없다는 것을 또다시 강조하려는 궁녀의 말에 아라의 시선이 조서를 향했다. 눈앞에서 붉게 일렁이는 그것을 보고 있자니 속까지 울렁거렸다. 차라리 머리 아픈 조서를 상대하는 게 훨씬 나을 거 같았다. 나중에는 상궁까지 합세해 아라를 설득하려 했지만, 고위 대신들도 어찌 못 하는 그녀의 성격을 이길 리가 만무했다. 결국 그들은 백기를 들고 최후의 수단을 쓰기로 했다.

"오늘은 네 혼례식이야."

익숙한 목소리에 아라가 고개를 들었다. 역시나, 이제 막 방 안에 들어서고 있는 월비가 보였다.

"주인공이 아무 준비도 안 하고 있으면 어떡해? 상궁들이 오늘만큼은 너 제대로 꾸며 놓겠다고 벼르고 있는…… 어머."

궁녀들이 보란 듯이 펼쳐놓고 간 혼례복을 뚫어져라 응시하던 월비가 털썩 주저앉더니 그것을 만지작거리며 감탄하기 시작했다.

"너무 예쁘다."

"빨리 결혼해, 그럼."

"에이, 상대가 있어야 하지. 결혼을 어떻게 혼자 해?"

"……."

능청스런 그녀의 말에 아라는 작게 한숨을 내쉬었다. 좀 전의 그 말을 무휼이 들었으면 울었을 거야.

"너무 화려해."

"거짓말. 예쁜 거 좋아하면서. 그리고 너 붉은색 좋아하잖아."

아라는 눈살을 찌푸렸다. 마치 제 속을 꿰뚫어 보고 있는 거 같았다. 심기 불편한 여왕을 계속해서 건드릴 수 있는 사람은 얼마 없었다. 한 명은 잔소리 대마왕 소무휼. 그리고 또 한 명은…….

"여기에는 너랑 나밖에 없어."

지금 그녀의 앞에 있는 유월비.

결국 조서를 내려놓은 아라가 월비의 곁에 다가가 앉았다. 그리고 계속해서 무시했던, 아니 무시하려고 했던 붉은 혼례복을 바라본다.

"조금 예쁘네."

사실 그녀 역시 여느 아가씨들처럼 예쁘고 화려한 걸 좋아하는 편이었다. 하지만 그러한 취향을 대놓고 드러내서는 안 됐다. 그래야 한다고 배웠으니까.

"우리 아라가 결혼이라니…… 이 엄마의 마음이…….."

"장난치지 마. 그럴 기분 아니니까."

"그래, 네 그 기분 때문에 지금 몇 명이 고생하고 있는지 알아?"

월비답지 않은 따끔한 충고에 아라의 눈이 휘둥그레졌다. 그러나 그것도 잠시.

"……라고 무휼이 대신 전해 달래."

그럼 그렇지.

"너희 둘 꼭 결혼해라. 천생연분이야."

작게 미소 지은 아라가 한숨을 내쉬었다. 곧 그녀의 눈이 번뜩인다. 무언가를 다짐한 사람처럼 그녀의 표정은 결연했다. 이를 본 월비 역시 싱긋 웃었다.

"이제 준비됐어?"

"준비됐어."

아라가 자리에서 일어났다. 방문을 열고 나가자 월비의 말대로 울상을 짓고 있는 상궁과 궁녀들이 눈에 들어왔다. 중앙궁 앞에서 우왕좌왕하던 사람들이 아라의 등장에 우뚝 멈췄다.

뭐지? 설마 이제 와서 국혼을 못 하겠다며 도망이라도 치시려는 건 아니겠지?

제발, 제발 부탁이니 얌전히 있어달라는 간절함이 듬뿍 담긴 눈으로 모두가 그녀를 바라본다.

"빨리 안 들어오고 뭐해."

"네, 전하!"

말이 끝나기 무섭게 방 안으로 뛰어 들어온 그들이 순식간에 아라를 둘러쌌다. 평소 옷을 입거나 갈아입는 것쯤은 남들 도움 없이 직접 하는 그녀였지만, 혼례복의 특성상 혼자 입기가 힘들기 때문에 오늘만큼은 그들에게 몸을 맡겼다.

"그나저나 허수아비는?"

"허수아비가 아니라 지아비겠지."

바닥에 쓸리는 붉은 혼례복을 바라보던 아라가 넌지시 물었다. 그러자 그녀의 주변을 맴돌며 연신 감탄하기 바쁜 월비가 꼬집었다.

"출발했대. 곧 도착할 거야. 무휼이 마중 갔어."

"그거 기대되네."

옷을 갖춰 입고 자리에 앉자, 궁녀들의 손이 더욱 바빠졌다. 커다란 상자에서 금장식을 꺼내드는 것을 본 아라는 인상을 찌푸렸다.

저것들을 다 하면, 분명 목이 부러질 거야.

"적당히."

"걱정 마세요."

알아들었으니 걱정 말라며 웃고는 있지만, 그들에게서는 아라의 말을 완벽하게 무시하겠다는 의지가 느껴졌다.

평소 꾸미지 않는 여왕님 때문에 그동안 못 해 본 것들, 오늘 다 풀어 보리라! 주위 시선 탓에 화려함을 최소한으로 해야 했던 그녀가 유일하게 미모를 뽐낼 수 있는 날이 몇 번이나 오겠는가. 오늘만큼은 그녀를 가장 아름답게 만들어 주고 싶었다.

그 마음을 알기에 아라도 어느 정도 봐주고 있었지만, 머리 장식만은 좀, 제발.

"그나저나 널 알아보면 어쩌지?"

"어차피 너울로 얼굴 가릴 텐데, 뭐. 초야까지 신부 얼굴을 봐서는 안 된다는 게 전통이잖아."

딱히 알아본다고 문제가 될 건 없었지만, 그래도 모르는 편이 더 나았다. 그가 그녀를 알아본다는 건 일전에 만난 적 있다는 뜻이었고, 이는 곧 아라가 궐 밖에 나갔다는 뜻이기도 했으니까. 한 배를 타기는 했지만 아직 그를 믿는 건 아니었다.

"최대한 들키지 않게 노력해야지."

"1년 동안?"

"그쪽은 회수궁에서 지낼 텐데, 잘하면 마주치는 일은 없을 테니까."

시간이 없다더니 아주 꼼꼼히 화장까지 했다. 혼례복에 맞춰 붉은 너울까지 드리우고 봄을 상징하는 꽃으로 장식을 하고 나서야 모든 준비가 끝났다.

"초야는 어쩔 건데?"

"아직 성년이 아니라는 이유로 섭정을 요구했던 이들이야."

여태 자신을 어린애 취급하던 사람들이었다. 지금까지 해 온 게 있는데 하루아침에 손바닥 뒤집듯 말을 바꿀 수는 없겠지.

"하긴."

아라의 말에 월비가 고개를 끄덕였다.

그녀 나름대로 걱정했던 모양이지만, 아라는 처음부터 초야에 대한 걱정은 하지 않았다. 걱정이라면 저가 아니라 신료들이 하고 있겠지.

"지금쯤 그 능구렁이들, 머리를 맞대고 온갖 불순한 방법들을 강구하고 있을걸."

"그런 쪽으로는 머리가 빨리 돌아가는 사람들이니까. 아, 이런. 상상해 버렸어."

"열일곱이라는 애매한 나이가 좋을 때가 다 있네."

하지만 혹시 또 모르지. 그들의 머릿속에는 뭐가 들어 있는지 알 수가 없으니 말이야.

"그쪽이 스물둘이라고 했던가. 혈기왕성할 때인데 안됐네. 일 년은 독수공방하게 생겼으니."

월비의 말에 아라가 무거운 목을 겨우 가누며 작게 고개를 끄덕였다.

"그러게. 하필이면 내 눈에 띄어서 이게 무슨 고생이래."

아라는 진심이었다.

하필이면 왜 그는 그곳에 있어서, 거기서 나를 만나서, 나에게 말을 걸어서 조용한 삶을 뒤로하고 여기까지 오게 되었을까.

"전하! 오셨습니다!"

다급히 방 안에 뛰어 들어온 궁녀가 숨을 몰아쉬며 외쳤다. 한창 단장에 신경 쓰던 상궁이 눈빛으로 핀잔을 줬지만, 조금 전 그녀가 들고 온 소식 탓에 이를 눈치챈 이는 없었다.

아라와 월비의 걸음이 시원하게 뚫린 창으로 향했다. 밖에서 안을 들여다볼 수 없도록 쳐져 있던 발을 살짝 들어 올리자, 저 멀리 사람들에게 둘러싸인 무언가가 보인다. 멀리서 봐도 시선을 사로잡는 그것은 일전에 그녀가 보낸 화려한 꽃가마였다. 노골적으로 상대를 골려주기 위해 준비된 가마의 문이 열리더니, 그 안에서 죽을상을 한 남자가 황급히 뛰쳐나왔다. 그러고는 못마땅한 얼굴로 제가 타고 온 가마를 노려본다.

그 모습을 숨죽이고 지켜보던 아라와 월비는 누가 먼저라 할 것
도 없이 웃음이 터져 버렸다.

"큭, 하하하. 진짜 타고 왔어."

"정말, 무휼도 한번 태워 보고 싶다."

"화낼 거야."

"그렇겠지."

꽃가마에 관심 보이는 월비의 말에 아라는 저것을 잘 보관해 두
었다가 둘의 혼례 때 선물로 줘야겠다고 생각했다.

"전하."

한창 가마에 대한 이야기를 나누고 있는데, 등 뒤에서 목소리가
들려왔다. 묵직한 상궁의 목소리가 심상치 않다는 걸 눈치챈 아라
는 웃던 것을 뚝 멈추고 그들을 돌아봤다. 언제부터 예의를 차렸다
고, 하나같이 다소곳 고개를 숙인 모습이 낯설다.

"준비가 되었습니다. 슬슬 이동하도록 하겠습니다."

그제야 실감이 나는 거 같았다.

아, 내가 정말 혼례를 올리는구나.

*   *   *

"끔찍해."

제하는 작게 중얼거렸다.

평소보다 불편한 옷차림이 마음에 들지 않았다. 짙은 남색의 혼

례복은 신부의 혼례복 못지않게 화려했다. 어디 그뿐인가, 타고 온 것은 더 마음에 들지 않았다. 걸친 옷과는 다른 의미로 더 화려했기에.

"그래도 제하 님은 안에 타고 계셨잖아요."

그들은 아직도 타고 온 가마에 대해 이야기하는 중이었다.

분명 신랑 행차가 틀림없는데 화려한 꽃가마라니. 예서에서 천유까지 오는 내내 사람들의 관심 어린 시선을 한 몸에 받아야만 했다.

"꼭 아가씨 시집보내는 기분이었어요."

"네가 언제 아가씨를 모셔 봤다고."

지금까지 모신 주인이라고는 저밖에 없는 주제에.

"그나저나 왜 이리 늦어."

날이 제법 따듯해지기는 해도 아직 초봄이라 살갗을 스치는 바람은 꽤 찼다. 그럼에도 불구하고 제하는 더워서 죽을 거 같았다.

이게 다 여러 겹 입은 옷 때문이다. 그리고 시간이 되었음에도 불구하고 코빼기도 보이지 않고 있는 여왕 때문이다.

"신부들의 치장 시간은 길다잖아요."

"그래도 그렇지⋯⋯."

그때였다.

"여왕 전하 납시옵니다."

여왕의 행차를 알리는 대신의 목소리에 제하는 재빨리 고개를 돌렸다. 드디어 기다리고 기다리던 임의 등장이었다.

자신을 이 말도 안 되는 계획에 가담시킨 주동자의 얼굴이 어찌 안 궁금하겠는가. 그러나 호기심으로 반짝이던 눈빛은 이내 여인의 얼굴에 드리워진 붉은 너울에 막혀 흐려졌다.

이래서는 얼굴이 보이지 않았다.

물론 이제 와서 생김새 따위는 별로 중요하지 않기는 했다. 마음에 안 든다고 이 자리에서 벗어날 수 있는 것도 아닐뿐더러, 설령 마음에 든다 해도 마음을 품어서는 안 되니까.

그럴 바에는 기왕이면, 천하의 박색이길 바란다. 그래야 잠시라도 내 눈이 너를 쫓지 않지.

"처음 뵙겠습니다."

잠시 머뭇거리던 제하가 꾸벅 인사했다. 혼례식에서 처음 만난 신부라, 꽤 재미있는 상황이었다. 그의 인사에 아라는 잠시 대꾸하지 않았다. 사실을 말하면 그들은 처음이 아니었다. 정확하게 말하면 세 번째. 하긴, 세 번째 만남 만에 부부의 연을 맺는다는 것도 정상이 아니기는 하지.

"생각했던 것과는 많이 다르시네요."

여왕이라고 해서 조금 긴장했는데, 그것이 민망해질 정도로 눈앞의 여인은 가녀렸다. 물론 붉은 너울 아래 박력 있는 얼굴이 가려져 있을지도 모르지만.

"어떤 점이?"

"음, 일단은 키가……."

키가…… 작다는 말을 하려던 제하는 입을 다물었다. 물론 아직 한창 성장할 때이기는 하지만, 그래도 작았다. 천유국 여성의 평균 신장에도 못 미칠 정도로 작았다.

이 정도면 주머니에 쏙 넣어 다닐 수 있을 정도로.

"꼬맹이……."

아라를 힐끔거리던 제하가 저도 모르게 툭하고 말을 내뱉었다. 이런, 그냥 생각만 한 것뿐인데 그것이 입 밖으로 튀어나와 버렸다. 심지어 너무 크게 말했다.

"아, 진짜."

아라가 꿈틀대며 짜증을 냈다. 혼례를 올리는 내내 그와는 한 마디도 안 나눌 생각이었건만, 시작부터 제 성질을 건드리는 그의 발언에 발끈하고 말았다. 고개를 돌리니 그 역시 실수했다는 듯 놀라며 제 입을 막고 있는 게 보였다. 하지만 이미 늦었다. 그는 그 금기어를 말해 버렸고, 아라는 이를 들었다.

"그거 내가 제일 싫어하는 말인데."

하필이면 또 제일 싫어하는 말이었다니, 쾅이로구나.

"시작부터 아주 좋습니다, 좋아요."

아라의 비꼬는 투에 제하는 피식 웃었다.

순간 식겁하기는 했지만, 목소리에서 어린아이 같은 투정이 묻어 나오고 있었다. 듣자 하니 그녀의 나이 올해로 열일곱이라 했다. 자신보다 다섯 살이 어렸다. 그리 많은 나이 차는 아니었지만, 아무래도 성년이 아니라는 점이 그녀를 더 어려 보이게 하는 데 한몫했다.

"크흠, 죄송합니다. 기분 나쁘게 하려는 의도는 아니었는데."

그가 사과 비스무리한 말을 꺼내자, 입술을 삐죽 내밀고 있던 아라가 슬쩍 고개를 돌려 그를 바라봤다. 문에 시선을 고정하고 있던 제하 역시 그녀를 향해 고개를 돌렸다. 이내 그는 옅은 미소를 지어 보이며 말했다.

"다행이라는 뜻이었습니다."

"다행?"

"네. 전하께서 꼬맹이라 다행입니다."

본인은 기분 나쁘게 할 의도가 전혀 없었다고 하나, 아라는 이미 기분이 상해 버렸다. 그의 말에는 많은 뜻이 담겨 있는 듯하나, 지금의 그녀의 머리로는 도저히 이해가 되지 않았다.

"무슨 말인지 전혀 모르겠는데."

그래서 하고 싶은 말이 도대체 뭔데?

"우리가 가장 조심해야 하는 게 뭔지 아세요?"

"신료들에게 사실을 들키지 않는 거죠."

"……."

"그거 외에 달리 중요한 게 또 있나요?"

그 정도는 자신도 알고 있으니 이제 애 취급은 그만하라는 아라의 말에 제하는 잠시 입을 다물었다. 아니라고 우기겠지만, 그녀는 애가 분명했다. 외형이나 그런 것을 떠나 적어도 마음만큼은 그럴 것이다. 아니면 그저 눈앞의 목표만을 생각하느라 그 외의 것은 미처 볼 겨를이 없거나.

"그럼 전하께서는 그걸 조심하세요, 나머지는 제가 알아서 조심하겠습니다."

"말 안 해도 그럴 생각이었어요."

꼬맹이라는 말이 불러온 분노는 꽤 오래갔다. 결혼 하루 만에 그녀의 약점을 파악한 제하는 나중을 위해서라도 이것을 꼭 기억해 놓겠노라 다짐했다. 남의 눈을 속이는 건 노력하면 된다지만, 사람의 마음은 노력한다고 되는 게 아니었다.

이는 한 여자를 사랑하며 깨닫게 된 교훈이다.

"전하."

상궁 하나가 그들에게 다가와 꾸벅 인사했다.

"원래 전하께서 먼저 행차하시는 것이 관례입니다만…… 아무래도 상황이 다르니……."

"여왕이니까."

보통은 왕이 있고, 그 왕이 왕후를 들이는 형식이었지만, 지금은 달랐다. 여왕이 국서를 들이는 일은 천유국 역사상 최초였다.

"그렇다고 전하를 뒤로하고 국서께서 앞장서시는 것도 뭐하니, 예외적이기는 하나 두 분이서 나란히 행차하시는 게 좋을 듯합니다."

말이 끝나기 무섭게 제하가 손을 내밀었다.

그가 내민 손을 빤히 바라보던 아라가 조심스럽게 제 손을 들었다. 그러나 쉬이 그의 손바닥과 마주하지 못하고 쩔쩔맸다.

"저 그렇게 나쁜 사람 아닙니다."

"……."

"전하께서 선택하셨잖아요. 그리고 듣자하니 우리가 운명이라던데."

그래, 내가 선택한 것이다. 지금 내가 서 있는 이 자리와 나라를 지키기 위해 어쩔 수 없는 선택이었다.

침착함을 되찾은 아라가 그의 손을 잡았다. 새하얗기에 차가울 줄 알았는데 그의 손은 생각보다 따듯했다.

"그럼 이제 가시겠습니다."

상궁의 말이 끝나기 무섭게 그들의 앞에 있던 문이 엄청난 소리를 내며 열렸다. 그 건너편에는 길게 뻗은 길과 양옆으로 나뉜 신료들이 허리 숙여 인사하는 모습이 보였다.

"아, 참."

그 웅장한 광경에 잠시 넋을 잃고 있던 제하가 퍼뜩 정신을 차리고는 아라에게 물었다.

"뭐 하나만 여쭈어도 될까요?"

"뭔데요."

혼례 절차에 대한 질문이겠거니 생각한 아라가 빨리 말하라며 재촉하자, 제하가 손에 힘을 주었다.

"행차 때 동원된 꽃가마, 그거 일부러 그러신 거죠."

아라는 말없이 그를 응시했다. 뜬금없는 질문에 한 번 놀라고, 그것이 자신의 소행임을 들켰다는 데에 두 번 놀랐다. 그러나 당하고만 있을 수는 없지. 그녀 역시 온 힘을 끌어모아 손을 움켜쥐었다.

"당연하죠."

그녀가 말했다.

난 당신이 필요함과 동시에, 그쪽 존재가 아주 거슬리거든.

"한 방 먹었네요."

그러자 그가 웃는다.

"제 취향이 아닙니다."

제하가 작게 불평을 늘어놓았다. 그러나 아라는 듣고도 못 들은 척, 쌩하니 그를 앞질러 먼저 궁 안에 들어섰다.

중앙궁의 바로 옆에 있는 희수궁(姬秀宮)은 대대로 왕후들이 머무는 궁이었다. 이번에는 예외적으로 사내가 그 주인이 되었지만, 애초에 여주인을 위해 만들어진 곳이다 보니 전체적으로 여성스러울 수밖에 없었다. 반면 아라가 머물고 있는 중앙궁은 왕의 궁으로, 화려함과는 거리가 먼 웅장한 느낌이었다. 그 분위기에 적응하기까지 그녀도 꽤 많은 시간이 필요했다.

"아무래도 왕후들이 기거했던 곳이니까요."

혼례라고 해도 별거 없었다.

별거 아닌 이유가 과연 간소화시킨 예식 때문인지 아니면 두근거림 하나 없는 혼례였기 때문인지는 모르겠으나, 어쨌든 잘 끝났으니 다행이라고 생각했다.

그나저나.

"그래도 나름대로 준비시킨 건데."

너무 여성스러운 방을 보면 기겁하고 도망갈까 특별히 신경도 썼는데 그게 불만이냐며 투덜대자, 제하의 낯빛은 점점 어두워졌다.

뭐야, 그 정도로 마음에 안 드는 거야?

"남자들은 꽃밭을 좋아한다고 들었는데. 아니었어요?"

"어디서 그런 나쁜 말을 들으신 겁니까?"

"아는 오라버니한테서요."

그녀가 근처에 물어볼 사람이 어디 있겠는가. 주위에 있는 또래 사내라고는 무휼과 월비의 오라버니가 다였다.

'아는 오라버니'라는 말에 제하의 표정이 더더욱 구겨졌다. 안 그래도 방 안에 들어설 때부터 풍겨 오는 진한 꽃향기가 마음에 들지 않았는데, 그 이유라는 것은 더더욱 마음에 들지 않았다. 도대체 주위에 어떤 사람들이 있는 거야, 이 어린 여왕은.

"그 오라버니랑 친하게 지내지 않는 게 좋을 거 같습니다."

"어째서?"

"그리고 아마 그 남자가 말한 꽃밭은 이게 아니었을 거예요."

알아들을 수 없는 말을 중얼거리며 그가 방 안으로 들어섰다. 그러자 신경을 써 줘도 불만이냐며 그를 노려보던 아라 역시 안으로 들어섰다.

예식도 끝났겠다, 사실 아라는 이대로 중앙궁에 돌아가도 상관없었지만 앞으로의 일에 대해 의논할 것도 있고 그에게서 받아내야만 하는 게 있어 이렇게 따라왔다.

편한 대화를 위해 주위를 다 물린 상태라 방에는 둘밖에 없었다. 때문에 그녀는 제 뒤를 따르고 있는 검은 그림자를 미처 알아차리지 못했고, 방문을 닫았다.

"원래 왕과 왕후는 한곳에서 같이 지내지 않습니까?"

"그건 왕이 왕후를 총애할 때의 이야기고."

"그럼 우리 사이는?"

"이미 말했을 텐데."

설마 이제 와서 모르는 척 발뺌할 생각이냐며 아라의 목소리가 한층 날카로워졌다. 그러자 방 안에 비치되어 있던 의자에 앉은 제하가 재빨리 손을 내저었다.

"그냥 여쭤 본 겁니다."

혼례가 끝난 후 아무런 연 없는 사람마냥 그 자리에서 헤어질 줄 알았는데 뒤따라오는 아라 때문에 제하는 나름대로 당황하고 있었다.

혼례만 치르면 된다기에 정말 그런 줄 알았는데, 설마 그 다음 거사까지 치러야 한단 말인가. 거기까지는 미처 생각하지 못했는데…….

이런저런 생각으로 그의 머릿속이 한창 꼬여 갈 때, 맞은편에 앉은 아라가 그에게 종이 한 장을 내밀었다.

"이게 뭡니까?"

종이를 집어든 제하의 눈이 빠르게 내용을 훑었다.

"일종의 서약서랄까요."

그제야 그는 그녀가 왜 주변을 물리면서까지 제 뒤를 따라온 건지 이해했다. 이해를 하고 나니 긴장이 사라졌다. 그리고 긴장이 사라지니 다시금 스멀스멀 장난기가 몰려왔다. 이렇게 당돌하게 내밀면 괜히 더 안 해 주고 싶잖아.

"혼인 서약서라면 아까 쓰지 않았나요?"

"그게 아니라는 것쯤은 당신도 알고 있을 텐데요."

"하루에 두 개의 서약서라……."

"서명을 하거나 지장 찍으세요. 뭐든 확실한 게 좋으니까."

"너무 정이 없네요."

"약속했던 구가의 후계권이라면 벌써 손을 써 두었어요. 조만간 해결될 테니 걱정 말고……."

"아, 그 말을 들으니 마음이 조금 흔들리네요. 챙길 거 다 챙긴 마당에 굳이 이런 서약서에 서명할 필요가……."

계속해서 말을 돌리며 서명하기를 미루는 그 모습에, 아라는 등골이 오싹했다.

'혹시 지금 나 이 남자에게 뒤통수 맞은 것은 아닐까? 내가 모르는 사이에 귀족들과 손이라도 잡은 건가?'

꼬리에 꼬리를 물던 걱정이 제 무덤을 파고 말았다는 데까지 미치자 손이 파르르 떨렸다. 이를 본 제하는 속으로 뒤늦게 후회했다.

"뭘 그렇게 놀라요. 장난입니다."

조금 장난친다는 게 너무 겁을 주고 만 것이다.

이게 다 얼굴을 가리고 있는 저 붉은 너울 때문이었다. 장난도 상대방 반응을 확인하면서 적절히 수위를 조절해야 하는데 이를 알 수가 없으니. 망설일 때는 언제고 서둘러 지장을 찍어 준 그가 머쓱하게 웃으며 제 손가락을 닦아냈다.

"혹시라도 나중에 또 이런 계약을 하려거든, 상대가 원하는 걸 먼저 내주지 마세요."

"……."

"세상에는 착한 사람들만 있는 게 아니니까."

"그건 나도 알아요."

아라는 고개를 끄덕였다. 그건 그녀도 잘 알고 있었다. 지금도 자신을 정치적인 도구로 이용하려는 대신들이 눈에 불을 켜고 있지 않은가. 이번 혼례 역시 마찬가지였다.

자, 그럼 서로 끝내야 할 것도 끝냈겠다, 이제 정말 끝이었다. 아라가 그를 돌아봤다. 앞으로 1년간은 서로 볼 일이 없을 것이다.

"궁금한 게 있으면 지금 다 물어봐요."

어쩌면 이번이 마지막이 될지도 모를 텐데, 물어볼 수 있는 기회는 지금뿐이었다. 질문이 없느냐는 말에 제하는 한참이나 그녀를 바라봤다.

사실은 아까부터 엄청나게 신경 쓰이는 게 한 가지 있긴 했다. 말이 신경 쓰인다지, 눈에 거슬리는 붉은 너울이 바로 그것이었다.

"……그거 안 답답하세요?"

어렵게 받은 서약서를 돌돌 말고 있던 아라가 그를 바라봤다. '그거'라는 것이 지금 제 얼굴을 가리고 있는 너울이라는 걸 알아차리기 무섭게 그녀는 인상을 찌푸리며 몸을 사렸다.

"그냥 솔직하게 말하지 그래요? 내 얼굴이 궁금하다고."

"당연히 궁금할 수밖에요. 결혼 첫날밤에 색시가 얼굴도 안 보여 준다는데."

"외모 따지는 남자였어요?"

잘생긴 것들은 꼭 제값을 한다더니, 그 역시 그런 건가. 사람을 볼 때 외모를 따지냐는 질문에 그는 일말의 망설임도 없이 고개를 끄덕였다.

"당연하죠."

"……."

그래도 '마음이 중요하지.'라는 형식적인 답변이 들려올 줄 알았는데 너무나도 솔직하잖아.

"예쁜 걸 안 좋아하는 사람이 어디 있겠어요."

그는 당당했다. 어찌 저라고 사내의 본능이 없을까. 물론 이렇게 말은 했지만 사실 가장 큰 이유는 순수하게 시아라라는 여자가 궁금하기 때문이었다. 대신들에게 대대적인 사기를 치려는 어린 여왕이 궁금했다.

"신부가 제 손으로 너울을 벗어서는 안 돼요. 그게 전통이에요. 오늘은 어디까지나 남편만을 위한 거니까 다른 이들에게 얼굴을 보여서는 안 되거든요."

물론 초야를 치르지 않을 테니, 이 너울은 나중에 제 손으로 직접 벗어야겠지만 말이다.

사실 이는 핑계이기도 했다. 아직 그가 귀족들의 꼭두각시인지 아닌지, 완벽한 확신이 들지 않았기 때문이다. 만약 그가 귀족들의 편에 섰고, 예서에서 만난 역술가가 자신이었다는 걸 알게 된다면 큰일이었으니.

"그럼 신랑이 해 주는 건 괜찮다는 거군요."

"사양하겠습니다!"

손만 들었을 뿐인데 화들짝 놀란 아라가 재빨리 몸을 뒤로 뺐다. 그런 그녀를 보며 제하는 웃었다. 이리 경계할 거면서 어떻게 혼자 이 방까지 따라 들어올 생각을 한 건지.

"그나저나 초야라고 하니 하는 말인데……."

움찔.

조금 전과 달리 유난히 낮게 깔린 그 목소리에 아라가 어깨를 흠칫 떨자, 이를 본 제하는 속으로 웃음을 꾹 참아냈다. 애써 너울을 거두지 않아도 지금 그녀가 어떤 표정을 짓고 있을지 예상이 됐다.

"초, 초야가 뭐요."

심지어 목소리까지 덜덜 떨고 있으니 더더욱 애처롭게 느껴졌다.

꼭 궁지에 몰린 토끼, 아니, 새끼 여우 같잖아.

"여기 있어도 괜찮으시겠어요?"

자꾸만 그림자가 어른거리는 방문을 힐끔거리던 그가 한숨을 푹 내쉬었다. 사실은 아까부터 신경 쓰이던 게 하나 있다.

"목적이 뚜렷한 늙은이들은 능구렁이가 되고는 하죠."

"네?"

"아무것도 아닙니다."

아무래도 밖은 분주한 모양이었다. 눈앞의 여왕께서는 이를 아직 눈치 못 챈 듯하고. 문에 고정되어 있던 시선을 뗀 그가 옅게 웃으며 고개를 저었다.

"그러고 보니, 오늘 하루 종일 전하의 곁을 떠나지 않았던 남자."

남자?

"무휼?"

곁에 두고 있는 남자라고 한다면 무휼밖에 없었으니, 별다른 고민 없이 그 이름이 툭하고 튀어나왔다. 이에 슬며시 눈살을 찌푸리던 제하가 짓궂은 미소를 짓더니

"정인이에요?"

라고 묻는다. 정인이라니. 아무리 그래도 그건 아니잖아. 마음 없는 보여 주기식 결혼이라고는 해도 그렇지, 바로 옆에 다른 남자를 둘 정도로 막돼먹지 않았다.

"정인이라면 더 꽁꽁 숨겨 뒀겠죠."

"하긴."

"소꿉친구예요. 마찬가지로 소꿉친구인 여자애를 좋아하고 있고."

"소꿉친구라……."

믿지는 못하겠지만, 일단은 그냥 넘어가 주겠다는 말투에 아라는 발끈했다. 딱히 정인이 있다 해도 문제가 될 건 없었지만, 어째서인지 괜한 오해를 받고 싶지 않았다.

게다가…… 지금 그 말을 할 처지가 아니지 않나?

"그러는 그쪽이야말로."

"……."

많은 의미가 담겨 있는 말. 뼈가 있는 그 말의 속뜻을 알아차린 제하는 순간 말문이 막혔다. 생각지도 못한 아라의 한 방이 그에게 꽤 큰 충격을 안겨 줬다. 아라는 동요로 흔들리는 그의 눈동자를 숨을 죽이고 바라봤다. 이내 차갑게 굳어 있던 그의 얼굴에 천천히 옅은 미소가 번졌다.

"……조사를 많이 하셨네요?"

"아무래도 중요한 일인지라."

"혹시 절 선택하신 이유에 그것도 포함되어 있나요?"

"물론. 그것도 아주 큰 가점으로 작용했는걸요."

그럼, 무휼이 알아낸 정보 중에서 그것이 가장 마음에 들지 않았던가. 실연의 상처를 지닌 남자. 남편감으로는 꽝이었지만 지금의 경우에는 이보다 더 적합한 인물이 없었다.

너무나도 솔직한 답변에 그가 다시 입을 다물었다. 자신을 몇 번이나 당황스럽게 했던 입이 조용해지자, 아라는 기가 살았다.

"이름이 뭐였어요?"

"거기까지는 못 알아내셨습니까?"

"아뇨. 당연히 알아냈죠."

그럴 리가. 한 나라의 여왕이 고작해야 백성 한 명에 대한 정보를 손에 못 넣을 리 없었다. 게다가 워낙 능력 좋은 측근을 곁에 두고 있는지라 더더욱. 여왕의 정보통을 무시하지 말라며 조금은 얄미운 음성으로 말하자, 제하가 물었다.

"아시면서 왜 물어보시는 건데요."

"형수님이 아닌 이름으로 부를 때 어떤 표정을 지을지 궁금해서요."

"……."

방 안에는 무거운 침묵이 맴돌았다. 아라는 뒤늦게 자신이 조금 지나쳤다는 걸 깨달았다.

이걸 어쩌나. 사과를 해야 하나 말아야 하나.

그렇게 그녀 혼자 고민에 빠져 있는데.

"설화."

"음?"

"주설화입니다."

여인의 이름을 말하는 그의 목소리가 방 안에 묵직하게 내려앉았다. 아라는 숨을 크게 들이쉬었다. 아, 이거 잘못 건드렸구나. 하지만 궁금했다. 저런 표정을 짓게 만든 여자의 정체가.

"……둘이 어떤 사이였어요?"

"어떤 사이였는지는 잘 알고 계실 텐데요."

은근히 떠보는 식의 질문에 아라는 고개를 저었다. 물론 사전에 그에 대한 정보를 얻기는 했지만, 둘 사이의 세세한 관계까지는 알아낼 수 없었던 것이다.

연인이었고, 헤어졌다. 그게 끝이다.

"오래전부터 우리 집과 거래하던 상인의 딸이었어요."

때문에 자연스럽게 알게 되었고, 마음이 움직였고, 깨닫고 보니 커져 있더라. 그냥 그렇게 사랑에 빠졌다. 남들과 별반 다를 거 없이, 평범하게.

"심각한 사이였던 거예요?"

"어느 정도면 심각한 건데요."

"아니, 뭐……."

우물쭈물거리던 아라는 결국 말을 끝맺지 못했다. 남녀 사이에 일어날 수 있는 일이라면 여러 가지가 있지 않은가. 간질간질한 느낌이 드는 사랑 초기 증상부터 입에 담기도 민망한 일까지.

"음. 그러니까……."

"결혼까지 약속했어요."

"……."

"그런데 지금 내 눈앞에는 다른 여인이 있네요."

결혼, 결혼이라. 생각했던 것 이상의 답변에 아라의 동공이 커졌다. 심각한 사이였던 것이다. 그러나 놀란 그녀와 달리 정작 당사자인 그는 덤덤했다. 한 치의 흐트러짐도 없다.

"그 다음은 아시겠지만. 형님에게 후계자 자리를 빼앗기고, 뭐……."

아, 이 뒤의 이야기는 아라도 알고 있는 이야기였다.

"그 여자는 분명, 당신을 사랑하고 있었던 게 아니었을 거예요."

"그래도 저는 진심이었어요."

기선 제압이 목적이었던 대화는 오히려 아라의 마음을 복잡하게 만들었다. 상대를 원망하지도 않는 건지 옅은 웃음까지 지어가며 자신의 비극적인 사랑 이야기를 들려주는 그가 왠지 대단해 보였다.

"원망 같은 거 안 해요? 어디 그래서 이 험난한 세상을 살겠어요?"

"열일곱 살짜리 꼬맹이한테 듣고 싶지는 않네요."

아, 그놈의 꼬맹이. 아라는 한숨을 내쉬었다. 그래, 꼬맹이. 무례하기는 했지만 그 정도는 애칭으로 넘어가 주자 싶었다.

"꼬맹이도 알 건 다 알거든요. 그 여자가 정말 못됐네요. 일종의 그거잖아. 이용해 먹다가 필요 없어지니 바로 다른 남자로 갈아타는……."

"그만."

차가운 목소리가 그녀의 말을 단칼에 잘라내었다.

"전하께서 아직 어려서 잘 모르시나 본데."

자리에서 일어난 그가 천천히 고개를 숙였다. 저를 내려다보고 있는 그의 시선에 완벽하게 방심하고 있던 그녀는 순간 등골이 오싹했다. 아무렇지 않을 거라 자신했지만 덜컥 겁이 났다. 그리고 겁이 나니 목소리조차 나오지 않았다. 고개를 돌리거나 그를 밀어내면 그만이었지만 그 움직임이 너무나도 느려, 오히려 피할 수 없었다.

화가 난 건지 너울 너머로 보이는 그의 강렬한 눈에, 아라는 매료되기라도 한 것처럼 몸이 굳었다.

그렇게 그가 그녀의 코앞까지 다가왔다. 어찌나 그 거리가 가까운지 속삭이듯 내뿜는 뜨거운 숨결 탓에 너울이 달라붙는 감촉이 생소했다.

그대로 그의 입술이…….

"미안, 장난이 심했네요. 숨 쉬어요."

뒤늦게 자신이 숨을 안 쉬고 있었다는 것을 깨달은 아라는 그제야 인상을 찌푸리며 그를 밀어냈다. 생각보다 순순히 밀려 주는 그를 한껏 노려봤다. 물론 의미 없겠지만.

놀랐을 그녀에게 진심으로 사과한 제하가 잠시 머뭇거리더니, 그녀의 머리를 다정하게 쓰다듬으며 가볍게 경고했다.

"남자의 첫사랑은 함부로 건드리는 게 아니랍니다."

이 이상 파고들지 말아 달라는 뜻이었다.

"……화났어요?"

"모르고 그런 거니까 봐드릴게요."

바짝 움츠러든 아라를 바라보던 제하는 웃음을 꾹 참았다. 좀 전에 자신을 자극하려 들 때는 좀 그랬지만, 이리 보니 정말 아이 같았다. 저 너울 너머에 어떤 얼굴이 숨어 있는지는 모르겠으나 분명 '아름답다.'라는 말보다는 '귀엽다.'는 말이 더 어울릴 거 같았다.

"사과할게요."

"그 사과를 받아들이겠습니다."

자칫 이상해질 뻔한 분위기가 다행히 훈훈하게 마무리되어 가던 그때였다.

덜컹, 덜컹.

문가에서 들려오는 이상한 소리에 정신이 번쩍 든 아라는 재빨리 고개를 돌렸다. 바람 소리인가 했지만 그 뒤로도 달그락달그락 소리가 들려오는 것이 묘하게 불안했다.

"밖에 누구냐."

아무런 소리가 들려오지 않았다. 분명 방에 들어오기 전 사람들을 물려, 주변에는 아무도 없어야 할 텐데…….

의아해하며 자리에서 일어난 그녀가 조심스럽게 문가로 향했다.

"잠깐, 설마……."

스치듯 지나갔던 불안한 소리 그리고 지금 이 상황. 거기에 보태어 좀 전에 제하가 했던 말.

'목적이 뚜렷한 늙은이들은 능구렁이가 되고는 하죠.'

재빨리 문가로 달려간 그녀가 문을 열기 위해 안간힘을 썼지만,

역시나 꿈쩍도 하지 않았다. 이럴 리 없다며 문에 매달려 온갖 난리도 떨어 봤지만 애석하게도 열리지 않았다.

이럴 수가. 망했다.

"이 인간들이 이제는 하다 하다 별짓을 다 하는구만!"

사람을 아주 만만하게 보고 있어! 평소라면 저에게 꼼짝을 못 하던 사람들이 단체로 무슨 약을 먹기라도 한 건지, 어디서 이런 배짱을 발휘하는 걸까.

씩씩거리며 분통을 터트리길 얼마, 아라는 문득 이상한 점을 깨달았다.

'잠깐. 너무 조용하지 않아?'

자신만 떠들고 있는 이 상황에 의아함을 느낀 아라가 고개를 돌렸다. 이 난감한 상황에 정작 함께 갇혀 버린 또 다른 사람은 너무나도 여유로워 보였다. 마치 처음부터 이러한 사태를 예상하고 있었던 듯.

"그쪽은 알고 있었죠."

"어렴풋이 이러지 않을까 생각하고 있기는 했죠."

이번에도 그는 솔직하게 인정했다. 그래, 사람이 솔직한 건 좋지만 말이야, 그래도 미리 알고 있으면 언질이라도 해 줬어야지 얌전히 당하고 있는 건 또 뭐야?

"알고 있으면서 왜 가만히 당하고만 있는 건데요?"

혹시라도 자신에게 흑심을 품고 있는 거냐며 아라가 앙칼지게 묻자 그가 환하게 미소 지으며 말했다.

"막상 당했을 때 당황해하는 전하의 얼굴이 보고 싶어서, 라고 해 두겠습니다."

"……."

"너울 때문에 보이지 않는 게 안타깝지만."

"지금 복수하는 거예요? 은근히 소심한 남자네."

많이 들어본 대사에 아라는 인상을 찌푸렸다. 저것과 비슷한 말을 내뱉을 때는 통쾌한 감이 없잖아 있었지만, 막상 역으로 당해 보니 별로였다.

"그나저나, 이제 어쩌면 좋지."

문 앞에 서서 발을 동동 구르며 안절부절못하고 있는 아라를 바라보던 제하가 자리에서 일어났다.

"어쩌긴요."

등 뒤로 다가온 그가 순식간에 양팔로 그녀를 가두었다. 갑작스러운 접촉에 놀란 아라는 그대로 굳어 버리고 말았다. 도망치려 했지만 등 뒤로는 문이 가로막고 있으니 꼼짝도 못 하는 상황.

"기왕 이렇게 되었으니, 신하들이 원하는 대로 해야죠."

뭐라고? 아니, 이 남자가 지금 무슨 헛소리를 늘어놓고 있는 거야?

꿀꺽.

신하들이 원하는 대로. 그것이 무엇인지 아라가 모를 리 없었다. 순간 머릿속이 백짓장마냥 새하얗게 물들어가기 시작했다. 멍하니 그를 올려다보길 얼마, 아라의 눈에 제하의 어깨 너머로 붉은 휘장이 드리워진 침상이 들어왔다. 이내 그녀는 사색이 되었다.

"농입니다. 왜 이렇게 굳어요, 미안해지게."

또 장난친 건가. 아라는 정말 한 대 쳐 주고 싶은 걸 꾹 참았다.
참으로 장난을 좋아하는 남자로구나.

"걱정 마세요."

"……."

"저도 꼬맹이한테는 관심 없습니다."

얄밉게 웃은 제하가 그녀의 손을 잡았다. 놀란 아라가 갑자기 왜
이러느냐며 버둥거렸지만, 사내의 완력을 당해 내기란 애초에 무리
였다.

"혹시 몰라 손을 써 뒀죠."

그녀를 데리고 여러 개의 장지문 중 한 곳에 멈춰 선 그가 문고리
를 잡아당겼다.

"안 열린다니까요?"

"열릴 거예요."

아니, 안 열린대도 그러네. 괜히 힘 빼지 말고 같이 궁리해 보자
는 말을 하려는데, 이럴 수가. 분명 좀 전까지만 해도 열리지 않던
문이 너무나도 간단히 열리는 게 아닌가.

놀란 아라가 방에서 나오자, 문밖에서 대기 중이던 유신이 그녀
에게 꾸벅 인사했다. 방에 들어오기 전, 혹시 모르니 근처에 있으라
는 제하의 명을 받고 주변을 맴돌고 있었던 것이다.

"빨리 돌아가세요, 부인."

"……."

"뒤돌아보면 이곳에 남겠다는 걸로 간주하고 안 보낼 겁니다."

손까지 흔들며 배웅해 주는 그를 바라보던 아라는 아무 말도 못

하고 돌아섰다. 그리고 재빨리 복도를 지나 나중에는 거의 뛰다시피 희수궁을 벗어났다. 마치 무언가에게서 도망치듯. 그런 그녀의 뒷모습을 응시하던 제하의 미간이 묘하게 찌푸려졌다. 이를 눈치챈 유신이 물었다.

"왜 그러세요, 제하 님?"

"아무것도 아니야."

오늘은 너무 피곤하니 이만 쉬어야겠다며 돌아선 그가 방 안을 장식한 꽃들을 톡톡 건드리며 작게 중얼거렸다.

"너무 겁을 줬나."

*   *   *

"생각하면 생각할수록 괘씸하네, 그 남자."

용상에 앉은 아라가 두 주먹을 부르르 떨며 분노했다.

제하는 그녀가 겁을 먹고 자신을 피할 거라 생각했지만, 전혀. 아라는 열이 바짝 오른 상태였다. 심지어 이렇게까지 열 받은 적은 태어나서 처음이었다.

물론 대신들을 제외하고.

"대신들 표정 봤어?"

"봤지, 봤어."

마음이 복잡한 아라와 달리 신이 난 무휼과 월비는 그녀의 곁에서 떠들어 대기 바빴다. 평소 아침 조회가 끝나면 꽁해져서 오늘 하루는 어찌 버티나 투덜거리는 그들이었지만, 오늘은 달랐다.

"그게 그렇게 재미있어?"

"당연하지! 아침에 네가 희수궁이 아닌 중앙궁에서 나오니까 아주 똥 씹은 표정이더만."

"조회 내내 이게 어찌 된 영문인지 모르겠다는 얼굴로 앉아 있는데…… 하하."

좀 전에 대전에서 있었던 일을 회상하며 그들은 잔뜩 신이 나 있었다.

어쩐지 새벽같이 입궐한 그들이 가장 먼저 향한 곳은 대전이 아닌, 희수궁이었다. 새로운 주인께 문안 인사 드릴 목적으로 그곳에 갔을 리가 없다. 그들은 확인이 하고 싶었던 것이다. 어제 저들이 만들어 놓은 작은 사고가 만들어 낸 결과를. 그러나 잔뜩 기대에 부푼 그들의 바람과는 달리, 희수궁에는 남녀가 아닌 남자만이 외롭게 홀로 있었고, 이에 그들은 어찌 된 영문인지 모르겠다며 난리가 났다. 분명 어제 일처리는 완벽했는데 여왕은 어찌 되었냐며 그들은 곧장 중앙궁으로 향했다. 그리고 그곳에서 여왕께서는 간밤에 중앙궁에서 한 발자국도 나오지 않으셨다는 이야기를 듣게 된 것이다.

이게 어찌 된 일이야.

"그래도 범인은 잡지 그랬어."

"됐어. 괜히 그러다 더 시끄러워질라."

마음만 먹으면 어제의 일에 대해 추궁할 수도 있었지만 아라는 그러지 않았다. 다행히 그들이 원하는 별일은 일어나지 않았고, 파르르 떨며 화를 내기보다는 오히려 아무 일 없었다는 듯 침착하게 행동하는 편이 그들을 더 자극할 수 있으니까.

"그래도 다행이네. 구제하, 그 인간이 제 아비를 닮지 않아서."

의외라며 중얼거리던 무휼의 말에 아라가 고개를 번쩍 들었다. 이글거리는 눈빛으로 그를 노려보자, 무휼이 왜 그러냐며 몸을 사렸다.

그는 본의 아니게 아주 큰 실수를 하고 말았다.

"구제하……."

아라가 마음의 안정을 위해 들고 있던 책을 덮었다. 이에 놀란 무휼과 월비가 서로 시선을 교환했다. 도대체 왜 또 저러냐는 한숨과 함께. 오늘따라 이상한 건 신료들뿐만이 아니었다. 저들의 주군이신 아라 역시 그랬다. 어제 구제하와 단둘이 희수궁에 있었을 때 무슨 일이 있었던 게 틀림없었다. 좀 더 자세히 이야기를 들어보고 싶었지만, 구제하의 '구' 또는 국서의 '국'만 나와도 저리 민감하게 반응하니 어디 물어볼 수가 있어야지.

"시아라. 아니, 전하."

"뭐야."

"도대체 구제하랑 무슨 일이 있으셨던 겁니까?"

잠시 고민하던 무휼은 일부러 거리감을 두고 물었다. 소꿉친구기는 하지만 저 역시 신하라는 점을 강조도 할 겸 일부러 딱딱하게.

"아무 일도 없었다니까?"

"그럼 도대체 왜 그러는 건데. 오늘 하루 종일 이상하잖아."

"……."

"선왕께서 뭐라 하셨더라? 최대한 감정을 숨겨라. 화가 나도 참고, 기뻐도 참고, 겉으로 드러내서는 안 된다."

설령 그것이 마음에 안 드는 국서에 대한 불만이라 해도 말이다. 스스로 여왕이라는 자각을 잃지 말라는 무휼의 잔소리에 아라의 기분은 더더욱 낭떠러지를 향해 떨어지는 거 같았다. 어제의 자신은 전혀 여왕답지 못했다. 오히려 그 남자에게 말렸으면 말렸지. 은근히 자신을 도발하던 목소리와 겁을 주려는 목적으로 몇 번인가 줄어들었던 거리. 그리고 그 모든 도발에 일일이 반응했던 자신을 떠올리자 그녀는 쥐구멍에라도 숨고 싶었다.

"내가 그 인간을 가만두면 여왕, 아니, 사람이 아니다."

"……."

글자 하나 들어오지 않던 책이 아라의 손아귀에서 구겨졌다. 이렇게까지 흥분한 아라는 본 적이 없었기에 무휼은 심각해졌다. 그리고 이를 알아챈 월비가 그를 달래듯 말했다.

"앞으로 볼 일도 없을 텐데, 뭐."

"그건 그렇지."

그나마 다행인 건 더 이상 볼 일이 없다는 것이다. 그들의 계획대로라면 혼례를 올린 어제 이후, 둘은 1년 동안 서로 왕래가 없을 예정이었다. 이는 서로가 합의한 사항.

"너무 흥분하지 마. 그냥 무시해."

"흥분? 이거 왜 이래, 나는 지금 매우 침착한 상태라고."

아라가 재빨리 부정했지만 그녀의 측근들은 이 말을 믿지 않았다. 눈앞에 잔뜩 구겨진 책이 굴러다니고 있는데 이게 침착한 상태라니. 말도 안 됐다.

"제 감정도 제어 못 하면서 어떻게 여왕 노릇을 하겠어?"

"그래, 안다니 다행이다."

야무지고 당찬 말에 그제야 그들은 한시름 놓았다. 이제야 저들이 알고 있는 똑 부러지는 여왕의 모습이다. 어쩔 수 없이 국혼을 하기는 했지만 1년만 버티면 되니, 그들은 이 1년간 아무런 문제가 없기만을 바라고 또 바랄 뿐이었다.

"전하."

문밖에서 들려오는 상궁의 말에 모두가 바짝 긴장했다. 이제는 누군가가 중앙궁을 방문하기만 해도 민감하게 반응하고는 했다.

"예문관 대선께서 오셨습니다."

"들라 하세요."

예문관은 천유국의 모든 교육과 시험을 담당하는 기관이었다. 그곳의 최고 우두머리인 대선으로 말할 거 같으면 이 나라에서 가장 똑똑한 사람, 그리고 가장 존경받고 있는 사람이라 해도 과언이 아니었다.

"오랜만에 뵙습니다, 전하."

문이 열리고 백발의 노인 한 명이 방 안으로 걸어 들어왔다. 그의 등장에 무휼과 월비 역시 정중히 인사를 올렸다.

"오랜만에 뵙습니다, 스승님."

"너희도 오랜만이구나."

인지하게 미소 지으며 자리에 앉은 노인은 제 수염을 쓸어내리며 셋을 바라봤다. 함께 다니는 모습을 볼 때마다 매번 흐뭇하게 웃는 그들의 스승이었다. 또한 그는 돌아가신 혜루왕의 오랜 친우로서 종종 아라의 부모 역할도 하는 사람이었다.

"무슨 일로 절 보자고 하셨습니까, 전하."

그를 부른 건 다름 아닌 아라였다.

갑작스런 부름에 대선은 어리둥절했다. 평소 주위 시선을 의식하는 그녀가 수업 시간 외에 사적으로 부르는 일은 드물었기 때문이다. 이는 필시 무슨 일이 있는 게 틀림없었다. 혹은 무슨 일을 계획하고 있다거나. 어쨌든 보통의 일이 아닐 거라 예상한 그는 마음을 단단히 먹기로 했다.

잠시 뒤, 아라가 입을 열었다.

"이번에 대선께서, 새로 맞이한 국서의 교육을 담당하게 되었다 들었습니다."

"예, 그렇습니다."

원래는 왕후들을 상대로 교육했지만, 이번에는 사내였다. 때문에 기대가 된다는 말까지 덧붙이며 대선은 고개를 끄덕였다. 그러자 잠시 굳어 있던 아라의 얼굴에 서서히 미소가 번졌다. 괜히 헛기침을 하며 좀 전에 자신이 무자비하게 구겨 놓은 책을 펼친 그녀가 대뜸,

"수업량을 다섯 배로 늘리세요."

"……예?"

"하루치 수업량은 다섯 배로 늘리라는 말입니다."

이상한 요구를 하는 게 아닌가.

뜬금없이 그게 무슨 부탁이냐며 대선이 반문했다. 고작 이런 것을 말하기 위해 저를 직접 불렀단 말인가. 아니면 좀 전 여왕의 말

에 또 다른 의미가 내포되어 있는 것은 아닐까?

대선은 제 주군이자 제자이기도 한 그녀를 빤히 바라봤다. 지금 무슨 생각을 하고 있는지, 머릿속을 들여다보고 싶었다.

"그건…… 하루라도 빨리 교육을 끝내라는 말씀이신가요?"

"아니요."

"그럼?"

제 말 뜻을 못 알아듣는 대선의 반응에 아라는 속이 답답했다. 이걸 꼭 콕 집어 말해 줘야겠느냐며 입술을 꾹 깨문 그녀가 고개를 들었다.

"정신적으로 괴롭혀 달라는 의미였습니다."

뜬금없는 그녀의 요구에 대선은 어리둥절한 표정으로 굳어 버렸다. 그리고 대화에 끼어들지 않고 그저 지켜만 보고 있던 무휼과 월비는 한숨을 내쉬었다. 특히나 무휼은 저 혼자 생글생글 웃고 있는 아라를 흘겨보며 작게 중얼거렸다.

"……매우 침착한 상태라고?"

"흥."

침착은 무슨, 매우 유치하고도 치사한 수법이었다.

*　　*　　*

"원래 이런가요?"

산더미처럼 쌓인 책들을 훑어보던 제하가 놀라 물었다. 그러자 그 뒤로도 여전히 수많은 책더미를 옮기고 있던 교육관이 그의 눈치를 보더니 고개를 젓는다.

"원래 이 정도까지는 아니온데……."

그럴 리가, 사람 잡을 일 있나.

왕실의 인원이 되기 위한 교육은 매번 있었지만, 이 정도까지는 아니었다. 그냥 형식적인 거라 보통은 기본 예절서 몇 권만 익히고 나면 끝이었다.

"원래 이 정도까지는 아닌데, 왜 이런 거죠?"

"그러니까 그게……."

제 앉은키에 맞먹을 정도로 높이 쌓인 책을 바라보던 대선은 웃음을 꾹 참았다. 저를 불러다 놓고 신신당부하던 아라가 떠올랐기 때문이다.

좀처럼 이해하지 못하고 있는 그에게 그녀가 말했다.

'제 입으로 '못 하겠다.'라는 말이 나올 정도까지만 괴롭혀 주세요.'

말로는 왕실의 지엄함을 느끼게 해주기 위함이라는데, 전혀. 대선의 눈에는 잔뜩 골이 난 어린아이의 작은 복수로밖에 보이지 않았다.

"힘드시겠지만, 저 또한 성심을 다해 제하 님의 학습에 도움이 되겠사오니, 앞으로 잘 부탁드립니다."

꾸벅 인사한 그가 고개를 들었다. 여전히 어마어마한 높이를 자랑하는 책의 탑에 눈앞의 남자가 불쌍하게 느껴졌다. 그러나 아라가 한 가지 놓친 것이 있었으니, 그는 구제하였다. 막돼먹은 수령의 밑에서 일하며 온갖 일을 도맡아 온, 이른바 보통내기가 아니라는 뜻이었다. 모든 일을 빨리 처리해야 하다 보니, 자연히 제하는 지식을 습득하거나 정보를 받아들이는 속도가 다른 이들에 비해 월등히 빨라졌다.

이에 대선은 놀랐다. 오늘 두 번을 놀라는구나.

괴롭혀 달라 부탁을 하는 제자 때문에, 그리고 괴롭혀도 꿈쩍을 안 하고 묵묵히 받아들이고 있는 또 다른 제자 때문에. 다섯 배 분량이라고 했지만 생각했던 것 이상으로 수업이 빨리 끝났다. 수업 후, 대선은 제하가 십 년에 한 번은 나올까 말까 한 인재라는 것을 깨달았고 제하는 다른 사실을 깨달았다.

"어제 조금 괴롭혔다고 복수하는 거야, 지금."

쌓여있는 책 더미에서 누군가의 분노를 감지한 제하는 피식 웃었다. 예문관에는 미움 살 틈이 없었으니, 누구겠는가.

"꼬맹이는 꼬맹이네."

어제 자신이 조금 괴롭힌 꼬맹이가 분명했다.

"꼬맹이가 참 악독하네요."

수업시간 내내 멀찍이 떨어져 있던 유신이 비틀거리며 일어나 다가왔다. 다리가 저리다는 그를 슬쩍 올려다본 제하의 시선은 다시금 책에 떨어졌다.

"아니지."

유신은 아라를 악독하다 말했지만 그의 생각은 전혀 달랐다.

"귀여운 거지."

"예에? 지금 이게 안 보이시는 겁니까? 이게 어딜 봐서 귀엽다는 겁니까?"

이는 곧 책으로 사람을 반 죽여 놓겠다는 선전포고나 다름없었다. 다른 사람도 아니고 그가 이를 눈치 못 챌 리 없는데……

"여왕의 권력으로 괴롭힐 수 있는 방법은 무궁무진할 텐데, 고작이거라니……"

그 말대로, 여왕이라는 어마어마한 권력을 제대로 이용하기만 한다면 충분히 제하를 고통스럽게 괴롭힐 수도 있었을 것이다. 명령 하나면 간단한 것을 이리 귀찮은 방법을 사용하다니.

"받아치는 게 너무 무르잖아."

이래 놓고 또 통쾌하다며 제 방에서 웃고 있을 그녀를 생각하니 제하는 웃음을 감출 수가 없었다. 어제 도망치듯 희수궁을 나가는 걸 보고 제대로 미운털이 박혔겠구나 했는데, 다음날 바로 싸움을 걸어 오다니.

"응석 좀 받아줘야지."

나름대로 머리 굴려 가며 고민했을 텐데 있는 힘껏 받아줘야지 않겠는가.

*　　　*　　　*

"그걸 다 했다고요? 하나도 빠짐없이?"

"예, 전하."

그것도 너무 간단하게요.

가뜩이나 기분이 안 좋은 아라는 더더욱 열이 올랐다. 슬슬 우는 소리가 들리겠구나, 하고 교육관을 불렀더니 모든 것이 완벽하단다. 같이 앉아 욕을 해도 모자랄 판에, 이리 착실하고 뛰어난 제자는 제 인생에 몇 없었다며 칭찬 일색이니 더욱더 속이 타들어갈 수밖에.

천하의 호랑이 선생 대선을 이리 홀딱 반하게 만들다니 대단하구나, 구제하. 역시 만만히 봐서는 안 될 인물이었다.

차를 한 모금 들이킨 대선이 싱긋 웃으며 물었다.

"이제는 무엇을 하실 생각이십니까."

"······어째, 신이 나 보이십니까?"

분명 며칠 전까지만 해도 아라의 부탁을 이해 못 했던 그였지만, 지금은 달랐다. 오히려 이제는 뭘 할 생각이냐고 두 눈을 반짝이며 묻지를 않나, 하여튼 이상하다. 나이 먹은 늙은이 부려먹는다고 불평불만 늘어놓을 때는 언제고.

"보기 좋아서요."

대선이 씩 웃으며 말했다. 둘이 티격태격하는 모습을 구경하는 것이 생각보다 즐거웠다. 특히나 생기 넘치는 아라의 반응이 신선했다.

"이 늙은이가 보기에는 좋은 사람 같던데, 한번 곁에 두심이 어떠신지요."

"싫습니다."

"어째서요?"

조금의 망설임도 없는 답변에 대선은 그 이유를 물었다. 그에 아라가 답했다.

"정들까 봐서요."

"……."

정들까 봐 가까이 못 하겠다는 그 말은 어떻게 받아들이면 좋을까.

그녀는 그렇게 자라 왔다.

"미운 정도 정이랍니다."

호의를 단순한 호의로 받아들일 수 없었고, 가까이 다가오는 사람들과는 일부러라도 거리를 만든다. 그렇다 보니 그녀의 곁에는 무휼과 월비가 전부였다. 그는 사람들에게 쉽게 정을 붙일 수가 없게 된 어린 여왕이 너무나도 가엽게 느껴졌다. 그나마 다행인 건 정이 들까 걱정된다 말하는 걸로 보아, 이미 어느 정도는 그에게 호감을 갖고 있어 보인다는 것 정도일까.

"차라리 진심으로 사랑에 빠지셨으면 좋겠습니다."

"무슨 그런 망언을."

그는 차라리 여왕께서 국서와 사랑에 빠졌으면 좋겠다고 생각했다. 어렸을 때 받지 못한 사랑을 이제라도 받을 수 있도록.

*   *   *

"아니 됩니다!"

"비키라 하지 않았느냐! 감히 누구 앞을 가로막는 게야!"

희수궁이 소란스럽다. 쿵쾅거리는 걸음소리가 들리는가 싶더니,

문이 열리고 다급한 걸음의 남자가 방 안으로 들이닥쳤다. 궁녀들이 그의 침입을 막기 위해 매달리다시피 했지만, 남자는 그들을 있는 힘껏 뿌리치며 제하에게로 다가갔다. 침입자 하나 막아서지 못하다니, 이는 벌을 받아도 마땅한 일이었다.

설령 그것이 국서의 아버지이자 여왕의 시부 되시는 분이라 해도 그랬다. 경을 칠까 두려운 궁녀들이 재빨리 바닥에 무릎을 꿇으며 고개를 조아렸다.

"죄, 죄송합니다. 제하 님. 안 된다고 말씀드렸는데 막무가내로……."

"괜찮으니까 나가서 일 보세요."

걱정 말고 나가 보라는 그의 말에 궁녀들이 놀란 가슴을 쓸어내리며 밖으로 나갔다.

저들이 무슨 죄가 있겠는가. 예의도 없이 막무가내로 들이닥친 이 인간의 잘못이지.

제하가 자신의 아버지, 구제율을 바라봤다. 그는 원래부터 제멋대로인 사람이었다. 이제는 아들이 국서가 되었으니 더하면 더했지, 절대 덜할 사람이 아니었다. 고개를 빳빳이 들고 다가온 구제율이 제하의 맞은편에 털썩 앉더니, 그의 주변에 널린 책들을 보고는 혀를 찼다.

"쯧, 지금 한가롭게 책이나 읽고 있을 때냐."

"저도 나름대로 바쁩니다."

열이 바짝 오른 여왕을 상대하느라 바빴다.

"어제 아무 일도 없었다는 게 정말인 게야?"

단도직입적인 질문에 제하는 눈살을 찌푸렸다. 지금 그가 무엇을 묻고 있는지 모를 리 없었다.

"내 기껏 기회를 만들어 줬는데, 그 천금 같은 기회를 날리다니!"

구제율은 그 나름대로 마음이 심란했다. 국혼을 올린 지 하루밖에 지나지 않아 당분간은 그냥 두고 볼 생각이었지만, 이것만큼은 그럴 수가 없었다. 분명 희수궁에서 나올 줄 알았던 여왕이 오늘 아침, 중앙궁에서 나오는 걸 본 대신들이 우르르 몰려와서는 이게 어찌 된 일인지 알아보라 난리도 아니었다.

그렇다는 건 둘 사이에 아무 일도 없었다는 건가?

"아직 꼬맹이던데요."

조금만 도발해도 바로 경계부터 하던 그 작은 꼬맹이를 떠올린 그의 입가에 다시금 미소가 지어졌다.

"정신 차려라! 네가 정신을 바짝 차리지 않으면 이혼당하고 말 거란 말이다!"

제하는 웃음을 꾹 참았다. 이혼이라. 그들이 몰라서 그렇지, 처음부터 그러기로 한 국혼이었다. 지금 이 자리는 딱 1년만 앉아 있다가 제 발로 나가야 하는 자리란 말이다. 그러니 욕심 부리지 말라 경고하고 싶었지만 그랬다가는 여왕과 서약했다는 사실이 알려질 수도 있으니…….

"그건 제가 알아서 할 테니 아버지께서는 신경 쓰지 마세요."

대신들의 의심을 피하기 위해서라도 적절히 그의 편을 드는 척도 해 줘야 했다. 이 자리가 편한 자리인 줄 알았는데 오히려 불편한 자리였다. 주변의 눈치도 봐야 하고 되도 않는 연기도 해야 하고.

"그거 때문에 오신 겁니까."

할 말이 있으면 빨리 하고 돌아가라는 제하의 말에 큰 소리로 외쳐 대던 제율이 씩씩거리며 진정했다. 그 말대로, 사실 이렇게 찾아온 건 그 때문도 있었지만 다른 목적이 있기 때문이었다.

"크흠, 구가의 월가 진입은 언제쯤 될지 여왕에게 슬쩍 물어보거라."

"예?"

"월가 말이다, 월가! 분명 해 준다고 했는데 여태껏 말이 없으니. 쯧, 뭔가 꿍꿍이가 있는 게 틀림없어. 이제 와서 말을 바꾸지 못 하도록 손을 써야 한단 말이다!"

월가? 월가라는 말에 제하는 머리가 지끈거렸다. 그러고 보니 저에게 국서가 되라 설득하던 아버지의 입에서 월가에 들어갈 기회를 얻었다느니 어쨌느니, 그런 이야기를 들었던 거 같은데.

"월가라니요. 그건 함부로 들어갈 수 없지 않습니까."

"널 국서로 내주는 조건으로 내가 여왕에게 요구했다."

"뭐라고요?"

아버지가 욕심이 많다는 건 알고 있었지만, 솔직히 이 정도까지일 줄은 몰랐다. 천유국의 두 개의 달이라는 오랜 전통을 깨 버리기라도 하겠단 말인가.

"하아……."

제하는 깊은 한숨을 내쉬었다.

더더욱 그 꼬맹이의 편을 들기 잘했다는 생각이 들었다. 만약 자신이 아버지의 꼭두각시였다면 그는 앞으로도 많은 것들을 요구하고 욕심 부렸을 테니까.

"돌아가세요."

"제하……."

"그만 돌아가시라 했습니다."

그의 낮은 음성에 제율이 멈칫했다.

제 아들이기는 했으나 애정 어린 시선으로 바라본 적도 없었고, 최근 몇 년은 떨어져 지낸 탓에 낯설기도 했다. 그래도 아버지라는 입장을 주장하면 제 뜻대로 따라줄 거라 생각했는데 그건 그의 욕심이었다. 안 보고 지낸 사이, 그는 더더욱 자신이 모르는 사람이 되었다. 자리에서 일어난 제율은 씩씩거리며 방을 나섰다. 그 모습을 지켜보고 있던 유신이 문이 닫히기 무섭게 제하의 곁으로 다가왔다. 그러고는 늘 하던 대로 촐싹거리기 시작한다.

"구가가 제하 님 손에 넘어올 거라는 건 상상도 못 하고 있겠죠?"

"알고 있었다면, 월가니 뭐니 난리법석 떨지도 않았겠지."

이상하게도 가슴이 답답했다. 결국 책을 덮은 제하는 한숨을 내쉬었다.

"어째 내 주변에는 속물들만 있는 거야."

아버지, 배다른 형, 그리고 사랑했던 여인. 저를 쥐고 어찌하려는 사람들은 모두 그러했다.

"……."

"그래, 너 빼고."

"서운할 뻔했습니다."

유신의 작은 투정에 제하가 옅게 웃었다. 그러나 가슴이 답답한 건 여전했으니, 아무래도 안 되겠다. 무언가 특단의 조치가 필요했다. 이러다 우울증이 생기겠어.

"며칠 지났다고 답답하네. 궐 안에 아는 사람이라고는 너와 그 여왕뿐이니……."

사람들과 어울리는 것을 좋아하는 그의 성격상 말동무가 절실하게 필요했다. 이를 잘 알고 있는 유신이 골똘히 생각에 잠시더니, 손뼉을 '짝!' 하고 쳤다.

"아! 있잖아요, 그 여자."

유신이 두 눈을 반짝이며 말했다. 그러자 제하는 고개를 갸웃거렸다. 설마 여왕을 말하는 거냐는 그의 질문에 유신이 고개를 내저었다.

"역술가 아가씨요."

"아."

그러고 보니.

"분명 궐에서 일하고 있다고 하지 않았나요?"

"그랬지."

예서와 구가에서 만났던 그녀는 여왕의 명을 받고 은밀히 임무 중이라 했다. 서운관 박사라고 대답했으니 분명 궐 안에 있을 것이다.

"그러고 보니, 괘씸하네. 내가 이렇게 된 결정적 계기를 제공한 주제에 코빼기도 안 보이다니."

잠시 빛을 잃었던 제하의 눈빛에 생기가 맴돌았다.

"한번 찾아볼까."

*　　　*　　　*

"감히…… 제 아비를 내쫓다니, 불효막심한 놈."

희수궁에서 쫓겨나다시피 한 구제율이 다급한 걸음으로 대전을 향했다. 그는 좀처럼 흥분을 가라앉히지 못하고 씩씩댔다.

"내 오늘은 기필코 여왕에게 답변을 들어야겠어!"

월가에 들어가게 되었다며 동네방네 소문내고 다닌 게 언제인데, 여왕께서는 그와 관련된 이야기는 일절 꺼내지를 않았다. 때문에 제하에게 언질을 넣어 보라 부추겨 봤지만 아들이란 놈 역시 꿈쩍도 하지 않았다.

이번 국혼으로 여왕의 시부라는 칭호를 얻기는 했지만 그럼 뭐 하나. 형편없는 가문은 언제나 그의 족쇄였다. 귀족 회의에 참석할 수 있는 권한을 얻기는 했지만 누구 하나 그를 대접하는 이가 없었다. 오히려 하급 귀족이 운이 좋았다며 무시하는 이들이 더 많았다.

그는 이제 한계에 다다랐고, 이를 해결하고자 여왕에게 독대 신청을 했다. 그리고 오늘 아침, 독대를 받아주겠다는 답변을 듣고 이리 대전을 찾은 것이다. 감히 여왕에게 언성을 높여서야 안 되겠지만, 그래도 자신은 그녀의 시부가 아닌가. 이번만큼은 이를 믿고 강하게 나가기로 다짐한 그가 쿵쿵거리는 걸음으로 대전에 들어섰다.

그리고 오는 중에 생각해 둔 말들을 퍼부으려는데,

"안 그래도 부르려고 했습니다. 일전의 약조를 지킬 때가 된 거 같아 말입니다."

싱긋 웃기까지 하는 아라의 말에 그는 순간 멈칫했다.

지금 내가 잘못 들은 게 아니지?

한바탕 화를 쏟아낼 작정을 하고 온 건데, 여왕께서 저리도 어여쁘게 웃으시며 먼저 이야기를 꺼내주시니 오히려 그는 당황했다.

"하, 하하. 그러셨군요, 전하."

하마터면 다 된 밥에 재를 뿌렸을지도 몰랐다 생각하니 오싹하기까지 했다. 어찌 되었든 오늘이 고대하던 바로 그 날이로구나!

"오래 기다리게 해서 미안합니다."

"아, 아닙니다, 전하. 바쁘신 와중에 소신의 일에 신경을 써 주신 것만으로도 감사할 따름이옵니다."

좀처럼 흥분을 주체 못 하는 그를 바라보고 있던 무휼과 월비는 서로 의미심장한 시선을 주고받았다. 기뻐서 어쩔 줄 몰라 하는 저 표정이 곧 있으면 붉으락푸르락할 것을 생각하니 고소해 죽을 거 같았다.

이는 아라 역시 마찬가지였다. 사실 좀 더 시간을 끌어볼 생각이었지만, 일전에 만나 본 구제율의 성격상 가만히 내버려 뒀다가는 소란을 일으킬지도 몰랐기 때문에 어쩔 수 없었다. 또한 제하와의 약속도 있으니 한시라도 빨리 처리해서 나쁠 게 없었다.

"구가를 구월가로 승격시킨다는 교지입니다. 이제 인장만 찍으면 되지요."

"성은이 망극하옵니다, 전하."

눈앞에 보여 주니 그제야 실감이 나는지, 구월가라는 이름을 되뇌던 구제율이 다시 한 번 큰절을 올렸다. 이내 그는 탐욕스러운 눈빛으로 아라의 손에 들린 교지를 바라봤다.

저것만 있으면…… 이제 저것만 제 손안에 들어오면!

지난날의 울분과 서러움, 고생 등이 머릿속을 빠르게 스치고 지나가며 가슴이 벅차오르기까지 했다.

그러나.

"인장을 찍기 전에……."

"저, 전하?"

어째서인지 여왕께서는 옥쇄를 든 손을 움직일 생각을 않았다. 구제율이 애가 타는 마음으로 황금빛 인장이 '쾅!' 하고 찍히기만을 기다리고 있던 그때였다.

"한 가지 조건이 있습니다."

"조, 조건이라 하면……."

약속까지 한 마당에 이제 와서 또 무슨 조건인지 모르겠다. 두 주먹을 꽉 쥔 구제율이 도망치려는 인내심을 붙잡았다.

"월가로의 진입이 어렵다는 건, 시부께서도 잘 알고 계실 겁니다. 만약 이 일이 조정에 알려지게 된다면 다른 신료들이 들고 일어서겠지요."

"……."

분하지만 맞는 말이었다. 제 이익만을 쫓느라 미처 신경 쓰지 못했지만, 여왕이 강압적으로 구가를 월가로 승격할 경우 다른 귀족들이 가만히 있을 리가 없었다.

하지만 그건 여왕의 문제이지, 엄밀히 말해 구제율 자신과는 상관이 없었다.

"설마 이제 와서 약조를 못 지키겠다고 하시는 건……."

"지키기 위해 조건을 다는 겁니다."

"……조건이 무엇입니까?"

좋아. 일단 승격은 시켜 준다니 그 조건이라는 걸 한번 들어보자. 깊게 심호흡한 그가 들을 준비가 되었다며 자세를 바로잡자 아라가 싱긋 웃었다.

"구제하를 구가의 가주로 임명하겠습니다."

"예에?!"

"그때 말씀하시지 않으셨습니까. 구가를 월가로 승격시키는 이유가 국서의 집안인데 너무 보잘것없어 제 체면이 걱정되기 때문이라고."

"그, 그렇사온데……."

"그런데 국서는 구가의 차남인 데다 후계자도 아니지 않습니까. 그래도 여왕의 남편인데 적어도 후계자는 되어야 제 면이 서겠지요."

"하오나……."

그 말은 후계권은 물론, 가주권까지 몽땅 그에게 넘기라는 뜻이었다. 구월가라는 명성을 얻는 대신 가주권을 내려놓아야 한다는 건 그에게 있어서 도박이나 다름없었다.

하필이면 제하라니. 저를 원수 취급하는 그에게 가주권이 넘어가면 과연 자신의 입지는 안전할 수 있을까.

이를 어쩐다.

고민에 빠진 구제율을 본 아라는 이때다 싶었다. 그녀가 한숨을 내쉬며 곤란하다는 연기를 펼치기 시작했다.

"아니면 할 수 없군요. 제가 생각해도 이번 간택은 너무 건성으로 선택한 감이 없잖아 있으니, 이참에 제대로 국서의 자격을 갖춘 사내를 새로 뽑는 것이……."

그 효과는 엄청났다.

"아닙니다! 알겠사옵니다, 전하!"

한층 가라앉은 분위기로 앉아서 머릿속으로 열심히 손익계산을 펼쳐 가던 그가 화들짝 놀라며 외쳐 댔다. 제발 그것만큼은 안 된다며 목이 떠나가라 외치는 그 때문에 텅 빈 대전 안에는 구제율의 목소리가 가득 울려 퍼졌다.

그래, 그대가 가장 두려워하는 게 바로 이것이었지.

가주권을 잃는 것보다 더 무서운 것이 바로 국서의 친정이라는 위치를 잃는 것이다. 가주권이야 나중에 되찾을 수 있다지만 여왕과의 연을 맺기란 하늘의 별따기, 아니 그 이상으로 힘든 일이었으니!

"명을 받들겠습니다."

결국 그는 스스로 가주권을 내려놓는 것을 선택했다.

그래, 긍정적으로 생각하면 일단 월가에 진입하는 데에는 성공했으니 전 구월가의 가주라는 명칭도 그럭저럭 먹힐 것이다. 그리고…….

'제하를, 제하를 잘 구슬리면 될 거야. 그래도 제 아비인데…….'

백기를 든 그를 바라보던 아라는 여전히 웃는 얼굴로 옥쇄를 집어 들었다. 그리고 '쾅!' 소리를 내며 교지에 인장을 찍었다. 그가 그렇게나 바라고 바라던 소리였지만, 구제율의 마음은 마냥 기쁘지만은 않았다.

*　　*　　*

와장창창!

방 안에서 들려오는 파열음에 하인들은 바짝 긴장했다. 도대체 뭘 얼마나 어떻게 깨부수고 있기에 이런 소리가 들리는 건지 모르겠다. 차라리 도둑이 들었으면 다행이지. 도둑이었다면 방에 들어가 흠씬 두들겨 팰 수라도 있을 테니까. 그러나 방 안에서 난동을 피우고 있는 사람이 이 집안의 첫째 도련님이라는 게 문제였다. 잘못 걸렸다가는 도자기 대신 저들이 깨질 수도 있었다.

"이런 법이 어디 있습니까!"

사내의 고함 소리가 집 안 마당에까지 울려 퍼졌다. 집이 그리 크지 않았기 때문에 그 목소리는 모든 하인들이 다 들을 수 있을 정도였다. 제 할 일을 하던 하인들은 쩌렁쩌렁 울려 퍼지는 고함에 눈치 보기 바빴다.

"최근 들어 좀 괜찮다 싶었더니……."

"내 말이. 이러다 괜히 우리한테 불똥 튀는 거 아니야?"

둘째 도련님이 국서로 간택되고서부터는 집안 분위기도 그럭저럭 좋았는데 오늘은 또 왜 이러는지.

"제용아, 일단 진정해라. 네 마음을 이해 못 하는 것은 아니나……."

이는 구가의 가주인 구제율도 마찬가지였다. 길길이 날뛰는 제 아들을 힘으로 말리기에는 역부족이었다. 할 수 없이 말로 어르고 달래려 노력하고 있는데, 자꾸만 희생되는 제 도자기 파편이 마음을 콕콕 찌르는 거 같았다.

"아버지도 문제십니다, 그걸 좋다고 받아들이십니까?!"

"그래요, 그깟 월가가 뭐라고 가주권을 제하에게 넘긴단 말이에요?!"

이제는 모자가 함께 목에 핏대를 세우고 덤벼들자, 제율은 한숨을 내쉬며 두 손 두 발 다 들었다.

그래, 여기 있는 자기들 다 때려 부숴라, 부숴. 그래도 나는 뜻을 굽히지 않을 테니.

"제용아, 월가 승격이 이 아비의 오랜 염원이라는 건 너도 잘 알고 있지……."

"그딴 게 저랑 무슨 상관이란 말입니까! 제가 가주권을 잃은 마당에!"

"맞아요, 가주권은 우리 제용이에게 물려주기로 약속하셨잖아요!"

고함을 치며 도자기를 부수고 있는 남자는 제하의 배다른 형님인 구제용, 그리고 그와 함께 목소리를 높이고 있는 여인은 그의 어머니 연희였다. 기녀 출신인 그녀는 신분 상승을 위해 구가의 후계자였던 구제율을 꼬셨고, 결국에는 그의 정부인과 그 사이에서 태어난 아들까지 쫓아내는 데 성공했다. 원래부터 몸이 약했던 정부인이 죽고, 유일한 눈엣가시였던 구제하가 스스로 지방에 내려가겠다 했을 때는 이제 모든 걱정거리가 사라졌다며 좋아했는데…….

"당장 전하께 가서 말씀드려요! 이 일은 없던 걸로 하겠다고!"

"그래요! 승격이 뭐가 중요합니까, 차라리 재물을 받아오시란 말입니다!"

두 눈을 부릅뜨고 외쳐대는 그들 때문에 제율은 머리가 깨질 거 같았다.

"그만!"

결국 화가 머리끝까지 난 그가 고함을 내지르자, 그제야 시끄럽던 두 입이 꾹 다물어졌다.

"이성적으로 생각해 봐라. 가주권은 나중에라도 되찾을 수 있지만, 월가는 그렇지 않아. 이번 기회는 인생에 한 번 있을까 말까 한 천금 같은 기회란 말이다."

"그래도 그렇지이…….."

연희가 여전히 제 아들 편을 서며 우는 소리를 내자, 제율의 눈빛이 사납게 번뜩였다. 여기서 더 토를 달았다가는 자신도 가만있지 않겠다는 무언의 압박이었다.

"상황이 나쁜 것만은 아니야. 여왕이 제하에게 가주권을 넘기라고 했다. 이게 무슨 의미겠어."

"무슨 의미인데요."

"쯧쯧, 이런 아둔한 녀석을 봤나, 척하면 척이지! 전하께서 제하를 마음에 두고 계신다는 뜻이지!"

그렇지 않고서야 굳이 이렇게 가주권을 돌려주려 할 리가 없었다.

"그, 그럴 수도 있겠군요."

구제율은 그제야 고개를 끄덕이며 수긍하는 제용이 답답했다. 제 아들이기는 하지만, 어려서부터 신동이라는 말을 들으며 자란 제하와 어쩜 이리 다른지. 국시에서도 번번이 떨어져 지금은 포기 상태가 아니던가.

하지만 이 역시 제하로 인해 해결될 것이다.

"그래, 지금 가주권 하나 가지고 이리 난리를 피울 때가 아니다. 제하가 여왕의 마음에 들기만 해 봐라. 그깟 가주권이 대수냐고. 우리는 더 많은 것을 가질 수 있을 것이야. 그것을 위한 희생이라고 생각하면 아무것도 아니지."

고위 관리까지는 무리더라도 하급 관리 정도는 어떻게 가능할지도 모른다. 그것만 해도 어디인가. 저 머리로는 도저히 얻을 수 없는 자리인데. 일단 이 모든 일을 성사시키기 위해서라도 당분간은 얌전히 제하의 눈치를 보며 살아야 했다.

"크흠. 지방 수령의 자리를 얻어줄 테니, 넌 네 부인이 돌아오는 대로 함께 내려가거라."

"지방 수령직이요? 제가 그걸 어떻게 합니까? 저도 체면이라는 게 있지……."

"네가 지금 체면을 따질 때야?"

어려서부터 예뻐했던 아들놈은 허구한 날 집에서 술만 퍼마셔 대고, 현모양처를 내쫓으며까지 집에 들인 여자는 오로지 제 아들만 감싸고돌고, 또……

"그런데, 네 부인은 언제 돌아온다더냐."

"곧 오지 않을까요."

"'곧'이 언제인데."

"글쎄요."

성의 없는 대답에 제율은 미간을 찌푸렸다. 생각해 보니 집안에
또 다른 골칫거리가 있었다.

"쯧쯧, 그저 밖으로 나돌기만 하니 큰일이야, 큰일."

하나 있는 며느리는 좀처럼 집에 들어올 생각을 안 했으니, 이는
곧 집안 망신이었다. 지금도 지인들과 함께 이웃나라에 여행을 가
있는 상태라 들었다.

"나는 고년, 결혼하겠다며 데리고 왔을 때부터 마음에 안 들었
다. 어디 귀족 가문의 아가씨도 아니고……."

상인의 딸이어서 그런지 씀씀이는 또 어찌나 큰지, 사치도 그런
사치가 없을 정도였다. 오로지 꾸미는 데에만 관심이 있어 그녀의
방에는 사용하지 않는 장신구들이 넘쳐났고, 그와 반대로 집안의
돈은 서서히 바닥을 보이기 시작했다.

"후우, 집안에 여자가 잘 들어와야 한다는 말이 사실이었어."

집안 꼴이 말이 아니었다.

*   *   *

"요즘 어때?"

아라가 이제 막 방에 들어선 무휼에게 물었다. 희수궁에 있는 남자의 근황에 대한 질문이었다. 셋 중 가장 경계심이 강한 무휼이 종종 그의 동태를 살피러 간다는 것을 알고서부터는 이렇게 묻고는 했다.

"별다른 움직임 없지?"

"그렇기는 한데……."

시원치 않은 답변에 아라는 뭔가 있음을 짐작했다. 마음의 준비가 되었으니 어디 한 번 말해 보라는 그녀의 말에 무휼이 입을 떼었다.

"궐 안을 돌아다니고 있어."

"궐 안을?"

무휼이 고개를 끄덕였다.

조금이라도 국서가 수상한 움직임을 보이면 바로 대응하기 위해 희수궁을 주시하고 있었다. 그럼에도 그는 지금까지 딱히 눈에 띄는 행동은 하지 않았다. 귀족들과 몰래 만나 뭔가를 작당하거나 하는 모습 역시 보지 못했다. 양손 가득 뇌물을 들고 찾아오는 귀족들이 몇 있었지만, 국서는 그들과도 많은 시간을 보내려고 하지 않았다.

그런데 오늘, 드디어 이상한 움직임이 포착된 것이다.

"무언가를 찾고 있는 거 같았어."

"뭘?"

"그건 나도 모르지."

그게 정확하게 뭔지는 모르겠으나, 단순히 궐 안을 산책하는 분위기는 확실히 아니었다. 지나가던 사람을 붙잡고 뭔가를 묻고 고개를 절레절레 젓는 궁인들에게 애써 실망하지 않았다는 표정으로 싱긋 웃어주기까지 하니, 이는 틀림없는 수색이었다.

뭔가 꿍꿍이가 있는 게 틀림없다. 그런데 한 가지 신경 쓰이는 건, 그의 질문에 그 누구도 고개를 끄덕인 궁인이 없었다는 것이다. 그만큼이나 찾기 어려운 거란 말인가?

혹시 모를 일에 대비해 궐 안의 경계를 강화해야겠다 다짐한 무휼의 시선이 아라를 향했다. 그녀는 지금 막 밖에 나가려던 참이었다.

"그나저나, 어디 가려고?"

"예문관. 스승님 뵈러."

그녀는 여왕이었고 예문관 대선은 그녀의 신하였다. 부르면 쪼르르 달려와야 하는 게 맞지만 워낙 연로하신 나이이다 보니 종종 이렇게 그녀가 직접 찾아가고는 했다. 게다가 요즘에는 제 말도 안 되는 복수극에 어울려 주시느라 한창 고생하고 계시지 않은가.

"혹시 마주칠지 모르니 조심해."

방을 나서는 아라에게 무휼이 충고했다. 구제하가 궐 안을 들쑤시고 다니는 마당에 그녀가 중앙궁을 벗어난다니 불안했다.

"괜히 마주치면 아무래도 골치 아파질 거 아니야."

딱히 큰 문제가 생기지는 않겠지만, 그래도 조심해야 했다. 그는 그녀의 얼굴을 알고 있었다. 괜히 마주쳤다가는 해명해야 할 것이 산더미처럼 불어날 것이다.

"걱정 마."

그러나 정작 당사자께서는 상황을 아는지 모르는지 그저 해맑게 웃고 있으니 걱정이다, 걱정이야. 그럼 다녀오겠다며 아라가 쌩하니 방을 나섰다. 그런 그녀의 뒷모습을 멍하니 바라보고 있던 무휼은 고개를 저었다.

"에이, 궐이 얼마나 넓은데 설마 딱 마주치겠어?"

그래, 괜한 기우겠지.

                    *   *   *

"······전하."

"'아라 님'이라 불러 주세요. 아바마마께서 살아계셨을 때는 그렇게 부르셨잖아요."

"······."

스승의 불만 가득한 눈빛에도 아라는 당당하게 호칭 정정을 요구했다. 전하라는 말은 참 이상했다. 돌아가신 아버지 역시 전하라 불리던 때가 있었는데······. 마치 과거의 아버지와 현재의 자신을 이어 주고 있는 느낌이 들었다. 그리고 그러한 생각을 할 때면 괜히 울컥했다.

"회의가 있다 들어, 기다리고 있었습니다."

"아, 네. 곧 있을 국시 때문에 한창 바쁠 때라······."

시험철만 되면 바빠지는 예문관. 지금이 바로 그때였다. 덕분에 아라는 사람들의 눈을 피해 여기까지 조용히 들어올 수 있었다.

"부르시면 제가 갈 텐데, 자꾸 이렇게 직접 찾아오시니······ 알아

보는 사람이 있으면 어쩌시려고 그러십니까."

"누구냐 물으면 스승님 딸이라고 대답하죠, 뭐."

"전하."

"뭐 어때요, 어차피 궐 안에도 내 얼굴 알고 있는 사람은 몇 없는데."

우울한 아라의 목소리가 예문관 안에 울려 퍼졌다.

아라의 어머니는 어렸을 때 돌아가셨다. 천유국의 모든 왕들이 그러했듯 왕후를 끔찍이 여기던 혜루왕은 그녀의 죽음 이후 시름시름 앓기 시작했다. 마음의 병은 나날이 커져만 가, 공주마저 잃을 수 없다고 생각한 그는 지나칠 정도로 아라를 과보호했다.

보통 공주들은 어느 정도 나이가 되면 독립된 생활을 시작하지만, 아라는 부친인 혜루왕의 보호 아래 중앙궁에서 자랐다. 아무나 들어올 수 없는 중앙궁의 특성상 그곳에 출입이 가능한 고위 신료나 극소수의 궁인들만이 그녀의 얼굴을 알고 있을 정도였다. 덕분에 아라는 궐 밖은 물론 궐 안까지 자유로이 활보할 수 있었다. 물론 그러기 위해서는 뒤따라 붙는 궁인들을 따돌려야 했지만.

"결혼도 안 한 늙은 노총각에게 이렇게 큰 딸이라니요."

"하지만 다른 관리들은 모르잖아요."

놀랍게도 대선에게는 부인이 없었다. '평생 학문과 사랑을 하겠습니다.'라며 공부에만 전념했기 때문이란다. 그러나 이 사실을 알고 있는 사람은 극소수였다. 대충 저 나이쯤 되면 혼인도 하고 손주도 봤겠지, 하고 넘어갔기 때문이다.

"그나저나, 예문관에는 어쩐 일로……."

"그냥 답답해서 바람 쐬러 나온 거뿐입니다."

이따금씩 궐 안이 답답할 때, 그녀는 이렇게 스승을 찾아와 푸념을 늘어놓는 것으로 기분 전환을 하고는 했다. 아무래도 아버지의 오랜 벗이라 그런지 편했다.

"요즘 국서와는 잘 지내고 계십니까?"

독신 생활이 길어서 그런가, 능숙하게 차를 내온 그가 물었다. 그러자 왜 많고 많은 질문 중에서 하필이면 그 이야기냐며 아라가 버럭 외쳤다.

"그놈의 국서!"

국서의 '국' 자만 나와도 예민하게 반응하는 그녀가 이번에도 인상을 확 찌푸리더니 퉁명스럽게 대꾸했다.

"네, 아주 잘 지내고 있으니 걱정……."

바로 그때였다. 그녀의 말이 채 끝나기도 전에 그들이 있던 방의 문이 드르륵 열렸다.

"안녕하세요, 스승님. 뭐 하나 여쭤 보려…… 어?"

"아."

그리고 한 남자가 고개를 빼꼼 들이밀었다.

이런.

아라는 두 눈을 질끈 감았다. 문을 열고 들어온 사내는 매우 낯이 익었다. 이는 그 역시 마찬가지였다. 남자의 시선이 한참 동안 아라에게 고정되었다. 그렇게 얼마의 시간이 지났을 때, 그의 입가에 어렴풋이 미소가 번지기 시작한다. 확신에 찬 눈빛을 보고 만 아라는 절망했다. 자신을 알아본 게 틀림없었다. 무휼이 그렇게나 주의를 췄던 바로 그 남자. 초야 때 딱 한 번 보고 지금까지 만난 적 없는 그 남자. 자신의 남편, 구제하였다.

빠르게 그녀의 앞으로 다가온 그가 최선을 다해 시선을 피하고 있는 그녀를 응시하더니, 이내 손가락을 들어 저를 가리키며 외쳤다.

"그때 그 역박사!"

세상에. 예전에 구가에서 만났을 때, 자신을 서운관의 박사라 속였던 것을 아직도 기억하고 있을 줄이야. 이럴 줄 알았으면 좀 더 그럴싸한 변명을 댈 걸 그랬다며 아라는 뒤늦게 후회했다.

"역박사?"

역박사라니, 대선이 재빨리 아라를 바라봤다. 이에 그녀는 나중에 제대로 설명해줄 테니 지금은 자신을 좀 도와달라는 무언의 협조를 요청했다.

"안 그래도 찾고 있었는데, 이렇게 만날 줄이야."

"……저를요?"

바로 코앞까지 다가온 그가 너무나도 눈부신 미소를 지으며 말했다. 이에 넋을 놓아 버린 아라는 잠시 아무 말도 못 하고 버벅거리다 뒤늦게 정신을 차리고는 헛기침을 했다.

"오, 오랜만에 뵙습니다."

"그러게. 정말 오랜만이구나."

이런, 궐을 들쑤시고 다니며 뭔가를 찾고 있는 중이라 들었는데 그것이 설마 자신이었을 줄이야. 난감한 이 상황을 어찌하면 좋을 꼬.

"그런데 서운관의 박사가 왜 예문관에 있는 거지?"

시작부터 난관이었다. 뭐라고 대답하면 좋을까. 예문관과 사이가 좋아서? 이제 와서 사실은 예문관의 교육관이었습니다, 라고 말하는 것도 좀 우스울 거 같고.

그렇게 아라가 한참 고민에 빠져있는 사이.

"스승님."

제하가 흐뭇하게 웃고 있는 스승, 대선을 힐끔 바라봤다.

"이 역박사와 아는 사이십니까?"

그의 질문에 아라와 대선의 머릿속에 공통적으로 떠오른 것이 하나 있었으니, 서로 시선을 주고받던 둘은 동시에 입을 열었다.

"딸아이입니다."

"아버지세요."

좋았어.

三花.
봄이라서 그런 겁니다

"이름."

"……"

"이름이 뭐냐고 묻고 있잖아."

계속되는 그의 질문에 아라는 입을 꾹 다물었다.

차마 고개를 들 용기가 나지 않았다. 그렇게 괜히 방 안을 둘러싸고 있는 붉은 휘장을 바라보고 있는데 손에 묵직한 무언가가 느껴졌다.

힐끔 보니 떡. 그녀의 손에 떡 하나가 더 쥐어졌다.

"벌써 다섯 번째 묻는 거야."

손 안의 떡 개수도 마침 다섯 개였다.

"정말 안 가르쳐 줄 거야?"

작게 한숨까지 내쉬는 그였지만, 아라는 꿈쩍도 안 했다. 하지만 그렇잖아. 말하면 안 되는 거잖아. 그에게 이름을 말한다는 게 무슨 의미인가. 그건 스스로 정체를 밝히는 것과 다름없었다. 그리되면 일이 복잡해진다.

게다가…….

'고작 떡 몇 개로 사람을 꼬시려고 하다니.'

도대체 사람을 뭐로 보는 건지 모르겠다.

문득 혼롓날 그의 입에서 무심코 튀어나왔던 '꼬맹이'라는 말이 떠오르자 아라는 미간을 찌푸렸다. 이를 본 제하가 작게 한숨을 내쉬며 여섯 번째 떡을 집어 들었다.

"이름을 알려줘야 앞으로 뭐라 부를 거 아니야."

매번 부를 때마다 '저기.' 또는 '이봐.'라고 부를 수는 없지 않은가. 사람 정 없게.

"아니면 꼬맹이라 부른다?"

그의 목소리에는 즐거움이 가득했다. 꼬맹이, 예서에서 봤을 때도 그렇게 생각했지만 이렇게 보니 더 조그마했다. 잔뜩 움츠러들어 있어서 그런지 더더욱.

"꼬맹아."

윽. 아라는 이를 악 물었다. 이상하게도 이 남자는 저를 꼬맹이라 부르는 걸 좋아했다. 역술가로 만났을 때도, 여왕으로서 만났을 때도. 또 지금, 서운관 박사로 만났을 때도. 그에게는 모두 꼬맹이로 통했다. 그것이 아직 덜 큰 신장 탓인지, 아니면 외모 때문인지는 모르겠으나 어쨌든, 어리다는 이유로 무시당하는 것에는 넌더리가 났다.

"어, 어차피 앞으로 또 볼 사이도 아니고……."

"나는 앞으로도 계속 볼 생각인데."

"……."

"너는 아닌가 보지?"

간절함. 그의 눈빛에서 간절함을 읽어 낸 아라는 멈칫했다. '당연하지.'라는 말이 목구멍까지 차올랐지만 어째서인지 입 밖으로 나오지 않았다. 할 수 있는 거라고는 입술을 달싹이며 고개를 젓는 게 전부였다.

"나를 이곳으로 끌어들이는 데에 너도 한몫했으니 책임을 져야지."

이 기회를 놓칠 리 없는 제하가 싱긋 웃었다.

'하아, 미치겠네.'

아라는 작게 탄식했다. 일이 이상하게 꼬이고 있었다.

지금 이곳은 희수궁. 그것도 희수궁 안쪽에 있는 국서의 방이었다. 예문관에서의 깜짝 재회 이후 조심스럽게 눈치를 보며 자리를 뜨려 했지만, 결국 그에게 붙잡혀 이곳으로 끌려오고 만 것이다.

'어떻게든 이곳에서 벗어나야 할 텐데!'

그러나 시간이 지나면 지날수록 더욱 벗어나기가 힘들었다.

그녀는 구제하라는 남자와 혼인하기 전, 몇 가지 다짐한 게 있었다.

첫째, 사내를 사랑하지 않을 것.

둘째, 그를 사랑하지 않을 것.

셋째, 구제하를 사랑하지 않을 것.

그래도 혹시 모를 일에 대비해 1년 동안은 그와 거리를 두려 했다. 이를 지키기 위해 초야 이후로는 희수궁 근처에도 안 갔던 건데!

"왕에게 총애를 받지 못하는 후궁 신세라."

"……."

"부인에게 사랑받지 못해 나이 스물둘에 독수공방이라니."

"……."

"돌아가신 어머님이 보시면 뭐라 생각할까……."

대뜸 신세타령을 늘어놓는 그가 처량해 보였으나, 어찌 보면 웃긴 상황이기도 했다. 지금 둘의 상황은 역전되어 있었다.

전하께서 오늘 밤에는 제 처소에 드실까, 예쁘게 치장하고 앉아 오매불망 님을 기다리는 후궁의 모습이 떠오른 아라는 작게 웃었다. 이를 본 제하가 바로 달려들었다.

"웃지 말고 어디 한번 말해 봐라. 정말 내 팔자가 이런 거야? 말년에는 좀 나아질까?"

"그걸 제가 어떻게 압니까?"

"서운관 박사라며."

아, 맞다. 그랬지.

감정적으로 대꾸하던 아라가 움찔했다. 하마터면 손안의 떡들을 떨어뜨릴 뻔했다. 잠깐 방심한 사이에 경계가 느슨하게 풀린 것이 문제였다. 이유는 모르겠으나, 그냥 이 남자와 함께 있으면 그랬다. 도저히 정신을 집중할 수가 없다. 또한 평정심을 유지할 수가 없다.

'아무래도 안 되겠어. 생각했던 것 이상으로 가까이하면 위험해.'

뒤늦게 사태의 심각성을 깨달은 아라가 받은 떡을 품에 안고 엉거주춤 일어났다. 어색한 표정으로 말도 안 되는 연기까지 펼쳐 가며.

"아, 참! 제가 급한 볼일이 있었는데 깜빡하고……."

"가긴 어딜 가, 앉아."

"넵."

어떻게든 빠져나가려 했지만, 눈치 빠른 그에게서 벗어나는 건 여간 힘든 일이 아니었다. 심지어 유일한 도주로인 문은 유신이 가로막고 있으니.

도망칠 수 없다는 결론을 내린 아라가 고개를 떨궜다. 이를 본 제하의 입가에는 만족스런 미소가 지어졌다.

"여왕은 어떤 사람이야?"

"그건 왜 물어보시는 겁니까?"

경계심이 가득한 아라의 목소리에 슬며시 웃음 짓던 제하가 당연한 거 아니냐는 듯 대꾸했다.

"부인이잖아."

"……."

꽤 많은 의미가 함축되어 있는 그 짧은 말에 아라는 생각에 잠겼다. 좀 전의 어쩔 줄 몰라 하던 모습은 어디로 가고, 한결 냉철한 모습으로 그를 응시했다. 그렇게 얼마가 지났을까, 오랜 침묵 끝에 그녀가 입을 열었다.

"어차피 그럴 마음도 없으면서."

슬쩍 웃기까지 하며.

아라는 이미 알고 있었다. 구제하, 그의 마음속에는 이미 다른 여자가 있다. 그것을 알고도 그를 선택했다.

"여왕의 사랑을 바라고 온 게 아니잖아요?"

정말 구가를 돌려받기 위함인지 모르겠으나, 어쨌든 그가 궐에 들어온 이유 중 '사랑'은 아무런 관련이 없을 것이다. 아니, 그래야만 한다.

"그건 그렇지."

그녀의 물음에 그가 조금의 망설임도 없이 고개를 끄덕였다. 이를 본 아라는 안도했다. 그러나 안도감 뒤로는 어찌된 영문인지 마음 한구석이 먹먹해졌다. 마치 밥을 먹다가 체한 것처럼.

"처음 만났을 때도 느꼈던 건데."

"응?"

"진짜 이상하신 분입니다."

자칫 상대방의 기분을 불쾌하게 할 수도 있는 발언이었지만, 아라는 진심이었다. 지금까지 그녀가 알고 있는 사람은 측근, 자신과 대립하려는 신료들, 문제만 일으키는 탐관오리, 그리고 지켜야 하는 백성이 전부였다. 그러나 눈앞의 구제하라는 남자는 그 어디에도 속하지 않았다.

아마 그래서 자꾸만 눈이 가나봐.

"나 역시 처음 봤을 때부터 느꼈던 건데."

"……."

"역시 느낌이 나쁘지 않아."

순간 아라의 미간이 찌푸려졌다.

느낌? 무슨 느낌?

고개를 갸웃거리는 그 모습에 제하의 입꼬리가 올라갔다. 그가 작게 중얼거렸다.

"예쁘네."

처음 봤을 때도 느꼈던 거지만, 그녀는 예뻤다.

여자만 보면 사족을 못 쓰는 수령 때문에 반사적으로 여인들과 거리를 두려 했지만, 그런 그가 봐도 그녀는 사랑스러웠다. 마치 꽃처럼.

"좋아."

"네?"

"이름을 꽃님이로 할까?"

"꼬, 꽃님이요?"

손가락을 펼 수 없게 만드는 이름에 아라는 질색했다. 많고 많은 이름 중에 왜 하필 꽃님이란 말이야. 조금만 더 생각하면 그럴싸한 이름이 널리고 널렸을 텐데!

"뭘 그리 질색을 해? 네가 이름을 안 알려주니까 할 수 없잖아."

"아무리 그래도 그렇지."

"마음에 안 들어? 그럼 진짜 꼬맹이로 할까?"

싱긋 웃고 있는 그를 노려보던 아라는 작게 한숨을 내쉬었다. 마음에 안 드냐고? 당연하지! 지금 그걸 질문이라고 하느냔 말이다.

하지만 그렇다고 솔직하게 대답하면 그는 본명을 대라고 할 게 틀림없었다. 그리되면 또다시 기나긴 추궁이 이어질 것이다.

꽃님과 꼬맹이 중에서 하나를 골라보라는 그의 재촉에 아라는 이를 악물었다. 둘 중의 한 가지를 골라야만 한다는 게 너무나도 치욕스러웠으나, 할 수 없지.

끓어오르는 분노를 애써 참아낸 아라가 최선을 다해 미소 지었다. 아주 활짝.

"꽃님이가 너—무 마음에 듭니다."

꼬맹이보다야 꽃이 낫지 않을까.

그녀는 포기했다. 어차피 더는 볼 일도 없을 텐데, 오늘 하루 그의 꽃님이가 되어 준다고 해서 무슨 큰일이라도 날까 싶었다. 그러나 그것은 그녀의 착각이었다.

"궐 안이 이리 답답한 곳인 줄 몰랐어."

그 말에 아라는 양심이 찔렸다. 그를 이렇게 만든 게 누군가, 바로 자신이었다. 물론 그는 이 사실을 모르고 있지만 알게 된다면 저를 원망할지도 몰랐다. 그러니 끝까지 몰라야만 했다. 그에게 있어서 자신은 끝까지 '꽃님이'로 남아야 한단 말이다.

"그럼 궐 밖에 나가 보시는 게 어떠신지요."

"궐 밖?"

"예."

아라의 제안에 제하의 표정이 금세 밝아졌다. 이를 본 아라의 마음도 한결 가벼워졌다. 그의 행동 범위를 제한하기는 했으나, 이리 보니 처지가 좀 딱하기도 했다.

"자유롭게 출입하실 수 있도록, 전하께 잘 말씀드려 보겠습니다."

"정말? 그게 정말이냐?"

"예."

딱히 그의 발을 묶을 생각은 없었다. 그저 궐 안에서 마주치는 일을 피하기 위해 함부로 돌아다니지 말라고 했던 것뿐인데 결국에는 이리 만나 버리고 말았으니.

"물론 중앙궁 출입은 안 됩니다. 또한 너무 잦은 외출은 신하들의 눈에 안 좋게 보일 수도 있으니 어느 정도 자제를 해 주셔야 하고……"

아무리 그래도 중앙궁 출입은 불가했다. 그래도 그 외에는 지내는 데 불편함이 없도록 최대한 그에게 맞춰 줄 생각이었다.

"그 정도만 지켜 주신다면, 아마 전하께서도 윤허하실……"

"같이 가자."

"예?"

아라의 두 눈이 휘둥그레졌다. 왜 또 그렇게 되는 건데?

"천유를 떠난 지가 벌써 몇 년이야. 그러니, 네가 길 안내를 해 줘야겠다."

"저, 저는 해야 하는 일이 있어서…… 그, 아시다시피 제가 서운관 소속이라 그 일을……"

"서운관이라면 내가 잘 말해 둘 테니."

"그건 더더욱 안 됩니다!"

놀란 아라가 빽 소리를 질렀다.

어쩌자고 자신은 서운관 박사 행세를 한 걸까. 뒤늦게 후회를 해 보지만 이미 엎질러진 물이었다. 설마 그가 찾아다닐 줄 누가 알았 겠느냐 말이다. 한편, 다급한 그녀의 외침에 깜짝 놀란 제하는 미간 을 찌푸렸다.

"나 이래 봬도 국서야."

"알고 있습니다."

"그래, 알겠지. 날 찾아온 게 너인데 모를 리가 없겠지."

아니, 그 말은 틀렸다. 찾아간 게 아니라 그가 하필 그곳에 있었 던 것이다. 정확하게는 아라가 다른 사람을 만나러 갔다가 그와 만 난 것이었다.

"운명이라며. 이 자리가 내 자리라고 한 건 너였잖아. 남의 운명 은 그리 잘 보면서 어찌 제 앞날을 못 봐?"

그 말에 아라가 발끈했다. 그래서, 지금 내 앞날이 그대의 길잡이 노릇이란 말인가.

"내가 아무리 국정에 관여할 수 없는 허수아비 국서라지만."

꿀꺽. 그의 눈매가 짙어짐에 따라 아라의 긴장 역시 배가됐다.

"한낱 박사, 휴가 받아 내는 것쯤은 식은 죽 먹기겠지."

뭐라 대꾸할 수가 없다. 분하지만 그의 말이 맞았다.

허수아비이기는 하나 그래도 쓰고 있는 감투가 무려 국서였으 니, 그 정도 영향력은 행사할 수 있는 사람이었다. 그리고 여왕이라 는 것을 숨겨야만 하는 그녀는 그의 명령에 따라야만 했다. 지금 여 기서 잘못했다가는 자신이 서운관 소속의 박사가 아니라는 게 밝 혀지고 말 것이다. 그리되면 제 정체를 밝히기 위해 난리가 날 것이고, 결국엔…….

'들통 나겠지. 아, 미치겠네!'

아라의 머릿속이 새하얗게 물들어 갔다.

괜히 마음이 짠해져서 신경 써 주려다가 제 무덤 파는 꼴이 되어 버렸다. 이를 어쩐다?

"그…… 아무리 국서의 명령이기는 하나, 평소의 근무 태도라든가 성실도라든가, 그런 것들이 고과 점수에 반영되기도 합니다. 또 개인적으로 진행 중인 연구도 있어서……."

결론, 그러므로 저는 못 갑니다. 나가 노시려거든 혼자 나가 노시지요.

"어떻게 안 될까? 피해가 가지 않도록 잘 말해 줄게."

"아무리 그래도 동기들과 선배님들이 안 좋게 보실 겁니다."

한번 틀어지면 회복하기 힘든 게 인간관계였다. 이를 들먹이자, 의외로 효과가 있는지 그의 목소리가 단번에 줄어들었다. 신이 난 아라는 더욱더 그를 몰아붙였다.

"생각해 보세요. 다른 사람들은 잠도 못 자고 연구에 몰두하는데 저는 궐 밖 나들이라니. 어휴, 선배들의 질투는 상상하는 것만으로도 두렵습니다."

하지만.

"내가 궐 안에 아는 사람이 너밖에 없어서 그래. 쓸쓸하다고."

"……."

승리를 확신하고 슬그머니 미소를 짓던 아라의 입이 순간 경직됐다. 잘 모르겠지만 방금 무언가가 그녀의 마음을 두드렸다. 가까이하지 않기로 마음먹고 무휼과 월비에게도 그렇게 약조했건만, 그 모든 것들이 와르르 무너져 내리는 소리가 들려왔다. 한숨을 내쉬며 고개를 들자 한껏 불쌍한 표정을 짓고 있는 제하와 눈이 마주쳤다. 다시 한 번 철렁. 이번에는 가슴속 무언가가 내려앉았다.

"알겠습니다."

이런.

"한번 시간을 내 보도록 하겠습니다."

이놈의 입이 제멋대로 움직이네.

알겠다는 말이 떨어지기 무섭게 제하가 아주 활짝 웃었다. 이를 본 아라의 입가에도 어느새 작은 미소가 지어졌다.

참 우습지. 허수아비이기는 하나 일단 그는 이 나라의 국서였다. 마음먹고 강압적인 명령을 내렸다면 손쉽게 원하는 바를 이룰 수 있었을 텐데.

"내일."

"예, 내일…… 예에? 내일이요?"

그래, 하루쯤 뭐 어떠냐며 스스로를 위안하던 아라는 펄쩍 뛰었다. 얼결에 그와 궐 밖 나들이 약속을 하기는 했지만, 이를 위해서는 그녀 나름대로 많은 준비가 필요했다. 이를 테면 마음의 준비라든가 일 조정이라든가. 그런데 당장 내일 하루를 비워 놓으라니, 이는 무리한 요구였다.

'내가 얼마나 바쁜 사람인데!'

너무 즉흥적이지 않느냐는 그녀의 말에도 불구하고 제하는 밖에 나갈 생각에 잔뜩 들떠 있었다.

"맛집이 좋겠다."

"그래요, 맛집. 아니, 그게 아니라!"

"맛집 탐방하자."

"잠깐, 잠시만요!"

"안내는 너에게 맡길게. 적어도 나보다는 잘 알고 있겠지."

맛집이라니. 그런 걸 자신이 알 리가 없지 않은가. 궐 안에서만 지내고 있는 건 저 역시 마찬가지인데 뭘 알겠느냔 말이야.

"아, 그래."

곤란해하고 있는 그녀를 바라보던 제하의 두 눈이 다시금 반짝이기 시작했다. 이를 본 아라는 불안해졌다. 슬그머니 몸을 뒤로 빼려 했지만, 책상 하나를 사이에 두고 있던 그가 몸을 숙이자 둘 사이는 단번에 좁아졌다.

"이참에 형제의 연을 맺는 건 어떨까."

"그건 또 무슨 헛소…… 크흠, 말씀이십니까."

헛소리라는 말이 입 안을 맴돌았지만, 애써 꿀꺽 삼켰다.

"스승은 부모와 같다고 하잖아? 너는 내 스승인 대선의 딸이고. 그렇지?"

"……그렇지요."

"그러니 어찌 보면 우리는 의형제이기도 한 거지. 안 그래?"

묘하게 설득력 있는 말이기는 했으나, 아라는 백 번이 아니라 백한 번도 더 고개를 젓고 싶었다. 안타깝게도 그녀는 대선의 딸이 아니었다. 때문에 그가 말하는 의형제라는 조건에 부적합했다. 아버지가 아닌 사람을 아버지라 불러야 하는 것으로도 모자라 이제는 형님 아닌 자를 형님이라 부르기까지 해야 한다니, 미치겠구나.

그러거나 말거나.

"그러니까."

신이 난 제하는 여유롭게 턱을 괸 채, 그런 아라를 바라보며 씩 웃었다.

"오라버니라고 해 봐."

말도 안 되는 요구와 함께.

아라는 풀썩 고개를 떨구었다.

이상한 사람인 줄은 알고 있었지만 그래도 그렇지, 이건 상태가 심했다.

아무래도 미친놈과 혼인을 했나 보다.

*   *   *

"아, 그걸 확인 안 했네."

"⋯⋯."

"허우대가 멀쩡해 보이기에."

책장을 넘기던 아라가 고개를 들었다. 미처 정신 상태까지는 조사하지 못했다 실토하는 무휼을 한껏 노려보고 있자니 한숨이 나왔다. 그러거나 말거나, 그녀의 강력한 시선에도 굴하지 않던 무휼은 슬쩍 주변을 둘러봤다. 사실은 이 방에 들어설 때부터 신경 쓰이는 게 하나 있었다.

"이게 다 뭐야?"

"뭐긴 뭐야, 안내 책자지."

방 안은 책들로 난장판이 되어 있었다. 물론 평소와 별반 다를 거 하나 없는 풍경이었지만 딱 한 가지 다른 점이 있었다.

"도대체 우리 지금 뭐하는 거야?"

"맛집 조사."

평소에는 조서와 상소, 그것도 아니면 국사와 관련된 서적들이 나뒹굴던 방 안에 월비가 갖고 온 안내 책자들이 가득했다. 이 많은 자료를 갖고 있는 월비도 신기했지만, 무휼은 이런 책자를 읽고 있는 아라가 더 신기했다.

"제대로 해 내지 못하면 의심받고 말 거야."

순간의 방심이 엄청난 오해를 불러일으키고 말았다. 그녀는 하루아침에 예문관 대선의 딸이자, 천유에서 태어나고 자란 천유 토박이가 되어 버렸다. 물론 토박이는 맞지만 궐에서 보낸 시간이 더 많았던 그녀에게 궐 밖은 미지의 세계나 다름없으니, 도대체 어떻게 길 안내를 하란 말인가.

"그것도 왜 하필 맛집이래."

"그러게."

아라의 작은 투덜거림에 삐딱하게 서 있던 무휼이 자리에 앉았다. 그러더니 아라의 손에 꼭 붙들려 있던 책자를 빼앗아 갔다.

"이리 줘 봐. 궐 안에서 수라만 먹고 살던 애가 뭘 안다고."

"미안하네. 산해진미만 먹고 자라다 보니 입이 고급이라."

"아, 여기 전집도 괜찮던데."

무심한 얼굴로 책장을 넘기던 무휼이 한 곳을 콕 집어 가리켰다.

그러자 마찬가지로 책자를 뒤지고 있던 월비가 등 뒤로 와락 달려들더니, 그가 지목한 곳을 힐끔 바라본다.

"맞아! 여기 맛있었어. 저번에 갔을 때 무휼은 세 장이나 먹었지?"

"그랬나?"

"그래. 더 먹겠다는 걸 내가 막 말렸잖아."

둘만의 세계에 빠진 그들을 보며 아라는 소외감을 느꼈다. 항상 일만 하기에 연애는 언제 하려고 저러나 했는데 알아서들 할 건 다 하는구나.

"기왕 나가는 거 마음 편히 다녀오는 게 어때?"

눈앞의 자료들을 못마땅하다는 시선으로 응시하던 무휼이 조심스럽게 말했다.

"무슨 전쟁터에 나가는 병사마냥 만반의 준비 하지 말고 즐겨."

"즐기기는 뭘 즐겨?"

"너 긴장하면 실수하잖아. 은근히 허당이라."

"……."

옆에 있던 월비까지 고개를 끄덕이며 거들었다.

"작정하면 더 망치고."

"결심을 하면 늘 틀어지지."

아주 둘이 죽이 척척 맞는구나.

"응원 고맙다. 힘이 나는 거 같네. 막 부글부글."

"정말 혼자서 괜찮겠어?"

"뭐가?"

"우리가 안 따라가도 괜찮겠느냐고."

어딜 가나 항상 같이 다녔기 때문일까? 처음 있는 아라의 단독 외출에 무휼은 걱정이 많아 보였다. 그런 그를 향해 아라는 문제없다며 싱긋 웃었다.

"걱정 마."

사실은 그녀도 불안했지만 그렇다고 다 함께 갈 수도 없었다.

"일개 박사에게 호위가 붙어 봐. 괜한 의심만 받을 거야."

"그건 그러네."

"그것도 소무휼과 유월비가 따라 붙으면 더더욱."

이 나라에서 무휼과 월비의 얼굴을 모르는 사람은 거의 없었다. 왕의 측근이라는 위치 때문이기도 했으나, 소월가와 유월가의 이름만으로도 사람들의 이목을 끌기는 충분했으니까. 그런 그들이 호위로 붙는다니, 의심을 사기에 딱 좋았다.

"걱정 말래도."

아라가 다시 한 번 자신 있게 말했다.

"절대 바보 같은 짓 안 하고 올 테니까."

이번에는 절대 그 사내에게 말려들지 않을 것이다.

굳게 결심한 아라가 두 눈을 번뜩였다.

*　　*　　*

"너무 침울해하지 마."

"……."

"그럴 수도 있지."

제하가 조심스럽게 말했다. 그럼에도 아라는 고개를 들 수가 없었다.

아니, 이게 말이 돼? 어떻게 이래?!

궐 밖은 오늘도 시끌벅적했다.

봄. 봄이라서 그렇다. 겨우내 집안에만 박혀 있던 사람들이 밖으로 나오면서 시전은 활기를 띠었다. 웃음소리가 떠나지 않는 저잣거리 안, 이곳 역시 그래야만 했다. 듣자 하니 천유에서 가장 유명한 맛집이라고 했으니까.

그랬는데…….

"세 군데가 모두 정기휴일이라니."

"……."

"정말 단골이 맞으신 겁니까?"

제하가 괜찮다 하는데도 그 옆에 앉아 있던 유신은 끊임없이 그녀를 타박했다. 다과를 입에 물고 우물우물 잔소리를 늘어놓는데, 아라는 그런 그가 너무나도 얄미웠다.

"박사님도 은근히 허당이시네요."

"그만해라."

"남의 운명은 그리 잘 보면서 단골가게 휴점일은 모른다는 게 말이 됩니까?"

그만하라는 제하의 말에도 유신은 끊임없이 빈정거렸다. 덕분에 아라의 기분은 바닥으로 툭 떨어져 데굴데굴 굴러다녔다.

"괜찮아. 정말 괜찮다니까?"

"아니요. 괜찮지 않습니다."

지금 그들이 있는 곳은 한 시진 만에 겨우 찾은 맛집이었다. 그것도 제하가 지나가던 사람에게 물어 찾아온 곳이었다. 그는 이곳도 마음에 든다며 흡족해했지만 유신의 잔소리는 끝이 없었고, 아라의 평정심은 서서히 금이 가기 시작했다.

도대체 저 남자는 왜 따라 온 거야?!

예서 때부터 툭툭 끼어드는 사람이라는 건 알고 있었지만, 설마 오늘도 따라올 줄은 몰랐다. 호위랍시고 따라붙은 게 하필 저 인간이라니.

"이제 진짜 그만……."

"아, 제하 님은 좀 가만히 있으세요!"

둘 사이에 오가는 묘한 신경전에 제하가 중간에 끼어 유신과 아라를 말렸지만, 이미 늦었다.

"이런 건 초반에 잘 잡아야 한단 말입니다. 제하 님께서 못 하시니까 제가 대신 해 드리는 거라고요!"

그 말에 아라가 발끈해서 유신을 쳐다보았다. 도대체 뭘 초반에 잡겠다는 건데?!

양 볼에 음식을 가득 머금고 패기 넘치게 탁자를 '탕!' 하고 내려친 유신이 아라를 한껏 노려봤다.

"보세요, 박사님. 예전에야 일개 지방 관리였다지만 이제 제하 님께서는 이 나라의 국서란 말입니다. 아시겠어요?"

"그런데요."

그런데 뭐 어쩌라고.

"그런데요? 허, 참. 이봐요. 국서, 즉 여왕의 남편이란 말입니다. 이런 분을 별 소득도 없이 이곳저곳 끌고 다니다니, 이는 곧 기만입니다. 그래요, 원래라면 엄히 다스려도 모자라는……."

꾸욱. 탁자 아래로 내리고 있던 아라의 손에 힘이 들어갔다.

끌고 다녀? 기만? 엄히 다스려? 지금 그게 누가 할 말인데!

마음 같아선 저 얄미운 사내를 붙잡아 볼기짝이라도 때리고 싶었지만 꾹 참았다. 스스로 여왕임을 밝히고서라도 저 눈에서 눈물을 한 바가지 뽑아내고 싶었지만, 이 역시 참을 수밖에.

"유신아."

"예, 제하 님."

제하가 나지막한 목소리로 그를 불렀다. 그러자 한창 아라와 눈싸움을 벌이던 유신이 언제 그랬냐는 듯 주인 따르는 강아지마냥 제하를 돌아본다. '저 잘했죠, 그쵸?'라는 눈빛으로. 그런 유신을 바라보던 제하가 옅은 미소를 지으며 돈 몇 푼을 쥐여 주었다.

"달달한 게 먹고 싶네. 가서 엿 좀 사 와라."

"……엿이라면 이곳에서도 파는데요."

"최대한 멀리 떨어진 곳에 가서 사 와."

"예?"

당황한 유신은 굳어 버렸다. 분명 이곳에서도 팔고 있는 것을 뭐하러 멀리 떨어진 곳에까지 가서 사 와야 하는 건지, 울상을 짓고 이유를 물었으나 먹히지 않았다.

"잔말 말고 사 오라면 사 와."

단호한 제하의 말에 유신은 무거운 걸음을 떼며 결국 찻집을 벗

어났다. 쌤통이라며 축 처진 그 뒷모습을 지켜보고 있던 아라는 그
제야 마음 놓고 웃을 수 있었다. 그런 그녀의 표정 변화를 관찰하고
있던 제하가 눈웃음을 지으며 말했다.

"참느라 수고했어."

암, 수고했지. 지금은 신분을 숨기고 있어 그렇지, 원래 같았으면
가만있지 않았을 거야.

"도대체 저런 사람이랑은 어떻게 같이 다니시는 겁니까?"

"저래 봬도 가족 같은 녀석이거든."

"짜증 나지도 않으십니까? 시종일관 옆에서 떽떽거리는데!"

"한 귀로 듣고 한 귀로 흘리면 마음이 편해져."

자신은 이미 도가 텄다며 제하가 말했다.

그도 그럴 것이 유신과 함께한 지도 올해로 12년째였다. 3살 어
린 그는, 제하가 천유를 떠나 지방을 전전할 때도 순순히 따라와 주
었다. 제하 입장에서는 그야말로 가족 같은, 어떤 의미로는 가족보
다도 친밀한 사람이었다.

물론 그렇다고 짜증이 안 난다는 건 절대 아니었다. 그건 별개의
문제였다.

"그만 일어나자."

"예?"

갑자기 일어나자는 그의 말에 아라는 당황했다. 잔소리 듣느라
아직 차 한 잔도 제대로 마시지 못했는데, 게다가 좀 전에 심부름
보낸 사람은 어쩌고?

"빨리. 유신이 녀석, 발이 빨라서 금방 올 거란 말이야."

아무리 재촉해도 꿈쩍도 안 하는 아라를 바라보던 그가 곁으로 다가와 팔을 붙잡아 일으켜 세웠다. 얼결에 일어나기는 했지만 잠깐, 잠깐만.

"유신 씨는 어쩌고요?"

"그 녀석을 왜 네가 걱정해?"

"보통 이런 상황에서는 하는 게 정상이죠."

"내버려 둬."

그렇게 으르렁거릴 때는 언제고 그래도 걱정되기는 하는지 아라가 묻자, 오히려 가족 같은 존재라 말했던 제하가 무심하게 말했다.

"고생 좀 하라지."

좀 전의 애틋함은 다 어디로 가고, 이제 그에게 남은 건 장난기 가득한 짓궂은 미소였다.

"넌 너나 걱정해."

도대체 얼마나 돌아다니려고.

＊   ＊   ＊

"빨리 골라. 유신이 올라."

"그게 말입니다, 걱정돼서 미치겠습니다."

"걱정 마. 애도 아니고 알아서 잘 놀고 있겠지."

아니요. 아마 그 사람이라면 우리를 찾고 있을 겁니다.

"그게 아니라 나중에 그 짜증을 어찌 감당해야 하나 걱정이란 말입니다."

좀 전의 잔소리 폭탄을 떠올린 아라는 눈을 질끈 감았다. 아, 생각만 해도 끔찍했다. 지금껏 잔소리하면 무휼이 떠올랐지만, 유신에 비하면 아무것도 아니었다.

"난 또 뭐라고…… 걱정 마, 나한테는 함부로 못 하니까."

"저한테는 함부로 하니 문제라는 겁니다."

"그러면 말해. 혼내 줄게."

순수하게 맛집 탐방으로 시작된 여정이 어느새 추격전으로 바뀌어 버렸다. 아라는 갑작스레 변한 이 분위기에 좀처럼 적응하지 못했다. 또한 지금 이 상황 역시.

"아직도 못 고른 거야?"

가게 밖에서 망을 보던 그가 결국 안으로 들어왔다.

뭐 그리 오래 걸리냐며 약간의 타박과 함께 아라의 곁으로 다가온 그가 고개를 숙이더니, 그녀가 만지작거리고 있던 붉은 장신구를 바라본다.

"이게 마음에 들어?"

"……그냥 한 번 본 겁니다."

어느새 그의 손에 넘어가 버린 꽃 모양 뒤꽂이를 빼앗은 아라는 재빨리 그것을 제자리에 돌려놓았다.

"도대체 뭡니까?"

"뭐가?"

"무슨 꿍꿍이냔 말입니다."

다급히 찻집을 나온 그들이 향한 곳은 다름 아닌 방물 가게였다. 정확히는 지나가는 도중에 제하가 아라를 끌고 들어온 것이다. 여기는 왜 온 거냐 물어도 무시하던 그가 그녀를 가게 안으로 밀어 넣더니 다짜고짜 마음에 드는 걸 고르라 지시했다. 그냥 마음에 드는 걸 고르면 되는, 아주 간단한 이야기였으나 남들보다 경계심이 두세 배 이상 높은 아라는 선뜻 고르지 못하고 있었다.

"이제 슬슬 말씀해 주세요."

"뭘?"

"도대체 저한테 뭘 바라시는 겁니까?"

모든 호의에는 다 이유가 있었다. 대가를 바라지 않는 호의란 이 세상에 존재하지 않았으니, 이렇게 뭔가를 사 준다는 건 이 남자 역시 자신에게 원하는 것이 있다는 뜻일 터.

"미리 말씀드리는데, 제가 아무리 전하의 벗이기는 하나 제 힘으로는……."

"뭔가 이상한 생각을 하고 있나 본데."

그러나 다른 생각이 있어 저에게 잘해 주는 게 틀림없다는 아라의 추측과는 달리, 돌아온 답은 너무나도 간단했다.

"그냥 내가 사 주고 싶어서 그래."

그냥이란다.

"세상에 그냥이 어디 있습니까."

"여기 있잖아."

"……."

아라는 아무런 대꾸도 하지 않았다. 아니. 이 세상에 그냥, 혹은 공짜란 존재하지 않는다. 그것들은 그저 자신의 속내를 감추기 위한 변명에 불과하다.

"감사합니다. 그러나 역시 마음만 받겠습니다."

그녀가 싱긋 웃으며 말했다. 실랑이를 벌이고 싶지는 않았지만, 그렇다고 이유 모를 선물을 받을 수도 없었다. 설령 그것이 그의 주장대로 '그냥' 선물이라고 해도.

마음으로도 충분하다는 말과 함께 아라가 방물 가게를 나서려 하자 한숨을 푹 내쉰 제하가 약간 짜증 섞인 목소리로 말했다.

"굳이 이유가 필요하다면, 오늘 길 안내를 해 준 보상이라고 생각해."

보상?

보상이라는 말에 아라는 잠시 생각에 잠겼다. 확실히, 가뜩이나 시간도 없는데 그 때문에 없는 시간 쪼개어 이렇게 밖에 나왔다. 그러고는 알지도 못하는 길 안내를 맡기 위해 전날 밤 월비에게 붙들린 채 공부까지 했다. 사전조사를 해 온 맛집들이 전부 휴점인 건 예상 밖이었지만 어쨌든 정말 고생이 이만저만이 아니었다.

즉.

"듣고 보니 받아야겠네요."

오늘의 수고는 그의 주머니를 탈탈 털어도 시원치 않을 판이었다.

"그런데 왜 장신구입니까?"

보상에도 여러 가지 방법이 있지 않은가. 예를 들면 돈이라든가, 돈 같은 거.

"왜, 장신구 싫어?"

그녀의 물음에 옆에서 다른 물건들을 보고 있던 제하가 고개를 갸웃거리며 물었다.

"여자들은 반짝이는 거라면 다 좋아하지 않아?"

눈빛에 장난기 하나 없는 것이 그는 진심이었고 나름대로 진지했다.

"······어떤 여자는 그랬을지도 모르죠."

또다시 언급되고 만 여인의 존재에 아라는 그의 눈빛이 살짝 어두워진 것을 보았다. 찰나의 슬픔을 감지한 그녀는 고개를 돌리고 애써 눈에 들어오지도 않는 장신구에 관심을 가졌다. 어째서인지는 모르겠으나, 저런 표정을 짓고 있는 그를 보고 싶지 않았다.

"저는 이런 거 별로 안 좋아합니다."

단호하게 말한 것치고는 시선이 지나치게 한 곳에 집중되어 있다. 이를 본 제하가 작게 웃으며 재빨리 그것을 집어 들었다.

"예쁘네, 어울려."

"이야~. 안목이 참 좋으십니다. 우리 가게에서 제일 잘 나가는 물건입죠! 탁월한 선택이십니다!"

"그럼 이걸로 두 개."

"예, 알겠습니다요!"

"아니, 잠깐······."

당황한 아라가 재빨리 그를 말리려 했지만, 이미 신이 난 주인의 부추김으로 인해 순식간에 값이 치러진 뒤였다.

"그래, 너는 안 좋아하는 거로 해. 그냥 내가 사 주고 싶어서 사 주는 거야."

"아니······!"

"아, 참. '그냥'이라는 말 싫어했지. 그럼 길 안내한 보수라고 생각해."

"아무리 그래도 그렇지!"

사 준다니 일단 받기야 하겠지만 두 개라니, 이는 명백한 낭비였다. 안 그래도 붉은 꽃과 구슬이 주렁주렁 달린 뒤꽂이는 너무나도 눈에 띄었다. 이런 요란한 장신구, 두 개를 꽂았다가는 뒤꽂이만 보일 것이다.

"하나면 됩니다, 하나면!"

그녀의 말에 제하는 새침한 표정을 지었다.

"걱정 마. 하나는 네 거 아니야."

"……."

"생각보다 욕심이 많은 꼬맹이네."

윽, 그럼 왜 두 개나 사는 건데? 사내가 여인의 장신구를 사는 이유가 뭐가 있겠느냐 말이다. 본인이 쓰려는 건 아닐 테고, 필시 선물을 하기 위함인데 그럼 누구한테? 가족과도 같다는 그 유신에게? 음. 괴롭히는 목적이라면 충분히 가능성 있어 보이기는 하지만 일단 그것은 아닐 테고.

"자."

또 하나의 주인을 열심히 추측하고 있는데, 곱게 포장된 장신구를 받아 온 제하가 그것을 아라에게 건네었다.

"아, 감사합니……."

네모반듯한 나무 상자를 손에 든 아라는 고개를 갸웃거렸다. 하나치고는 무게가 꽤 나갔다. 설마하는 마음에 조심스레 상자를 열어 보니 역시나, 자신이 고른 장신구 두 개가 나란히 자리 잡고 있다.

"하나는 제 것이 아니라고 하셨잖아요."

"응. 네 거 아니야."

"그럼?"

"하나는 전하께 갖다 드려."

"……예?"

"둘이 벗이라며. 못 갖다 줘?"

생각지도 못한 배려에 아라는 깜짝 놀랐다. 물론 그가 말하고 있는 둘은 모두 자신이었지만, 이 남자는 그것을 모르지 않는가.

"너만 사 준 거 알면 삐칠 거 아니야."

"……이런 걸로 삐치실 분이 아니시거든요?"

"그래? 완전 꼬맹이인 줄 알았는데."

아니, 지금 사람을 뭐로 보고.

"부인인데 신경 좀 써 줘야 하지 않겠어."

그 부인께서는 지금 남편이라는 사내를 마음껏 기만하고 있다만.

"얼굴도 모르는 부인, 뭐가 예쁘다고."

애초에 말이 부부지 실제로 부부의 정을 나눈 것도 아니고 첫날부터 서약서까지 작성한 사이였다. 1년짜리 가짜 부부.

"그래도 내 부인이잖아."

아무래도 그가 생각하는 '혼인'이라는 건 그 정도의 가치가 있는 중대사인 모양이다.

아라는 한숨을 내쉬었다. 사람이 좋아도 너무 좋잖아. 이러니 여우 같은 여자에게 마음을 줬다가 버림이나 받지.

속으로는 한심하다며 그를 욕하던 아라였으나, 그럼에도 순간적으로 마음 한구석에서 피어오르는 따듯함에 그녀는 당황했다.

"다음은 어딜 가 볼……."

멍하니 서 있던 아라가 제하의 팔을 덥썩 잡았다. 그러자 왜 그러느냐며 그가 돌아선다.

"왜?"

갑작스러운 그녀의 이상 행동에도 불구하고, 그는 한없이 다정한 얼굴로 잠자코 그녀를 기다려 주었다.

절대 이 남자에게 정체를 들켜서는 안 된다는 거, 아라도 알고 있었다. 지금 이건 충동적인 느낌일지도. 하지만 그래도 말하고 싶었다. 전전긍긍하며 살기보다는 사실대로 털어놓고 정말 그가 말한 대로 오라버니, 여동생 하면서 이 1년을 지내는 것도 괜찮을 거 같았다.

"드릴 말씀이 있습니다."

그래, 그에게 말하자.

내 이름은 시아라. 이 나라 천유국의 여왕이자, 당신의 부인이라는 사실을.

"화내지 않겠다고 약속해 주세요."

갑자기 진지해진 아라의 반응에 제하의 얼굴에서도 웃음기가 사라졌다.

"뭔데 그래?"

결심은 했으나 입이 쉬이 떨어지지 않았다.

그도 그럴 것이 너무도 중요한 이야기인지라, 뭘 어떻게 말하면 좋을지 모르겠다. 그냥 자연스럽게 말하는 게 나을까? 아니, 그랬다가 농담처럼 받아들이면 어쩌지?

그렇게 아라가 혼자 머리를 싸매며 끙끙거리고 있는데, 커다란 손이 그녀의 머리에 얹어지더니 이내 쓱쓱 쓰다듬기 시작했다. 마치 강아지를 다루듯 하는 그 손길이 마음에 안 든 아라는 인상을 찌푸렸다. 순간 제하의 얼굴이 불쑥 다가오더니 이마를 꽁 하고 부딪혔다.

"이 조그마한 머리로 뭐든 어렵게 생각하려 들지 마."

"예?"

"혹시라도 내가 다른 마음 품고 여왕에게 잘 보이려는 건가, 그거 걱정하는 거 아니었어?"

"아니, 뭐……."

아라는 잠시 망설였다. 그의 말대로 그녀의 입장에서는 마땅히 걱정하고도 남았을 문제였지만, 놀랍게도 그 점에 대해서는 조금도 걱정되지 않았다. 몇 번 만나지 않은 이 남자를, 벌써 그 정도로 믿고 있단 말인가? 어째서?

"걱정하지 마."

혼란스러운 얼굴로 멍하니 서 있는 아라가 심각한 고민에 빠져 있다 생각한 건지, 제하가 그녀의 양 볼을 꾹 눌렀다. 마치 저에게 집중하라는 듯.

"그럴 생각은 없으니까. 난 귀찮은 거 딱 질색이거든."

"……."

"그건 그냥 사죄의 의미로 주는 거야."

그녀의 볼을 만지작거리던 제하는 그 부드러운 감촉이 마음에 들었는지 어느새 집요하게 꼬집기까지 시작했다. 이에 슬슬 도가 지나치다고 생각한 아라가 인상을 험악하게 찌푸렸다. 마치 나쁜 사람을 응시하는 듯한 그녀의 시선에 머쓱하게 웃은 그가 방금 산 머리 장식을 집더니, 그녀의 머리에 꽂아 주고는 가만히 웃었다.

"너무 고민하면 머리 빠진다? 그럼 시집가기 힘들 거야."

뭐라?

"허, 참. 이보세요."

"기껏 이렇게 예쁜 얼굴로 태어났는데, 머리카락이 없으면 아깝잖아."

"아직 미래가 창창한 숙녀에게 무슨 그런 망언을."

상상만 해도 끔찍하다며 그의 손을 쳐 낸 아라가 뒤로 물러났다. 한참이나 혹사를 당한 탓에 아린 볼을 쓱쓱 문지르며 그녀가 물었다.

"그런데 사죄는 무슨 뜻입니까?"

"아…… 월가."

"월가요?"

"아버지께서 또 일을 벌이신 모양이더라고."

"아아."

뒤늦게 그 말의 뜻을 알아들은 아라가 눈살을 찌푸렸다. 구가의 전 가주가 구제하와의 혼인에 내걸었던 조건. 말도 안 되는 그 제안을 말하는 것이다.

"전하께 대신 미안하다고 전해 줘. 월가의 자리는 반환 절차를 밟을 테니 걱정 안 해도 된다는 말도."

"반환이요? 지금 월가의 이름을 스스로 내려놓겠다는 뜻인가요?"

놀란 아라의 목소리가 이곳저곳으로 튀어 올랐다. 그도 그럴 것이, 구가의 월가 진입은 그녀도 거의 포기한 상태였다. 그래도 딱 1년 동안이라고 나름대로 타협을 봤는데 갑자기 이게 무슨 일이래.

"뭘 놀라? 그건 개국공신에게나 달아주는 거잖아. 월가 진입이 무모한 일이라는 건 나도 알고 있어."

"그, 그래도 되는 겁니까?"

"뭐, 어때."

정말 괜찮겠냐는 그녀의 말에 앞서가던 제하가 돌아섰다. 여왕의 앞에서도 당당하게 탐욕을 드러내었던 구제율이건만, 어찌 그라고 감당할 수 있을까.

"이제는 내가 구가의 가주인데."

그러나 그의 얼굴에는 일말의 걱정도 보이지 않았다. 오히려 그 미소는 주변 봄 풍경에 동화되어 더욱더 화사해 보였으니, 어느새 아라는 넋을 놓고 그를 바라보고 있었다.

"당신은 정말 이상한 사람입니다."

"그건 특별하다는 거지?"

"특이하다는 겁니다."

"특이라…… 그것도 나쁘지 않네, 남달라서."

욕심이 없는 건지, 아니면 일부러 욕심을 감추는 건지, 그것도 아니라면 무언가를 얻고자 하려는 노력 자체를 안 하는 건지, 이 사내의 속내는 도통 알 수가 없었다.

그러나 제하에게는 아주 단순한 문제였다.

과욕이 사람을 망친다는 건, 제 아버지나 형님을 봐 와서 잘 알고 있었다. 자신은 그렇게 살고 싶지 않았다.

"그나저나 천유는 에서보다 꽃이 늦게 피는구나."

"아, 예. 지는 건 또 에서보다 빨리 집니다. 그래서 볼 수 있을 때 빨리 봐 둬야 하지요."

뒤늦게 찾아온 천유의 짧은 봄. 순식간에 져 버리는 꽃이 아쉬운 천유에서는 매년 봄이 되면 성대하게 꽃놀이를 즐겼다. 거의 명절과 맞먹는 규모의 축제. 그 준비 때문에 저잣거리는 평소보다 더욱 활기 넘쳤다.

반면 겨울에도 꽃이 필 정도로 따뜻한 에서에서 온 제하는 꽃 하나에 열광하는 것이 마냥 신기한 모양이었다.

"꽃놀이라…… 와 본 적 있어?"

"아뇨."

"왜, 꽃 싫어해?"

그러나 천유의 꽃놀이가 신기한 건 아라도 마찬가지였다. 꽃놀이라. 그 이름을 듣는 것조차 간만이었다.

"……먹고 사느라 바빴습니다."

"꼬맹이 주제에."

그래, 그 꼬맹이는 궐 안에 적이 많았다. 그런 그들을 상대하느라 지친 아라는 미처 궐 밖 꽃놀이까지 신경 쓸 틈이 없었고, 그렇게 2

년이라는 세월이 눈 깜짝할 새에 지나갔다. 그냥 필사적으로, 주위를 둘러볼 틈도 없이 앞만 보고 전진하며 살아왔다. 그러다 보니 어느새 봄은 두 번이나 지나가 있더라.

"꽃이 뭐, 다 거기서 거기지요. 궐 안에도 꽃 있습니다. 나무도 있고요. 관서에서 특별히 관리하기 때문에 관상용으로는 더욱 기가 막힙니다."

"혼자 보는 게 무슨 재미가 있다고."

"……"

"축제는 분위기야."

예쁘면 뭐하나, 꽃이 다 거기서 거기지. 다만 누구와 보느냐, 어떤 상황에서 보느냐에 따라 같은 사물이라도 다르게 보일 것이다. 어쩌면 지금 이 풍경이 조금 더 아름답게 보이는 것 역시 그 때문일지도.

아라 역시 이를 알고 있었다. 당연히 그녀도 행사라는 말에 들뜨며 즐기고 싶지만 '시아라'라는 이름으로 살고 있는 한, 당연한 것들은 당연시되지 않았다.

"저는 이런 거 안 좋아합니다."

그래서 그녀는 싫어하기로 했다. 스스로를 딱하다 여기고 싶지 않아서. 온갖 이유를 찾아내, 못 하는 것이 아니라 안 하는 것이라고 스스로를 세뇌시켰다.

"괜히 사람만 많고 시끄럽고 정신없어서 싫습니다."

늘 이렇게 완성되고는 하는 거짓말.

그러나 아라가 모르고 있는 것이 있었으니.

"나쁜 버릇을 갖고 있네."

"예?"

"마음에도 없는 소리 하는 거."

안타깝게도 그녀는 거짓말을 못했다. 그리고 이는 눈썰미가 좋은 제하의 눈에 고스란히 보이고 있었다.

입으로는 마음에 안 든다, 싫어한다. 그런 말을 늘어놓는 주제에 어째서 그런 표정을 짓고 있느냐 말이야.

"그거 나쁜 거야."

제하를 쏘아보던 아라는 먼저 시선을 피했다. 이상하게도 이 남자와 눈을 맞추고 있으면 속마음을 다 들키는 거 같아 불쾌했다.

"내 앞에서 하루에 한 번 솔직하게 말하기, 어때."

"하루에 한 번씩이나 만나실 생각이십니까?"

"뭐 어때, 항상 궐 안에 있는데 잠깐 얼굴 볼 수도 있는 거잖아."

"저 바쁜 사람입니다."

아주 많이 바쁜 사람이란 말입니다.

"그럼 한가한 내가 만나러 가지, 뭐."

이런, 또다시 서운관으로 연결되고 만 대화의 흐름에 아라가 작게 탄식했다. 역시 아까 정체를 밝혔어야 했다며 뒤늦게 후회를 해보지만 이제 와서 다시 분위기 잡는 것도 뭐했다. 그렇다고 대뜸 사실을 밝히기도 뭐하고.

그녀가 이런저런 고민에 빠져 있는 사이, 꽃나무 아래에 천막을 치느라 분주한 사람들을 지켜보던 제하가 활짝 웃으며 말했다.

"내일 또 나오자."

"내일? 또요?!"

내일 다시 나오자는 말에 아라는 펄쩍 뛰었다. 오늘도 시간 내느라 얼마나 고생했는데. 무휼과 월비의 잔소리 폭탄에 오늘 해야 하는 일까지 미리 해 둬야 했다. 덕분에 어제는 죽는 줄 알았단 말이다.

그런데 내일 또 오자니.

"너도 나도 천유의 꽃놀이는 처음이라니, 같이 보러 가자."

"아니요. 저는 사양하겠습니다. 가족과도 같은 유신 씨랑 같이 오시지요."

"사내 녀석 둘이 꽃놀이는 좀 징그럽잖아."

"그건 그러네요."

그러나 원래라면 오늘도 없었어야 했다. '한 번 정도는 그냥 어울려 주지, 뭐.'라는 마음으로 따라 나왔지만 이 만남이 앞으로 계속 이어져서는 안 된단 말이다.

"혹시 저 때문이라면……."

"누가 너 때문이래? 그냥 내가 보고 싶어서 그러는 거야. 넌 그냥 수행원으로 따라오는 거고."

"죄송합니다. 바빠서 안 될 거 같습니다."

계속되는 거절에 안 되겠다 싶은 건지, 제하가 금세 침울한 표정을 지었다. 그런 그를 바라보던 아라는 눈살을 찌푸렸다. 어디서 되도 않는 연기를 펼치는 거야.

"너 아니면 내가 누굴 의지해야 하나…… 너도 알겠지만 나는 이곳에 달리 아는 이도 없고."

"분명 혼자만의 시간이 많은 곳이 좋다 하지 않으셨습니까!"

"이건 너무 혼자잖아. 달랑 나 혼자라고."

걸음을 멈춘 아라를 그가 흘겨보았다. 뭐든지 과한 건 좋지 않다며 잔소리까지 늘어놓기 시작하는데, 그럼 어쩌라는 건데? 어떻게 했어야 하는 건데?

"사기 혼인은 어디에 가서 신고해야 하나. 역시 관청이려나?"

"알겠습니다. 알았다고요!"

결국 아라는 소리를 빽 지르고 말았다. 이에 제하는 싱긋 웃었다. 언제 침울해 있었냐는 듯 그는 잔뜩 신이 나 있었다. 짜증을 내던 아라도 막상 간다는 결론을 내리자 뒤늦게 마음이 들떴다.

"내일부터 이틀 동안 한다고 하니, 내일 오도록 하자."

"아, 내일은 안 됩니다."

오늘 만남도 즉흥적이더니, 내일 약속까지 곧장 잡으려 하는구나. 아라는 신이 난 그를 필사적으로 말렸다.

"왜 안 되는 건데?"

"내일은 진짜 중요한 회의가 있어서……."

이는 사실이었다. 내일은 달에 한 번 있는 총회로, 평소에 대신들과 하는 조회와는 달리 귀족들까지 참석하는 규모 있는 회의였다. 오전에는 그들에게 시달리고, 오후에는 회의에서 나온 안건들을 정리하고 처리하느라 내일은 하루 종일 정신없을 예정이었다.

"그래? 그럼 할 수 없지, 뭐. 다음에…… 아, 그런데 다음에는 꽃이 다 져 버리려나……."

"……."

"뭐, 그럼 내년에…… 아, 내년에는 내가 여기에 없겠구나."

"저기…… 모레는 될 거 같기도 한데."

"……"

할 수 없으니 다음을 기약하자는 제하의 말이 채 끝나기도 전에 그의 소매를 붙잡은 아라가 작은 목소리로 말했다. 그 모습을 지켜본 제하는 흐뭇하게 웃었다.

"그래, 그럼."

역시 오고 싶었구나.

"모레에 같이 오자."

함께 오자는 말에 아라는 안도했다. 이내 그녀의 눈빛에 생기가 맴돌았다. 이를 지켜보고 있던 제하가 빤히 그녀의 얼굴을 들여다보더니 서서히 고개를 숙였다.

"가, 갑자기 무슨……."

"머리 장식이."

"……"

재빠르게 그 뒤에 붙는 말에 아라는 인상을 찌푸렸다. 이 남자가 사람을 들었다 놓았다 아주…….

"꼭 꽃 같아."

"같은 게 아니라 꽃 모양 맞습니다."

"나도 알거든."

"모르시는 거 같아서 말씀드린 겁니다."

지금 자신을 무시하느냐는 그 말에 아라가 웃으며 대꾸했다. 그러자 머리 장식을 들여다보던 그의 시선이 웃고 있는 아라에게로 떨어졌다. 말없이 그녀를 바라보길 얼마, 갑자기 미간을 찌푸린 그가 손을 들어 제 입가를 가리더니 슬쩍 뒤로 물러났다.

"왜 그러세요?"

"이거 혹시 향기도 나는 건가?"

"예?"

"아니, 뭐랄까⋯⋯."

아무리 요즘 장신구가 발전했다고는 하나, 향이 들어간 뒤꽂이는 너무 앞서간 것이 아닐까.

"그냥 장식입니다. 옥이랑 구슬로 만든."

물론 그건 그도 알고 있지만.

아라의 얼굴을 빤히 들여다보던 제하가 그녀에게로 바짝 다가갔다. 그러자 역시.

"꽃향기가 나는 거 같아."

이상하게도 갑자기 따뜻해지면서 신비로운 향이 훅 하고 풍겨 오는 느낌이 들었다. 정확하게 어떤 향이라고는 확실히 말할 수 없었으나 향기롭기도 하고 달콤하기도 한 것이 기분 좋은 향인 건 틀림없었다.

제하의 말에 아라가 머리에 꽂혀 있던 장식을 빼내 킁킁 냄새를 맡아 보고는 갸우뚱 고개를 기울인다. 당연한 이야기지만 뒤꽂이에서는 아무런 향도 나지 않았다. 굳이 난다고 한다면 장신구를 보관했던 향나무 상자에서 풍겨 오는 은은한 향 정도랄까?

"주위에 핀 꽃들 때문이겠지요."

"그런가⋯⋯."

"이제 그만 돌아가요. 일단 유신 씨부터 찾아야겠어요."

아라가 재촉했다. 궐을 너무 비워서는 안 되니, 슬슬 돌아가야 할 거 같았다. 빠르게 앞장서던 그녀가 돌아섰다. 그러고는 멍하니 제자리에 서 있는 제하에게 빨리 오라며 손짓한다.

"안 오고 뭐 하십니까?"

넋을 잃은 듯한 제하의 시선이 곧장 아라를 향해 있다. 잠깐 놀란 듯 흔들리던 그의 동공이 잠시 안정을 찾더니 뒤이어 그의 눈살이 찌푸려진다.

"확실히 방금 무슨 향기가 났던 거 같은데."

"예, 예. 봄이라서 그런 겁니다."

모레에 있을 꽃놀이가 기대되는 아라가 활짝 웃으며 말했다. 그러자 이제 막 한 걸음 떼었던 제하의 걸음이 다시금 우뚝 멈췄다.

"뭔가 이상해."

이상하다. 너무 이상했다.

자꾸만 가슴이 간질간질한 게, 마치 가슴속에서 무언가가 피어오르려 하는 거 같았다.

뒤늦게 꽃을 피우기 시작한 천유의 작은 꽃망울처럼.

*　　*　　*

"정말 너무하세요! 어떻게 사람을 심부름 보내 놓고 사라지실 수가 있습니까?"

"미안하다고 했잖아."

궐에 돌아가는 길.

처량 맞게 훌쩍이고 있는 유신을 발견한 것까지는 좋았지만 돌아가는 내내 쫑알쫑알대는 통에 아라는 머리가 깨질 거 같았다. 역시 난 이 남자랑 잘 안 맞는 거 같아.

"박사님이 제하 님 꼬드기신 거죠, 그렇죠?"

"절대 아니거든요. 오히려 그 반대거든요."

아니, 나오기 싫다는 사람을 억지로 끌고나온 사람이 누군데. 저 사내가 아닌가. 뿐만 아니라 모레의 꽃놀이 일정 역시 저 남자가 꼬드긴 거란 말이다. 이봐, 거기! 그렇게 웃지만 말고 무슨 말이라도 해 보란 말이야!

아라가 자신은 억울하다며 열심히 항변했지만 유신은 단호한 얼굴로 고개를 내저었다.

"아니에요. 저분은 만사가 귀찮으신 분이라 그런 정성스러운 장난을 치실 리가 없습니다."

"추측 근거가 너무나도 슬프고 한심하네요."

"뭐라고요? 지금 우리 제하 님을 무시하는 겁니까?"

"아니, 무시는 그쪽이 그렇게 해 놓으시고."

어느새 적응한 아라가 이제는 자신도 가만있지 않을 거라며 응수했다. 그렇게 으르렁대는 유신과 아라를 부러움 가득한 시선으로 지켜보고 있던 제하가 그들 사이에 불쑥 끼어들었다.

"둘이 그만 싸워, 질투 나게."

"질투는 무슨!"

"나도 끼어들어도 돼? 네 편 들어 줄게."

"됐습니다!"

나 원 참, 기가 막혀서. 이렇게 싸워 대는 게 뭐 부럽다고 끼고 싶어 하느냔 말이야. 그녀의 머리로는 도통 제하라는 남자가 이해되지 않았다. 중간중간 제하가 자꾸만 끼어들었지만 그럼에도 불구하고 아라와 유신의 다툼은 계속되었다. 그렇게 그들이 궐에 다다랐을 무렵.

저 멀리 커다란 궐문과 그 앞에 떡하니 서 있는 한 남자가 보였다. 그를 바로 알아본 아라가 큰 소리로 그의 이름을 외쳤다.

"어, 무휼!"

몰려드는 반가움에 팔을 번쩍 든 아라가 손을 흔들자, 멀리서 그녀를 알아본 무휼 역시 작게 손을 흔들어 주었다.

아무래도 혼자 외출하는 건 이번이 처음인지라 그 나름대로 걱정이 되었던 모양이었다. 하여간에 과보호라니까.

"무휼?"

"예, 소꿉친구예요."

무휼의 마중에 다시금 마음의 안정을 찾은 아라가 제하를 향해 돌아서더니 꾸벅 인사했다.

"그럼 먼저 들어가 보겠습니다. 제하 님과 함께 들어가면 괜한 오해를 살지도 모르니까요."

그렇게 말하고는 쌩하니 달려가 버리는 아라. 그런 그녀의 뒷모습을 응시하던 제하는 인상을 찌푸렸다. 분명 조금 전까지만 해도 괜찮았던 기분이 갑자기 바닥을 향해 곤두박질치는 거 같았다.

'무휼? 무휼이라면…….'

왠지 모르게 익숙한 이름이다 싶었는데 순간 그의 머릿속에 떠오르는 기억 하나가 있었으니.

'무휼?'
'정인이에요?'
'소꿉친구예요. 마찬가지로 소꿉친구인 여자애를 좋아하고 있고.'

분명 초야 때 여왕이 그랬지. 또 다른 소꿉친구를 좋아하고 있다는 사내라고. 그리고 꽃님이 역시 여왕의 지인이라고 했고…….

하나둘 모아지는 기억의 조각이 어떠한 그림을 만들어 냈다. 갑자기 싸한 기운이 몸을 감싸고돌더니 체온이 뚝하고 떨어지는 느낌이 들었다.

"……그런 건가."

"예? 무슨 말씀 하셨어요?"

유신이 묻자 심각한 표정으로 문을 바라보고 있던 제하가 작게 고개를 저었다.

"아니야. 아무것도 아니야."

그러나 그의 시선은 여전히 문에서 떨어질 생각을 안 했다.

"그냥 좀 춥네."

주변은 완연한 봄이었으나, 그 안에 서 있는 자신만은 겨울에 와 있는 듯했다.

마음 한구석이 꽁꽁 차갑게 얼어붙은 것처럼 시리다.

*　　*　　*

"그럼 이번 총회는 여기서 끝내기로 하고……."

"전하!"

"……또 뭐가 남았습니까."

한숨을 내쉰 아라는 고개를 들었다.

이른 아침부터 쉴 틈 없이 진행된 회의 때문에 당장이라도 쓰러질 거 같았다.

특히나 이번은 한 달에 한 번 있는 총회로, 평소 국정에 관여할수 없는 귀족들이 유일하게 참석할 수 있는 회의였다. 그렇다 보니대전 안에는 사람들이 아주 많았다.

말하는 입은 수십 개인데 듣는 귀는 고작 두 개뿐이니, 그들의 이야기를 듣는 것만으로도 시간은 어느새 정오를 훌쩍 넘어갔다. 그럼에도 그들은 지치지도 않는지 여전히 기운 넘쳐났다. 한 마디라도 더 하겠다며 득달같이 달려드는 것이 아라는 꼴 보기 싫었다.

"국서의 호칭 문제입니다."

무슨 말을 하려고 이러나 했더니만.

"……매번 쓸데없는 안건을 만들어 오시느라, 다들 수고가 많으십니다."

"하, 하오나 슬슬 국서의 호칭을 정하는 것이 제하 님께도……."

제하 님이라는 말에 아라는 정신이 번쩍 들었다. 하루 종일 바빠서 잠시 잊고 있었는데 그 남자의 문제가 남아 있었다.

'그 남자. 늘 그 남자가 문제지.'

단조로운 일상에 큰 파장을 불러일으킨 남자. 다시금 떠오른 그의 얼굴에 그녀의 머릿속이 뒤죽박죽 엉켜 버렸다.

"계속해서 '제하 님'이라 부를 수도 없지 않습니까."

"그러는 그대들은 종종 나를 '아라 님'이라 부르지 않습니까."

아라가 받아치자 신료들의 눈빛이 흔들렸다. 그런 걸 물고 넘어지다니.

"그, 그건 워낙 어렸을 때부터 뵈었던지라…… 딸 같기도 하고 그래서……."

"그래서 매번 날 가르치려 드시나 봅니다."

"저희가 어찌 전하를……."

결국 아라는 인상을 찌푸렸다. 안 그래도 그 남자 때문에 머릿속이 복잡한데 저를 위한답시고 제 이익이나 챙기려 하다니.

"밖은 위험하다는 핑계로 백성들 앞에 나서지도 못 하게 하고."

"그, 그건 전하의 위엄을 보존하기 위해……."

"하하. 위엄이라."

꽤나 그럴싸한 귀족들의 입 발린 소리에 아라가 작게 웃었다. 그러자 대전 안의 사람들이 일순 긴장하더니 그녀의 눈치를 보기 시작했다.

"왜들 이러십니까. 솔직하게 말해 보세요. 새파랗게 어린 계집애가 왕위에 오르니 백성들이 불안에 떨 것이다, 뒤에서는 이리 쑥덕거리는 거 다 알고 하는 말입니다."

"저, 전하!"

"궐 안에는 보는 눈과 듣는 귀가 있다는 걸 아직도 모르십니까."

중대사를 결정하는 건 여왕인 그녀였으나, 공표는 대부분 고위 신료들이 맡고 있었다.

이는 아라가 열다섯의 나이로 왕위에 올랐을 당시, 어린 공주가 밖에 나서면 지도자에 대한 백성들의 불안이 커질 수 있다는 신료들의 염려 때문이었다. 그렇게 그녀는 바깥에 얼굴을 보이지 않게 되었고, 그녀를 만날 수 있는 건 회의에 참석하는 신료들이나 측근, 시종 정도가 전부였다. 때문에 대다수의 궁인들이 그녀의 얼굴을 몰랐다.

2년이 지난 지금까지도 그녀에게 나설 기회를 넘겨주지 않았으니 슬슬 돌려 달라는 아라의 말에도 그들은 꿈쩍을 안 했다. 다시금기 싸움이 벌어질 것을 예상한 대신들이 서로 눈치를 보다가 큰 소리로 외쳤다.

"크흠, 거 국서의 호칭이 뭐가 중요하다고 이 난리들이십니까."

"지금 뭐라고 하셨습니까!"

아라를 기준으로 오른편에 앉아 있던 무리 중 하나가 말하자, 왼편에 앉아 있는 사람들이 발끈하며 일어섰다. 그 광경을 지켜보고 있던 아라는 한숨을 내쉬었다. 이제부터 무슨 일이 벌어질지는 불 보듯 뻔했다.

결국에는 또 시작되었구나. 어쩐지 오늘은 잠잠하다 싶었지.

대신들이 앉아 있는 오른쪽, 귀족들이 앉아 있는 왼쪽. 그리고 귀족이면서 국시를 통과해 관직에 오른 자들은 중앙. 이들 사이에는 보이지 않는 벽이 존재했다.

귀족들은 대신들의 출신을 무시했고, 대신들은 대물림되는 권위만을 믿고 노력 하나 하지 않는 귀족들의 사고방식을 무시했다. 귀족이면서 관직에 오른 이들은 그 누구의 편에도 서지 않았다. 그들은 그저 조용히 둘의 싸움을 관전하고만 있을 뿐, 나서서 말리지도 않았다.

"솔직히 그렇지 않습니까. 그게 꼭 지금 당장 정해야 할 정도로 시급한 문제라도 된답니까?"

"이보세요!"

"애초에 국서에게 새로운 호칭이 필요한지부터가 의문입니다."

"하! 보아하니, 그쪽이 아닌 우리 쪽에서 국서가 간택되었다는 게 불만인가 본데, 다들 유치하십니다."

"뭐라고요?!"

대전 안에 울려 퍼지는 목소리가 점점 높아졌다. 결국 아라는 눈을 질끈 감았다. 그래, 너희들끼리 싸워라. 이제 난 말릴 기운도 없다. 오히려 그녀가 끼어들었다가는 꼭 둘 중 하나가 마음 상한 채로 끝나곤 했다. 이를 잘 알고 있는 아라는 최대한 둘의 다툼에 끼지 않기 위해 늘 필사적이었다.

"솔직히 맞는 말 아닙니까! 우리 측에서 간택이 되니 배가 아프신 게지요!"

"아니, 이 사람들이! 그러는 그대들이야말로, 이번 기회에 귀족들의 입지를 다져 보겠다 이러는 거 아닙니까!"

"우리는 그저 전하의 부군이시니, 그에 마땅한 호칭이 있어야 한다고 생각한 거뿐입니다!"

"그래서, 국서께 따로 존호(尊號)라도 올리자는 말씀이십니까?"

"안 될 거 있습니까?"

존호는 왕의 또 다른 이름으로, 당연히 왕실 혈통을 이어받은 사람이 갖는 것이었다. 그런데 지금 그것을 운 좋게 국서가 된 하급 귀족에게 부여하자니! 일부 대신들은 목에 핏대까지 세워 가며 펄쩍 뛰었다.

"국서께서는 왕실 혈통이 아니지 않습니까!"

"그래도 혼인으로 인해 왕실의 일원이 되었습니다. 그분도 이제 엄연한 왕족이란 말입니다!"

그 말에 대신들은 화가 머리끝까지 올라왔다. 다른 것보다도 귀족들이 제 입으로 왕족이라는 말을 꺼내는 것이 꼴 보기 싫었던 것이다.

"하지만 존호를 올리면 선왕들과 구분 지을 수 없지 않습니까!"

대신들의 말에도 일리가 있었다.

신후왕, 제율왕, 혜루왕 등 역대 선왕들에게는 예외 없이 또 다른 이름이 하나씩 붙었다. 만약 구제하에게 이와 같은 존호가 주어진다면 그의 이름은 역대 선왕들 틈에 섞여 후대에 혼란을 불러일으킬지도 몰랐다.

'존호, 존호라…….'

대신들이 싸우든 말든 관심 없는 아라는 멍하니 생각에 잠겼다.

구제하라는 남자에게 이름을 붙인다면 어떤 이름이 어울릴까?

"……신왕."

순간 그녀의 머릿속에 반짝하고 무언가가 떠올랐다. 그것을 저도 모르게 입 밖으로 내뱉어 버린 그녀는 스스로 흠칫 놀랐다.

대전 안은 순식간에 조용해졌다.

"예?"

"그게 무슨……."

"'믿을 신(信)' 자를 써서 신왕."

갑자기 떠오른 이름이었으나 아라는 그와 매우 잘 어울린다고 생각했다. 이는 한바탕 싸워 대던 대신들과 귀족들 역시 같은 생각인 모양이었다. 물론 대신들 중 일부는 여전히 못마땅한 표정이었지만.

"그거 괜찮군요."

"선대 왕들과 달리 외자이니, 구분하기도 쉽고 말입니다."

그래서 결론은,

"탁월한 묘안이십니다, 전하."

그러니까 다들 불만 없다 이거지?

거기서 입술을 삐죽 내밀고 있는 월비, 너 빼고.

*　　　*　　　*

"'신'이라는 음을 가진 한자가 얼마나 많은데."

"……."

"'새 신(新)'도 있고, '신하 신(臣)'도 있잖아."

"……."

"왜 하필 '믿을 신'이야?"

월비의 질문에 아라는 입을 다물었다. 그냥 갑자기 생각난 거라 뭐라 할 말이 없었다.

회의를 끝내고 방으로 돌아온 지금, 이제 와 다시 생각해 보면 정말 왜 그런 말을 꺼냈을까 하는 생각밖에 들지 않았다. 분명 당시에는 반짝하고 머릿속에 떠올랐던 거 같은데. 역술가들의 말을 빌리자면 그래, 마치 운명처럼. 때문에 굳이 이유를 대라고 한다면.

"그냥 생각났어."

정말 이게 다였다.

"그 사람을 믿는 거야?"

"아니, 그건 아닐 거야."

조심스러운 월비의 질문에 아라는 재빨리 대답했다.

"그럴 리가 없잖아."

그녀가 지금까지 믿어 온 사람은 손에 꼽을 정도로 적었다. 어렸을 때부터 함께 자라 온 월비나 무휼, 또는 그만큼이나 오랜 시간을 함께 보낸 이들이 다였다. 그런데 알고 지낸 지 고작 며칠밖에 안 된 사내를 단번에 믿는다는 게 어디 말이 되느냔 말이다. 하지만 한 가지 분명한 건, 그런 그녀의 마음속에 구제하라는 사내가 어떠한 영향을 주었다는 것이다.

"그냥 한번 믿어 보고 싶었던 걸지도."

아라의 작은 중얼거림에 월비와 무휼이 입을 다물었다. 서로 묘한 시선을 주고받기까지 하는데, 그들은 방금 막 머릿속에 떠오른 것을 굳이 입 밖으로 내지 않았다.

하지만 놀라움은 여기서 끝이 아니었으니.

"아, 맞다. 나 내일 일정 비워 줘."

"또? 내일 뭐하게?"

정신없던 오늘과 달리 내일은 비교적 한가했다. 그러나 아라가 먼저 당당하게 시간을 내어 달라 한 것은 처음이었으니, 눈치 빠른 무휼의 눈매가 날카로워졌다.

그의 눈치를 보던 아라가 조심스레 입을 열었다.

"꽃놀이."

"꽃놀이?"

이번에는 월비의 미간이 찌푸려졌다. 꽃놀이라. 물론 시기가 시기다 보니 이상할 거 하나 없지만 천하의 시아라의 입에서 꽃놀이라니.

"그래, 꽃놀이."

"꽃놀이가 뭔지 알고 하는 말이지?"

"꽃 보러 간다고."

"혼자?"

"……."

국서 호칭에 이어 꽃놀이까지 등장하자 무휼과 월비는 혼란에 빠졌다. 곧 침착함을 되찾은 무휼이 사뭇 진지한 얼굴로 말했다.

"너 꽃놀이 싫어하잖아."

"맞아, 맞아! 그래서 매번 같이 가자 해도 안 갔잖아."

"어, 싫어해."

잠시 기록에서 눈을 뗀 그녀가 그들을 바라봤다.

어떻게 따라갈 수 있겠어. 항상 자신의 뒤치다꺼리를 하는 측근이기는 했으나, 두 사람은 그녀의 친우이기도 했다. 둘이 그렇고 그런 사이라는 걸 잘 아는데 끼어드는 눈치 없는 짓을 할 리 없잖아.

"엄청 싫어하는데, 하도 데려가 달라니까 어쩔 수 없이 가는 거야."

잠깐, 데려가? 꽃놀이라기에 당연히 자신들도 함께 가는 건 줄 알았던 무휼과 월비가 아라에게 바짝 다가왔다.

"설마 또 그 국서랑 가는 거야?"

"그래."

아라가 고개를 끄덕이자 둘은 또다시 서로를 바라봤다. 지금 그들이 무슨 생각을 하고 있는지 모를 리 없는 아라는 혹시라도 오해하지 말라며 재빨리 말을 덧붙였다.

"내가 데려왔으니 책임을 져야지. 그뿐이야."

그래, 그거뿐이다. 그렇지 않으면 안 되니 말이야.

연신 고개를 끄덕이며 스스로에게 중얼거리는 아라. 그런 그녀를 뚫어져라 바라보던 월비가 무휼에게 바짝 달라붙더니 귓가에 작게 속삭였다.

"뭔가 있는 거 같지?"

무휼 역시 동의하는지, 고개를 끄덕였다.

"거의 확실해."

* * *

"신왕?"

"그렇습니다."

제하가 되묻자, 소식을 들고 온 궁인 하나가 꾸벅 고개를 조아리며 대답했다.

오늘도 조용한 희수궁. 총회가 있다더니 여왕께서는 하루 종일 바쁜 건지, 매일 내주던 어마어마한 양의 공부도 오늘은 없었다. 때문에 한가로이 오후를 즐기고 있는데 갑자기 들이닥친 궁인이 꽤 흥미로운 전언을 갖고 왔다.

"신왕이라……."

여왕께서 내리셨다는 교지를 뚫어져라 응시하던 그의 눈이 신왕의 '신(信)' 자에 유독 오래 머물렀다. 곧 그가 피식 웃었다.

"믿겠다는 건지, 아니면 믿을 테니 잘 부탁한다는 건지."

"신왕이라……. 울림만 봤을 때는 멋진 거 같습니다만."

"책임감이 확 느껴지는 부담스러운 이름을 붙여 줬네."

그렇게 말하면서도 제하는 썩 그것이 마음에 드는 눈치였다. 알겠으니 그만 물러가라는 그의 말에 궁인이 방을 나섰다. 그러자 구석에서 잠자코 있던 유신이 쪼르르 다가오더니 묻는다.

"오늘은 그 박사님 만나러 안 가실 겁니까?"

"오늘 바쁘대."

"흥. 박사가 바빠 봤자지. 엄살 피우는 게 분명합니다."

"왜 찾는 건데? 만나면 으르렁거리면서."

"심심해서 그럽니다."

희수궁에서는 정말 할 일이 없어서 시간이 매우 느리게 흘러가는 착각마저 들었다. 유신은 이럴 바에는 차라리 눈코 뜰 새 없이 바쁘던 예서가 나왔다며 배부른 투정까지 할 정도였다.

"제하 님께서는 괜찮으십니까?"

"괜찮아. 내일 꽃놀이 가기로 했거든."

"꽃놀이요?"

금시초문이라며 유신의 두 눈이 휘둥그레졌다. 왜 자신에게는 그런 이야기를 하지 않았냐며 따져 묻기까지 했으나, 제하는 저 혼자 웃고만 있다.

"그래, 기대되네."

"기대는 무슨, 꽃이 지천에 널려 있는 예서에서 오셨으면서."

"그래도 뭐랄까……."

달라.

"두근두근해."

정확하게 뭐라고 설명하면 좋을지 모르겠으나, 어쨌든 그런 느낌이었다. 웬만해선 죽은 듯 얌전하던 심장이 희한하게도 그녀를 보면 쿵쾅대기 시작했다. 세간에서 이러한 것을 뭐라 부르는지 그가 모를 리 없었으나, 그럴 리가 없다며 웃어넘기려던 찰나.

문제의 그 장면을 목격하고 말았다.

"무휼이라고 했지, 아마……."

그 사내에게로 달려가는 뒷모습이 자꾸만 머릿속에서 떠나질 않았다. 엉키기라도 한 것처럼 속이 답답하고 괜히 짜증이 났다.

"한 마디로……."

"……."

"질투?"

별말 하지 않았음에도 불구하고 바로 알아들은 유신이 말하자, 제하가 근처에 있던 책을 집어 들어 그를 향해 던졌다. 그러나 유신은 맞고도 좋다며 실실 웃더니 제하에게 바짝 다가왔다.

"참으로 잘되었습니다."

잘되었다니.

"이참에 새로운 사랑을 해 보시는 겁니다."

"뭐야?"

"물론 상대가 그 건방진 꼬맹이 박사라는 게 마음에 안 들지만 그래도 뭐, 외모는 봐줄 만했으니……."

저 혼자 진지한 얼굴로 앉아 쓸데없는 고민에 빠진 유신. 그런 그를 바라보던 제하의 손이 다시 한 번 책을 향했다.

"말은 바로 해라. 봐줄 만하긴, 뛰어나게 예쁘지."

"아, 예."

유신은 생각했다.

늦었구만. 이미 늦었어, 저 양반. 여자 보기를 돌같이 하던 사람이 저럴 정도면 빠져도 아주 단단히 빠졌다는 것이나 다름없었다.

"좋은 징조입니다. 이참에 그 여자는 잊으세요. 어차피 더는 미련 같은 거 없으시잖아요."

"……."

"게다가 혹시 압니까, 이번이 마지막 사랑이 될지."

어렸을 때부터 곁에서 그를 지켜봤던 유신은 그가 너무나도 답답했다. 그 여자는 지금 시집가서 다 잊고 살고 있는데 어째서 우리 제하 님만 이리 사서야 하나.

"본디 첫사랑보다 강한 건 마지막 사랑뿐입니다."

잠자코 유신의 말을 듣고 있던 제하가 슬쩍 고개를 갸웃거렸다. 이 녀석은 평생 애인 한 번 만들어 본 적 없는 주제에 어찌 이리 잘 알까.

"너…… 아직도 아가씨들이나 읽는 순정 소설 몰래 읽고 그러냐?"

"무향의 소설은 최고란 말입니다!"

그래, 그래. 건성으로 흘려듣는 제하를 본 유신이 발끈하더니 좀 더 적극적으로 제 주장을 펼치기 시작했다.

"제하 님께서 현재 유부남이기는 하지만 어차피 계약상 부부이지 않습니까. 그리고 그 박사님 역시 여왕의 지인이라 했으니 이 사실을 알고 있을 테고요."

"듣고 보니 그러네."

"요는 여왕에게만 마음을 주지 않으면 되는 거 아니었습니까?"

그 말대로. 여왕과는 어차피 1년 후면 헤어질 인연이었다. 때문에 그 후라면 누구를 사랑해도 문제가 안 된다.

즉, 여왕에게만 연정을 품지 않으면 그 이외에는 다 괜찮단 말이다. 첫사랑 이후로 간만에 찾아온 이 떨림이 과연 유신의 말대로 사랑인지는 모르겠으나, 무조건 밀어내기만 할 것은 아니었다. 만약 이게 정말 사랑이라면, 두 번째는 절대 놓지 않으리라.

"그런 의미에서."

생각을 정리한 제하의 입가에 서서히 미소가 번져 갔다.

"내일 넌 따라오지 마라."

"예?"

"둘이서 다녀올게."

"……저기, 그게 왜 갑자기 그렇게 되는 겁니까?"

아닌 척해도 사실 꽃놀이라는 말에 은근 설레었던 유신은 갑자기 자신을 놓고 가겠다는 그 말에 금세 풀이 죽었다.

"방해되니까."

"제하 님!"

유신이 자신도 데리고 가 달라며 징징거리기 시작했다. 그러나 제하는 이를 무시하고 고개를 돌려 창밖에 보이는 꽃나무를 바라보며 싱긋 웃었다.

"정말 봄이 온 건지 확인을 해 봐야겠어."

*   *   *

"도대체 전하께서는 무슨 생각이신 건지."

넓은 방 안. 머리를 맞대고 모여 앉은 이들의 낯빛이 어두웠다. 특히나 그들과 마주앉아 있던 구제율의 표정은 가관이었다.

"가례 이후로 단 한 번도 희수궁에 걸음하지 않으시다니!"

탕!

제율이 제 앞에 있는 낮은 책상을 있는 힘껏 내려쳤다. 그러자 앞에 줄지어 앉아 있던 귀족들이 움찔 떨더니 곧바로 고개를 떨군다. 이내 서로 눈치를 보던 그들이 폭포수마냥 말들을 쏟아 내기 시작했다.

"제대로 초야조차 치르지 않으셨으니, 이를 더 걱정해야 하는 건……."

"제 말이 그 말입니다. 대신들이 이를 두고 볼 리가 없어요."

"일단 우리 쪽에서 국서가 간택된 건 천만다행입니다만, 두 분 사이에 왕래가 아주 없으니…… 쯧쯧."

"두 분께서 붙어 계시는 모습이라도 자주 보이신다면 우리의 면도 설 텐데 말입니다."

그야말로 비상사태였다.

대신들이 아닌 귀족들의 자제 중에서 국서가 간택된 것까지는 아주 좋았으나, 여왕께서는 그에게 관심이 없어 보였다. 언제든 바뀔 수 있는 자리인 만큼, 아직 마음을 놓을 수 없었다.

"혹, 전하께서 달리 마음을 준 사내라도 생기는 날에는……."

누군가의 끔찍한 말에 순간 방 안에는 냉기가 감돌았다. 묵직한 침묵이 내려앉으며 너도 나도 할 거 없이 침을 꼴깍.

그들의 시선이 제율에게로 향했다.

"어떻게 얻은 기회인데, 절대 놓칠 수 없습니다!"

"맞습니다. 이 기회를 잘 이용해, 조정에 귀족들이 설 자리를 확실하게 해야 합니다."

귀족들의 눈에는 결의가 넘쳐났다. 그 말대로 어떻게든 이 기회를 살려야만 했다. 이와 같은 기회가 다시 오리란 보장은 없었으니까.

"그래도 존호를 지어 주신 걸 보면, 아주 마음이 없는 것도 아닌 거 같습니다."

"그래요. 아직 마음을 정하지 못하신 거겠지요."

"아직 어린 계집이라 그런 게 분명합니다."

"맞아요. 내내 중앙궁에서만 지냈으니, 사내를 모를 수밖에요."

"다가가기 어려워서 곤란해하시는 걸지도 모릅니다."

"이럴 때야말로 어른들이 나서야 하지 않겠습니까?"

여왕의 입에서 흘러나온 '믿을 신(信)' 자. 그것이 그들에게는 유일한 희망이었다.

그래, 고작해야 열일곱 인생의 여왕이 뭘 알겠는가. 생각보다 국정을 돌봄에 있어서는 문제가 없었지만, 이런 문제라면 이야기가 달랐다. 무릇 남녀 사이의 문제라면 어른들이 더 잘 아는 게 당연지사. 방황하는 그녀가 올바른 길로 갈 수 있도록 지도를 해 주는 것이야말로 어른들의 일이 아니던가.

"제율 님께서는 국서…… 아니, 신왕을 설득시켜 주세요."

"그래요. 저희는 전하께 말씀을 드려 보겠습니다."

더는 기다리고만 있을 수 없었다. 행동을 해야만 했다. 언제 바뀌어도 이상할 게 없는 국서의 자리를 저들의 것으로 확실하게 못 박아 두어야만 했다.

"그런데 신왕께서는 요즘 어쩌고 계신답니까?"

*　　　*　　　*

"왠지 오랜만에 보는 거 같네."

"그저께 만났습니다. 그저께."

제하의 말에 아라가 곧장 응수했다.

궐 밖. 만나기로 약속한 장소에 먼저 나와 있던 건 아라였다. 그냥 어쩌다 보니 서둘러 나오게 되었다.

아니, 그래. 사실은 들떠서 빨리 나오고 말았다.

"어, 유신 씨는 오늘 같이 안 오신 겁니까?"

"왜 날 보자마자 그 녀석부터 찾는 건데."

"그야 바늘 가는 데에 실이 없으니 이상해서 그러지요."

칼 하나 제대로 휘두를 수 있을까, 심히 걱정되는 수행원이었지만 막상 없다니까 또 불안해졌다. 눈앞의 이 남자는 도저히 제 몸하나 지킬 사내로 보이지 않았으니까.

"왜 그런 눈으로 보는 거지?"

"칼 같은 것도 안 지니고 다니십니까?"

"위험하게 그런 걸 왜 들고 다녀."

"보통 안 위험하려고 들고 다니는 겁니다만."

아라는 생각했다. 이 남자 아무래도 안 되겠어. 어떻게 지방을 전전하면서도, 그것도 수령의 아래에서 일하면서도 아무렇지 않게 살 수 있었던 거지.

"뭐, 좋습니다. 시끄러운 사람 없으니 좋은 게 좋은 거겠지요."

그나마 축제 기간에는 치안이 한층 더 강화된다고 하니, 별문제 없기를 바랄 뿐이었다.

"하루 사이에 왜 이리 수척해졌어?"

"피곤해서 그럽니다."

제하가 걱정스럽게 물었다. 분명 그제까지만 해도 멀쩡하던 얼

굴이었는데 눈 밑에 시커먼 그림자가 내려오질 않았나, 붉은 입술
은 푸석하게 변하지 않았나. 도대체 누구야, 이 녀석한테 이렇게까
지 일을 시킨 사람이. 할 수만 있다면 당장 눈앞에 끌고 와서 혼쭐
을 내주고 싶었다.

"어제 총회 때문에……."

그러고 보니 중요한 회의 때문에 어제 만날 수 없다고 했지, 참.
그러나 제하는 그 중요한 회의가 설마 총회였을 줄은 상상도 못 했
다.

그도 그럴 것이.

"총회? 너도 참석했던 건가? 박사인데?"

총회란 귀족들과 대신들이 어우러져 참석하는 조정 회의. 그러
니 일개 박사가 회의에 참석하는 데에는 무리가 있었다. 자신이 또
말실수를 하고 말았다는 생각에 아라는 자동적으로 입을 다물었
다. 이를 어쩌면 좋으나 고민하던 그녀가 재빨리 화제 전환을 시도
했다.

"그, 그러고 보니 마음에 드셨습니까?"

"뭐가?"

"존호 말입니다. 신왕이요, 신왕."

"아아."

'그 부담스러운 이름'이라는 말을 덧붙이려던 제하가 잠시 멈칫
했다. 듣자 하니 여왕께서 직접 내리신 존호라고 했으나, 그녀는 여
왕의 지인이었으니 어쩌면…….

"혹시 네가 지어 준 거야?"

"어…… 예. 뭐, 제가 지은 겁니다."

머뭇거리던 아라가 고개를 끄덕이며 인정했다.

인정해 놓고도 또 말실수를 한 건 아닐까, 걱정스러운 마음에 아라는 제하를 힐끔 바라봤다. 그런데 어찌 된 영문인지 그는 의심은 커녕 활짝 웃고 있다.

"마음에 들어."

"그것 참 다행입니다."

그러게. 참으로 다행이었다.

급조된 느낌이 없잖아 있었지만 저리 활짝 웃을 정도로 마음에 든다 하니, 아라의 마음에도 꽃이 피는 듯했다.

"가자."

"어딜?"

"알아봤는데, 꽃놀이를 제대로 즐길 수 있는 꽃길이 있대."

아라보다도 이 축제에 대해 빠삭한 제하가 앞장서자, 잠시 머뭇거리던 그녀가 그 뒤를 졸졸 따랐다.

한창일 때 와서 그런지 저잣거리는 이미 사람들로 북적거렸다. 이러한 분위기에 익숙할 리가 없는 아라는 제하의 뒤를 따르는 것만으로도 힘겨웠다.

그의 등만 보고 걷기를 얼마, 곧 걸음이 멈췄다.

"여긴가 보다."

어느 길목 앞에 멈춰 선 아라는 숨을 헥헥거리며 고개를 들었다. 그리고 그녀는 눈앞에 펼쳐진 광경에 할 말을 잃었다.

"우와……."

내가 살고 있던 천유에 이런 곳이 있었나?

왜 꽃길이라 불리는지 보자마자 그 이유를 알 수 있을 정도로, 눈 앞에 펼쳐진 길에는 꽃잎이 잔뜩 깔려 있었다. 양쪽으로는 가지마다 만개한 꽃나무들이 드리워져 있어 아름다운 풍경을 만들어 냈다.

"어때? 처음 와 본 소감이."

제하가 감상을 물었지만 아라는 아무 말도 할 수 없었다.

아무런 말이 나오지 않았다. 가슴속에서 뭔가 뜨거운 것이 복받쳐 올라오는 걸 느낀 그녀가 제하의 소매를 덥석 붙잡는 것으로 제가 느낀 감동을 표현했다.

"그래, 그래. 예쁘네, 예뻐."

다행히 눈치가 빠른 제하는 이를 알아채 주었고, 싱긋 웃으며 그녀의 손을 잡았다. 그렇게 그들은 꽃길에 들어섰다.

*   *   *

"그 여자분과도 이런 데 와 보셨습니까?"

아라의 질문에 제하는 잠시 입을 다물었다.

저 천진난만한 표정으로 보건대, 이는 악의 없이 던진 질문이 분명했다.

지금 그들이 있는 곳은 어느 찻집의 2층. 금세 지친 아라 때문에 제하는 잠시 쉬었다 갈 것을 제안했고, 이참에 일전에 가지 못했던 맛집 탐방도 할 겸 이곳으로 온 것이다.

"아니. 안 와 봤어."

"왜요?"

"오늘따라 말이 많네."

왜냐고 물으면 뭐라 답해야 하나, 생각에 잠긴 제하가 문득 아라를 바라봤다. 그러고 보니 오늘따라 그녀는 말이 많았다. 한편 말이 많다는 말을 시끄러우니 좀 조용히 하라는 의미로 해석한 아라는 입술을 삐쭉 내밀더니 먹고 있던 화채를 단숨에 들이켰다.

"그렇다고 조용히 하라는 건 절대 아니었고."

"대답하기 싫다, 이거 아닙니까."

그거 하나 대답 못 해 주느냐며 중얼거리자, 제하의 입에서 작은 한숨이 새어 나왔다.

"와 본 적 없어."

"어째서요?"

"그러게 말이야."

"아니, 본인이 이유를 모른다는 게 말이 됩니까?"

"글쎄, 분명 시간은 충분했을 텐데 말이지."

"그럼 저랑 처음 와 보시는 거네요?"

"그게 또 그렇게 되네?"

놀랍게도 사실이었다. 아니, 이것을 지금에서야 깨달았다는 게 신기했다. 분명 시간은 아주 많았다. 그런데 어째서.

"왜 한 번도 같이 가자고 말해 볼 생각을 안 했을까."

"……."

심지어 당시에는 모든 불행이 일어나기 전이었다. 구가의 후계자는 그였고, 사랑한다 믿어 의심치 않았던 그녀 역시 형님이 아닌 그의 곁에 있었다. 뭐 하나 둘 사이를 가로막는 것은 없었는데, 도대체 무엇을 망설였던 걸까.

"아, 오늘은 제가 계산하겠습니다."

"아니, 내가…….."

"허허. 저를 뭐로 보시고."

자리에서 일어난 아라는 당당하게 품 안에서 주머니 하나를 꺼내 보였다. 찰랑찰랑 소리를 내고 있는 그것은 척 봐도 제법 묵직해 보였다.

"일전에는 빈손으로 나왔지만!"

그녀의 눈빛이 초롱초롱 빛났다.

"오늘의 저는 다르답니다."

일전의 외출에서는 아라가 아무것도 들고 나오지 않았기 때문에 모든 것을 제하가 계산해야만 했다. 어떻게 외출하는데 수중에 돈 한 푼 안 갖고 나올 수 있느냐며 유신에게 한바탕 잔소리를 들은 것이 그녀는 내내 신경 쓰였다. 그날의 실수를 만회하기 위해 챙겨 온 주머니를 흔들며 아라가 즐겁게 웃어 보이자, 제하가 따라 웃었다.

그러나 그것도 잠시.

"꼬맹이가 무슨 돈을 이렇게 많이 들고 다녀? 위험하게."

"예?"

"이 정도 돈이면 지방에선 집 한 채를 살 수도 있겠다."

이번에는 그 양이 너무 많다는 것이 문제였다.

"역시 아가씨라 그런가, 금전 감각이 전혀 없네. 대선께서 그런 건 안 가르치셨나 보지?"

아라는 꿀 먹은 벙어리가 된 것처럼 입을 꾹 다물어 버렸다.

죄송합니다, 스승님. 못난 제자를 둔 탓에 스승님께서 욕을 먹으시는군요.

짐짓 심각한 표정으로 주머니 안을 들여다보던 제하는 한숨을 내쉬었다. 그러자 아라가 겁을 먹기 시작했고, 제하의 입가에 은근한 미소가 지어졌다.

"안 되겠다. 내 곁에 꼭 붙어 다녀라."

"예?"

"이렇게 큰돈을 지니고 다녔다가는 범죄의 표적이 될지도 몰라."

"버, 범죄요?"

"그래. 막 납치를 당한다거나, 나쁜 사람들에게 붙잡혀 돈을 빼앗긴다든가. 혹은…… 아니다, 이 이상의 일들은 너무 끔찍해서 차마 입에 올릴 수도 없겠네."

그의 열연에 아라의 낯빛이 서서히 창백해졌다. 이를 본 제하가 그녀에게 손을 내밀었다. 그러고는 내키지는 않지만 할 수 없다는 듯 말했다.

"그러니까 어디 끌려가고 싶지 않으면 꼭 잡아."

그 말이 끝나기 무섭게 아라가 그의 손을 덥석 잡았다. 그것도 아주 꼭. 제 손안에 들어온 그 작은 손을 바라보던 제하는 작게 웃었다. 따뜻하고 부드럽다. 문득 익숙한 느낌이 들기도 하였으나 이는 착각이겠지.

"아, 꽃님아."

"그렇게 부르지 말라고 하지 않았습니까!"

얼굴이 화끈 달아오른 아라가 버럭 외쳤다.

희수궁 안에서 그렇게 부르는 건 그래, 달갑지는 않아도 넘어가 줄 수 있었지만 밖은 달랐다. 많은 사람들이 오가는 이곳에서 그렇게 부르면 어떡해?

"네 진짜 이름을 알기 전까지는 이렇게 부를 거야."

"으으."

"그래서 꽃님아."

"뭡니까."

"와 보니까 어때, 좋아?"

아라의 입에서는 별로라는 말이 나오지 않았다. 그것만으로도 충분했지만, 이번에는 꼭 그 대답을 듣고 싶었다.

"생각했던 것보다는 좋습니다."

"그치?"

"네. 예쁘네요."

제하는 솔직한 그녀의 말에 한 번, 그리고 뒤이어 만개한 그녀의 미소에 또 한 번 놀랐다. 작게 웃는 것은 몇 번 봤지만 이렇게 활짝, 환하게 웃는 그녀의 모습은 처음이었다.

그녀가 웃자, 순간 시간이 멈춘다. 이내 호흡이 멈춘다.

분명 다시는 봄이 찾아오지 않을 거라 굳게 믿고 있었는데.

"왜 그러세요?"

자신을 빤히 쳐다보는 제하의 시선에 아라가 불안한 듯 물었다. 그러자 그녀의 머리카락에 붙은 꽃잎을 떼어 주던 그가 작게 웃는다.

"옳았나. 이 작은 게 왜 이리 예뻐 보이지."

그 말에 잠시 멈칫. 그러다가도 문득 일전에 비슷한 상황이 있었음을 떠올린 아라가 꽤나 여유로운 미소를 지었다. 다시는 넘어가지 않겠다는 듯 두 눈을 반짝이기까지 하며.

"지금 저랑 장난치시는 겁니까?"

아니, 장난이 아니야.

작은 입술도 예쁘고, 새초롬한 표정도 예뻤다. 싫은 내색 없이 제 손을 꼭 잡고 있는 모습조차 너무나도 예뻤으며, 조금 전 웃는 모습은 숨 막히게 예뻤다.

그래서 결론은.

"봄이네."

확실해.

지금 제 손을 꼭 잡고 있는 이것은 봄이 확실했다.

四花.
그럼 나한테 시집올래?

"할 말 있으면 해 보세요. 화 안 낼 테니."

한숨을 내쉰 아라가 말했다. 그러자 그 앞에 바짝 조아리고 있던 귀족들이 움찔, 조심스럽게 고개를 들어 그녀를 바라본다.

"기껏 자리를 마련했는데, 지금 말 안 하면 한 달을 기다려야 할 겁니다."

"……."

다음 총회는 한 달 후에나 있었다.

원래라면 지금 이 자리도 있어서는 안 되는 자리였다. 그러나 반드시 만나야 한다며 귀족들이 우르르 몰려오는 바람에 아라는 거절할 수가 없었다.

"그래서, 그 중요한 용건이라는 게 뭡니까."

아라가 다시 한 번 물었다.

차분한 그녀의 목소리에 귀족들의 고개가 갸우뚱 기울어졌다. 오늘따라 여왕이 평소와 달랐다. 무슨 일이 있었던 건지 모르겠으나, 총회 때보다 한결 부드러워진 것이 나긋나긋하기까지 했다.

그들의 눈이 반짝였다. 그래, 때는 이때다!

"크흠, 전하. 혹 요즘 고민이 있지는 않으십니까?"

'고민'이라는 말에 아라는 정신이 번쩍 들었다.

고민, 고민이라. 왜 없겠는가. 구제하라는 남자 때문에 정신없는 게 고민이었다. 하지만 이를 신하들에게 내색할 수는 없었다. 심지어 측근인 무휼과 월비에게도 털어 놓은 적 없는 고민이 아니던가.

"없습니다."

걱정해 줘서 고맙다며 그녀가 싱긋 웃었다. 그러자 이를 본 귀족들의 얼굴에 오히려 고민이 가득했다.

"저, 정말 없으신 겁니까? 하나도?"

"굳이 있다고 한다면, 내 고민은 언제나 한결같답니다. 어떻게 하면 어진 왕이 될 수 있을까, 백성들을 행복하게 해줄 수 있을까, 이 정도?"

저 능구렁이 같은 귀족들이 또 무슨 꿍꿍이인지는 모르겠지만, 아라는 나름대로 잘 빠져나갔다고 생각했다. 반면 요리조리 빠져 나가는 그녀 때문에 귀족들은 안달이 났다.

"……있으실 텐데요? 그…… 예를 들면…… 남녀 사이의 문제라 든가?"

"남녀 사이의 문제라. 따지고 보면 경들 역시 남녀 사이의 문제에 포함시킬 수 있겠군요. 조금 쉬려고 하니까 이리들 몰려와서 좀 곤란하기는 합니다."

"아, 아니. 저희를 말씀드리는 게 아니라……."

이 여왕이! 알면서 모르는 척하는 건가 아니면 정말 그런 쪽으로는 숙맥인 건가! 차라리 후자가 나을 듯싶었다. 그래야 설득하기가 더 편하지. 할 수 없지. 귀족들은 마음을 바꾸기로 했다. 모르는 척을 하든 진짜로 모르든, 계속해서 이리 빙빙 돌기만 할 바에는 차라리 단도직입적으로 밀고 나가는 것이 나을 듯싶었다.

"크흠. 국혼 이후, 단 한 번도 희수궁을 찾아가지 않으셨다 들었습니다. 정말이신지요."

"예. 정말입니다."

당당하게 인정하는 아라의 반응에 귀족들은 당황했다. 그래도 조금은 당황하거나 주춤거릴 줄 알았다. 그리되면 좀 더 목소리 높여 주장할 수 있었을 텐데.

할 수 없지. 일단 아쉬운 대로.

"국혼을 한 지도 꽤 시간이 지났습니다."

"이제 일주일 정도 지났습니다."

"……."

귀족들의 입이 꿀 먹은 벙어리마냥 딱 다물어졌다. 역시 너무 성급했던 것인가. 하지만 그들도 어쩔 수 없었다.

여왕의 성인식이 채 1년도 남지 않았다. 1년 후면 상황이 어떻게 변할지 모르니 그들 입장에서는 그 기간 안에 확실한 무언가가 필요했다. 국서를 내치지 못할 무언가가.

"이제 국서도 들였으니, 한시라도 빨리 후사를 봐야 하지 않겠습니까."

"……."

결국 그들이 제 속뜻을 밝혔다.

제아무리 국서 보기를 돌같이 한다 해도 그렇지. 아이가 들어서 기라도 한다면, 정으로라도 국서 자리를 빼앗지는 않을 것이다.

"후사, 후사라……. 죽은 뒤의 일을 말하는 건 아닐 테고."

"……."

"그렇다면 내가 아는 후사는 딱 한 가지밖에 안 남는데……."

천천히 말하는 어조가 너무나도 섬뜩했다.

그들을 응시하던 아라는 옆에 서 있는 무휼과 월비를 바라봤다. 어깨를 파르르 떨며 웃음을 참고 있는 것이 안타까울 지경이었다.

"모르시는 거 같아 드리는 말씀입니다만."

아라가 단호하게 말했다.

"내 나이, 아직 열일곱입니다."

"예, 참으로 꽃다운 나이……."

"천유국에서는 열여덟이 되어야만 성인으로 인정합니다. 물론 반가에서는 더 어릴 때 시집을 보내는 경우도 있지만, 그것 역시 드문 경우……."

"하, 하오나 전하, 어찌 전하를 반가의 여식들과 비교한단 말입니까."

"간만에 바른 소리들을 하시다니, 오늘은 해가 서쪽에서 떴나 보군요."

"하하하, 저, 저희는 언제나 옳은 소리만 한답니다."

"그랬나요? 흠…… 천유의 법도를 들먹여 가며 섭정을 강요한 자들이 누구더라……."

뜨끔. 그녀의 말대로, 성인이 아니라는 이유로 아라에게 끈질기게 섭정을 요구했던 건 바로 그들이었다.

여왕의 편인 대신들과 달리, 귀족들은 모두 시건형의 편이었다. 때문에 다 함께 섭정을 두어야 한다고 목소리를 높였다. 저들이 생각해도 뻔뻔하기는 했으나, 어쩔 수 없다. 원하는 것을 얻기 위해서라면 뭐든 못 하겠는가.

"후사를 잇는 것 역시 전하의 의무이십니다."

"그렇습니다. 이는 곧 나라와 백성을 위한 일. 원래는 왕후와 후궁들의 사명이기는 하오나 상황이 다르지 않습니까."

"그래요. 나도 달라진 상황은 이해합니다. 하지만 몇 번이나 말했듯 아직……."

"물론 법적으로는 아직 성인이 아니시기는 하지만, 몸은 이미 어엿한 여인의 몸이시니 충분히 후사를 보실 수……."

"그만."

도대체 이 인간들이 지금 무슨 이야기를 하는 거지.

결국 아라가 단호하게 말을 잘라 내었다.

"괘, 괜찮으십니까?"

월비가 다가와 조심스럽게 물었다. 눈치 없는 그녀가 이렇게 물을 정도라는 건, 아라의 안색이 그 정도로 안 좋다는 뜻이었다.

"머리가 깨질 거 같아."

"하오나 전하!"

"이제 그만하세요. 그대들과 이런 이야기로 실랑이하고 싶지 않습니다."

자칫 민망할 수도 있는 주제의 대화를, 나이도 먹을 만큼 먹은 아저씨들이 우르르 몰려와서 하고 있으니…….

나가라는 그녀의 손짓에 다급해진 귀족들이 자리에서 벌떡 일어나 외쳤다. 지금 할 말 다 하지 않으면 다음은 또 언제가 될지 몰랐다.

"저희 이야기도 들어 주세요!"

"저희가 괜히 하는 말이 아닙니다!"

"국서를 들이셨으니, 후사를 보는 건 당연한 이치!"

"설마."

잔뜩 흥분해 외쳐 대는 귀족들 틈에서 어느 한 명이 무겁게 말을 끊었다. 그와 동시에 귀족들이 약속이라도 한 듯 입을 다물었다. 그리고 이어지는 잠깐의 침묵. 물러설 수 없다는 의지가 담긴 눈들이 용상에 앉아 있는 아라를 향했다.

"당장의 상황을 무마하고자, 눈속임용으로 국서를 들이신 것은 아니시겠지요?"

"……."

귀족들은 마지막 수를 꺼내 들었다. 최악의 경우 여왕을 당황하게 만들어 몰아세우자는 것이 그들의 계획이었는데, 안타깝게도 이수에 넘어갈 아라가 아니었다.

"그랬다면 당시 내 편을 들어 주었던 대신들의 자제들 중에서 간택을 했겠지요."

"……."

"지금처럼 이리 몰려와 시끄럽게 떠들어 대는 귀족들의 자제가 아니라."

"……."

"내가 잘못 알고 있었군요. 다들 점잖으신 분들인 줄 알았는데, 아닌가 봅니다."

아라는 화가 잔뜩 난 얼굴로 싱긋 웃었다. 이에 겁먹은 귀족들은 결국 백기를 들어야만 했다. 게다가 그녀의 말은 사실이었다. 만약 정말 여왕이 그런 생각을 품고 있었다면, 저들의 자제들 중에서 국서를 간택하지는 않았을 것이다. 궐 안에만 있는 그녀가 구제하와 작당할 틈이 없었다는 건 그들도 잘 알고 있었다. 또한 초야 때 이후로 희수궁을 찾아간 적 역시 없으니, 여왕에게는 그를 설득할 시간조차 없었다.

"이만 돌아들 가세요."

"전하!"

"내 눈앞에서 당장 사라지라고 했습니다."

이런, 결국 화를 돋워 버렸어!

아라의 입에서 험한 말이 나오자, 귀족들은 꼼짝 못 하고 물러나기 시작했다.

괜히 와서 여왕의 분노만 샀다며 중얼거리는 사람, 어떻게든 설득시켜 보겠다고 끝까지 고집 피우는 사람. 우왕좌왕하던 그들은 결국 무휼과 월비에 의해 퇴장당했다.

"대박."

기운이 빠진 아라가 용상에 축 늘어졌다. 아침부터 무슨 일로 들이닥친 건가 했는데 설마 이런 일 때문이었을 줄이야.

"생각했던 것보다 너무 빠르잖아."

물론 언젠가는 이런 날이 오지 않을까 했지만.

"이제 어쩔 거야?"

"벌써부터 저러는 걸 보면 앞으로는 더 심해질 텐데."

"그냥 무시하는 것도 하나의 방법이겠지."

"하지만 시간이 지나면 다시 일어날 거야."

아라는 고민에 빠졌다. 지금 도망쳤다가는 그들의 의심이 더욱 커질 터. 그리 되면 자신이 거짓 국서를 두었다는 사실이 밝혀질 것이다.

아라의 옆에서 함께 고민에 빠져 있던 월비가 물었다.

"네 성인식까지 정확하게 얼마나 남은 거지?"

"여덟 달 남짓."

이제 정말 얼마 남지 않은 상황이었다. 필요한 건 여덟 달이라는 시간. 때문에 일 년으로 잡은 것이다.

"성인식을 치르기 무섭게 이혼 절차를 밟으면 너무 티가 날 테고."

"하긴, 그랬다가는 허수아비 국서를 두었다는 의심에서 벗어날 수 없겠지."

"들키면 또 혼인하라 난리일 텐데, 구제하 같은 사내가 또 있다는 보증도 없고."

이러나저러나 문제로구나. 아라가 고개를 떨구었다.

들켜서는 안 된다. 하지만 들키지 않기 위해서는 언제까지고 귀족들의 요구 사항을 무시할 수는 없었다.

"으아아. 어쩌면 좋아."

그야말로 진퇴양난이었다.

"조심해, 시아라."

닫힌 문을 응시하던 월비가 날카롭게 말했다. 아까 귀족들의 반응이 너무나도 신경 쓰였다. 내쫓기는 했지만, 이대로 물러날 사람들이 아니었다.

"귀족들은 구제하를 이용하려 들 거야."

"나도 알아."

귀족들 생각이 뻔하지, 뭐. 하지만 이상하게도 그 점에 대해서는 걱정이 안 됐다.

"그런데 그 사람은 믿어도 돼."

믿는다. 아니, 아라는 그를 믿고 싶었다.

*　　*　　*

조용하기만 하던 희수궁 안이 웬일로 소란스럽다.

월비의 걱정대로, 다른 귀족들이 한창 중앙궁에서 씨름하고 있을 무렵 구제율을 필두로 한 절반은 희수궁에 걸음 하고 있었다.

바로 구제하를 설득하기 위해.

"너는 귀족이야! 어미와 아비가 귀족인데 당연히 귀족들 편에 서야지!"

"편 가르는 거 별로 안 좋아합니다."

"구제하!"

"아직도 유치하게 그리 노십니까?"

그러나 아라의 예상대로, 그는 만만한 상대가 아니었다.

결국 제율의 목소리가 높아졌다. 상석에 앉아 있던 제하의 인상이 찌푸려지자, 제율의 뒤로 서 있던 귀족들의 낯빛이 어두워진다.

"이게 어디 우리만 좋자고 이러는 거 같으냐? 다 나라를 위해서 그러는 거다. 네가 아직 이해를 못 하는 거뿐이야!"

"하하, 나라를 위함은 무슨, 지나가던 개가 다 웃겠습니다."

"너 진짜!"

"고작 여자 하나 때문에 현모양처를 버리고 제 아들까지 버리셨던 분이 나라를 위하는 애국자셨다니, 웃음밖에 안 나오는군요."

"신왕!"

결국 귀족들이 나섰다. 부자지간에 사이가 안 좋다는 건 알고 있었지만, 직접 눈으로 보니 심각했다.

할 수 없지. 우리가 나서는 수밖에.

"이 나라를 이렇게 부강한 국가로 만드는 데에는 우리 귀족들도 한몫했습니다. 그런데 보세요, 귀족은 국정에 관여할 수 없다는 게 말이 됩니까."

"맞습니다. 우리가 괜히 욕심 부리는 게 아닙니다. 그냥 이 기회에 우리의 권한도 되찾자, 이런 말입니……."

"아, 그렇군요. 그런 깊은 뜻이 있었을 줄이야."

제하의 말에 귀족들이 미소 지었다. 그래, 다그치기만 하니 말이 안 통하는 거지. 아이도 아니고 저리 다 큰 사내에게 그게 어디 통하겠어? 봐라, 이렇게 잘 구슬리면…….

"그런데 전 귀찮으니 빠지렵니다. 부지런한 그대들끼리 똘똘 뭉쳐 대의를 이루세요."

제하가 싱긋 웃으며 답하자 미소 짓던 귀족들이 경직되었다.

"전 빼고, 사고 치시란 뜻입니다."

귀족들의 설득도 제하에게는 통하지 않았다. 그는 이 상황이 그저 웃기기만 했다. 다 큰 어른들이 꼬맹이 여왕에게 꼼짝을 못 하고 저에게로 쪼르르 달려왔다는 것이 웃겼다.

"무조건 여왕의 마음을 얻어야 한다, 알겠느냐!"

나가는 순간에도 욕심을 버리지 못한 제율이 외쳤다. 당연히 제하의 마음에는 닿지 않았지만 그는 필사적이었다.

"그 얼굴로 계집애 하나 유혹하지 못한다는 게 어디 말이 되느냐!"

"전 어머니를 닮아서 말입니다. 아버지를 닮았다면, 이 여자 저 여자 꼬시고 다시는 능력이 뛰어났을 텐데 아쉽네요."

"이 녀석이 진짜!"

금세 흥분한 제율이 버럭 외치자, 귀족들이 달려들어 그를 말렸다. 방 밖에 있던 호위들까지 우르르 몰려들어 그를 막아섰다.

"입조심하세요."

사람들에게 붙잡힌 제율이 파르르 떨었다. 저런 걸 아들이라고…….

"눈앞에 앉아 있는 사람은 '이 녀석'이 아니라 국서입니다. 그리고 방금 말씀하신 그 '계집애'는 이 나라의 왕이시고요."

감히 아비를 저런 눈빛으로 바라보다니.

제율이 멈칫했다. 제 아들이기는 했지만 안 본 사이 정말 다른 사람이 된 것 같았다. 어미 때문에 저와 대립하는 것을 피하려고만 했던 녀석이 이리 당당해지다니.

'제용이 저 녀석의 딱 반이라도 따라갔다면 참 좋았을 텐데.'

귀족들의 어깨가 축 처졌다.

"뭔가 이상합니다."

밖으로 나온 대신들의 표정이 밝지 않다. 저 멀리 씩씩거리며 앞서가는 제율을 힐끔 바라본 그들이 심각한 얼굴로 걸음을 멈췄다.

"혹시 우리, 실수한 거 아닙니까?"

"그러게요. 어쩌면 여왕과 둘이 작당한 걸지도……."

좀 전 제하의 반응에 그들은 크게 실망했다. 앞잡이로서 귀족들의 희망이 되어 주기를 바랐지만, 좀 전의 태도로 보아 그건 힘들 거 같았다.

"그러고 보니 이상한 소문을 들었습니다. 국서께서 이미 마음을 준 여인이 있다던가."

"아, 저도 들었습니다. 그리고 최근 들어 궐 밖에 자주 나가신다더군요."

"몸부터가 궐을 떠나 있는데 어찌 마음을 줄 수 있겠습니까."

"어쩌면 구제율 쪽에 붙은 건 잘못된 판단이었던 걸지도……."

"그러고 보니까, 최근 시건형 님께서 조용하시군요."

시건형이라는 이름의 등장에 귀족들이 멈칫. 그러고 보니, 국서 간택을 위해 양자까지 들였던 사람이 너무나 조용한 게 이상했다.

"이대로 마냥 두 손 놓고 기다리고만 있을 수는 없습니다."

"그래요. 지금이라도 늦지 않았습니다."

"줄을 바꿔 타려거든 신속하게 해야죠."

그들의 눈빛이 불안하게 빛났다.

*　　*　　*

"하아……."

귀족들이 씩씩거리며 퇴장하고 난 뒤, 방 안에는 뒤늦게 평화가 찾아왔다. 시선 회피용으로 들고 있던 책을 내려놓던 제하가 중얼거렸다.

"여왕이 불쌍하네."

자신도 이리 지치는데, 그 작은 꼬맹이 여왕은 그동안 홀로 저 사람들을 상대해 왔다는 것인가. 갑자기 존경스러워지면서도 붉은 너울 안에 감춰져 있던 까칠함이 뒤늦게 이해됐다. 덧붙여 측은함까지도 몰려왔다.

"나라도 잘해 줘야지."

어른들이 어째서 전부 다 어른스럽지가 않은 건지.

혀를 차고 고개를 절레절레 저으며 답이 없다는 말을 쏟아내던 제하가 문득 무언가를 떠올리고는 유신을 바라봤다.

"그런 의미에서, 유신아."

"네."

"가서 꽃님이 좀 데리고 와라."

"…… '그런 의미에서'와 연관 있는 게 확실합니까?"

"매우 연관 있지."

정말? 유신은 그렇게 생각하지 않았다. 분명 앞에는 '여왕에게 잘 해 줘야지.'로 시작했는데 끝은 '꽃님이를 데리고 와라.'로 끝나다니.

"여왕과는 직접 만날 수 없으니, 그 대신 여왕의 벗과 만나야지. 할 수 없잖아."

"정말 할 수 없어서 그러시는 게 맞습니까?"

표정을 보아하니 그건 아닌 거 같은데요.

계속되는 유신의 투덜거림에 결국 제하는 인상을 찌푸렸다. 내가 지금 보고 싶으니 데리고 오라면 알아서 알아듣고 데리고 올 것이지.

"못 볼 걸 봐서 그런지, 눈 정화가 필요해서 그런다."

그가 사납고 날카롭게, 그리고 협박하듯 싱긋 웃기까지 하며 말했다.

"잔말 말고 데려와."

*   *   *

"……뭐하시는 겁니까?"

"어, 왔어?"

희수궁 안에 들어선 아라는 어이가 없었다.

늦은 오후. 갑자기 찾아온 대선이 서둘러 희수궁에 가 보라기에 와 봤더니 이 모양이었다.

이 따스한 봄날, 구제하는 화로 앞에 앉아 무언가에 열중하고 있었다.

"불태우는 중."

"무엇을?"

"탄원서."

그에 아라의 시선이 자연스럽게 화로로 향했다. 저 화로 안에서 타고 있는 검은 재들이 전부 탄원서란 말인가.

"전부 다?"

"전부 다."

곁에 다가온 그녀를 힐끗 올려다본 제하가 옆자리를 탁탁 내려쳤다. 잠시 고민하던 아라는 그의 옆에 앉았다. 그러고는 멍하니 화로를 바라봤다.

사실 그것들은 모두 좀 전에 들이닥쳤던 귀족들이 갖고 온 것이었다. 제하를 설득시키기 어려울 거 같아지자, 막무가내로 놓고 간 것이다.

"꽤나 미움 받으시나 봅니다."

심지어 탄원서는 화로 속에 있는 것뿐만 아니라 그의 옆에도 수북이 쌓여 있었다. 그것들을 바라보던 아라가 조심스럽게 하나를 집어 들었다.

"꼬맹이는 읽지 않는 걸 추천할게."

이를 본 제하가 충고했다. 그러나 궁금한 건 참지 못하는 아라는 그 말을 무시하고 보란 듯이 그것을 펼쳐 들었다.

"외설적인 내용이라 눈 버릴라."

귀족들이 보낸 외설적인 내용의 탄원서라니, 도대체 그것이 무엇이기에……

"여인을 유혹하는 법."

"……."

"그리고 네 손에 들린 건 부부의 밤일에 대한 내용이 적나라하게 기록된 것으로……."

탁!

아라가 재빨리 제 손에 든 것을 덮어 버렸다. 더는 들을 필요도 없다며 그것을 화로 속에 집어 던졌다.

"전부 다 태워 버리죠."

볼 가치도 없다며 적극적으로 소각에 임한 그녀는 나머지 종이들도 전부 화로 안에 던져 넣었다.

"그런데 이렇게 다 태워도 괜찮으세요? 나중에 귀족들이 알면 언짢아할 텐데요."

"윗사람 무시하는 데에는 도가 터서."

대단하구나, 이 남자.

"아니꼬우면 저들이 직접 찾아오겠지, 뭐."

쌓여 있던 것들을 전부 소각시키고 난 뒤, 그들은 뜰 바로 옆에 있는 정자로 향했다.

아라는 한숨을 내쉬었다. 절대 걸음 하지 않기로 했는데, 벌써 몇 번째 방문인지 모르겠다. 심지어 이제는 익숙하기까지 했다. 제2의 집인 느낌이랄까.

"오늘은 무슨 일로 부르신 겁니까."

"차갑다. 자고로 여자란 말이야, 애교가 좀 있어야 사내들에게 인기가 많은 법이야. 그래야 살살 녹거든."

"취향이 아니라서 죄송합니다."

"괜찮아. 보통 사내들이 그렇다는 거지, 내 취향이 그렇다는 건 아니니까."

그래서 어쩌라는 건데.

"내 취향은 달라, 좀 특이해. 그러니 기뻐해."

도대체 어느 부분에서 기뻐하라는 건지.

마주 앉아 있는 것이 이제는 꽤 자연스럽다. 맞은편에 앉아 있던 아라가 잠시 그를 흘겨봤다. 그러거나 말거나, 제하의 얼굴에는 미소가 가득하다.

"앞으로 갑자기 부르는 일은 자제해 주셨으면 좋겠습니다."

"어째서?"

"저에게도 해야 하는 일이라는 게 있습니다."

제발 급하게 부르지 말라고 부탁했음에도 그는 늘 이랬다. 아마 쉽게 고치기는 힘들 듯했다. 덕분에 아라는 언제 또 그가 부를지 모른다는 불안 때문에 매사에 긴장하고 있어야 했다.

그녀의 이러한 고충을 아는지 모르는지, 제하는 그저 눈앞에 아라가 있다는 것만으로도 좋다며 활짝 웃었다.

"약속 지키는 남자 좋아하나?"

"약속은 지키라고 있는 겁니다."

"그래서 약속 지키려고 불렀어."

그렇게 말한 제하가 종이 한 장을 자랑스럽게 꺼내 들었다. 칭찬을 바라는 아이마냥 그의 눈은 초롱초롱 빛나고 있다.

"저번에 말한 거 지키려고."

사실 이는 그가 급하게 만들어 낸 핑계였다.

고개를 갸웃거리는 아라에게 종이를 넘긴 제하는 여유로운 표정으로 읽어 보라며 고갯짓했다. 미심쩍은 얼굴로 그것을 들여다보던 아라의 눈빛이 '각서'라는 글자에 매섭게 빛나기 시작했다.

"이게 뭐……."

"월가의 포기 각서."

"아."

각서라는 말로 시작하는 글. 그것은 구가의 월가 탈퇴를 약속하는 각서였다. 종이를 들여다보고 있던 아라는 흠칫 놀랐다. 월가의 호칭 반환. 그냥 하는 소리인 줄 알았는데 정말이었을 줄이야. 여전히 믿기지가 않았다. 그러나 제 손에 들려 있는 건 확실한 각서였다.

"정말 괜찮으시겠습니까?"

"나는 괜찮아."

"하지만……."

"물론 아버지께서 난리가 나시겠지만, 날 어찌하지는 못하실 테니 결론적으로 나는 괜찮을 거야."

괜찮다는 말에 안심한 아라의 시선은 다시 각서로 향했다. 내가 남편감 하나 참 잘 골랐지. 귀족임에도 이렇게 욕심 없는 사람이 과연 몇이나 될까.

"여왕은 어떤 사람이야?"

"갑자기 또 왜 물으시는 겁니까?"

"궁금해져서."

일전에도 같은 질문을 한 적 있었지. 하지만 그때도 제대로 된 대답을 듣지 못했다. 여왕에게 관심을 갖지 않겠다 다짐한 그였지만, 오늘은 귀족들이 몰려와서 그런지 조금 궁금해졌다.

"귀족들은 날 멋대로 꼭두각시처럼 부리려 하고, 여왕은 날 허수아비처럼 이용하고 있잖아. 어쨌든 이용당하는 입장인데 알 건 알아야 하지 않겠어?"

"……보통 이용당하는 사람들은 고용주에 대해 모르는 채로 묵묵히 일을 수행하더라고요."

"그래, 그렇게 이용당하고 억울한 죽음을 맞게 되지."

아, 그게 또 그렇게 되나.

말문이 막혀 버린 아라를 바라보던 제하의 눈매가 짙어졌다. 걱정이 가득한 얼굴로 바짝 다가오더니 묻는다.

"혹시 나도 1년 후에 죽일 거야? 막, 입막음을 한다느니 그런 이유로……."

"절대 아닙니다."

아라가 빽 하고 소리를 지르더니, 어떻게 그런 생각을 할 수 있느냐며 그를 타박했다.

"그럼 고용주에 대해 어느 정도는 알고 있어야겠어."

오늘 제대로 날을 잡은 건지, 제하는 물러설 생각이 없어 보였다. 턱을 괸 채 고민에 빠진 그는 그 어느 때보다 진지해 보였다.

"얼굴도 한 번 보여 주지 않다니."

"……."

"박색인 게 틀림없어."

"아니거든요."

저 혼자 결론을 내어 버리는 제하의 말에 아라는 발끈했다. 어떻게 저런 말도 안 되는 생각을 하는 건지, 기가 막혀서 참.

"제가 직접 봐서 아는데, 엄―청 아름다우십니다."

제 입으로 말하기도 뭐했으나, 아라는 그만큼이나 박색이라는 말은 듣고 싶지 않았다. '당신은 왕입니다. 반가의 아가씨들과는 달리 외모에 대한 집착을 버리셔야 합니다.'라는 말을 지겹게 들어왔지만, 그래도 여인인데 어찌 외모에 무관심할 수가 있겠냐 말이다. 예쁜 것까지는 바라지 않지만, 적어도 못생겼다는 소리만큼은 듣고 싶지 않았다.

"네가 그렇게 말할 정도라니, 더 보고 싶어졌어."

이런.

"예쁘면 뭐합니까? 성격은 최악입니다. 아주 악독하기 짝이 없습니다."

뒤늦게 정신을 차린 아라가 재빨리 말을 바꿨다. 지금 예쁘고 어쩌고 할 때가 아니었다. 최대한 자신을 향한 관심을 끊게 만들어야 했다.

"그야말로 미쳤습니다. 얼마나 성격이 더러운데요. 제멋대로에 자기밖에 생각 못 하는 이기적인 사람입니다."

서슴지 않고 제 욕을 술술 내뱉던 아라가 순간 멈칫했다. 문득 자신이 뭘 하고 있는 건가, 하는 생각이 들었다.

'왜 이렇게 필사적이게 된 거지.'

분명 처음에는 이 1년이 끝나기를 느긋하게 기다릴 생각이었다. 그런데 왜…….

"아, 또 보네."

아라의 어깨 너머를 바라보던 제하가 인상을 찌푸렸다. 고개를 돌린 그녀의 눈에 희수궁 문턱에 서 있는 무휼이 보였다. 갑자기 아무런 설명도 없이 뛰쳐나간 아라가 걱정되어 찾아온 것이었다. 팔짱을 낀 채 아주 매서운 눈빛으로 아라와 제하를 바라보고 서 있는데, 제하는 그 시선을 피하거나 하지 않고 똑바로 마주했다. 그러자 웬일로 무휼이 움찔, 살짝 놀란 듯 동공이 크게 확대되더니 이내 피식 웃는다. 그러고는 어깨를 한 번 으쓱이고는 뒤돌아섰다.

"널 데리러 왔나 보다."

"그런가 봐요."

아라는 작게 한숨을 내쉬었다. 늘 반갑기만 하던 그의 존재가 오늘따라 왜 이리 야속한지 모르겠다. 그러나 직접 찾아온 이상 더 있겠다 버틸 수도 없었다. 무휼은 이 나라에서 여왕을 혼낼 수 있는 몇 안 되는 사람 중 하나였으니까.

아라를 바라보던 제하의 시선이 다시 무휼에게로 향했다.

"소꿉친구라고 했지."

그놈의 소꿉친구. 그게 뭐라고 이리도 똘똘 뭉치는 건지.

"그렇다면 저 녀석은 너를 좋아하는 건가?"

"예에?"

소꿉친구라는 말에 고개를 끄덕이던 아라가 펄쩍 뛰었다. 초야 때도 그렇고 이번도 그렇고, 두 번 당해 보는 오해였다. 도대체 무흘에게 왜 이리 민감하게 반응하는지 알 수가 없었다.

"절대 아닙니다. 아, 물론 좋아하기는 하지만 연모나 이런 건 아닙니다. 애초에 저 녀석은 다른 여자를 좋아하고 있다고요."

뭐라고, 아니야? 정말? 또 다른 소꿉친구가 있단 말이야? 도대체 그 '친구'라는 이름의 지인이 왜 이리 많은 건지. 아니, 그것보다는…….

아라의 말에 제하의 두 눈이 반짝였다. 무겁던 마음이 갑자기 가벼워졌고, 답답하던 속은 뻥하고 뚫리는 기분이었다. 먹구름만이 가득하던 머릿속에 이내 봄이 찾아왔다.

"그럼 각서는 전하께 전해 드리겠습니다."

꾸벅 인사한 아라는 재빨리 자리에서 일어났다. 제하 역시 아쉬움을 뒤로하고 그 뒤를 따라나서는데, 때마침 희수궁 안에 들어서던 유신과 마주쳤다.

"어, 박사님!"

그를 알아본 아라는 본능적으로 인상을 찌푸렸다. 겉으로 드러나는 적대심을 구태여 감추지 아니하고.

"뭐야, 벌써 돌아가시는 겁니까?"

"예. 누구 보기 싫어서요."

더는 상대할 가치도 없다며 돌아선 아라는 재빨리 무휼에게로 달려갔다. 그런 그녀의 뒷모습을 바라보던 유신이 종종걸음으로 제하의 곁으로 다가갔다.

"박사님, 돌아가시던데요?"

"그래, 인사했다."

"그 소꿉친구라는 사내와 함께요."

"나도 봤어."

"그런데 어째서 표정이 그리 밝으신 겁니까?"

방금 저 여인이 다른 사내에게로 달려갔는데 그걸 보고도 웃음이 나오냐는 질문이었다. 심지어 저 사내는 일전에 외출할 때도 궐밖까지 마중을 나왔던 사내가 아니던가.

"저 둘, 아무런 사이도 아니래."

"아하. 그래서 그렇게 활짝 웃고 계신 거군요."

활짝이라는 말에 제하가 주춤하며 손으로 제 입가를 가렸다. 그럼에도 그의 얼굴에 완연한 미소는 다 가릴 수 없었다.

"이렇게 웃고 계신다는 건, 마음 정리가 끝나신 거겠죠?"

"그래."

제하가 순순히 인정했다. 더 지체하고 망설여서 무엇하랴.

"아무래도 사랑이 맞는 거 같아."

사랑이다. 사랑이 틀림없다. 이게 사랑이라는 건 이미 알고 있었으니.

"아셨으면."

그래, 알았으니까.

"이제는 빼앗기지 말아야겠지."

*　　*　　*

"가까이하지 말라니까."

"……."

"조심하랬잖아. 지금은 괜찮은 거 같아도 후일은 아무도 모르는
거라니까."

중앙궁으로 돌아가는 내내 무휼의 잔소리는 끊일 생각을 안 했
다. 그럼에도 아라는 아무런 대꾸도 하지 않았다. 그저 묵묵히 땅만
바라보며 그 뒤를 따를 뿐이었다.

"사람이 사람에게 빠져드는 건 순식간이야. 여기까지는 괜찮겠
지, 괜찮겠지 하다가도 어느샌가 빠져 있어. 뒤돌아보면 이미 너무
멀리 와 있고."

"……."

"그러면 헤어날 수가 없게 돼."

"혹시 경험담이야? 꽤 자세한데?"

아라의 물음에 무휼이 걸음을 멈췄다. 슬쩍 돌아보기까지 하는
데, 표정 변화는 없었지만 귀가 빨갛게 변했다.

"……경험담 맞아."

하여간에, 거짓말은 정말 못 하는 녀석이라니까.

아라가 작게 웃자 무휼이 괜히 헛기침을 하며 재빨리 돌아섰다.
그러자 괜스레 신이 난 아라가 방실방실 웃으며 그에게 다가갔다.

"그래서, 그래서, 후회해?"

"아니."

곧장 아니라고 대답하는 그에게서 진심이 느껴졌다. 아라는 문
득 월비가 부러웠다. 이렇게 티 내면서 좋아해 주는 사람이 곁에 있
는데, 왜 그리 눈치가 없는 건지. 쯧쯧.

"괜찮은 거 맞는 거지?"

"그렇대도."

아라가 거듭 고개를 끄덕였다.

"그냥 이렇게 지내는 것도 괜찮을 거 같아."

생각했던 것보다 이 1년, 재미있게 보낼 수 있을 거 같았다. 답답한 궐 안이 한 사람의 존재로 인해 즐겁게 느껴질 수도 있다니, 그것이 너무나 신기할 따름이었다. 저 혼자 피식피식 웃고 있는 아라를 바라보던 무휼의 표정이 묘하게 변했다.

"만약에 말이야."

"응?"

"우리가 아무리 안 된다고 말려도 네가 저 사내를 마음에 품는다면, 난 널 응원할 거야."

"……."

"물론 월비는 난리를 치겠지만, 그래도 나는 네 편이 되어 줄게."

"월비랑 대판 싸울지도 모르는데? 다시는 얼굴 안 보겠다고 삐칠지도 몰라."

"그때는 네가 날 좀 도와주고."

그래, 아무리 그래도 그 월비를 혼자 감당하는 건 좀 힘들지. 2대 1로 붙어도 힘든 그녀를 어찌 무휼 혼자 감당한다는 건지.

잠시 생각에 잠겨 있던 아라는 격하게 고개를 저었다.

"너희 둘이 싸우는 것만큼 귀찮은 일은 또 없으니까, 넌 그냥 아무 편도 들지 마."

"마음은 있다는 거군."

눈치 빠른 무휼이 옅은 미소를 보이며 지적했다. 그러자 그를 흘겨보던 아라가 작게 한숨을 내쉬었다.

"그래도 아직까지는 괜찮아."

그래, 아직까지는 괜찮다. 문제없다.

"버틸 만해. 가끔씩 어질어질하기는 하지만."

그와 함께 있으면 기분 좋은 향이 나는 듯하다가도, 머리가 어지러워진다. 그러나 그 두통은 금세 사라지고는 했다.

"저 사내에게 마음을 빼앗기지 않을 자신 있어?"

"최선을 다해 버틸 거야."

대신들의 저울질에도 꿈쩍하지 않는 이 나라의 여왕이 아니던가. 아슬아슬한 그 선에 서서, 지금 이 마음을 최대한 모르는 척할 거야.

*   *   *

"꽃놀이가 끝났네."

화려한 가마 하나가 수도 천유로 들어섰다. 창 너머로 꽃나무를 바라보던 여인이 중얼거리자, 그 곁을 따르던 수행원이 다가왔다.

"어제까지가 축제였다고 합니다. 그래도 아직 핀 곳은 있을 텐데, 들렀다 갈까요?"

"아니. 너무 오래 여행을 다녀서 그런지 피곤하네. 집으로 돌아가자."

"예."

시종을 물린 여인이 지나가는 풍경을 감상하기 시작했다.

봄이다. 끔찍한 봄이 찾아오고 말았다.

여인이 작게 중얼거렸다.

"예서는 한창 봄이겠구나."

얼마 지나지 않아 가마꾼들의 걸음이 멈추었다.

"도착했습니다, 설화 님."

그들이 멈춘 곳은 어느 기와집 앞. 구가(家)라는 문패가 달려 있
는 집이었다. 규모는 그리 크지 않았으나, 국서 간택 때문에 구가는
아직까지 축제 분위기였다. 또한 월가로 승격까지 했으니 그에 마
땅한 집을 갖춰야 한다며 증축 공사까지 벌이고 있었다. 가마에서
내린 설화가 어리둥절한 표정으로 대문을 올려다보았다.

"내가 없는 사이에 무슨 일이라도 있었나?"

*   *   *

"요즘 전하께서 이상하십니다."

한참만의 침묵을 깨고 김 상궁이 입을 열었다.

그녀는 아라가 태어났을 때부터 곁을 지켜 온 보모상궁으로, 지
금은 지밀상궁이 되어 중앙궁의 모든 것을 총괄하고 있었다. 어찌
보면 아라 다음으로 주도권을 쥐고 있는 사람. 또한 어려서부터 궐
에서 지냈던 무휼과 월비에게도 보모나 다름없는 존재였다.

그런 그녀에게, 최근 들어 한 가지 고민거리가 있었다.

"아라 님 말입니다."

그래, 이 나라의 여왕.

"무슨 일이 있으신 게 틀림없습니다."

그녀가 문제였다.

"저도 그렇게 생각해요!"

좁은 복도. 나란히 벽에 기대고 앉아 있던 월비가 맞장구를 쳤다. 그러자 마찬가지로 벽에 기대어 있던 무휼이 한숨을 내쉬었다.

어쩌자고 자신은 이 은밀한 밀담에 끼어 버린 것일까.

지금이라도 벗어나고 싶었지만, 이미 대화에 푹 빠져 버린 월비를 두고 혼자 빠져나갈 수도 없는 노릇이었다.

할 수 없지. 상황을 더 두고 보는 수밖에.

"바로 어제의 일입니다⋯⋯."

오늘따라 우울해 보이는 김 상궁이 힘겹게 입을 열었다. 뚝 하고 떨어지는 듯한 그 묵직한 목소리에 월비의 두 눈이 반짝였다.

"평소 외모나 치장에 별 관심이 없으신 아라 님께서는 늘 제가 골라 드리는 옷을 입으셨지요. 그런데 어제는⋯⋯."

"어, 어제는?"

"글쎄, 붉은 치마를 권해 드렸더니, 파란 치마를 입으시겠다고 고집을⋯⋯!"

"아니, 세상에. 그런 일이!"

"저기⋯⋯."

"그뿐만이 아닙니다."

잠자코 있던 무휼이 조심스럽게 끼어들려 했다. 도대체 뭐가 문제라는 건지 알아들을 수가 있어야지, 원. 그러나 이야기는 이제부

터라며 손을 내젓는 김 상궁과 좀 조용히 있으라는 월비의 타박에
그는 입을 다물 수밖에 없었다.

"얼마 전 옷가지를 정리하다가 웬 뒤꽂이를 발견했습니다. 그런
데……."

김 상궁의 얼굴에는 이제 오싹한 기운까지 서려 있었다. 이를 본
월비는 아직 무언가, 엄청난 것이 남아 있음을 짐작하고 침을 꼴깍
삼켰다.

"제가 누굽니까. 저 김 상궁입니다! 아라 님의 옷, 신, 장신구에
이르기까지 모든 것을 꿰뚫고 있는 사람이지요. 그런데 그런 제가
모르는 뒤꽂이라니!"

"저런."

"어디서 났는지 여쭈어도 대답은 안 하시고, 괜히 화를 내며 가져
가시는 게 아닙니까!"

"아, 혹시 그 붉은 꽃 장식이 있는?"

"아가씨께서도 알고 계시는 겁니까?"

"알다마다요!"

자신 역시 그 붉은 장신구에 대해 맺힌 것이 많다며 월비가 발끈
했다.

"그거 두 개예요. 똑같은 걸 뭐하러 두 개나 갖고 있냐고, 하나 달
라고 했다가 얼마나 혼났다고요!"

싸구려는 아니었지만 궁 안에 들어오는 최상품의 장신구들에 비
하면 중저가에 속하는 물건이었다. 그럼에도 불구하고 소중한 보
물 다루듯 하고 있으니 이는 필시…….

"연모하는·분이 생기신 겁니다."

"어머, 김 상궁. 뭘 좀 아시네요!"

"크흠, 비록 제가 사내를 품어서는 안 되는 몸이기는 하나, 이래 봬도 이론적인 지식들은 빠삭하답니다."

이야기에 사랑빛이 가미되자, 월비와 김 상궁이 더욱 소란을 떨기 시작했다. 그런 그들을 지켜볼 수밖에 없는 무휼은 이러한 분위기에 쉽게 어울리지 못했다.

신이 난 두 여인과 달리 그의 마음은 편치 않았다. 이쯤 되면 슬슬 반응이 올 게 분명했기 때문이다. 그리고 그의 예상대로, 조용하던 복도 안에 갑자기 쿵쾅거리는 소리가 울려 퍼졌다. 점점 가까워지는 걸음 소리에 재빨리 벽에서 몸을 뗀 무휼이 자리를 옮기려 했지만 이미 늦은 상황. 그들의 앞에 있던 문은 벌써 열렸고, 방 안에서는 인상을 잔뜩 찌푸린 아라가 튀어나왔다.

"다 들리거든? 뒷담화를 할 거면 안 들리는 곳에 가서 하든가! 내 방 앞에서 다 들리게 이러지들 말고!"

그렇다. 현재 그들이 있는 곳은 아라의 방 앞. 그 앞에서 이렇게 큰 소리로 떠들어대는데, 그녀가 못 들었을 리 없었다. 아라가 제 방문 앞에 옹기종기 모여 있는 그들을 노려보며 씩씩거렸다. 그러자 이 밀담의 주모자이기도 한 김 상궁이 고개를 들더니 설핏 웃으며.

"이런, 들리셨습니까? 송구하옵니다."

라고 능청스럽게 넘기는 게 아닌가. 그 말에 아라는 속이 부글부글 끓어올랐다. '들리셨습니까'는 무슨, 일부러 들으라고 그런 거면서. 하지만 여기서 끝이 아니었으니.

"그럼 기왕 들으신 거, 이 김 상궁이 전하께 한 말씀 올리겠습니다."

곤란한 기색 따위 전혀 없는 김 상궁의 말에 아라는 한숨을 내쉬었다. 무휼에게 도움을 요청하고 싶었으나, 등을 돌리고 있으니 이는 관여하고 싶지 않다는 뜻이 분명했다. 할 수 없지.

"말해 보세요."

결국 아라는 백기를 들었다.

"17년. 제가 아라 님의 곁을 지킨 지 어느새 17년입니다. 그런데 어떻게 저에게 이러실 수 있으십니까?"

서운함은 물론, 원망까지 적절히 섞인 그 목소리에 아라가 발끈했다.

"아니, 내가 뭘 어쨌다고."

아무리 생각해 봐도 자신은 잘못한 게 없었기 때문이다. 끝까지 결백을 주장하는 그녀의 태도에 결국 김 상궁은 폭발하고 말았다.

"좋아하는 분이 생기셨으면, 적어도 이 김 상궁에게 제일 먼저 알려 주셨어야 하는 거 아니십니까? 서운합니다!"

'좋아하는 분'이라는 말에 아라의 얼굴이 단번에 달아올랐다. 그녀는 옆에서 생글생글 웃고 있는 월비와 여전히 뒤돌아 서 있는 무휼의 널찍한 등짝을 한껏 노려봤다.

척하면 척이지. 이것들이 또 쓸데없는 소리를 했구나! 특히나 유월비!

분명 김 상궁을 붙잡고 신나게 떠들어 댔을 것이다. 한바탕 잔소리를 퍼부어 주고 싶었지만, 일단 지금 중요한 건 잔뜩 흥분한 김 상궁을 진정시키는 일이었다.

"저기, 무슨 이야기를 들은 건지 모르겠지만, 그런 거 아니니까 일단 진정하고……."

"그래요. 드디어 아라 님께서도 사내에게 관심을 보이실 나이가 되셨군요."

그러나 한번 흥분한 김 상궁에게 아라의 말 따위는 들리지 않았다.

"괜찮습니다. 언젠가 이런 날이 올 줄 알고 몇 해 전부터 책과 사료들을 모두 살펴 두었습니다."

계속해서 아니라 고개를 젓는데도, 그렇다 제멋대로 결론 내린 김 상궁은 언제 또 챙겨온 건지 품 안에서 작은 쪽지 한 장을 꺼내 들었다.

"우선 몇 가지 확인해 보겠습니다."

아라는 포기하는 심정으로 고개를 끄덕여 주었다. 아주 작정하고 온 모양인데, 이리되면 피하는 것보다 받아들이는 게 현명했다.

"가끔이라도 저와 대화가 잘 안 통한다 여기실 때가 있으신가요?"

"지금이 딱 그때네."

"흐음. 그럼 제가 잔소리를 하면 화가 나시나요?"

"지금도 엄청."

"혼자 있고 싶으실 때가 많으신가요?"

"지금도 너무나 절실하게."

그러니까 나를 좀 내버려 두란 말이야!

쪽지에 동그라미를 그려 나가던 김 상궁의 낯빛이 어두워졌다. 쪽지를 든 손이 부들부들 떨리기까지 하는데, 이를 본 아라는 직감했다.

분명 저 입에서 또 어처구니없는 소리가 나오겠구나.

"지금 아라 님의 상태를 뭐라 하는지 아시는지요."

"뭐라는데요."

손톱만큼도 관심 없었지만 건성으로라도 물었다. 그러자 내내 심각하던 김 상궁이 제 손에 들려 있던 쪽지를 단숨에 구겨 버리더니 아라에게로 달려들었다.

"바로 사춘기라 합니다!"

"아, 글쎄. 그런 거 아니래도!"

*   *   *

"늦었잖습니까."

또 시작이로군.

문을 나서기 무섭게 보이는 유신의 얼굴에 아라는 한숨을 내쉬었다. 안 그래도 조금 전 김 상궁과 한바탕하고 난 뒤라 그를 상대할 기운이 남아 있지 않았다.

"죄송합니다."

그녀가 싸움을 거부하고 순순히 사과하자 유신이 기겁했다. 보통 때라면 늦어도 당당하게 굴었을 아라가 이리 나오니 이상했다.

"뭐, 뭡니까? 오늘은 왜 이렇게…… 어디 아프세요?"

곧 그의 표정은 걱정으로 바뀌었다. 괜찮으냐, 어디 아프냐, 열이라도 있는 거 아니냐 끊임없이 질문하던 유신이 손을 뻗어 아라의 이마를 짚으려는데,

"어딜 손을 대."

"아, 제하 님!"

"떨어져. 너무 가깝잖아."

갑자기 불쑥 나타난 손이 유신의 손등을 '찰싹!' 하고 쳐 내더니 그녀의 어깨를 감싸 안았다. 익숙한 목소리와 체향에 정신이 번쩍 든 아라가 고개를 들었다. 그러자 역시나, 머릿속을 맴돌던 인물이 떡하니 제 눈앞에 서 있다.

"괜찮아? 얼굴이 벌건데 정말 열이라도 있는 거 아니야?"

"괜찮습니다."

아라는 미간을 찌푸렸다. 이게 다 누구 때문인데.

"안 괜찮은 거 같은데? 얼굴에 심술이 가득해."

"하하. 누구 때문일까요."

"역시 유신 때문인가."

틀렸어, 당신 때문이야!

으르렁거리는 아라를 바라보던 그가 유쾌하게 웃었다. 그러더니 유신을 막을 때는 언제고, 자연스럽게 아라의 이마에 손을 얹었다. 이내 고개를 갸웃거리며 '열은 없는 거 같은데…….'라고 중얼거리던 그의 손이 어느새 이마를 떠나 그녀의 얼굴을 조물거리기 시작했다.

"아— 해 봐."

무슨 짓을 하려는 건지 모르겠지만, 아라는 그의 요구대로 입을

벌려 주었다. 그러자 달콤한 무언가가 한입 가득 들어왔다. 깜짝 놀란 그녀가 그를 바라봤다.

"맛있지? 이 집 깨강정이 그렇게 맛있다고 예서에까지 소문이 자자해서 말이야."

어쩐 안 보인다 했더니만.

"또 군것질하고 계셨습니까?"

떡으로 사람 꼬시려 할 때부터 알아봤지.

단걸 먹어서 그런 걸까, 아니면 그 외의 다른 이유가 있는 걸까. 다시금 활기를 되찾은 아라가 투덜거리자 물러나 있던 유신이 두 눈을 부릅뜨고는 외쳤다.

"아, 정말! 제하 님께 예의를 갖추라니까요? 저래 보여도 국서란 말입니다!"

"흥, 국서가 국서다워야 대우를 하든 말든 하지."

"이 박사님이 진짜……."

"말이 나와서 하는 말인데, 확실히 제 신분이 제하 님보다 낮을지는 몰라도 유신 씨보다는 아니거든요?"

"윽."

그 말대로, 국서랑 비교해서 그렇지 서운관 박사라는 신분 역시 낮은 편은 아니었다. 국시를 통과한 관리라는 점에서 유신보다는 훨씬 높았던 것이다.

"즉, 유신 씨는 저에게 예를 갖추라느니 뭐라느니 할 자격이 없다는 뜻이지요."

"그건 그러네."

옆에서 오독오독 강정을 오물거리던 제하마저 아라의 편을 들어 주자 유신이 서운하다며 그를 흘겨봤다.

쯧쯧. 사랑에 빠졌다는 걸 자각하기 무섭게 이리 나오다니. 우정 따위는 사랑 앞에서 아무것도 아니었다.

"넌 절대 나에게 격식 같은 거 차리지 마."

"제하 님! 그러시면 안 된다니까요?"

"너는 좀 더 깍듯이 차리고."

왜 자신에게만 그러는 거냐며 유신이 따졌다. 그러나 제하는 그의 칭얼거림 따위 들리지 않는다는 듯 아라의 손에 강정을 쥐여 주기 바빴다.

"기뻐해. 이거 특별 대우니까."

옆에서 노려보고 있는 유신의 눈빛이 거슬렸지만, 아라는 그 '특별'이라는 울림이 꽤 마음이 들었다.

"왜 저만 특별 대우입니까?"

"네가 거리를 두면 내가 서운할 거 같으니까."

이해할 수 없는 그의 말에 아라는 마음이 싱숭생숭해졌다.

"제가 오늘만 벌써 두 사람을 서운하게 만들었군요."

"다른 한 명은 누군데?"

"있습니다. 어머니 같으신 분."

눈앞의 사내를 만나겠다고 서두르느라 김 상궁의 말이 채 끝나기도 전에 뛰쳐나온 것이 내심 신경 쓰였다. 귀찮기는 해도 그게 다 자신을 걱정해서 그러는 건데. 지금쯤 침울해져 있을 그녀를 생각하니 아라는 마음이 먹먹해졌다.

너무했나. 그래도 이야기는 다 들어 줄 걸 그랬나. 좀 더 성의 있게 대꾸할 걸 그랬나. 이따 돌아가면 뭐라고 말하면 좋을까.

"돌아가면 사과해."

"예?"

뜬금없는 제하의 말에 아라가 고개를 들었다. 그게 무슨 소리냐는 듯 인상을 찌푸리자 그는 미소 지으며 그녀의 머리를 쓱쓱 쓰다듬었다.

"그걸로 오늘 치, 하루에 한 번 솔직해지기로 약속한 거 퉁치기로 하자."

"글쎄, 저는 약속하겠다고 한 적이 없다니까요?"

아라가 재빨리 우겼지만, 그는 들을 생각이 없어 보였다. 오히려 바락바락 따지고 있는 그녀의 모습을 흐뭇하게 바라볼 뿐이다. 말해 봤자 들어먹지 않는 사람이었지, 참. 아라는 포기했다. 그러자 기가 꺾인 그녀를 바라보던 그가 손을 덥석 잡더니, 어딘가로 이끌었다.

"기분 전환 삼아 재미있는 데 가자."

"재, 재미있는 데요?"

"유신이 좋은 곳을 알고 있대."

다른 사람도 아니고 유신이 추천한 곳이라니.

아라는 다시금 불안해졌다. 지금도 자신을 노려보고 있는 저 삐딱한 인간이 추천한 곳이라니, 분명 정상적인 곳은 아닐 텐데. 그래도 일말의 희망을 갖고 아라는 묵묵히 그 뒤를 따랐다. 그리고 그녀의 예상은 당연하게도 적중했다.

"여깁니다, 여기! 천유에 오면 꼭 한번 와 보고 싶었습니다!"

눈앞의 오두막을 응시하던 아라는 고개를 돌렸다. 그러나 여전히 제하에게 꽉 붙잡혀 있던 터라 멀리 벗어나는 것이 불가능했다.

"여기 점쟁이가 눈먼 장님인데, 그렇게 용하답니다."

신이 난 유신이 폴짝폴짝 뛰며 허름한 오두막을 가리켰다. 그가 추천한 장소라기에 아라도 나름대로 각오하고 있었지만, 설마 점집일 줄이야.

"저 녀석 은근히 이런 거 좋아하거든."

신이 난 유신의 설명을 들어 보니 천유에서 아주 용한 점쟁이가 있는 곳이란다.

과연 그 명성에 걸맞게 가게 밖에는 사람들이 꼬리에 꼬리를 물며 줄지어 서 있었다. 그 줄의 끝을 향하는 것조차 힘들 정도였다.

"이런 걸 믿습니까?"

"좋은 건 믿고, 안 좋은 건 안 믿는 주의랄까. 너는?"

"안 믿습니다. 운명이니 뭐니, 그런 게 있을 리가 없잖습니까."

까마득한 줄을 힐끔거리던 아라가 단호하게 말했다. 점술이니 주술이니, 그런 것 따위 믿지 않았다. 사람 사는 일을 어찌 패 몇 개, 쌀 몇 알로 알아차릴 수 있느냔 말이야.

그녀의 말에 제하가 작게 웃었다.

"남의 운명은 보면서 정작 본인은 운명이라는 걸 믿지 않는다고?"

"아."

이런.

뒤늦게 자신의 실수를 깨달은 아라는 하마터면 혀를 깨물 뻔했다. 이상하게도 그의 곁에 있으면 자꾸만 이렇게 실수했다. 그런 그녀를 지켜보고 있던 유신이 날카롭게 눈을 빛내며 다가왔다.

"확실히 이상합니다."

"네, 네?"

"제가 이런 쪽은 꽤 많이 아는 편인데…… 역술가 특유의 느낌이랄까요, 그런 게 박사님에게서는 전혀 느껴지지 않습니다."

"하하…… 그게 무슨……."

"잘되었습니다. 이참에 박사님의 실력도 확인해 보면 되겠네요."

그 말에 아라는 바짝 굳어 버렸다. 저 낡아 쓰러져 가는 오두막 안에 있는 사람은 진짜 점쟁이였다. 반면 그녀는 역술가인 척을 하고 있으나 사실은 책으로라도 점술을 익힌 적이 없었다.

큰일 났다.

'이러다 들키는 거 아니야?'

가짜였다는 게 들통 나면 어쩌나. 뒤늦게 걱정이 몰려온 그녀가 제하의 소매를 꼭 붙잡았다. 그리고 사람이 많으니 다음에 오자는 말로 그들을 설득시키려던 그때였다.

"안녕하세요."

댕기 머리를 한 소녀가 그들에게 다가오더니 꾸벅 인사했다. 고개를 든 아이의 시선이 아라를 향하는가 싶더니 곧 제하와 유신을 힐끔거리며 물었다.

"일행분이십니까?"

"네. 그런데……."

"이쪽으로 오시지요. 도사님께서 먼저 안으로 모시라 하셨습니다."

"네, 네?!"

쿵!

머리에 커다란 돌을 맞기라도 한 듯, 아라는 정신이 핑 도는 거 같았다. 도대체 왜 이럴 때만 늘 말도 안 되는 행운이 일어나는 건지 모르겠다. 이판사판이다. 아라는 절대 가기 싫다며 버텼다. 그러자 제하가 그녀의 팔을 붙잡더니 번쩍 안아들고는 유신의 뒤를 따랐다.

"혹시 무서워서 그래?"

"절대 아닙니다."

"괜찮아. 이따가 맛있는 거 사 줄게."

"글쎄, 먹는 거로 사람 꼬시지 말라니까요?!"

아라가 무서워서 못 들어가고 있다 생각한 건지, 제하의 입가에 짓궂은 미소가 지어졌다. 확실히 오두막이 내뿜는 기운은 범상치 않았다. 유명한 점쟁이라더니 벌어들인 돈은 다 어디에 쓴 건지, 내부 역시 누추했다. 군데군데 나무판자가 뒤틀어져 있어 바람이 들어왔고, 구석에는 먼지가 한가득.

"이거이거, 아주 귀한 분들이 이런 누추한 곳까지 납시었구먼."

누더기 차림의 백발노인이 그들을 반겼다. 그는 유신의 말대로, 두 눈을 꼭 감고 있는 장님이었다. 초반부터 비범함을 뿜내는 노인의 말에 유신이 두 눈을 반짝였다. 잔뜩 들뜬 그가 재빨리 아라와 제하에게 속삭였다.

"보세요. 제하 님을 알아본 겁니다. 세상에나."

"그러게. 신기하네."

귀신이라도 본 것처럼 소름이 끼쳤다며 놀라워하는 둘. 그들의 반응에 아라는 작게 웃었다.

어쩌면 좋지. 이 둘, 엄청 바보 같은데.

아라는 아직 노인을 믿지 않았다. 그러나 만약 그가 정말 용한 점쟁이라고 한다면, 그 '귀인'은 분명 구제하를 말하는 것이 아닐 것이다.

어쨌든 이렇게 들어왔으니 들어는 봐야겠지, 그 사주 풀이.

"자, 자. 그렇게들 서 있지만 말고."

그들이 자리에 앉으려던 그때였다.

"아, 마지막 자네. 자네는 밖에서 기다리슈."

눈도 보이지 않는다는 노인이 정확하게 손가락으로 가리킨 것은 다름 아닌 유신이었다.

"예? 저요?"

"그래. 자네 말이여. 젊은 양반이 왜 이리 말귀를 못 알아듣는디? 쯧쯧."

이곳에 가장 오고 싶어 했던 사람이 졸지에 쫓겨날 신세에 놓여 버렸다. 아니, 차라리 이거 잘된 거 아닌가? 아라의 머리가 빠르게 돌아갔다. 정원이 두 명이라는 말은 없었지만, 자신이 유신 대신 나가면 가짜 역술가 노릇을 한 걸 들키지 않을 것이다! 아라가 큰맘 먹고 양보해 주겠다며 일어서자, 유신의 눈에 감동의 눈물이 글썽글썽.

하지만.

"어이, 거기 아가씨는 앉고, 자네는 빨리 나가라니께."

눈이 보이지 않는다는 건 분명 거짓말일 거야.

"잠깐만요! 제하 님! 박사님!"

그의 퇴장은 처절하기까지 했다. 이를 지켜보던 아라는 슬쩍 미안해지기 시작했다. 그러나 미안한 건 미안한 거고, 지금은 자신의 앞에 놓인 이 위기를 벗어나는 게 제일 큰 문제였다. 다시 고개를 돌린 그녀의 눈에 싱긋 웃고 있는 노인의 얼굴이 들어왔다.

방 밖에서 들려오는 유신의 칭얼거림이 어느 정도 사그라들 무렵, 웃음기를 거둔 노인이 아라와 제하를 향해 손을 내밀었다. 그러나 아라와 제하는 그저 멀뚱멀뚱 바라보고만 있을 뿐. 그러자 노인이 답답하다는 듯 외쳤다.

"아, 뭐하는 겨. 후딱 잡지 않고?"

"아, 네. 네."

갑작스러운 재촉에 손을 잡기는 했으나, 뭔가 미심쩍다는 느낌이 머릿속에서 떠나질 않았다. 아무리 그녀가 이런 쪽으로는 문외한이라지만 이런 건 처음이었다. 보통 사주를 이렇게 보나? 그것도 두 사람을 동시에? 손을 잡고?

"어디 보자…… 음, 아가씨 기운이 특히나 좋구먼. 이쪽 도련님도 그렇고. 양쪽 집안이 썩 잘사는 모양이니 배곯을 걱정은 없겠어."

"아, 예……."

"주변이 소란스럽기는 하지만 뭐, 둘이 워낙 심지가 곧으니 잘 헤쳐 나갈 거여."

"네……."

"문제는…… 그래, 이쪽 처자에게는 자식 복이 뚜렷이 보이지 않지만 걱정 마쇼. 다행히 신랑님께는 자식 복이 넘쳐나니, 둘 사이에서 태어나는 자식 역시 부모의 광영이 따를 것이여."

"잠깐."

아라가 미간을 찌푸렸다. 어쩐지 유신을 내쫓을 때부터 뭔가 이상하다 싶었는데, 이야기를 들으면 들을수록 더더욱 이상했다.

"저기, 지금 뭐하는……."

꼭 물어보고 넘어가야지 안 되겠다. 아무리 생각해도 지금 이게 평범한 사주 같아 보이지는 않았으니까.

"뭐긴 뭐야, 둘이 궁합 보러 온 거 아녀?"

"……예?"

아니, 지금 이게 무슨 소리래.

용한 점쟁이라더니 순 엉터리! 무슨 그런 말도 안 되는 소리를 하느냐며 아라가 손을 빼내려 했다. 그러자 잠자코 앉아 있던 제하가 그녀의 손을 덥석 잡더니 진정하라는 듯 고개를 저었다.

이를 본 아라는 발끈하고 만 스스로를 뒤늦게 반성했다. 그래, 아무리 어이가 없어도 상대는 노인인데 화를 내기보다는 차분히 대화로 이 오해를 풀자는 거지, 그런 거지?

그녀가 알아들었다며 고개를 끄덕이자 제하가 웃었다. 그러고는 너무나도 자연스럽게 그녀의 손을 다시금 점쟁이의 손 위에 얹어놓더니 갑자기 두 눈에 불을 켜며 말했다.

"네, 맞습니다. 저희 궁합 보러 온 겁니다."

이봐요!

"에이, 거 봐. 그러면서 빼기는. 어디 보자……."

"보긴 뭘 봐요, 이제 됐습니다!"

손을 잡는 것부터가 영 미심쩍었다. 꺼림칙한 느낌에 아라는 손을 빼내려 필사적이었지만, 노인네 힘이 왜 이리 장사인지 꿈쩍도 안 했다.

"거 참, 색시 성격이 아주 앙칼지구먼."

"그게 또 매력이죠."

"신랑이 잘 보듬어 줘야겠어."

"물론입니다."

얼씨구나. 죽이 참 잘 맞네, 잘 맞아.

아라는 한숨을 푹 내쉬었다. 능청스럽게 대화를 이어 나가는 그가 대단해 보이면서 얄미웠다. 우리는 그런 사이 아니라며 극구 부인을 해도 모자랄 판에 눈먼 사람을 상대로 사기를 치고 있으니, 원. 그러나 가만 생각해 보면 소름 돋는 일이기도 했다. 어찌 보면 그들은 노인의 말대로 부부의 연을 맺은 관계이기도 했으니까.

'정말 용한 점쟁이인 건가? 그럼 이러다 내가 여왕이라는 사실까지 폭로하면 어쩌나.'

갑자기 몰려오는 걱정에 아라가 경직됐다.

그런 그녀의 마음을 읽기라도 한 걸까, 아라의 손을 꼭 쥐고 있던 노인이 갑자기 웃음을 터트리더니 그녀의 손등을 찰싹 때리며 말했다.

"예끼, 걱정 마. 아무리 그래도 막 남의 비밀 폭로하고 그러는 취미는 없응께~"

윽. 그걸 또 그렇게 말하면 어쩌란 말이야.

"비밀이라……"

"……하하."

"나한테 뭐 숨기는 거 있나?"

옆에서 들려오는 나지막한 목소리에 아라는 정신이 번쩍 들었다. 불안한 마음에 조심스레 옆을 보니 역시나, 턱을 괸 채 꽤나 의미심장한 미소를 짓고 있는 제하와 눈이 마주쳤다.

"그, 그래서요? 다른 건요, 다른 건 어떤데요?"

관심 없다 할 때는 언제고, 갑자기 다른 이야기도 듣고 싶다며 아라가 적극적으로 나서자 제하가 피식 웃었다. 분명 뭔가 숨기고 있는 게 틀림없었다. 그게 뭔지 궁금했지만 그것을 숨기려 드는 그녀의 모습이 퍽 귀여웠다.

"둘은 운명이야."

"……."

"꽤 먼 곳에 떨어져 있었을 텐데, 참 잘 찾아갔구먼."

노인이 아라의 손을 토닥이며 말했다. 얼핏 보이는 그 인자한 미소에 아라는 순간 오싹한 기분이 들었다. 순 엉터리, 그냥 때려 맞추는 게 틀림없다 생각했지만 아니었다.

이 사람은 진짜다.

"그럼……."

멍하니 아라를 바라보던 제하의 시선이 다시금 노인에게로 향했다.

"이대로 혼사 치르면 우리, 잘살 거 같습니까?"

웃고 있는 걸 보니 재미가 들린 게 분명했다. 유신의 사주를 보러 왔다가 졸지에 예비부부로 오인받고, 이리 궁합까지 보게 되다니.

제하의 질문에 노인이 고개를 크게 끄덕였다.

"암, 잘살고말고. 부귀영화가 따를 것이여."

"정말이요?"

"그렇대도 그러네. 평생 아무 걱정 없이 잘 살 거여."

"잘됐네. 너랑 나랑 엄청 잘 맞대."

"하하…… 그런가 보네요."

그게 도대체 뭐가 잘됐다는 건지 모르겠으나, 아라는 그저 웃어 넘겼다. 듣자 하니 그와는 운명인가 뭔가로 묶여 있다는 듯하지만, 이는 완벽한 우연이었다. 그냥 마침 그곳에 그가 있었다. 즉, 아무것도 아닌 우연이란 말이다.

"서로가 서로에게 운명일 경우는 매우 드물지. 그 정도로 둘이 만난 건 엄청난 일이여. 그러니 이 만남을 소중하게 여기도록 혀."

"……네."

아라는 마음이 불편했다. 속마음을 다 읽히고 있는 것만 같아, 한시라도 빨리 이곳을 벗어나고 싶었다. 제하의 어깨를 톡톡 두드린 그녀가 유신의 핑계를 대며 그만 가자 재촉하자 그가 고개를 끄덕인다.

복채까지 두둑이 지불한 그들은 자리에서 일어났다. 그럼 이만 가 보겠다는 인사와 함께 막 나가려던 그때였다.

"거기 아가씨는 잠깐만."

"네?"

"색시만 남고, 신랑은 나가 봐."

할 말이 있으니 가까이 오라는 손짓은 덤. 드디어 벗어난다는 생각에 들떠있던 아라는 인상을 찌푸렸다. 그러고는 슬금슬금 눈치를 보며 다시 방 안에 들어섰다.

"어, 그럼 저도……."

"아니야, 아니야. 신랑은 나가 있어."

제하 역시 자신도 함께 남겠다며 뒤를 따랐지만 결국에는 유신처럼 퇴장당하고 말았다.

"저기…… 왜 저만……."

"내가 지금이 아니고서야, 언제 또 하늘의 운명을 점쳐 보겠어."

역시, 알고 있었구나. 다리에 힘이 빠진 아라가 스르륵 자리에 주저앉았다. 그러자 노인이 껄껄대며 웃었다.

"좀처럼 느끼기 힘든 기운이다 했는데, 설마 이 나라의 왕께서 납시었을 줄이야. 하지만 아까 그 사내는 아직 모르는 모양이지?"

"예. 그렇습니다."

"커흠. 내 그럴 줄 알고 일부러 말 안 했지. 눈은 보이지 않아도 눈치 하나는 빠르거든, 하하."

아라는 재빨리 방문을 바라봤다. 닫혀 있기는 했지만 조금이라도 목소리를 높이면 밖까지 다 들리는 거 아닐까 걱정됐다. 이를 알아차린 노인이 말했다.

"걱정 마, 밖에선 안 들릴 것이여. 그래서, 우리 하늘 같은 전하께서는 뭔가 궁금한 게 있으신가?"

"궁금한 거라."

딱히 궁금한 게 없는 아라는 고민에 빠졌다. 오늘 이곳에 온 이유도 유신 때문이었고, 억지로 어울려 주고 있는 것이나 다름없었다. 하지만 계속해서 말해 보라 하니 뭔가 물어봐야만 벗어날 수 있을 거 같았다. 그렇다고 알고 싶은 건 딱히 없으니 어쩌면 좋나.

잠시 고민하던 아라의 시선이 노인의 뒤로 난 창에 고정되었다. 고장 난 건지 문짝이 창에 대롱대롱 매달려 있는데, 그 너머로 지고 있는 꽃나무가 보였다.

"꽃나무……."

"응?"

꽃나무 하니 떠오르는 건 일전에 그와 함께 갔던 꽃놀이. 분명 내년에는 함께 즐길 수 없을 거라 했다. 그도 그럴 것이 자신들에 게는 1년이라는 시한이 있으니까. 하지만 혹시라도, 올해보다 개화 시기가 조금이라도 빠르다면 함께, 다시 한 번 그 풍경을 볼 수 있 지 않을까. 마지막으로.

"그럼 내년, 내년 봄에 꽃이 언제 필지도 알 수 있을까요?"

그녀의 말에 노인이 옅은 미소를 짓더니 고개를 저었다.

"그건 자연의 섭리여. 내가 볼 수 있는 건 어디까지나 사람의 운 명. 자연이라는 건 함부로 예측할 수 없는 것이여."

떨어져 가는 꽃들을 바라보던 아라가 아쉬운 표정으로 고개를 끄덕였다. 차라리 다행이라는 생각이 들었다. 만약 늦게 핀다는 답 변을 들었다면 지금보다는 더 마음이 무거웠을 테니까.

"그럼 이만 가 보겠습니다."

그녀가 그것 외에는 궁금한 게 없으니 이만 가 보겠다며 자리에 서 일어났다.

"잠깐."

"네?"

자신을 붙잡는 노인의 목소리에 아라의 걸음이 멈칫.

"내년 봄, 정확히 언제 꽃이 필지는 내 모르겠지만, 아가씨는 별로 신경 쓰지 않아도 될 것이여."

"그게 무슨……."

막 문을 열고 나가던 아라가 다시금 노인을 바라봤다. 처음 들어왔을 때와 똑같이, 같은 자리에 꿈쩍도 안 하고 앉아 있는 노인은 그저 미소 짓고 있다.

"내년 봄, 꽃이 피는 날 아가씨는 이곳에 없을 테니까."

"……."

그 말에 잠시 멍하니 서 있던 아라의 미간이 찌푸려졌다. 지금 무슨 소리를 들은 거지? 저 할아버지가 무슨 말을 하고 있는 거야?

당황으로 물들었던 그녀의 표정이 이내 차갑게 변했다.

"역시, 실력은 그 명성에 못 미치나 봅니다."

"……."

"이 나라의 왕인 제가 이곳에 있지 않으면 어디에 있을 거란 말입니까."

"글쎄, 그건 두고 봐야지."

의미심장한 말과 함께 그저 웃고 있는 것이 영 꺼림칙했다. 아라는 재빨리 방에서 나왔다. 그녀가 밖으로 나오자 유신을 달래고 있던 제하가 쪼르르 다가왔다.

방에서 나온 아라의 낯빛은 창백했다. 이를 본 제하가 걱정 가득한 목소리로 물었다.

"표정이 왜 그래?"

"아니요. 그냥."

아무것도 아니라며 말을 더듬던 아라가 슬쩍, 닫힌 방문을 바라보더니 돌아섰다. 그리고 자신을 걱정하고 있는 제하와 덩달아 끼어든 유신을 향해 활짝 웃었다.

"순 엉터리더라고요."

맞아, 엉터리다. 그래야만 했다.

*　　　*　　　*

"이봐!"

"아."

제하의 외침에 아라는 깜짝 놀랐다.

고개를 드니 눈앞에 떡하니 있는 기둥 하나. 뒤따라오던 그가 붙잡아 줘서 다행이었지, 하마터면 부딪힐 뻔했다. 그럼 오늘 하루 유신에게 한바탕 놀림을 당했겠지.

"괜찮아?"

"아, 네."

"……."

"그냥 생각할 게 있어서 그런 겁니다. 정말 괜찮습니다."

뒤늦게 몰려오는 창피함에 아라가 싱긋 웃었다. 그러나 그의 얼굴에 드리워진 그림자는 쉽게 사라지지 않았다. 여전히 걱정 가득한 눈으로 빤히 쳐다보고 있는데 정말 싫다. 이상하게도 이 사내를 걱정시키고 싶지 않았다.

"얼굴이 너무 창백한데."

"피부가 하얘서 그런 겁니다."

"나랑 놀러나간다고 분칠한 건 아니고?"

"뭐…… 조금 하기는 했지만 원래부터 하얀 편이었습니다."

나름대로 공주의 신분으로 태어난지라 궁녀들의 예쁨을 한 몸에 받고 자랐다. 그중에서도 김 상궁이 가장 열성적이었는데, 어려서부터 그녀에게 받아 온 피부 관리나 체형 관리들이 오늘에 이르러서 빛을 발했다.

"좋아, 피부는 원래부터 하얀 거라 치고."

"……치고가 아니라 정말 그런 거라니…….."

"왜 이렇게 기분이 안 좋은 건데."

"……"

"혹, 아까 그 점쟁이한테 이상한 소리라도 들은 거야?"

제하의 말에 아라는 입을 다물었다. 할 말이 없었다. 사실은 전혀 괜찮지 않았다. 머릿속이 어떻게 되어 버릴 거 같은데, 그의 말대로 좀 전에 점쟁이에게서 들은 말 때문이었다.

'내년 봄, 꽃이 피는 날 아가씨는 이곳에 없을 테니까.'

아직도 그 노인의 목소리가 귓가에 맴도는 거 같았다.

순 엉터리라며 웃어넘기기는 했지만, 이 찝찝함만큼은 떨쳐 낼 수가 없었다. 분명 여러 가지 의미로 해석할 수 있는 말이었지만, 어째서일까? 머릿속에는 최악의 상황밖에 그려지지 않았다. '이곳에 없다.'라는 말이 꼭 자신의 존재가 이 세상에서 사라질 것을 암시하는 거 같았다. 이 때문에 아라는 두려워졌다.

궐 안은 언제든 칼을 빼 들 사람들로 가득했다. 배신이니 음모니 이런 것들이 당연시 여겨지는 작은 세상이었으니까. 차라리 이렇게 구제하, 그의 곁에 있을 때가 더 마음이 놓이고 편했다. 천유국의 여왕이라는 무거운 왕관보다는 꽃님이라는 유치하고 낯간지러운 애칭이 더 좋았다.

'그러니까, 당신에게 걱정 끼치고 싶지는 않아.'

"제가 일개 점쟁이의 말 한마디를 마음에 담아 둘 거라 생각하십니까? 저는 국가에 소속된 역술가입니다. 그런 엉터리와는 차원이 달라요."

"하긴."

"그냥 피곤해서 그런 거니, 신경 안 쓰셔도 됩니다."

아라의 말에 제하는 작게 고개를 끄덕였다. 생각해 보니 자신은 매일 궐에서 떵까떵까 놀다가 이렇게 외출하는 거였지만, 그녀는 아니었다. 평소에는 서운관 박사 일로 정신없을 텐데 그 와중에도 없는 시간 쪼개어 어울려 주고 있는 것이다.

"오늘은 이만 돌아가자."

"예? 안 그러셔도……."

"됐다. 쓰러지기라도 하면 내 탓이라며 엄청 시끄러울 테니."

말은 그렇게 하면서도 그의 얼굴에는 걱정이 가득했다. 뒤에서 유신이 불만 가득한 시선을 보내왔지만, 고개를 돌린 제하는 말없이 저를 따르는 아라를 힐끔 바라보았다. 딱히 불평하지는 않았지

만 자신과의 동행이 꽤 힘들었던 걸까. 그러고 보니 며칠 새 핼쑥해
진 거 같기도…….

"밥 좀 꽉꽉 먹어."

한 손에 들어올 정도로 가느다란 그녀의 팔목이 그의 눈을 아프
게 찔러 댔다.

"이렇게 비실비실해서 어디 시집이나 가겠어?"

쓸데없는 걱정이라며 아라는 그를 흘겨보았다. 게다가 그런 비
실비실한 여자에게 장가를 든 게 누구인데, 바로 당신이란 말이야.

"믿으실지 모르겠는데, 저 좋다는 남자 많습니다."

국혼을 선포하기 무섭게 200명이 넘는 사내들의 명단이 올라왔
다. 그중 한 명이 지금 눈앞에 있는 사내이고.

"마음만 먹으면 원하는 혼처를 고를 수 있는 처지이니, 걱정 안
해 주셔도 됩니다."

그 정도로 능력 있으니 남이 시집을 가든 말든 신경 끄라는 뜻이
었다. 아라의 말에 제하는 기분이 상했다. 여러 가지가 거슬렸지만,
마음만 먹으면 지금 당장 혼인할 수 있으니 걱정 말라는 그 말이 가
장 거슬렸다.

"예쁘면 좋다고 따라다니는 남자는 믿으면 안 돼. 잘생겼다고 홀
라당 넘어가 버려도 안 되고."

"왜요. 평생 보고 살 얼굴인데 기왕이면 잘생긴 게 좋지요. 그리
고 저 역시 외모 좀 많이 따집니다."

"……."

"신왕께서도 그러잖습니까. 예쁜 여자랑 살고 싶으시잖아요?"

"글쎄."

순순히 인정하려 들지 않는 건가. 다른 남자들은 다 그래도 자신만큼은 그런 속물이 아니라고 부인한다면 앞으로 이 남자를 믿지 않으리라. 과연 저 입에서 어떤 답변이 나올까를 기대하며 그의 입술을 빤히 쳐다보았다.

그러자 싱긋 웃던 그가 그녀에게로 바짝 다가오더니 귓가를 간지럽히는 듯한 낮은 목소리로 속삭였다.

"난 이미 혼인을 한 몸이라."

그래, 했지. 나랑.

"그럼 만약에."

"만약에?"

아라는 잠시 고민했다. 어쩌면 지금 물어볼 이 질문이 크나큰 의심을 불러올지도 모르지만, 그래도 물어보고 싶었다.

"제가 여왕이라면 어떠실 거 같습니까."

"망상이 지나친데."

"뭐, 누구나 한 번쯤은 그런 상상 해 보지 않습니까. 내가 만약 이 나라의 공주라면, 내가 만약 여왕이라면."

즉흥적으로 한 질문인지라 그가 진지하게 받아들이면 어떤 반응을 보여야 하나조차 생각하지 않는데, 다행히 그는 심각해 보이지 않았다. 오히려 재미있는 이야기를 들었다는 듯 웃고 있다.

"음…… 일단 실망이 크지 않을까."

"어째서요?"

"내 아내는 꼬맹이라는 거니까."

그리고 마음이 닿아서는 안 되는 상대니까.

그러나 그 뒷말은 차마 입 밖으로 나오지 않았다. 당연히 그의 속사정을 모르는 아라는 그저 자신이 그의 마음에 차지 않기 때문이라 받아들였고, 이는 그녀의 마음을 콕콕 쑤시는 바늘이 되었다.

"만족스럽지 못해서 송구합니다."

마음 상한 티를 내지 않기 위해 아라가 제 입술을 깨물었지만, 눈치 빠른 제하의 눈에는 다 티가 났다. 불만 가득 샐쭉한 표정이 너무나도 사랑스럽다. 분명 조금 전 자신의 말을 이상한 방향으로 해석한 게 틀림없었다. 그러나 결과적으로 이렇게 귀여운 모습을 볼 수 있으니 좋았다.

"그러고 보니까, 그 점쟁이가 너랑 내가 꽤 잘 맞는다고 했지?"

뜬금없는 이야기에 아라는 그를 바라봤다.

"그랬죠."

고개를 끄덕끄덕. 그러고 보니 그 엉터리 점쟁이가 그와의 궁합도 봐 줬지, 참. 이미 혼인한 사이라 쓸모가 없기는 했지만.

"배곯을 걱정은 없을 거랬나."

"네."

"다 먹고살려고 열심히 사는 건데, 배곯을 걱정만 없으면 행복한 거지."

"주변이 소란스럽지만 둘이라면 잘 헤쳐 나갈 거라고도 했지요."

"맞아. 자식 복도 있을 거라고 했어. 부모의 광영이 다음 세대에도 따를 거라고."

그때 들었던 말들을 하나씩 떠올리며 길을 걸었다. 줄곧 바닥을 향해 있던 시선은 어느새 그를 향해 있다. 그리고 아무것도 들리지 않았던 귀에는 이제 그의 목소리밖에 안 들린다. 똑바로 바라보는 눈빛이 마음에 든 건지 그가 작게 미소 지었다. 그 미소를 보니 괜히 또 심장이 철렁, 마음은 배배 꼬여 재빨리 고개를 돌렸다.

"그런데 세상에 그런 부부가 어디 있습니까?"

괜히 툴툴거리는 소리가 흘러나왔다.

하지만 그 말대로, 남들이 보면 부러워 죽으려 할 정도로 완벽한 부부나 다름없었다. 이 세상에 그런 부부가 있기는 한 걸까. 너무 완벽하니 오히려 믿음이 가지 않았다. 아라는 문득 예서에서 자신의 말을 믿지 않았던 그의 마음이 새삼 이해됐다. 좋은 말만 늘어놓던 자신이 얼마나 수상해 보였을까, 하는 생각에 피식 웃음이 나왔다.

아라가 싱긋 웃자 제하의 눈빛이 사뭇 진지해졌다. 가뭄에 콩 나듯 매우 드문 광경이었지만 막상 보니 마음이 복잡해졌다.

"그럼 나한테 시집올래?"

"예에?"

나지막한 목소리. 평소와 같은 장난기 하나 담겨 있지 않은 그 말에 아라는 정신이 번쩍 들었다. 아무 생각 없이 걷고 있던 터라 그 충격은 배가 되었다. 마치 머리에 단단한 돌덩이라도 맞은 것같이 어지럽고 욱신거리는데, 미치겠다. 순간적으로 그 어떤 사고도 할 수가 없었다.

혹시 잘못 들은 건가? 그렇겠지? 혼란에 빠진 그녀는 결국 제 귀를 의심하기까지에 이르렀다. 그리고 그런 아라의 혼란스러움을 감지한 제하는 고개를 숙여, 그녀에게 바짝 다가오더니 친절하게도 확인 사살을 해 주었다.

"같이 살까, 우리."

"……."

이런, 잘못 들은 게 아니었구나.

걸음은 물론 숨까지 멈췄다. 조금 전까지만 해도 온갖 부정적인 생각들로 가득하던 그녀의 머릿속은 이제 텅 비어 있다. 그 많던 고민과 걱정들이 전부 어디로 증발해 버린 건지, 이제는 아무것도 남아 있지 않았다. 머리가 텅 비니 들어오는 건 눈앞의 사내뿐.

'정말 이 남자와 결혼한다면…… 아니, 물론 지금도 했지만.'

아무런 감정 없이 서로의 이익만을 위해 손을 맞잡던 그날. 만약 그날 지금과 같은 기분이었다면 무언가가 바뀌었을까.

그와의 첫 외출 때, 솔직하게 얼굴을 내보이고 여왕임을 당당히 밝혔다면 무언가가 바뀌었을까.

지금 여기에서 그의 청혼에 답한다면, 앞으로 무언가가 바뀔까.

아라는 차분히 숨을 내쉬었다. 그러자 평소와 달리 쿵쾅대며 뛰고 있는 제 심장 소리가 들려왔다. 놀랍게도 지금 갈등이라는 걸 하고 있는 것이다. 절대 고민해서는 안 되는 문제임에도 불구하고 순간적으로 마음이 흔들렸다.

'미쳤어, 미쳤어!'

전부터 마음속에 명확하게 그어 놓은 선이 있었기에 망정이지, 하마터면 큰일 날 뻔했다. 넘어갈 뻔했다고. 다시금 냉정함을 되찾고 나니 마음이 전보다 더 단단하고 견고해졌다.

"아까 분명, 제가 여왕이라면 실망할 거라 하지 않으셨나요?"

"그랬지."

"그런데 왜요."

단도직입적인 아라의 질문에 제하는 그 어떤 고민도 하지 않고 곧장 답했다.

"너랑 살면 꽤 재미있을 거 같아서."

여자에게 청혼하기에는 납득이 가지 않는 이유였다. 아라는 미간을 찌푸렸다.

"……그건 또 무슨 개풀 뜯어먹는 소리십니까."

"말이 험해졌네."

"순간적으로 머리가 픽 돌아서."

사시나무 떨 듯 흔들릴 때는 언제고, 그녀의 눈빛이 고요해졌다. 그리고 붉은 입술이 달싹거리며 벌어졌다. 이를 본 제하의 입꼬리가 내려가더니 재빨리 그녀의 말을 가로막았다.

"어때."

다급하다는 생각이 들 정도로 순식간에 거리를 좁힌 그가 팔을 뻗었다. 두 손으로 얼굴을 감싸 쥔 그가 이마를 꽁하고 부딪치더니 활짝 웃었다.

"머릿속에 가득 차 있던 쓸데없는 생각들, 순식간에 사라졌지?"

"……."

순간 몰려오는 안도와 허무함, 마지막으로 아쉬움.

스스로도 어이가 없었던 건지, 아라가 탄식에 가까운 한숨을 내쉬며 웃었다. 그녀의 반응에 집중하고 있던 제하가 물었다.

"혹시 진짜가 아니라서 실망했어?"

"그렇다면 어쩌시려고요."

"아니⋯⋯."

제하는 아무 말도 할 수가 없었다. 그야 뭐, 지금 당장 뭘 어쩔 수는 없다지만 그래도⋯⋯.

'기대는 해 볼 수 있는 거잖아.'

"그나저나, 아무리 농담이래도 일단 청혼인데."

"⋯⋯."

"유부남에게 받았네요."

유부남이라는 말에 제하의 눈썹이 씰룩거렸다. 맞는 말이기는 했지만 막상 직접 들으니 어색한 건 어쩔 수 없었다. 혼인을 했다고는 하나 얼굴조차 보여 주지 않는 부인과 완벽하게 각자의 삶을 살다 보니 유부남이라는 자각이 들지 않았다. 어쨌거나 이 1년. 딱 1년이라는 기한이 그에게 있어 가장 큰 문제였다. 하루하루가 휙휙 지나가, 하루라도 빨리 이 시간이 끝났으면 좋겠다.

"미안하네, 안 좋은 추억을 선사해서."

"괜찮습니다, 뭐. 덕분에 기분도 나아졌고."

아라가 빙글 돌아섰다. 어느샌가부터 길 한복판에 멈춰 서 있었는데, 지나가던 행인들이 통행에 방해가 된다며 불편한 눈치를 보내 왔다.

"그래도 일순, 철렁했습니다."

그렇게 멍하니 서 있지 말고 빨리 가자며 재촉했지만, 제하는 여전히 길 한복판에 멈춰 서 있는 상태였다. 무언가에 홀리기라도 한 것처럼 멍하니 아라를 바라보고 서 있다. 그러자 아까부터 조용히 뒤를 따르고 있던 유신이 다가오더니 그의 어깨를 툭툭 치며 말했다.

"끈기 없게. 거기서 물러나시는 겁니까?"

"티 났어?"

"매우, 엄청이요."

너무 티가 났다는 그의 말에 제하가 씁쓸한 미소를 지었다. 그러고는 어느새 저 앞에까지 나아간 아라를 향해 씩씩하게 걸음을 옮겼다.

"그런데 거기서 더 밀어붙였으면, 큰일 났을지도 몰라."

그저 제 마음만 일방적으로 부딪혔다면, 그녀는 아마 도망가 버렸겠지. 제하는 잘 알고 있었다. 또한 애초에 궁합 이야기를 꺼낸 건 그녀의 기분을 풀어 주기 위함이었지, 처음부터 이럴 의도는 없었다. 어쩌다 보니 이야기가 흘러 흘러 이리되었을 뿐.

"여왕이면 어떨 거 같냐……."

"네?"

뜬금없이 그게 무슨 소리냐며 유신이 고개를 갸웃거렸다. 그를 돌아본 제하는 만족스러운 대답 대신, 의미심장한 미소를 지었다. 좀 전에 대수롭지 않게 넘겼던 질문이 사실은 너무나도 신경 쓰였다. 만약 정말 그녀가 여왕이라면 어떨까. 자신은 어째야 할까.

잠시 생각에 잠겨 있던 그의 눈빛이 반짝였다.

"차라리 그랬으면 좋겠다."

그냥 마음껏 사랑하게.

五花.
날 사랑하는 거 같아?

커다란 저택 안. 한동안 조용하던 이곳이 오랜만에 소란스럽다. 한때는 사람들로 북적이던 곳이었지만 최근 들어 사람들의 걸음이 뚝 끊긴 곳. 쥐 죽은 듯 고요함만이 맴도는 이곳은 바로, 시건형의 집이었다. 한동안 찾는 이가 없던 이곳에 오늘은 웬일인지 귀족들이 하나둘 모여들기 시작했다. 마치 비밀리에 무언가를 도모하듯 은밀하게.

"그래서."

수세에 몰렸을 때도 당황하지 않아야 한다. 언제나 한결같아야 한다. 이것이 귀족으로서의 기본자세. 설령 제 밑에 있던 귀족들이 자신을 떠났다고 해도 말이다.

"무슨 일로 찾아 오셨습니까."

"하하…… 요새 통 뵙지 못해 문안 인사차……."

"뵙지 못해서라. 떠난 건 그대들이 아닙니까."

시건형의 가시 돋친 말에 귀족들은 안절부절 서로 눈치 보기 바빴다. 구가를 나와 다시 시건형에게 붙는다는 건 정말 어려운 결심이었다. 이러다 어느 쪽 줄에도 서지 못하면 어쩌나, 걱정이 되기는 했지만 이들로서는 그것을 감수하고서라도 이런 선택을 할 수밖에 없었다.

"상황이 이상하게 돌아가고 있습니다."

그래, 일이 제 뜻대로 풀리지 않고 있었다.

"국서가 우리 말을 듣지 않아요."

"맞습니다. 기껏 귀족 가문에서 국서가 간택되었는데, 말을 들어먹지 않으니……."

"듣자 하니 전하께서도 국서의 처소에 걸음조차 하지 않으신다고……."

"이러다 우리 쪽 입지가……."

시건형의 눈치를 보며 중얼거리던 귀족들이 그를 바라봤다. '이쯤이면 알아들었겠지?'라는 눈빛으로.

"애초에 전하께서도 문제입니다."

그들의 험담은 제하를 지나, 이제 아라에게까지 향했다. 여왕의 험담에도 누구 하나 말리는 이가 없다. 오히려 시건형의 입가에는 미소가 지어졌다.

"자고로 혼인이라는 게 뭡니까, 인륜지대사 아닙니까. 그런 걸 그리 대충 결정하셔서야……."

"제 말이 그 말입니다. 여기 계시는 시건형 님이 누구십니까. 전하의 숙부가 아니십니까. 어련히 알아서 좋은 배필을 구해 주실 텐데, 말도 안 듣고."

"그게 다 아직 어려서 그런 겁니다."

귀족들이 너 나 할 거 없이 목청을 높이기 시작했다. 그들이 그러거나 말거나, 저 혼자 여유롭게 찻잔을 기울이던 시건형이 입을 열었다.

"뭐, 마음에도 없는 사내에게 곁을 준다는 건 힘든 일이겠지요."

"지당하신 말씀이십니다."

"하물며, 사내라고는 접해 본 적 없는 아이입니다. 호기심이나 관심보다도 경계부터 하는 게 당연합니다."

"옳으신 말씀."

"즉."

"즉?"

고개를 든 시건형의 시선이 방구석으로 향했다. 그러자 그대의 말이 맞다며 고개를 끄덕이던 귀족들이 멈칫했다. 이내 그들 역시 한 사내를 응시했다.

"여왕의 마음을 얻은 사내가 이 나라의 주인이 될 수 있다는 뜻입니다."

그 말에 귀족들이 고개를 끄덕였다. 아무리 귀족 가문에서 국서가 간택되었다고는 하나, 마냥 좋아할 게 아니었다. 여왕의 마음에 들어야 한다는 최종 관문이 남아 있었으니까.

"그래 봤자 계집아이입니다. 연모하는 이에게 잘 보이고 싶은 건

기본이죠. 그 마음만 얻어 낼 수 있다면 뒤는 일사천리라는 뜻입니다. 그리되면…….”

잠시 말을 멈춘 시건형이 비릿한 미소를 지었다.

“우리의 말에 고분고분 따를 겁니다.”

“역시!”

“그런 의미에서…… 현 국서인 구제하는 글쎄, 전하께서 그리 대놓고 무시를 하고 계시니…….”

“…….”

“더 이상 이용 가치가 없겠군요. 괜히 기대를 해 봤자 시간낭비일 겁니다.”

많은 의미가 담긴 말. 시건형의 미소에 귀족들은 마음이 무거워졌다. 안 그래도 그 이야기 때문에 온 것이긴 하지만 글쎄, 은근슬쩍 제가 원하는 방향으로 대화를 유도하는 것이 너무나 능숙했다.

하지만 한편으로는 마음이 놓이기도 했다.

‘그래, 그 구제율이라는 양반은 목청만 높지 무식하기 짝이 없으니까 시건형을 따르는 편이 백번 낫지.’

둘 중 한 사람을 적으로 둬야 한다면, 당연히 시건형 편에 서리라.

“그래서 말입니다, 저희가 생각을 해 보았습니다.”

“구제하를 국서의 자리에서 끌어내리는 겁니다.”

“예. 그리고 그 자리에…….”

귀족들의 고개가 돌아갔다.

“시건형 님께서 준비하신 말을 앉히는 겁니다.”

그들의 시선이 방구석으로 향했다. 정확하게는 그곳에 앉아 있는 어떤 사내에게로. 사내는 갑작스러운 주목에도 당황하기는커녕, 오히려 익숙하다는 듯 싱긋 웃었다.

이를 본 몇 귀족들이 얼굴을 붉혔다.

'도대체 저런 사내는 또 어디서 찾으신 건지…….'

'하여간에 대단한 양반이야.'

최근 천유국 여인들 사이에선 예쁜 남자가 대세였다. 그리고 눈앞에 있는 사내는, 그런 여인들의 상상 속에서 막 튀어나온 듯했다.

구릿빛 피부는 옛말. 여인들 못지않게 투명하고 뽀얀 피부. 시원스러운 이목구비 대신 섬세하고 예쁜 얼굴. 눈매가 살짝 올라간 것이 고양이상으로, 조금 새초롬해 보였으나 예뻤다.

그야말로 모든 여인들의 이상형!

"도하 도련님이라면, 전하께서도 분명 반하실 겁니다."

저런 얼굴을 마다할 처자가 없지.

"흐음, 그래서. 계획은 있습니까?"

"예?"

"일단 그 구제하를 국서의 자리에서 끌어내려야 하지 않겠습니까."

날카롭게 파고드는 시건형의 말에 귀족들이 일제히 입을 다물었다. 마음이 급해서 무작정 오기는 했는데, 사실 그들도 구체적인 대안이 없었다.

"저…… 그것과 관련된 이야기인데…….”

모두가 벙어리마냥 입을 다물고 있는데, 한 사내가 조심스럽게 앞으로 나왔다.

"최근 신왕과 관련된 추문 하나가 궐 안에 은밀히 돌고 있습니다만."

"추문?"

날카로운 시건형의 물음에 남자가 얼굴을 굳히더니 이내 고개를 끄덕였다.

"예. 제하 님께서 궐 밖 외출이 잦으시다고 합니다."

"난 또 뭐라고. 외출 정도야 아무것도 아니지 않습니까."

"그런데 그게……."

잠시 말하기를 주저하던 남자가 침을 꿀꺽 삼켰다. 그만큼이나 입 밖으로 내뱉기 민망한 내용이었다. 잠시 고민하던 그는 이내 결심한 듯 입을 열었다.

"궐 밖에서 어떤 계집과 은밀히 만나고 있다 합니다."

"뭐라고요?"

별거 아니겠지, 시들해져 있던 귀족들이 펄쩍하고 뛰었다. 그만큼이나 방금 그들이 들은 이야기는 매우 놀라운 이야기였다.

"아, 그 소문이라면 저도 들은 적 있는데……."

"저도……."

여기저기서 소문을 들었다는 사람들이 속출했다. 그러자 시건형의 입가에는 호선이 그려졌다. 물론 이 소문의 진위 여부는 당장 알 수 없었지만, 아니 땐 굴뚝에 연기 날까. 필시 뭔가가 있었다.

"지금 당장 구제하에게 사람을 붙이세요."

시건형의 눈빛이 번뜩였다. 마치 사냥감을 찾은 독사처럼.

"하늘이 우리를 돕는군."

* * *

"이게 무슨 말이야! 월가에서 물러나다니!"

이곳 역시도 소란스러웠다.

구제율의 손에는 방금 도착한 교지가 들려 있었다. 구제하가 직접 쓰고 서명까지 한, 월가의 호칭을 반납하겠다는 각서가 첨부된 교지.

"누구 멋대로 월가의 이름을 반납한다는 거야!"

"이제 어쩌실 겁니까! 월가, 월가, 그렇게 노래를 부르더니, 결국 월가까지 빼앗겼습니다! 이제 우리 제용이는 어쩌실 거란 말입니다!"

"그것 보십쇼. 구제하, 그 녀석이 우리 편을 들어 줄 리가 없잖습니까! 여왕과 결탁한 게 틀림없어요, 그렇지 않고서야…… 아, 진짜. 아버지!"

"아이고, 아이고. 우리 집안 이제 다 망하게 생겼다. 이걸 어쩌면 좋으냐, 제용아. 집도 그년의 자식에게 빼앗기게 생겼는데!"

"둘 다 시끄러!"

구제율이 큰 소리로 외쳤다. 집안 꼴이 아주 말이 아니었다. 구제율은 씩씩거리며 방 안을 정신없이 왔다 갔다 하고 연희는 바닥에 주저앉아 대성통곡, 제용은 온갖 욕지거리를 내뱉으며 보이는 물건마다 집어 던지고 난리도 아니었다.

그때였다.

"무슨 일 있습니까?"

유난히 해맑은 음성에 그들의 시선이 문가로 향했다. 문이 열리고 한 여인이 안으로 들어섰다. 머리끝부터 발끝까지 화려함으로 물들어 있는, 이 집안의 맏며느리 주설화였다.

그녀를 본 연희가 벌떡 일어났다.

"너는 집안의 맏며느리가 되어 갖고 어딜 이리 쏘다니다 오는 게야!"

일반적인 며느리라면 시어머니의 말에 찍소리도 못 하는 것이 정상일 터. 그러나 그녀는 그러지 않았다. 오히려 왜 그렇게 소리를 지르는 거냐며 건방진 시선으로 연희를 바라봤다.

"쏘다니다 오다니요. 말씀드리지 않았습니까. 잠시 친구들과 놀다 오겠다고요. 어머님께서도 허락하셨잖아요."

"석 달이나 집을 비운다는 소리는 못 들었다!"

"곧장 오겠다는 말도 안 했습니다만."

"이, 이년이!"

새침한 그녀의 대꾸에 연희는 화가 끓어올랐다. 어쩌자고 저것을 며느리로 들였을까.

"그나저나, 이게 다 무슨 소란이랍니까. 집에 무슨 일이라도 났습니까? 밖에 보니 무슨 잔치라도 열린 듯한데……."

그녀가 문밖을 가리키며 물었다. 그러자 그녀를 흘겨보던 제용이 기운이 빠진 건지 자리에 털썩 앉으며 말했다.

"제하가 구가의 가주가 되었어."

"······뭐라고요?"

반응은 바로 왔다. 제용의 말이 끝나기 무섭게 설화의 두 눈이 휘둥그레졌다. 그런 그녀의 반응을 지켜보고 있던 제용이 웃었다. 그는 점점 더 크게 웃더니, 결국 미친 사람마냥 배를 잡고 웃기 시작했다.

"큭, 하하하! 이제 어쩌나? 당신, 그거 때문에 나랑 혼인한 거잖아! 그런데 이제 날 선택한 보람이 없어졌으니, 큰일 났네? 크큭, 아주 쌤통이야, 하하!"

"제, 제용아!"

다급히 연희가 그를 말렸지만, 그는 이미 실성한 듯 보였다. 이 말도 안 되는 집안 광경에 설화는 털썩 주저앉아 버렸다. 도대체 자신이 집을 비운 사이에 무슨 일이 있었단 말인가!

"어디 그뿐이랴, 그 녀석 장가든 건 알아?"

"······."

"어느 집 규수한테 갔는지 궁금하단 눈치네. 기대해, 어마어마하거든. 상대는······."

제용의 말에 설화가 바짝 긴장했다. 예서에 있어야 할 제하가 천유에 있다는 말에 한 번, 그리고 혼인을 했다는 말에 또 한 번 놀랐다.

그리고.

"이 나라 왕."

그 상대가 이 나라의 왕, 여왕 전하라는 사실에 또 한 번 놀랐다.

*　　*　　*

아라는 멍하니 하늘을 올려다봤다. 아직 파랗다. 한번 밖으로 나
오면 항상 해가 질 때까지 놀아서 그런지 파란 하늘은 어색했다. 물
론 하늘은 궐 안에서도 볼 수 있었지만, 밖에서 보니 더욱 특별하게
만 보였다. 특히나 이 남자와 보고 있으니 그랬다. 자유. 자유 같았
다.

"기분 나아졌어?"

"네."

아라는 고개를 끄덕였다. 제하가 그만 돌아가자고 했지만 그들
은 아직 밖이었다. 기껏 나왔는데 일찍 돌아가는 것이 아쉬운 그녀
가 좀 더 밖에 있기를 희망한 것이다. 이에 제하는 흔쾌히 방해꾼인
유신만을 돌려보냈고, 그렇게 그들은 지금 단둘이었다.

"역시 나랑 궁합을 본 게 기분 나빴던 건가?"

"그런 거 아닙니다."

궐의 담에 기댄 아라가 웃었다. 그는 은근히 소심했다.

"신왕이야말로, 불편하지 않으셨나요?"

"내가 왜?"

되묻는 그의 표정이 맑다. 마치 자신은 아무런 거리낌도 없다는
듯.

"이미 연모하시는 분이 계시잖습니까."

그녀의 질문에 그가 입을 다물었다. 표정이 사뭇 진지해졌다. 아
무 말 없이 하늘을 바라보길 얼마.

"첫사랑에 대한 추억이 있는 남자는 별로야?"

기어들어 갈 정도로 작은 물음에 아라는 그를 바라봤다. 서로의 시선이 맞닿았다. 그러나 그 누구도 입을 열지 않았다. 그렇게 한동안 서로를 바라보고 있을 뿐.

"별로라고 생각 안 합니다."

"……"

"첫사랑이야, 누구에게나 있는 거니까요."

다만 그것이 어느 정도로 깊었느냐가 관건이겠지만.

아라의 말에 제하가 발끈했다. 물론 그가 화를 낼 입장은 아니었으나, 그녀의 말은 왠지 거슬렸다.

"너는 누구였는데."

그가 물었다.

"그게 왜 궁금하신 겁니까."

"너는 내 첫사랑에 대해 알고 있잖아."

"어차피 말씀드려도 모르는 분입니다."

아라의 말에 제하는 안달이 났다. 모를 거라고는 하지만 괜히 신경이 쓰이고, 누군지 듣지 못하면 어떻게 되어 버릴 것만 같았다. 괜히 아라를 콕콕 찌르고, 괴롭히고, 온갖 수를 써 봤지만 그녀의 입은 끝까지 열리지 않았다. 괜히 심통이 난 제하가 결국 토라졌다.

함께하면 함께할수록, 이 사내의 여러 모습을 보게 된다. 그깟 점쟁이의 말도 안 되는 예언 따위, 그녀의 머릿속에서는 사라진 지 오래였다. 제하의 시선이 아라에게 떨어졌다. 그 불만 가득한 시선에 아라는 피식 웃었다.

"최근 들어 잘 웃네."

"……."

"보기 좋아."

"……."

"예뻐."

예쁘다는 말에 다시 한 번 철렁, 심장이 내려앉는 소리가 들렸다. 아라는 예쁘다는 말이 어색했다. 월비야 무휼에게 늘 듣는 말이었지만, 그녀는 아니었다.

"툭하면 예쁘다, 예뻐, 하시는데……."

자고로 예쁜 거란, 화려한 장신구나 장인의 정성이 듬뿍 들어간 비단 같은 것. 사람의 아름다움은 잘 모르겠다.

그래서 물었다. 단도직입적으로, 입꼬리를 슬쩍 올리며.

"제 어디가 그렇게 예쁘십니까?"

그러자 그가 당황한다. 구제하가 당황한다. 얼굴은 붉게 달아올라서 뒷걸음질까지 치는데, 이를 본 아라는 웃었다. 아주 활짝.

이 남자, 재미있다.

신선한 그의 반응에 아라가 실컷 웃었다. 그러길 한참, 그가 조용하다. '너무 웃었나? 이제 그만 웃어야지.' 하고 고개를 든 그때였다. 뜨거운 손이 그녀의 얼굴을 감쌌다. 검은 그림자가 얼굴에 드리워졌다. 바로 눈앞에 그의 깊은 눈동자가 보였다. 그리고 다음으로, 그의 입술이 그녀의 입술 위로 떨어졌다.

심장이 쿵 하고 떨어졌다.

＊　　　＊　　　＊

제하는 한숨을 내쉬었다.

옆에서 꺄르르 웃어 대는 꼬맹이가 신경 쓰였다.

　'제 어디가 그렇게 예쁘십니까?'

　그 질문을 하는 꼬맹이에게선 성숙함마저 느껴졌다. 심장이 두
근댔다. 미치겠다. 정신을 차려 보니 두 손은 이미 자신의 의지를
무시한 채 그녀를 향했고, 어느새 제 입술은 그녀의 입술에 포개어
져 있더라.

　문득 유신이 했던 말이 떠올랐다.

　'끈기 없게. 거기서 물러나시는 겁니까?'

　아니, 더는 못 물러날 거 같았다.

　두 번째 사랑이 찾아오기까지 꽤 긴 시간이 걸렸다. 그러나 막상
찾아온 그 사랑은 자각하자마자 순식간에 커졌고, 결국 '펑' 하고 터
졌다.

　그러나 너무 섣불렀다.

　"미안."

　뒤늦게 이성을 되찾은 제하가 재빨리 떨어졌다. 화들짝 놀라며
연신 사과했지만, 아라에게는 이 사과가 들리지 않았다. 너무 놀라

심장이 멎은 거 같았다. 영혼은 가출이라도 한 건지 정신이 없다. 그저 그렇게 멍하니 그를 바라보고 있는데, 다시금 손을 뻗은 그가 엄지로 그녀의 입술을 쓱 훑어 주고는 다시 한 번 사과했다.

"미안하다."

그가 닿으니, 아라는 그제야 정신이 돌아왔다.

"괜찮습니다."

그녀는 의외로 덤덤했다. 방금 자신은 아무 일도 당하지 않았다는 듯 미소까지 짓고 있다.

"사람이 살다 보면 실수할 수도 있지요."

아니, 이 말을 하려던 게 아닌데.

평소 대신들에게 자주 하는 말이었다. 당황하다 보니 입에 밴 말이 툭 하고 튀어나왔다.

"피곤하니, 전 먼저 돌아가 보겠습니다."

아라가 말했다. 입가에는 여전히 미소를 지은 채로.

그녀를 붙잡아야 했지만 제하는 그럴 수가 없었다. 지은 죄가 있었기 때문에. 결국 그는 먼저 쌩하니 가 버리는 아라의 뒷모습을 넋 놓고 바라봐야 했다.

"내가 미쳤지, 미쳤어."

어쩌자고 그랬을까!

아라의 모습이 보이지 않게 되자, 제하가 힘없이 돌담에 기대었다. 조금 전 자신의 행동을 탓해 보지만, 이제 와서 그래 봐야 뭐하나. 이미 쏟아진 물인데.

"내가 이렇게 자제력이 없는 인간이었나."

갑자기 스스로가 한심하게 느껴졌다. 그녀가 어떻게 생각했을까, 심지어 몇 번 만나지도 않은 사이였다. 물론 만난 횟수와 달리, 심장에서 피고 있는 사랑은 이미 여물대로 여물었지만 그래도.

"분명 엄청 가벼운 남자라고 생각할 거야."

그 꼬맹이는 아니지 않은가.

"게다가 국서인데…… 그것도 여왕의 벗인 녀석을……."

그의 머릿속에는 이제 '망했다.'라는 세 글자밖에 떠오르지 않았다. 그렇게 궐문 앞을 서성이길 얼마, 그가 한숨을 내쉬었다.

한편, 먼발치에서 그런 그를 보고 있는 시선이 하나 있었다. 커다란 나무 뒤에 숨어 제하를 주시하고 있는 사내. 남루한 차림의 사내가 걸음을 떼더니 어딘가를 향해 달려갔다.

사내가 도착한 곳은 으리으리한 기와집. 그는 곧장 어느 방으로 향했다. 그가 왔다는 소식에 방 안에서 기다리고 있던 귀족들은 잔뜩 들떴다. 특히나 시건형은 더더욱 들떴다.

"그래, 알아는 봤느냐."

시건형이 물었다. 그러자 사내가 자리에 앉더니 천천히 고개를 끄덕였다.

"확실합니다. 여자와 함께 있었습니다."

"정말 확실한 거겠지?"

"예. 척 보니 둘 사이가 예사롭지 않았습니다."

그의 말에 귀족들의 입이 귀에 걸릴 정도로 찢어졌다. 벌떡 일어나 손뼉까지 칠 정도로 그들은 들떴다.

"됐습니다. 이제 됐습니다!"

"이제 구제하 그놈을 끌어내릴 수 있습니다!"

드디어 눈엣가시를 없앨 수 있다며 귀족들이 뛸 듯이 기뻐했다. 하지만 그런 그들과 달리, 시건형만은 여전히 침착했다.

"아직 기뻐하기는 이릅니다. 확실한 증좌가 필요해요."

"즈, 증좌라면……."

"구제하가 그 계집과 함께 있을 때, 현장을 덮치는 겁니다."

분명 둘이 자주 외출한다 했다. 즉, 다음 번 외출을 노리면 둘을 동시에 붙잡을 수 있다는 뜻!

순식간에 상황을 정리한 시건형이 외쳤다.

"당장 순찰관들을 불러오세요."

"순찰관들을요?"

그들은 왜 부르는 거냐며 귀족들이 의아해하자, 시건형이 답답하다는 듯 말했다.

"국서가 여왕을 기만하고 다른 계집과 어울리고 있습니다. 이는 곧 나라의 안녕과 질서를 어지럽히는 행위가 아니고 무엇이겠습니까."

그 말에 귀족들은 다시 한 번 마음에 새겼다.

시건형, 저 사람을 절대 적으로 두어선 안 된다는 것을.

"둘을 눈앞에 끌고 가면, 제아무리 전하라도 꼼짝 못 하실 겁니다."

*　　*　　*

타다닥.

여인이 다급한 걸음으로 집을 나섰다. 그러나 멀리 가지는 못하고, 뒤따라오는 사람들에게 붙잡혔다.

"이거 놓아라!"

설화가 악을 쓰며 저를 붙잡은 이의 팔을 쳐 냈다. 그러자 꿋꿋이 그녀의 뒤를 따르던 몸종이 난감한 표정을 지었다.

"작은 마님! 어딜 가시는 거예요! 이제 곧 출발하신다지 않았습니까. 빨리 준비를……."

"난 안 가!"

설화가 큰 소리로 외쳤다. 그러자 그 뒤를 따르던 여인이 움찔 놀랐다. 그녀가 이렇게 목소리를 높이면 대책이 없었다. 하지만 그렇다고 두 손 두 발 놓고 지켜보고만 있을 수도 없었다. 그녀는 차분히 설득하는 방법을 택했다.

"마님께서 안 가시면 어떡합니까, 제용 님께서 단향의 수령직을 맡게 되셨으니 부인 되시는 설화 님도 동행하시는 게 당연……."

"단향이라니, 단향이라니! 촌구석이잖아!"

"서, 설화 님……."

"내가 고작 지방 수령의 부인이나 되자고 그 인간이랑 혼인한 줄 알아?! 절대 아니야! 이렇게는 못 산다고!"

"작은 마님! 어디 가시는 건데요!"

설화가 씩씩거리며 어딘가로 부지런히 걸음을 옮겼다. 그러자 당황한 그녀의 몸종도 그 뒤를 따랐다.

비어 있는 수령직을 급하게 잡은 거라 하루라도 빨리 부임해야 했다. 게다가 단향은 수도에서 아주 멀리 떨어져 있었기 때문에 오늘 출발하지 않으면 안 됐다.

그런데도 이 작은 마님은!

"제하를 만나러 갈 거야!"

철이 안 든 건지, 아니면 생각이 없는 건지.

"제하에게 말하면 도와줄 거야."

설화의 말에 여인이 화들짝 놀랐다. 재빠른 걸음으로 달려가 그녀의 앞을 가로막았다.

"안 됩니다. 절대 안 됩니다, 마님."

안 된다는 말에 설화가 인상을 찌푸렸다. 지금 누구 앞에서 안 된다는 말을 하는 거냐며 그녀를 한껏 흘겨보기까지 했다. 하지만 여인은 그녀 나름대로 필사적이었다.

"마님, 제하 님께서는 국서이십니다. 그분은 이제 여왕의 남편이시라고요. 만날 수 없으세요. 아니, 만나시면 안 됩니다!"

여인이 사색이 되어 외쳤다.

안 그래도 집안 꼴이 난리인데, 그녀까지 일을 벌이는 건 어떻게든 막아야만 했다.

오랫동안 구가에서 일한 그녀였다. 제하와 설화, 둘이 어떤 사이인지 모를 리 없었다. 둘이 부부의 연을 맺는 건 거의 기정사실이었으니까. 하지만 갑자기 후계자가 제용으로 바뀌고, 본부인이 내쳐지면서 구가가 쑥대밭이 되었다.

그리고 몇 년 뒤, 제용이 당장 혼인을 하겠다며 여자 하나를 데리고 왔다. 놀랍게도 주설화, 모두가 제하의 연인으로 알고 있던 그녀였다.

집안은 뒤집어졌다. 유일하게 침착했던 것이 제하였다.

구제율은 당장 식을 올리겠다 고집 부리는 둘을 이기지 못했다. 그렇게 식이 올려졌고, 제하는 그 이튿날 천유를 떠났다. 그렇게 둘은 끝났다.

그런데 이제 와서!

"안 됩니다. 안 됩니다! 제하 님께 안 좋은 추문이라도 따라붙는 날에는……."

"뭐? 추문?"

빠르게 걷던 설화가 걸음을 멈췄다. 섬뜩하리만치 날카로운 눈으로 몸종의 앞에 다가가더니, 주위 사람들이 보든 말든 그녀의 뺨을 가차 없이 때렸다.

"천한 하인 주제에 어디서 건방을 떨어!"

"하, 하오나, 마님!"

눈물을 글썽이면서도 할 말은 해야겠다며 여인이 고개를 들었다.

"제하 님께 안 좋은 소문이라도 생기면, 도련님뿐만 아니라 구가 전체가 화를 입게 될 겁니다. 애초에 만날 수 있을지도 모르는데……."

'만날 수 없다.'는 말에 설화는 피식, 살벌하기까지 한 미소를 보이며 돌아섰다.

"제하라면 날 만나줄 거야. 암, 당연히 그렇고말고."

그녀가 자신감 넘치는 목소리로 말했다.

"제하에게는 나밖에 없으니까."

* * *

"……."

중앙궁에 있는 어느 방 안.

아라는 인상을 찌푸렸다. 조서가 산더미같이 쌓여 있었지만 한 글자도 눈에 들어오지 않았다. 급기야는 붓이 허공에 멈췄다. 머릿 속에서 '그 일'이 무한 반복되었고, 절로 얼굴이 붉어지더니 손까지 떨렸다. 눈치 빠른 무휼이 이를 놓칠 리 없었다.

"오늘따라 이상하다, 너?"

"……내가 뭐."

"밖에서 이상한 거라도 주워 먹고 온 거야?"

"내가 돈이 없어서?"

"하긴."

아라가 인상을 찌푸리더니 지금 사람을 뭐로 보고 그런 말을 하 느냐며 그를 타박했다. 이상한 걸 주워 먹지는 않았지만 밖에서 무 슨 일이 있었던 건 사실이었으니, 이를 들킬까 걱정되는 한편 속이 답답했다. 아라는 남자가 익숙하지 않았다. 때문에 궐 밖에서 있었 던 그 일을 누군가에게 상담이라도 하고 싶었지만, 마땅한 상대가 없었다.

'월비에게 말하면 순식간에 소문이 퍼질 텐데.'

잠시 고민하던 그녀가 멈칫하고는 고개를 돌렸다. 옆에서 심각한 표정으로 일하고 있는 무휼이 보였다.

그래, 무휼이라면.

"저기, 있잖아."

아라의 부름에 무휼이 바로 고개를 들었다.

"뭔데?"

"그러니까…… 내가 아는 사람 이야기인데……."

"아는 사람 누구."

무휼이 정확한 정보를 요구하자 아라는 입을 다물었다.

시작부터 말문이 막혔다. 이런, 그건 생각을 못 했네. 아는 사람 누구라고 하면 좋을까. 궁리를 해 보았지만 마땅히 떠오르는 이가 없다. 고민에 빠진 아라는 결국 화를 냈다.

"그냥 좀 아는 사람이야. 누군지 말하면 네가 알아?"

그녀의 이상한 반응에 무휼이 미간을 찌푸렸다. 척 봐도 수상했다. 오죽하면 눈치 없는 월비까지 두 눈을 반짝일 정도로.

"알지. 네가 우리 말고 친한 사람이 또 어디 있다고."

"그래, 인간관계가 서툰 내 잘못이네."

"그래서, 뭔데."

누군지는 묻지 않을 테니 어디 한번 말해 보란 뜻이었다. 그 말에 아라가 잠시 무휼의 눈치를 봤다. 어쩔까, 한번 말해 볼까.

"내가 아는 사람이, 어떤 사람한테 입……."

"입, 뭐."

이상한 부분에서 말끝을 흐리는 아라에, 무휼이 재촉했다. 저 혼자 어버버거리며 얼굴을 붉히는 꼴이 너무나 수상했다.

'저 녀석, 밖에서 무슨 일이 있었던 게 분명해.'

한편, 다시금 그때 그 상황을 떠올린 아라는 심장이 터질 것 같았다. 역시 괜히 말을 꺼냈다며 뒤늦게 후회해 보지만, 이미 말을 꺼낸 이상 무휼이 그냥 넘어갈 거 같지 않았다.

할 수 없지.

"……내가 아는 사람이 어떤 사람한테 다짜고짜 뺨을 한 대 맞았는데, 너무 놀라서 순간 따질 시기를 놓쳤대. 어떻게 해야 할까."

반응은 어마어마했다.

"뭐야, 누가 너 때렸어?! 누구야!"

"어디야, 어딜 맞고 온 거야! 왼쪽이야, 오른쪽이야?"

자리에서 벌떡 일어난 무휼이 앉은뱅이책상까지 뻥 차 버리고 아라에게 달려왔다. 그리고 듣는 둥 마는 둥 하던 월비까지 화들짝 놀라며 아라의 얼굴을 붙잡고 난리가 아니다.

"안 맞았어. 그리고 말했잖아. 내가 아는 사람 이야기라고."

"그 즉시 한마디 퍼부어 줬어야지. 아니면 그에 합당한 벌을 주든가."

"……역시 그런 거지?"

아라의 목소리가 기어들어 갔다. 역시나 그때, 어떻게든 반응을 보였어야 했다. 싫다면 싫은 티를 냈어야 했고 좋다면 좋다고…….

어쨌든, 당하고만 살 수는 없지.

잠시 멍하니 문을 바라보고 있던 아라가 붓을 내려놓았다. 그녀가 자리에서 벌떡 일어나자 둘의 시선이 따라붙는다.

"잠깐만 자리를 좀 비울게."

"혹시나 하고 말하는데, 희수궁에는 안 가는 게 좋을 거야."

"뭐? 왜?"

무휼의 말에 아라가 화들짝 놀라며 반응했다. 희수궁에 가려는 건지는 또 어떻게 알고. 하여간에 귀신같다니까.

"지금 궐 안에 구제율이 와 있다고 들었거든."

"구제율은 왜?"

"뻔하지, 뭐. 구제하에게 월가 반환 문제를 따지러 온 거겠지."

그 말에 아라가 멈칫했다. 지금 구제하를 만나러 갔다가는 자칫 구제율과 마주칠지도 몰랐다. 그는 그녀가 여왕이라는 걸 알고 있으니, 무휼의 말대로 이 상황에서 희수궁을 찾는 건 자제해야 했다.

"알아서 조심할게."

비장해 보이는 그녀를 응시하던 무휼이 다시 제 손에 들린 일정표로 시선을 옮겼다. 그렇게 그녀가 중앙궁을 벗어나고 난 뒤, 고개를 든 무휼은 닫힌 문을 바라봤다.

아라가 이상했다. 원래라면 지금 같은 상황에서는 몸을 사렸을 텐데, 위험을 감수하고서라도 국서를 만나러 가다니. 게다가 좀 전의 그 말.

"그래서 쟤는 국서에게 맞았다는 거야, 아니면 때렸다는 거야?"

*　　*　　*

"제하 님."

유신이 한숨을 내쉬었다. 제가 모시는 주인께서는 오전 내내 침울해 있었다. 덕분에 희수궁 안의 공기는 숨 쉬기 힘들 정도로 무거웠다.

"밖에 구제율 님이 찾아오셨습니다. 지금 당장 만나야 한다고……."

"몸이 좋지 않으니, 오늘은 돌아가라 전해라."

"예, 알겠습니다."

제하가 황급히 방을 나서는 유신을 바라봤다.

기별도 없이 갑자기 찾아오다니. 분명 월가 반환 문제 때문이겠지. 지금쯤 한창 열 받았을 영감이 들이닥치려는 게 틀림없었다. 그렇기 때문에라도 제하는 그의 방문을 허락할 수 없었다.

'분명 한바탕 난리가 나겠지.'

"제하 님."

닫혔던 문이 다시 열리고 유신이 들어왔다. 고개를 든 제하가 벌써 전하고 온 거냐, 막 물으려는데 유신이 한발 빨랐다.

"박사님께 연락이 왔는데요, 잠깐 뵐 수 있냐고……. 그런데 몸 상태가 좋지 않으시니 못 만나실 거 같다고 전해 드릴……."

탕!

순식간에 자리를 박차고 일어난 제하 때문에 유신의 심장은 똑, 하고 떨어질 뻔했다. 쳐다보기 무서울 정도로 눈빛을 번뜩이던 그가 외쳤다.

"아프긴 누가 아파. 네 눈에는 지금 내가 아픈 거로 보여?"

짜증 섞인 고함에 서러움이 몰려온 유신은 울상이 되었다.

'방금 본인 입으로 아프다며. 나보고 어쩌라는 거야.'

"지금 어디에 있는데?"

제하의 물음에 울상이던 유신이 작은 서신 하나를 꺼내 건넸다. 그것을 받아 든 제하가 떨리는 숨을 참으며 서신을 펼쳤다. 그리고 굳었다.

잠깐, 봅시다. 단둘이. 은밀하게. 밖에서.

그의 표정이 일그러졌다.
"……이거 결투장이야?"

그의 물음에 옆으로 다가온 유신이 힐끔, 서신을 훑더니 씩 웃으며 말했다.

"일단 연서는 아닌 게 확실하네요."

＊　　＊　　＊

"먼저 밖으로 부른 건 처음이네?"
"궐 안이 소란스럽다 들어서 말입니다."

아라가 대답했다. 웬만해서는 궐 안에서 만나고 싶었다. 하지만 상황이 따라 주질 않으니 어쩔 수 없지 않은가.

궐 안에서 그와 만나는 모습을 들키기라도 한다면 큰일이었다. 아라는 차라리 제 얼굴을 아는 이가 없는 궐 밖이 더 안전하다고 판단했다. 거기에 독립된 공간이 있으면 더더욱 좋고. 때문에 그를 첫 외출 때 방문한 찻집으로 부른 것이다.

"일전의 그 일."

"……."

"늦었지만 이제라도 확실히 짚고 넘어가야겠습니다."

아라가 씩씩거리며 말하자, 제하는 참고 있던 웃음이 터져 버렸다. 탁자를 탕탕 내려치며 말하는 것이 꽤나 귀엽게 보였기 때문이다. 긴장은 어느새 풀려 버렸고, 불안으로 떨리던 심장에는 다시금 따스한 온기가 채워졌다. 이 모든 원인은 바로 눈앞의 꼬맹이였다.

"혹시 처음이었어?"

"뭐, 그런 것도 있기는 하지만…… 아니, 그게 아니라!"

얼결에 또 넘어가 버린 아라가 발끈했다.

그러자 또 자지러지게 웃어 대는 제하. 이를 본 아라는 심호흡을 했다. 눈앞의 사내를 상대하려거든 보통 정신으로는 안 된다. 이상하게도 그의 앞에선 늘 틈을 보이게 되니, 정신을 바짝 차려야 했다.

이내 안정을 찾은 그녀가 똑 부러지게 말했다.

"이미 마음을 준 사람도 있으신 분이, 그렇게 아무 여자에게나 애정 표현을 하시는 건 문제가 있다고 생각합니다."

저를 향한 흔들림 없는 눈동자, 좀 전과 달리 높낮이의 변화가 없는 목소리, 상대를 압박하는 분위기. 그저 단호하다기보다는 좀 더, 그 위의 무언가가 느껴진다. 웃음을 멈춘 제하의 표정 역시 덩달아 진지해졌다. 그러나 그의 입가에 걸려 있는 미소는 여전히 지워질 생각을 안 했다.

"아무 여자 아니었는데."

"……."

"내가 아무 여자에게나 그런 짓 하는 파렴치한으로 보이나?"

아니. 아라가 속으로 답했다.

그녀가 아는 그는 그런 사내가 아니었다. 안다고 해도 며칠밖에 안 되었지만, 그는 상처뿐인 첫사랑조차 추억이라 여기는 사내였다. 그런 그가 파렴치한 인간일 리 없었다. 생각을 마친 아라가 조심스럽게 고개를 저었다.

그래, 당신은 그런 사내가 아니다. 하지만.

"국서시잖아요."

그와 그녀 사이에는 선을 그어야 하는, 너무나도 명확한 이유가 있었다. 그녀가 여왕이고 그가 국서인 이상, 둘의 만남은 1년을 넘어서까지 이어져서는 안 됐다. 그것이 규칙이다.

"어차피 허수아비고, 요는 여왕만 사랑하지 않으면 되는 거잖아."

하지만 내가 바로 그 여왕이니 문제라는 거지.

"그러니까 부탁할게."

제하의 눈빛이 사뭇 진지해졌다. 항상 달고 다니던 장난기마저 싹 가신 상태였다. 그가 말했다.

"1년만 기다려 줄 생각 없어?"

"……."

제하는 진심이었다. 만약 자신에게 또 다른 사랑이 찾아온다면 그것만큼은 절대 놓지 않으리라, 꼭 붙잡고 절대 쉽게 놓아 주지 않겠노라 다짐했다.

그리고 그것에 눈앞의 꼬맹이가 걸려들었다.

"1년만 기다려 주라."

그의 말에 아라는 고개를 떨궜다. 머리가 지끈거리는 동시에 심장에도 무슨 일이 생긴 것처럼 미친 듯 쿵쾅대기 시작했다.

기쁜가? 기쁜 건 아니다. 그럼 슬픈가? 슬픈 것도 아니다. 싫은 건 더더욱 아니었다. 가슴이 벅차오르는 느낌과 함께 불안도 점점 커졌다. 일이 결국에는 복잡하게 꼬여 버렸구나. 애초에 역술가 노릇을 하며 그와 어울린 게 문제였다.

문득 일전에 무휼이 했던 충고 하나가 머릿속에 떠올랐다.

'사람이 사람에게 빠져드는 건 순식간이야. 여기까지는 괜찮겠지, 괜찮겠지 하다가도 어느샌가 빠져 있어. 뒤돌아보면 이미 너무 멀리 와 있고.'

딱 그 짝이다. 그들은 이미 너무 멀리 와 버렸다.

이 문제를 어떻게 풀어야 할까. 가장 좋은 방법은 자신의 정체를 밝히는 것. 어쩌면 그동안 정체를 감추고 모르는 척했다는 것에 배신감을 느낄지도 모르겠지만, 그게 제일 깔끔한 해결책이었다.

"내가 싫어?"

아니, 좋다. 그렇기 때문에 문제가 됐다.

은근슬쩍 촉촉한 눈망울을 하곤 물어 오는데, 겨우 그런 연기에 넘어갈 그녀가 아니었다. 크게 숨을 들이쉰 아라가 고개를 번쩍 들었다. 그리고 그를 바라봤다.

"죄송합니다. 전 그럴 수 없습니다."

옅은 미소까지 지으며 그녀가 답했다.

"왜냐하면……."

그리고 안 되는 그 이유에 대해 소상히 설명하려던 바로 그때였다. 밖에서 우당탕하는 엄청난 소리가 들리더니, 방문이 벌컥 열렸다. 손님이 계시는 방에 이 무슨 무례한 짓이냐 따져 물으려던 찰나, 정체를 알 수 없는 사내들이 방 안에 우르르 몰려들었다.

그들이 입은 검붉은 제복을 알아본 아라는 당황했다. 수도 천유의 치안과 보안을 담당하는 순찰관. 방 안에 들어선 그들 중 한 명이 아라와 제하를 바라보더니 외쳤다.

"당장 저 둘을 포박하라!"

"잠깐! 이게 무슨……."

재빨리 제하가 아라의 앞을 가로막았지만, 달려드는 수많은 사내들을 견디기에는 역부족이었다.

"국서가 여왕을 섬기지 아니하고 밖에서 몰래 다른 계집과 만나 사통했으니, 이는 엄히 벌해야 마땅한 일! 당장 이들을 궁으로 끌고 가라!"

순식간에 포박된 그들은 사람들의 시선을 한 몸에 받으며 끌려나가는 신세가 되었다. 버둥거리며 반항하는 제하와 달리, 의외로 아라는 순순히 그들을 따라나섰다.

제하와 있을 때만 허둥댔지, 평소에는 똑 부러지는 성격이었다. 괜히 여왕이 아니란 말이다. 당황하기는커녕 평소 이상으로 침착한 그녀는 생각에 잠겼다.

뭔가 이상했다. 국서가 궐 밖에 나온 줄 어떻게 알고, 그것도 이 곳에 있다는 걸 어떻게 알고 병사들이 들이닥친단 말인가. 또한 좀 전에 들은 구제하의 죄명.

뻔하지. 오래 생각하지 않아도 답은 간단히 나왔다.

"미리 말해 두는데."

아라가 싱긋 웃었다. 그리고 저를 붙들고 있는 사내들에게 날카롭게 경고했다.

"지금 엄청난 실수 하는 겁니다."

*   *   *

"시건형 님!"

시건형의 집. 몇몇 사람들이 허겁지겁 뛰어 들어왔다. 그들은 놀란 하인들을 밀쳐 내고 제멋대로 처소 안까지 들어섰다. 그런 그들의 갑작스러운 난입에 시건형이 인상을 찌푸렸다.

"이 무슨 소란……."

"잡았답니다!"

"……뭐?"

"국서요! 함께 있던 계집이랑 잡았답니다!"

무리 중 누군가가 숨을 몰아쉬며 단번에 말하자, 그가 자리에서 벌떡 일어났다. 확실한 거냐 물으니 확실하단다. 제 두 눈으로 직접 확인까지 하고 오는 길이란다.

"찻집에서 은밀하게 만나고 있던 것을 현장에서 잡았답니다. 지금 궐 안으로 옮겨졌고, 임시 옥에 가둬 둔 상태라 합니다."

"당장 가 봐야겠다. 다른 귀족들에게 연통을 넣거라. 다들 궐로 모이라고!"

시건형이 그답지 않게 허둥지둥하며 말을 이었다. 그만큼이나 지금 이 사건은 매우 흥분되는 일이 아닐 수 없었다.

재빨리 겉옷을 입고 방을 나서는 그의 눈빛이 번뜩였다. 아주 살벌하게.

*   *   *

궐 안의 임시 옥 앞. 필요 이상의 옥졸들이 그 앞을 지키고 있다.

"얼굴이 반반하기는 하네. 그래도 그렇지, 천하의 국서를 꼬시다니. 아주 맹랑한 계집애야."

다 들린다, 들려.

아라가 한숨을 내쉬었다. 그녀는 슬쩍, 바로 옆에 있는 옥에 갇힌 제하를 바라봤다. 그는 지금 이 상황이 매우 당황스러운 눈치.

"미안, 나 때문에."

"아니요. 밖으로 부른 건 저니까요."

그러자 제하가 심각한 얼굴로 충고했다.

"혹시라도, 나중에 추궁당하면 절대 네가 날 불렀다고 말하지 마."

"어째서요?"

"그럼 네가 잘못될지도 모르잖아."

"제가 잘못되는 일은 없어요."

잘못된다면 저들이 잘못되겠지.

사실 아라는 지금 이 상황을 나름대로 즐기고 있는 중이었다. 이렇게 옥에 갇혀 보는 것도 나름대로 신선한 경험이었다.

그녀는 어렸을 때부터 중앙궁 밖으로 나간 적이 거의 없었다. 대신들의 말대로 대외적으로 얼굴을 내비친 적 역시 없다. 때문에 고위 신료들을 제외한 자들은 그녀의 얼굴을 잘 몰랐고, 지금 눈앞에 있는 옥졸들 역시 그러했다.

아라의 입가에 재미있다는 미소가 지어졌다. 그녀의 머리가 빠르게 돌아갔다.

'잘하면 이 상황, 나한테 유리하게 써먹을 수도 있겠어.'

나가고자 한다면 나갈 수도 있었다. 옥졸에게 중앙군 대장인 무휼을 불러 달라 청하면, 여기서 빠져나가는 일쯤은 아무것도 아니었을 테니까. 하지만 그녀는 그러지 않았다. 기다리고 있으면 이 일의 주모자께서 납실 터. 도대체 누가 구제하를 예의 주시하고 있었던 건지 알아야만 했다.

또 하나 나가지 않고 있는 이유는.

"아, 진짜 어쩌지……."

그녀에게 문제가 생기면 어쩌나 걱정하는 구제하의 모습도 구경하는 재미가 쏠쏠했다.

아라는 한숨을 내쉬었다. 본의 아니게 이렇게 되어 버렸지만 뭐, 안 그래도 아까 그 자리에서 그 흐름대로라면 자신의 정체를 밝혔을 테니 상관없지 않을까.

시간이 꽤 지났다. 이제 사람들이 몰려올 것이다. 저들이 쳐 놓은 덫에 걸린 연인을 구경하러.

"정말 저한테 미안하세요?"

"그야……."

"그럼 나중에 화내기 없기입니다."

"뭐?"

뜬금없는 이야기에 제하가 어리둥절해했다. 그러고 보니 너무나도 침착한 그녀의 태도가 이상했다. 마치 믿는 구석이 있다는 듯 포박당한 아라는 여전히 생기가 넘쳤다.

"사과 안 할 거니까요."

"그게 무슨……."

그때였다.

"잡았다고? 어디냐, 어디에 있어!"

시건형의 연락을 받고 우르르 몰려든 귀족들이었다. 또한 삽시간에 퍼진 소문을 듣고 온 대신들까지도.

"국서와 사통한 년을 잡았다고!"

"예, 여기 있습니다."

"어디, 내 그년의 낯짝 한번……."

신이 난 귀족과 대신들이 옥 앞으로 몰려들었다. 그리고 누구 할 거 없이 그 안에 갇힌 사람의 얼굴을 확인하는데…….

"매일 보는 낯짝, 이리 보니 새롭게 보이시겠습니다."

"……."

순간 정적.

구름같이 몰려든 이들이 일제히 굳어 버렸다. 옥 안에 갇혀 있는 그녀의 얼굴을 알아보고는 낯빛이 서서히 굳어 가기 시작했다. 서로 아무 말도 못 하고 있는 상황. 대신들 중 가장 선봉에 서 있던 이가 입을 열었다.

"저, 전하? 거기서 뭐하시는……."

"알아봤으면 빨리 열지 않고 뭐합니까."

차가운 그녀의 목소리에 모두 화들짝 놀랐다. 지금 제 눈이 잘못된 게 아니라면, 자신들이 옥에 가둬 놓은 건 여왕이었다. 이 나라의 왕! 전하!

어째서 그녀가 저기에 들어가 있는 건지는 모르겠지만, 큰일이다. 그들은 하늘이 무너지는 것 같았다. 망했다!

"빠, 빨리 열지 않고 뭣들 하는 것이냐!"

당황한 그들이 괜히 옥졸들에게 외쳤다. 옥졸들 역시 지금 이게 무슨 상황인지 몰라 허둥지둥하며 일단 문을 열었다. 소란을 피우며 그녀의 몸을 조이고 있는 포박까지 풀어 낸 그들의 얼굴은 백지장마냥 창백하기까지 했다. 그들은 숨조차 제대로 못 쉬고 있었다.

도대체 이게 어찌 된 일이야! 분명 궐 밖에서 국서와 밀회를 하고 있는 현장을 덮쳤다고 했는데, 왜 여왕이 붙잡혀 온 거냐고!

밧줄 자국이 선명하게 남은 손목을 만지작거리던 아라가 그들을 바라봤다. 찻집에서 끌려나올 때는 기분이 별로였지만, 벌벌 떨고 있는 꼴을 보니 기분이 나아지는 듯했다.

"아."

아라가 깜빡 잊고 있었다며 고개를 돌렸다. 그녀는 바로 옆 옥에 멍하니 앉아 있는 제하를 바라보며 싱긋 웃었다.

"지금 당장 신왕의 포박을 풀어 주고, 회수궁으로 돌려보내세요."

"아, 예. 예. 물론 그래야지요."

"그리고 나머지 사람들은……."

꿀꺽. 그들이 긴장했다. 여왕은 예쁘고 사랑스러웠지만, 그 미소만큼은 가끔씩 무서울 때가 있었으니.

"전부 대전으로 모이세요."

바로 이럴 때 말이다.

"저, 전하……."

"그 입 다물고 대전으로 집합하라고요. 내 말이 우습습니까?"

우는 소리를 내 봐도 소용없었다.

너희들은 다 죽었어.

허둥지둥 대전으로 향하는 그들을 따라 걸음을 옮기던 아라가 슬쩍 고개를 돌렸다. 놀란 제하가 아무 말도 못 하고 있는 게 보인다.

"……왕? 그 여왕이라고? 네가?"

그런 그를 향해 아라는 싱긋 웃었다.

"난 분명 사과 안 한다고 했습니다."

*　　*　　*

"전하, 죽을죄를 지었사옵니다!"

평소, 고개를 바짝 조아린 그들이 항상 외치는 대사였다. 아라는 이것을 별로 마음에 들어 하지 않았지만 오늘은 달랐다. 이보다 더 좋은 소리는 또 없을 거라며, 그녀는 웃음을 꾹 참고 있었다. 아라 뿐이랴. 뒤늦게 이야기를 듣고 달려온 무휼과 월비 역시 흥미진진하게 지금 이 상황을 구경하고 있다. 도대체 무슨 꿍꿍이였는지는 모르겠지만, 결국 귀족들은 제가 판 무덤에 스스로 빠지고 만 꼴이었으니 아라에게 있어서는 오히려 잘된 일이었다.

뒤늦게 사정을 들은 시건형까지도 대전 회의에 참석했다. 아라 못지않게 표정 관리를 잘하는 그였으나, 이번 일만큼은 타격이 컸는지 당황한 티가 역력했다.

이를 본 아라의 입꼬리가 슬쩍 올라갔다.

"그래서, 하늘 같은 왕을 옥에 가둬 보니 재미들 있던가요."

"전하! 신들은 결단코! 전하를 가두려던 게 아니라…….."

"국서를 가두려 하신 겁니까, 그럼?"

이미 잡힌 게 있는지라, 대화의 흐름은 아라에게 기울어졌다. 귀족들의 머릿속에는 그저 이 상황을 잘 빠져나갈 생각밖에 없었다. 서로 나서 주기만을 바라고 있는 상황. 그들의 마음을 읽은 건지, 좀 전에 막 들어온 시건형이 앞으로 나섰다.

"전하, 오해이십니다."

"오해라……."

"그렇습니다. 최근, 국서께서 궐 밖에서 웬 여인과 만나고 계시고 있다는 소문이 돌아 순찰관을 풀어 두었던 것입니다. 이 말도 안 되는 소문이 전하께 누가 되면 어쩌나 걱정이 되어…… 그런데 설마 그 상대가 전하일 줄은……."

하여간에 말은 잘한다니까.

"내가 바깥세상이 궁금하다고 하여, 국서께서 종종 데리고 나가 주셨습니다."

사실은 끌려 다닌 거나 다름없었지만, 이렇게 말해 두는 게 낫겠지. 아라의 말에 그들의 낯빛이 어두워졌다. 약간의 탄식까지 들려오는데, 저들의 섣부름을 탓하는 것이다.

"전하, 한 나라의 왕이 체통을 지키지 아니하고 수시로 바깥나들이라니요."

"지금 그게 문제입니까?"

"애초에 전하께서 국서와 밖에 나가시지 않으셨으면, 혹은 나가시더라도 저희에게 말씀해 주셨다면 오늘 같은 일은 없었을……."

"아니지요."

시건형의 말에 아라가 단호하게 말했다. 지금 어떻게든 책임에서 벗어나려는 노력이 가상했으나, 그녀에게는 통하지 않았다.

"순찰관과 옥졸들이 내 얼굴을 알았다면 이렇게 되지는 않았겠지요."

"……."

"왕명을 받아 일하는 사람들이 왕의 얼굴을 모른다는 게 말이 됩니까."

귀족들이 일제히 입을 다물었다. 시건형은 미간을 찌푸리며 작게 혀를 찼다. 상황이 이상하게 흘러가는 것 같았다. 그것도 안 좋은 방향으로.

"오늘 깨달았습니다. 이래서는 안 된다는 것을."

"……."

"앞으로는 제가 직접 앞으로 나서겠습니다."

아라가 미소 지었다. 그래, 이는 기회였다. 자신을 사람들 앞에 못 나서게 하려고 혈안이 되어 있는 귀족들의 입을 막아 줄 소중한 기회. 아라의 예상대로 귀족들은 쥐 죽은 듯 조용했다. 얼굴은 붉으락푸르락 난리도 아니면서 입은 꾹 다물고 있는 것이 아라는 마음에 들었다.

"당연히 숙부께서도 동의하시겠죠?"

"……."

아라가 확인 사살을 위해 물었다. 귀족들의 수장인 시건형이 인정하면, 모든 귀족들에게 인정받는 거나 다름없었기 때문이다.

"……전하의 명에 따르겠습니다."

제아무리 시건형이라도 이번 일은 피해 갈 수 없겠지.

그의 굴복에 귀족들의 고개 역시 자동으로 숙여졌다.

* * *

"하하, 봤어? 봤냐고."

"엄청 통쾌했다니까?"

방으로 돌아온 그들. 아라가 뒤따라온 월비를 붙잡고 말했다. 월비 역시 통쾌했다고 그녀에게 맞장구치며 한껏 들떠 있다.

왕위에 오른 지 어연 2년. 지난 2년을 통틀어 오늘이 가장 행복한 날이 될 거 같았다. 그놈의 꼴 보기 싫은 귀족들을 입도 뻥끗 못하게 만들다니! 오늘 밤에는 잠도 잘 올 거 같다며 느긋하게 기지개를 켜는데, 뒤늦게 방으로 들어온 무휼의 표정이 영 심각하다.

"뭐 잊은 거 없어?"

"……잊은 거?"

그의 질문에 아라는 불안했다. 뭐 하나 걸리는 거 없이 딱 좋았다. 오늘 밤은 잔치를 벌여도 좋을 정도로 기분이 좋은데, 잊은 거라니? 정말 모르겠다는 그녀의 반응에 무휼이 한숨을 내쉬었다. 곧 그가 입을 열었다.

"희수궁에서 전갈이 왔어."

"……."

"너, 지금 당장 오래."

아라가 고개를 떨궜다.

아, 맞다. 그게 남아 있었지.

그녀의 낯빛이 좀 전의 귀족들만큼이나 어두워졌다.

아라가 조심스레 물었다.

"안 가면 안 될까?"

그리고 무휼이 단호하게 대답했다.

"아마 안 되겠지?"

매정한 그의 말에 아라는 한숨을 내쉬었다. 피할 수 없다는 건 알고 있었지만 지금은 꾀병을 부려서라도 가고 싶지 않았다.

문제의 그 남자가 있는 희수궁에.

모든 일이 잘 마무리되었다고 생각했는데 그게 아니었다. 한 가지 문제가 남아 있었다. 그것도 가장 크고 아주 중요한 문제가.

'분명 화가 많이 나 있을 거야.'

그를 만나고 싶지 않다. 분노로 일그러져 있을 그 남자의 얼굴이 보고 싶지 않다. 아, 얼마나 배신감이 들까? 이런 조그마한 꼬맹이에게 농락당했다는 사실에 얼마나 화가 나 있을까.

"기죽지 마. 자고로 남자는 초장에 잡아야 하는 거야. 이참에 한판 제대로 붙자고!"

그 말에 아라가 월비를 바라봤다. 두 주먹을 꽉 움켜쥐고 전의를 불태우고 있는데, 괜히 데려왔다는 생각밖에 들지 않았다. 혹시라도 국서가 해코지를 하면 어쩌냐, 눈물을 글썽이며 자신도 따라가겠다 조르기에 허락했던 건데…… 지금은 그녀를 데리고 온 것이 너무나도 후회가 됐다. 차라리 혼자 올걸.

이는 무휼 역시 같은 생각인 모양이었다.

"……그건 안 좋은 생각 같은데."

못마땅한 표정으로 뒤따르던 무휼이 작게 중얼거렸다. 너는 또 왜 따라오는 거냐 물으니, 월비가 사고 칠까 봐 걱정이 되어 동행하는 거란다.

무휼의 말에 앞서가던 월비가 발끈하며 돌아섰다.

"뭐야, 지금 같은 남자라고 그 사람 편드는 거야?"

"아니, 그게 아니라……."

"아니긴 뭐가 아니야! 생각해 봐, 얕잡아 보였다가 서약을 지키지 않겠다 나오면 어쩔 건데?"

"어쨌든, 아라가 거짓말한 건 사실이잖아."

윽.

"뭐, 그건 그렇기는 하지만⋯⋯."

잠깐, 한창 저들끼리 다투더니 왜 결론이 그렇게 나는 건데?

아라의 어깨가 축 늘어졌다. 안 그래도 그녀가 지금 가장 걱정하는 부분이 바로 그것이었다. 변명을 하자면, 그녀도 처음부터 그를 속이려 했던 건 아니었다. 완벽한 타인으로 서로의 삶에 간섭하지 않고 살려고 했지만 어느샌가부터 그 계획이 틀어져 버렸다. 아마도 예문관에서 그와 마주친 그 순간부터, 아니 어쩌면 역술가 행색을 하고 예서에서 그와 만났던 그 순간부터일지도.

사실을 밝힐 시간은 충분했다. 그리고 아라도 몇 번인가 솔직하게 털어놓으려고도 했다. 다만 늘 상황이 안 좋았을 뿐.

"일단 사과부터 해야겠지."

어쨌든 결과만 놓고 봤을 때, 그녀가 그를 속인 건 사실이었다. 손이 발이 될 때까지 싹싹 비는 것까지는 못하겠지만 그래도, 그와 제대로 마주하지 않은 것에 대해서는 제대로 사죄를 해야 했다.

아라의 말에 무휼이 동의한다며 고개를 끄덕였다.

"그래, 사과를 하는 게 가장 좋은⋯⋯."

"뭐? 사과는 무슨, 절대 안 돼. 분명 기고만장해질 거야."

무휼과 월비가 각기 다른 주장을 펼치며 싸우기 시작했다. 그런 둘을 바라보던 아라는 한숨을 내쉬었다. 아무래도 안 되겠어. 역시 그냥 혼자 다녀오는 게 나을 듯싶었다.

"저 둘을 데리고 온 내가 잘못이지."

다른 것도 아니고 사과를 하러 가는 길인데 말이야.

그렇게 아뢰는 도중에 두 사람과 헤어지고 홀로 희수궁으로 향했다. 어떻게든 되겠지, 하고 당당하게 맞설 것을 각오했지만 그녀의 다짐은 궁 안에 들어서기 무섭게 와르르 무너져 내리고 말았으니.

　"뭐, 뭐야…… 왜 이렇게 조용해?"

　뭔가 이상했다. 어째서인지 모르겠지만 조용하다. 원래부터 희수궁은 중앙궁에 비해 조용한 곳이었지만, 오늘따라 더 조용했다. 따지고 보면 국혼 이후 처음으로 국서의 처소에 방문하는 것이었다. 때문에 궁인들의 관심을 한 몸에 받을 줄 알았건만 놀랍게도 주위에는 아무도 없었다.

　마치 누군가가 일부러 사람들을 물러 놓기라도 한 것처럼.

　'아무래도 안 되겠어.'

　알 수 없는 싸한 분위기에 아뢰는 결국 포기하기로 마음먹었다. 아직은 때가 아닌 거 같다며, 내일 아침 해가 뜨기 무섭게 다시 오기로 하고 막 돌아서려던 그때였다.

　"안 들어오고 뭐하십니까, 전하."

　으스스한 궁 안에 한 남자의 목소리가 나지막하게 울려 퍼졌다. 동시에 그녀가 멈칫. 단번에 목소리의 주인을 알아차린 아뢰는 마른침을 삼켰다.

　이런, 망했구나.

　조심스럽게 뒤를 돌아본다. 그리고 역시나, 한 남자가 서 있다. 바로 그녀의 서류상 남편이자 이 나라의 국서인 구제라는 남자가.

저를 노려보고 있는 그를 본 아라는 두 눈을 질끈 감았다.

차라리 귀신이 더 반가울 거 같았다.

*   *   *

"감히…… 감히! 그 건방진 것이!"

시건형의 고함 소리가 방 안에 울려 퍼졌다. 이에 방 안에 함께 있던 귀족들이 얼어붙었다.

그가 이렇게까지 흥분하다니. 이는 안 좋은 징조였다. 천하의 시건형이 여왕에게 한 방 먹다, 결국에는 이렇게 쇠퇴의 길을 걷는 것인가, 등의 소문은 벌써 궐 밖에까지 퍼진 상황. 이번 일로 그가 입은 타격은 매우 컸다.

"이제 어쩌면 좋습니까!"

저 혼자 씩씩거리며 소리치던 시건형이 귀족들을 향해 외쳤다.

도대체 이게 다 무슨 일이야.

구제하에게 숨겨 둔 여인이 있다는 소문을 들었다. 여왕이 아닌 다른 여인과 사통한 죄로 그를 국서 자리에서 끌어내리려고 했건만, 설마 그 여인이 여왕일 줄이야!

"그러게 제대로 확인을 했어야지요! 이제 어쩝니까! 괜히 여왕에게 좋은 일만 해 줬어요!"

"그게…… 아무래도 아랫것들은 전하의 얼굴을 모르는지라……."

"지금 그걸 변명이라고 하는 겁니까!"

시건형의 목소리가 한층 더 높아졌다. 이렇게 소리쳐서 될 일이 아니라는 건 그도 알고 있었지만, 도저히 침착할 수가 없었다. 안달이 나는 건 귀족들도 마찬가지였으니.

"그나저나 이를 어쩝니까, 둘이 몰래 만나고 있었다니, 보통 사이가 아닌 거 같은데……."

"이번 일로 구제하가 전하의 총애를 받고 있다는 사실이 밝혀졌으니……."

"구가의 기세가 오르겠군요."

귀족들이 서로 눈치를 보기 시작했다. 어쩌면 시건형을 선택한 건 실수였을지도. 줄을 잘못 탄 것이다. 그러나 이미 한번 갈아탄 배, 다시 돌아갈 수는 없었다.

"할 수 없지요."

원래 세웠던 계획에는 약간의 차질이 생겼지만 할 수 없지. 그렇다고 두 손 두 발 다 놓고 있을 수도 없는 노릇이었다.

"방법을 바꿉시다."

무슨 수를 써서라도 그 여왕을 굴복시켜야만 했다.

"상황이 안 좋지만, 지금은 그런 걸 따질 때가 아닌 거 같군요."

귀족들이 고개를 끄덕였다. 그의 말대로, 이대로 기세가 구가로 기울어진다면 자신들은 구제율을 배신한 대가를 톡톡히 치르게 될 것이다. 낭패도 이런 낭패가 없을 거란 말이다.

기왕 이렇게 된 거, 제대로 싸움을 거는 수밖에.

"시도하."

시건형의 부름에 그의 옆에 앉아 있던 남자가 고개를 들었다.

"네가 뭘 해야 하는지는 잘 알고 있겠지."

"예."

아무리 양자라고는 해도 그들은 아버지와 아들 사이였다. 그러
나 둘 사이에서는 부자지간의 정은커녕 어떠한 유대감도 느껴지지
않았다.

"그 때문에 널 양자로 들인 거니, 제값은 해야 하지 않겠느냐."

"……."

"그게 아니면 내가 쓸모없는 널 거둘 이유는 없으니 말이야."

아무렇지 않게 가시 박힌 말을 내뱉는 시건형. 그리고 그런 말을
듣고도 아무렇지 않다는 듯, 여전히 생글생글 웃고 있는 시도하.

그가 다시금 활짝 웃었다.

"예, 잘 알고 있습니다."

그의 눈빛이 번뜩였다.

"절대 실망시켜 드리지 않겠습니다."

순간 아주 살벌하게.

*   *   *

"안 들어오고 뭐하십니까, 전하."

제하는 지금 웃음을 참기 위해 필사적이었다.

그의 눈앞에는 아라가 서 있었다. 마치 귀신이라도 본 것 같은 얼
굴인데, 그런 그녀의 모습조차 그에게는 너무나도 귀엽게만 보였
다. 그러나 그런 표정을 지우고 최대한 화가 난 척, 눈에 잔뜩 힘을

주고는 어린 여왕을 바라봤다. 자신은 충분히 화를 낼 자격이 있다고 마음을 다잡으며.

그러나 그것도 잠시.

"어…… 언제부터 거기에……."

"옥에서 나왔을 때부터."

옥에서 풀려나고서부터 줄곧, 그는 그녀가 오기만을 기다리고 있었다. 조용한 대화를 나누기 위해 일부러 주위까지도 다 물려 놓고 말이다. 그러나 그녀는 회의가 끝난 후에도 오지 않았고, 슬슬 안달이 난 그는 밖에 나와 주변을 서성이기 시작했다. 그래도 그녀가 오지 않자 직접 중앙궁에 가 보기로 마음을 먹은 차에 그녀가 온 것이다. 줄곧 너울 안에 감추어져 있던 자신의 부인께서.

해명 좀 듣겠다는데 이제야 나타나다니. 이에 다시금 화가 치밀어 올랐지만.

"아…… 그러셨구나……."

저와 눈도 제대로 못 마주치는 그녀의 모습에 제하는 이미 전의 상실. 당장이라도 달려가 꼭 끌어안아 주고 싶을 정도로 그녀는 사랑스러웠다.

네가 그러면 내가 화를 낼 수가 없잖아.

적반하장으로 뻔뻔하게 나온다면 저 눈에서 눈물 한 바가지를 뽑아 낼 정도로 못되게 굴어야지, 하고 단단히 마음먹었건만 잔뜩 위축된 그녀의 모습에 화가 순식간에 녹아내렸다.

"우리 나눠야 할 대화가 아―주 많은 거 같은데."

어쩔 줄 몰라 하는 그녀를 바라보며, 제하는 여유로운 미소를 지

었다. 어디 겁 좀 먹어 보라며 일부러 한 음절을 늘어뜨려 말하니
움찔하는 게 꽤 재미가 쏠쏠했다.

"차나 한잔 하고 가실래요?"

그가 물었다. 그러자 그녀가 기겁을 할 정도로 놀라더니.

"……생각해 보니 너무 야심한 시간 같군요. 내일 다시 오
겠……."

"거기 서."

또 도망을 치려 한다. 한 번만 봐 달라는 애처로운 그녀의 눈빛
에 그는 그저 웃었다. 그러고는 그녀의 곁으로 다가가, 작은 목소리
로 나지막하게 속삭였다.

"걱정 마."

걱정 말라는 말에 그녀가 고개를 들어 올렸다. 그러고는 '정말?'
이라고 묻는다. 너무나도 순수한 얼굴로.

자꾸 그러니까 더 괴롭히고 싶어지잖아.

"안 잡아먹을 테니까."

제하의 말이 끝나기 무섭게 아라가 인상을 찌푸렸다. 그 딴에는
안심하고 들어오라는 의미였지만, 오히려 역효과였다. 그의 말은
안심은커녕 오히려 그녀를 더 불안하게 만들었고, 고개를 푹 숙인
아라는 슬금슬금 뒷걸음질을 치며 그에게서 멀어져 갔다.

제하는 자신과 그녀 사이에 서서히 생기고 있는 이 거리가 싫었
다. 결국 그가 먼저 다가갔다.

"고개 들어, 꼬맹아."

얼굴을 보여 달란 말이야.

부드러운 그의 목소리에 조금은 마음을 놓은 건지, 아라가 고개를 들어 올렸다. 그제야 제대로 마주하게 된 그녀의 얼굴을 빤히 들여다보던 제하가 피식 웃었다.

"다시 봐도 예쁘네."

제 부인이라는 사실 때문인지, 그녀는 오전보다 더 예뻐진 거 같았다.

제하는 웃고 있지만, 그를 바라보고 있는 아라는 혼란스러웠다. 혼이 나거나 화를 낼 거 같은 분위기는 절대 아니었다. 그렇다면 마음을 놓아도 된다는 말인가. 그렇게 생각하니 마음속 무거운 돌덩이가 치워지기라도 한 듯, 몸과 마음이 가벼워지는 느낌이 들었다. 구제하라는 남자는 보기보다 마음이 넓은 사람이었구나. 사과하고 돌아가자.

슬슬 훈훈한 마무리를 지으려는데, 순간 그녀의 몸이 붕 하고 떠올랐다. 순식간에 벌어진 일. 제하가 아라를 번쩍 안아 들더니 제 어깨에 짐짝마냥 그녀를 둘러멨다. 그러고는 아라가 반항할 틈도 없이 곧장 궁 안으로 들어선다.

"잠깐…… 내려 주세요!"

"생각했던 것보다 훨씬 가벼운데?"

가볍다는 말에 버둥거리던 아라가 잠시 멈칫했다. 아무리 상황이 이렇다지만 몸무게는 여자의 자존심이나 마찬가지였으니, 신경이 안 쓰일 수가 없었다.

"들고 다니기에 딱 좋은 무게야."

아니, 들고 다니기에 딱 좋은 무게는 또 뭔데?

아라가 저항하던 것을 멈추고 생각에 잠겨 있는 사이, 방 안에 들어선 그가 그녀를 내려 주었다. 바닥에 발을 붙이기 무섭게 재빠르게 주위를 훑어본 그녀는 얼어붙었다.

일전에 와 본 적 있는 국서의 방. 초야 때 딱 한 번 와보고 두 번 다시 걸음 한 적 없던 국서의 침소였다. 아라가 그때와 바뀐 거 하나 없는 방 안을 이리저리 둘러보고 있는데.

"자, 그럼……."

그가 바짝 다가왔다. 서로의 숨결이 느껴질 정도로 매우 가까운 거리까지 다가온 그가 그녀를 뚫어져라 바라본다. 초야 때도 비슷한 상황이 있었던 거 같은데. 그러나 그때는 너울이라는 방패막이 있었지만 지금은 아니었다. 한마디로 그의 시선을 피할 수 없다는 뜻이다.

다시금 겁을 먹고 얼어붙은 아라에게, 그가 입꼬리를 슬쩍 올리며 나른하게 말을 이었다.

"밤은 길고, 시간은 남아돌고."

"……."

"어디서부터 시작해 볼까?"

六花.
너, 나 좋아하는 거 맞아

꿀꺽. 자꾸만 입이 마른다. 아라가 떨리는 목소리로 물었다.

"뭐, 뭘요?"

"뭐긴 뭐야."

속삭이는 듯한 그의 낮은 목소리에 그녀의 심장이 미친 듯이 뛰기 시작했다. 아까부터 거슬리는 저음이 이제는 위험하게 들려온다.

분명 겁을 먹어서 그래. 거기에 밤이라는 야심한 시간 탓도 있을 것이다. 장소도 한몫하고 있을 것이고, 방 안에 이 남자와 단둘이 있다는 상황 역시 크게 작용했을 터.

그가 한 걸음 한 걸음 다가올 때마다 아라는 무의식적으로 뒤로 물러났다. 그러나 문가는 이미 그가 점령하고 있는 상태라 방에서 벗어날 방도가 없었다. 결국 그녀는 얼마 못 가 그에게 잡혀 버렸다.

"점잖게 앉아서 이야기나 나눠 보자고."

"……."

"깊은 밤 지새우며."

자신이 만족하기 전까지는 돌려보낼 생각이 없다는 뜻이었다. 평소 수다를 떨어 본 적 없는 아라였지만 오늘은 입이 아프도록 떠들어야 할 거 같았다. 그녀가 자리에 앉자 제하가 맞은편에 앉았다. 초야 때 서약서를 작성했던 바로 그곳. 이렇게 다시 마주 앉게 될 줄이야.

"문 그만 보고."

"……."

"나도 좀 봐 주지."

아라가 좀처럼 문에서 시선을 떼지 못하자, 제하가 재빨리 자리를 옮겼다. 문을 등지고 앉은 그가 자신을 봐 달라며 예쁜 미소를 지었다.

"나한테 뭐 할 말 없어?"

그는 그녀에게 들어야 할 말이 아주 많았다.

"아."

그리고 그녀는 그에게 해야만 하는 이야기가 있었다.

뒤늦게 희수궁에 찾아온 이유를 떠올린 아라가 깊게 숨을 들이쉬더니 토해 내듯 말했다.

"정말 죄송합니다."

꾸벅.

고개까지 제대로 숙여 가며 진심으로 사과했다. 과연 말뿐인 사과를 그가 받아줄지 모르겠지만 그래도, 자신이 잘못한 것은 사실이니 말이다. 다만.

"……속인 건 미안하지만, 어쩔 수 없었습니다."

그녀가 말을 이었다.

이 모든 것이 처음부터 의도한 것이 아니며, 자신도 어쩔 수 없었다는 것만큼은 그가 알아줬으면 했다. 그래서 말했다.

"그래, 어쩔 수 없었겠지. 이유가 있었겠지."

제하가 약간 비꼬는 식으로 대꾸했다. 그러자 아라가 미간을 찌푸리더니, 고개를 번쩍 들어 올리고는 그를 쏘아본다.

"지금 비꼬는 겁니까?"

그녀의 질문에 턱을 괴고 있던 그가 가볍게 고개를 저었다.

"아니, 나름대로 납득해 보려고 노력하는 중이야."

"……."

사과를 했으니, 이제 그 사과를 받아줄지 말지는 상대의 몫이었다. 이해를 해 준다면야 고맙겠지만 그렇게 된다면 그녀와 그 사이의 관계에 대해 다시금 생각해 볼 필요가 있었다. 아무래도 첫날 이 자리에 앉았을 때와는 달리 둘 사이에는 무언가가 바뀌었으니까. 반대로, 그가 사과를 받아주지 않는다면 마음은 불편하겠지만 앞으로 그와의 관계에 대해 머리 아프게 고민할 필요는 없을 것이다.

아라는 고민에 빠졌다. 둘 중에서 뭐가 나을까. 그리고 짧은 고민 끝에 결정했다.

"지금 당장 눈앞에서 사라지라고 소리치며 화를 내셔도 괜찮습니다만."

그가 더 마음속에 들어오기 전에, 차라리 미움받는 쪽을 선택하리라.

아라의 말에 잠시 생각에 잠겨 있던 제하가 그녀를 지그시 바라봤다. 마치 네가 무슨 생각을 하고 있는지 다 알고 있다는 듯, 그의 눈빛은 오만하기까지 했다.

"그럼 얼씨구나 하고 갈 거잖아."

"……."

"안 그래도 어떻게 하면 더 붙잡아둘 수 있을까 생각하고 있는데."

그가 웃는다. 그러나 아라는 따라 웃을 수가 없었다. 자꾸만 이렇게 알 수 없는 감정을 들쑤셔 놓지 말고, 그냥 길길이 날뛰며 화를 냈으면 좋겠다.

"이 조그마한 꼬맹이가 여왕이라니."

몸을 앞으로 바짝 당긴 그가 말했다. 제하의 입장에서는 신기할 수밖에 없었다. 눈앞에 있는 여인의 나이는 고작 열일곱. 물론 선왕 중에는 그녀보다 더 어린 나이에 왕위에 오른 왕도 있었다지만, 그 때와는 경우가 다르지 않은가. 그들은 주변에 든든한 지지자들이 있었고, 세자가 왕위에 오르는 것에 대해 모두가 당연하게 생각했다.

그러나, 그녀는 달랐다.

"자주 듣는 이야기입니다."

"……."

아라가 옅은 미소를 지었다. 말 그대로 자주 듣는 이야기였다. 본디 천유국은 선조들의 오랜 노력 끝에 평등을 실현하는 국가가 되었다. 그러나 내부를 자세히 들여다보면 그 평등도 완벽하지 않았다. 아직도 곳곳에 고정관념이 남아 있었으며, 단적인 예가 바로 왕위 계승 문제였다.

왕위는 사내가 이어야 한다.

"아무것도 모르는 계집아이에게 모든 걸 맡겼다가는, 나라를 말아먹을 테니까."

"……누가 그런 소리를 했어?"

제하가 낮게 깔린 목소리로 물었다. 그러자 아라가 아무렇지 않다는 듯 너무나도 평온하게 답했다.

"모두가요. 앞에서는 웃고 있지만, 돌아서면 다들 그래요."

"……."

"사람들은 날 탐탁지 않게 여기고 있어요. 이제는 익숙해졌고."

"모두가 그러는 건 아닐 거 아니야."

그의 말이 맞다. 모두가 그러는 건 아니었다.

아라의 곁에는 무휼과 월비가 있었고, 어렸을 때부터 줄곧 가르침을 주신 스승님도 있었으며, 이제는 남편까지 있었다. 그 역시 지금 그녀를 대신해서 화를 내 주고 있지 않은가.

아라가 웃었다.

"맞아요. 일례로 당신은 참 이상한 사람이에요."

누누이 말하지만 그는 정말 이상한 사람이었다. 귀족이면서 남들 따라 여왕을 욕하기는커녕, 오히려 그들에게 화를 내고 있다.

그러니까 꼭, 당신이 내 편인 거 같잖아.

"그 말만 벌써 세 번째 듣는 거 같네."

"솔직히 당신을 국서로 선택한 건 일종의 도박이었어요. 내 인생을 통째로 건."

"운명이라고 했잖아, 네가."

운명이라는 말에 아라가 움찔 떨었다. 확실히 제 입으로 말하기는 했지만, 사실 그것은 함부로 입 밖에 내어서는 안 되는 단어였다. 절대 가벼이 여겨서는 안 되는, 서로를 묶는 족쇄마냥 묵직하고 견고한 느낌의 단어. 묶이기 전에 피해야만 했다.

"일전에 나한테 말했죠."

"뭘?"

"형제의 연을 맺는 게 어떻겠냐고."

"……그랬지."

그때가 어렴풋이 떠오른다며 제하가 고개를 끄덕이자, 아라가 활짝 웃으며 경쾌하게 외쳤다.

"늦었지만, 그 제안을 받아들이겠습니다."

정체를 다 들킨 마당에 지금처럼 지내기는 어려울 것이다. 그렇다면 그녀와 그가 맺을 수 있는 관계로는 의형제가 가장 적당할 듯싶었다.

"큰맘 먹고 오라버니라고 불러 드릴게요."

경쾌함이 도를 넘어서 어색한 연기가 되었다. 지나칠 정도로 밝은 목소리로 보아 그녀는 무리를 하고 있는 게 틀림없었다. 그러한 아라의 노력에도 불구하고 제하가 단호하게 말했다.

"늦었어."

"……."

"널 누이 삼기에는 그때와 지금의 마음이 너무 다른 거 같으니."

그가 단호하게 말했다. 아라는 한숨을 내쉬었다. 거리를 두려 했으나 그가 자꾸만 따라붙었다. 절대 놓아 주지 않겠다는 듯 눈을 번뜩이기까지 하는데, 그 눈빛에 잡아먹힐 거 같다.

한숨을 푹푹 내쉬며 곤란한 기색을 보이는 아라의 모습에, 문득 무언가를 떠올린 제하가 조심스럽게 입을 열었다.

"혹시…… 날 거절한 이유에 내가 국서이기 때문도 있었나?"

둘 사이는 생각보다 복잡한 관계였다. 구제하라는 남자는 시아라에게 고백을 했고, 그녀는 이를 거절했다.

"당연하죠."

그리고 그 이유는 그가 귀족이자, 국서이기 때문이었다.

사실 아라는 고민해 볼 필요도 없었다. 그와의 사이에는 이미 명확하게 그어 놓은 선이 있었으니까.

당연한 거 아니냐는 그녀의 말에 제하의 눈매가 구겨졌다. 그것도 잠시, 그가 찌푸려져 있던 미간을 서서히 펴더니 그녀에게 묻는다.

"그럼, 다른 요인들을 다 배제했을 때 너는 어떤데?"

"예?"

"너는 날 좋아해?"

단도직입적인 그의 질문에 아라는 잠시 머뭇거렸다. 인상까지 찌푸려 가며 진지하게 고민에 임했다. 나는 이 남자를 어떻게 생각하는가. 어떤 마음으로 바라보고 있는가.

"사람으로서는 좋아합니다."

"그런 질문이 아니라는 건 너도 잘 알고 있을 텐데?"

날카로운 지적에 아라는 입을 다물었다. 그러나 그것도 잠시.

"당신은 국서입니다."

그녀는 여왕이다.

"귀족 가문의 사람이지요. 그러니까 안 된다고 한 겁니다."

"만약 그 이유 하나 때문이라면 너무 슬픈데."

"……내가 당신에게 마음을 주면, 귀족들의 목소리가 높아질 거예요. 그리되면 대신들 쪽에서 불만을 품겠죠."

"너무 과민반응하는 거 아니야?"

"아니요."

아라가 재빨리 고개를 저었다.

"귀족들이 정치에 참여하는 것을 최대한 막으려는 이유가 뭔데요. 가문은 세습이 돼요. 부모의 등을 바라보며 자란 자식들은 대부분이 부모와 같은 사상, 정치관을 갖게 되지요. 그들은 '새로운 것'을 거부해요. 그리고 고인 물은 썩기 마련이고."

똑 부러지는 그녀의 대답에 제하는 내심 놀랐다. 꼬맹이, 꼬맹이라며 놀리기는 했으나 내면만큼은 그렇지 않았다.

"좋아, 그 점에 대해서는 인정할게. 네 말이 맞아."

오히려 반대였다. 그녀는 너무 빨리 자라 버렸다. 지금 살고 있는 이 세상이 얼마나 부조리한지 너무나도 빠른 나이에 알아 버렸다.

"하지만 그게 내 마음을 거부하는 이유로는 부적합하다고 생각해."

제하가 고집을 부렸다. 얼결에 저 꼬맹이에게 한 방 먹은 느낌이 없잖아 있었지만 그래도.

"내가 물은 건, 여왕이 아닌 '시아라'라는 여인은 날 어떻게 생각하느냐는 거였어."

제하의 목소리가 한풀 꺾였다. 넘쳐흐르던 여유는 다 어디로 증발해 버린 건지 그에게서는 이제 불안과 걱정까지 느껴졌다.

"정말 나한테 아무런 마음도 없었어?"

애달프게 들려오는 그의 물음에 굳었던 아라의 마음이 다시금 흔들리기 시작했다. 가만히 있으려고 하는데 자꾸만 그가 두드린다. 그래, 인정할 건 인정해야겠지.

"그쪽이랑 있으면 마음이 편해요. 눈에 보이지 않으면 조금 신경도 쓰이고요. 이런 걸 호감이라고 한다면 그래요, 호감은 있어요. 하지만 그 이상의 감정인지는 모르겠어요."

알고 싶지도 않고.

"그 뒤부터는 생각하지 않기로 했거든요."

"어째서?"

"보셨다시피."

아라가 오늘 낮에 있었던 일을 말했다. 국서를 끌어내리겠다고 그를 몰래 감시하고, 붙잡혔다는 소식을 듣기 무섭게 눈에 불을 켜고 달려온 사람들을 봐라.

"나는 하루하루가 싸움이에요. 전쟁이죠. 거기에 연모라니……
그런 사치스러운 감정 소모를 할 여유는 없으니까요."

"……."

제하는 아무 말도 할 수가 없었다. 자신도 피해자였으니 잘 알고
있었다. 어쩌다 보니 휘말려 옥에 갇히기까지 하는 고초를 겪지 않
았던가. 당시에 느꼈던 불안과 걱정, 심리적인 압박감들. 오늘 하루
겪고도 이렇게나 끔찍한데, 그녀는 그것이 일상이라고 한다.

"난 지금 내가 서 있는 이 자리, 하나 지키는 것만으로도 벅차요."

사실 이는 부탁이었다. 그러니까 제발, 더는 자신에게 다가오지
말아 달라는 부탁. 그에게 마음이 있고 없고는 중요하지 않았다. 하
지만 아라와 달리, 지금 제하에게 가장 중요한 건 그녀의 마음이었
다.

"그래서, 결론은 잘 모르겠다는 건가?"

"그래요. 잘 모르겠어요."

"좋아, 그럼……."

모르겠다는 그녀의 말에 제하가 한숨을 내쉬었다. 그러나 그것
도 잠시, 벌떡 일어난 그의 입가에 묘한 미소가 지어졌다. 아라의
눈에는 그것이 사악하게만 보였다.

"이 참에 시험해 볼까."

순식간에 아라의 옆으로 다가온 그가 고개를 숙였다. 도망가지
못하게 의자의 양 옆을 붙잡고 그녀를 가둔다. 그 상태로 고개를 숙
인 그가 아라의 눈을 똑바로 응시했다. 한 뼘도 되지 않는 거리에서
그의 숨결이 고스란히 느껴진다. 아라는 숨을 멈췄다. 갑자기 훅 하

고 들어온 그의 행동에 심장이 미친 듯이 뛸 거라 생각했는데 그러지 않았다. 오히려 쿵 하는 소리가 들리는가 싶더니 조용하다. 너무 조용했다.

눈을 깜빡이는 것조차 잊은 아라에게, 제하가 손을 들어 그녀의 눈두덩을 덮었다. 그리고 짧게 그녀의 입술에 제 입술을 포갠다. 짧지만 일전의 궐 담에서보다는 더 길게.

"어때."

"······."

"날 사랑하는 거 같아?"

그의 질문에 아라가 인상을 찌푸렸다. 심장이 두근거린다든가 호흡이 빨라진다든가 하는 증상을 묻는 그에게 그녀가 답했다.

"어지러워요."

어지럽단다.

"······그래, 나도 좀 어지러우려고 하네."

끝까지 원하는 대답이 들려오지 않자, 제하도 슬슬 지치는지 아라의 어깨에 고개를 떨궜다. 얼결에 그녀를 끌어안은 자세가 되었지만 아라는 그를 밀어내거나 하지 않았다. 이에 제하는 더 힘주어 그녀를 안았다.

"지금은 어떤데."

그의 품에 안겨 있던 아라가 손을 들어 제 이마를 짚어 보더니 다시금 미간을 찌푸리며 말했다.

"열도 좀 나는 거 같은데."

그녀는 나름대로 심각했다. 미열이 달아올랐다. 열이 오르다 보니 이상한 기분이 온몸을 감싸 안는 거 같았다.

총체적으로 자신의 증상들을 분석한 그녀가 짐짓 심각하게 말했다.

"아무래도 감기에 걸렸나 봐요."

"……또 딴소리하네."

제하는 이제 웃음밖에 나오지 않았다. 그녀에게서 떨어진 그가 의자를 끌어다가 코앞에 자리 잡고 앉았다. 팔짱을 끼고 그녀를 바라보길 얼마, 제하가 입을 열었다.

"있지, 사랑이라는 감정은 그렇게 거창한 게 아니야."

"그럼?"

"그냥 남들보다 조금 더 특별하다는 거야."

"……."

"그거면 돼."

제 입으로 말하면서도 제하는 멋쩍어했다. 설마 이런 설명까지 늘어놓게 될 줄은 몰랐는데. 그가 내려준 '사랑'이라는 감정에 대한 정의에 아라는 다시금 고민에 빠졌다.

"그 남들보다 '조금 더'라는 게 나한테는 아주 어려운 일이에요."

또다시 원점으로 돌아가고 말았으니, 이에 제하가 한숨을 내쉬었다. 그러나 아라는 여전히 또박또박 제 의견을 말하기 바빴다.

"모든 사람들을 평등하게 대해야 하거든요. 내가 대놓고 편애하면 평화가 흔들려요."

기계적으로 답하는 그녀를 지켜보던 제하는 결국 폭발했다.

"그놈의 평등, 편애, 평화. 내가 지금까지 물은 건 네 감정이야.

그 감정이 주위에 미치는 영향이 아니고."

"……."

"이제 보니, 어른들이 너한테 쓸데없는 걸 주입시켜 놓았네."

"난 여왕이니까요."

그녀는 한 치의 흔들림도 없었다.

"여왕, 여왕이라……."

답답함에 자리에서 일어서기까지 한 그가 방 안을 맴돌며 중얼 거렸다. '여왕이니까요.' 그 말 한 마디로 모든 것을 설명하려 드는 그녀를 어떻게 하면 좋을까.

"그러고 보니."

눈앞에서 심각한 얼굴로 왔다 갔다를 반복하고 있는 그를 좇던 아라가 대뜸 물었다. 갑자기 궁금한 게 떠올랐다.

"그때 물어봤었죠? 만약 내가 여왕이면 어떨 거 같냐고요. 그때 분명 당신이 말했어요. '실망이 크지 않을까.'라고."

아라의 말에 제하가 고개를 끄덕였다. 함께 시전에 나갔을 때 그녀가 넌지시 그런 질문을 했고 그가 그렇게 답했다.

"그래서, 실제로 보니 어떤가요. 실망했나요?"

실망이라고? 전혀.

"난 지금 네가 여왕이라는 사실이 매우 혼란스러운 동시에……."

분명 그는 실망할 거 같다고 말했지만, 그땐 미처 하지 못한 이야 기가 있었다.

"매우보다 조금 더 많이 기뻐."

그때 그는 그렇게 생각했다. 차라리 눈앞의 이 꼬맹이가 여왕이었으면 좋겠다고. 어쩌면 그녀가 여왕이라는 사실을 알게 되고, 화보다 기쁨이 먼저 찾아온 건 그 때문일지도 모르겠다. 너무나 원하던 일이었으니까.

"계획을 수정해야겠어."

제하의 얼굴에서 먹구름이 사라졌다. 모든 고민거리가 해결되었다는 듯, 맑게 갠 얼굴로 그가 그녀를 향해 돌아섰다. 이렇게까지 말했는데 듣지를 않으니 할 수 없지.

"잠깐, 설마 서약을 없던 일로 하겠다는 건 아니겠죠? 분명 1년 동안만 국서로…….."

이제 와서 없던 일로 하겠다면 어쩌나, 불안해진 아라가 그의 팔을 붙잡고 다급히 말했다.

"1년이라……."

그날, 지금 이 자리에서 썼던 서약서의 내용이었다. 1년 후면 국서의 자리에서 물러나 다시금 각자의 삶으로 돌아가는 것이 그들의 약속이었다.

"좀 많이 짧지만 뭐, 좋아."

머릿속으로 대강 1년이라는 시간을 계산하던 제하가 미소 지었다. 그는 곧 자신을 붙잡고 있는 아라의 손을 붙잡더니 자신을 향해 잡아당겼다.

"난 그 1년 동안, 네가 나 없이 살 수 없을 정도로, 날 사랑하게 만들 거야."

"네?"

마치 여인을 유혹하는 듯한 속삭임. 그의 눈이 진심이라 말하고 있었다. 이를 본 아라는 생각했다. 아, 정말 내가 상대를 잘못 골랐구나.

"어디 두고 봐."

다시 한 번 그의 입술이 그녀에게 닿았다. 이제는 저항하는 것도 잊은 채, 그녀는 눈을 감았다. 이런, 벌써부터 그에게서 벗어날 수 없을 거 같다는 불안이 서서히 그녀를 잠식하기 시작했다.

"1년 후, 넌 절대 날 놓지 못할 거야."

*　　*　　*

'1년 후, 넌 절대 날 놓지 못할 거야.'

아, 이런. 아라는 짧게 탄식했다.

온몸의 열이 머리에 몰리기라도 한 것처럼 뜨거웠다. 겨우 잠들었던 건데, 그는 꿈속에까지 나타나 그녀를 괴롭혔다.

"아라."

몸을 뒤척이던 아라가 힘겹게 눈을 떴다. 오늘따라 유난히 무거운 눈꺼풀을 들어 올리기 무섭게, 이마에 차갑고 축축한 것이 철퍽 떨어졌다. 갑작스러운 자극에 놀란 그녀가 벌떡 일어나려 했지만, 몸이 말을 듣지 않았다.

"미안, 괜찮아?"

고개를 돌리니 자신만큼이나 놀란 월비가 보였다. 걱정이 가득 묻어나는 그녀의 목소리에 아라는 작게 미소 지었다.

"괜찮아, 걱정 마."

사실은 전혀 괜찮지 않았다. 머리는 지끈거렸고 정신은 몽롱했다. 지금 꿈을 꾸고 있는 건지, 아니면 제정신인 건지조차 구분하기 어려울 정도로 그녀의 상태는 말이 아니었다.

"아니, 어제까지만 해도 멀쩡하던 애가 하루아침에 드러눕다니 무슨 일이야."

"간밤에 차가운 거라도 먹은 거야?"

"아니."

무휼이 월비의 옆자리에 앉으며 물었다. 지금 둘은 걱정이 이만저만이 아니었다.

어젯밤부터 미열이 있어 어의에게 진찰을 받을 것을 권유했지만 아라는 이를 거절했다. 그리고 결국엔 이렇게 앓아누워 버렸다. 문제는 그녀를 진찰한 어의도 정확한 병명과 원인을 모르겠다는 것. 그러니 답답할 수밖에.

"감기에 걸린 게 분명해."

어제부터 아라는 감기 타령이었다. 분명 어의가 감기는 아니라고 말했지만 그럼에도 꿋꿋이 감기라 주장하고 있으니, 무휼과 월비가 의미심장한 시선을 주고받았다.

"확실해? 다른 뭔가가 있었던 건 아니고?"

"확실해."

벌써 몇 번이나 같은 질문을 했지만 아라는 그럴 때마다 확신에 찬 목소리로 대답했다. 마치 그 이외의 병명들은 다 거부하겠다는 듯 아주 단호하게.

무휼은 생각했다. 저렇게 고집부리는 걸 보니 분명 무슨 이유가 있는 것이다. 그 이유 역시 어렴풋이 짐작이 갔지만, 굳이 물어보지 않았다. 하지만 월비는 아니었다.

"그럼 국서한테 옮아 온 거야?"

"……뭐?"

갑작스러운 월비의 질문에 무휼은 한숨을 내쉬었고, 아라는 정곡을 찔리기라도 한 것처럼 어쩔 줄 몰라 했다. 그리고 그런 그녀의 반응은 월비의 호기심을 더욱 자극하는 꼴이 되었으니.

"그럴 만한 신체적 접촉이라도 있었던 거야?"

"그런 거 아니야!"

뒤늦게 정신을 추스른 아라가 아니라고 답했지만, 이미 늦었다. 차마 월비의 눈을 똑바로 바라볼 수가 없었다. 아니라는 건 거짓말. 확실히 뭔가가 있기는 했다.

다시금 어제의 일을 떠올리니 또다시 열이 나는 거 같았다. 그리고 이를 알아차린 무휼이 그녀에게 찰싹 달라붙어 질문 공세를 퍼붓고 있는 월비를 떼어냈다.

"월비, 그만해."

"하지만……."

"너 때문에 열이 더 오를라. 우리는 그만 가자. 아라 쉬어야지."

"칫."

그의 말에 월비가 입술을 쭉 내밀고 투덜거렸다. 그러길 얼마, 그녀가 내키지 않는 표정으로 자리에서 일어나더니 끝까지 의심의 눈초리를 거두지 않은 채 방을 나섰다.

아라는 안도했다. 이제야 조용히 쉴 수 있겠어. 아주 잠깐 떨렸던 마음을 진정시키고, 도망간 잠을 쫓기 위해 눈을 감는데 이번에는 다른 것이 그녀의 숙면을 방해했다.

"……너는 왜 안 나가."

평소라면 월비의 뒤를 졸졸 쫓아다니기 바쁜 무휼이, 웬일로 그녀를 따라 나서지 않고 여전히 자리를 지키고 있었다. 답지 않게 심각한 얼굴로 고민에 빠진 그가 곧 입을 열었다.

"너 무슨 일 있었지."

"……너까지 왜 이래?"

도대체 둘이 왜 이러는 거야.

"어렸을 때부터 뭔가 말 못 할 고민이 있으면 혼자 끙끙 앓다가 열이 나고는 했잖아."

확신에 찬 목소리. 아라는 다시금 머리가 지끈거리기 시작했다. 깜빡했다. 이 녀석에게는 거짓말이 통하지 않았지, 참.

"감기라니까……."

좀 전까지만 해도 확신에 찼던 그녀의 목소리가 급격히 줄어들었다.

"감기라……."

끝까지 감기를 포기하지 못한 아라, 그리고 그런 그녀를 바라보며 뒷말을 흐린 무휼은 더 이상 그것에 대해 아무 말도 하지 않았다. 그러나 오히려 그 침묵은 '어디 한번 속 시원하게 털어놓아 보렴.'이라 말하는 거 같았고, 이러한 무언의 압박에 결국 아라는 입을 열었다.

"선택을 잘못한 거 같아."

"선택? 무슨 선택?"

멍하니 천장을 올려다보고 있던 아라가 꿈을 꾸듯 몽롱한 목소리로 말했다. 뒤늦게 무슨 이야기를 하는 건지 알아차린 무휼이 '아.'라는 짧은 탄성을 토해 낸다.

"차라리 엄청 못된 남자를 선택할 걸 그랬어."

그래, 차라리 그게 나을 듯싶었다.

"지금으로선 여자에게 손찌검하는 남자도 괜찮을 거 같다는 생각이 들어."

아라의 말에 잠자코 이야기를 들어주고 있던 무휼이 인상을 찌푸리더니 고개를 저었다.

"아무리 그래도 그건 아니지."

그래, 아무리 그래도 그건 아니다. 하지만 그만큼이나 아라는 지금 이 사태를 심각하게 여기고 있다는 뜻이었다.

"그럼 적어도 마음고생은 안 해도 될 거 아니야."

다른 감정 따위 다 집어치우고, 마음껏 미워할 수 있을 테니까. 지금 자신의 상태가 감기 따위가 아니라는 건 그녀도 알고 있었다. 그럼에도 고집을 부린 이유는 그 사실을 인정하지 않기 위해, 정답에 도달하지 않기 위해서였다. 그 남자를 떠올릴 때마다 이렇게 아프면 어쩌냔 말이다. 그러니 그 남자 때문이 아니어야 했다.

"나 많이 아픈 걸까? 이러다 안 나으면, 계속 이 상태면 어쩌지?"

어린아이 같은 그녀의 진심 어린 질문에 무휼이 작게 웃었다. 내일도, 모레도 계속 아프면 어쩌냐며 걱정을 늘어놓는 그녀가 퍽 귀여웠다. 아마 그 사내의 눈에도 그렇게 보였겠지. 물론 바라보는 시선에 약간의 차이가 있겠지만. 다시금 열이 오르기 시작한 아라를 응시하던 그가 대뜸 그녀의 손목을 붙잡았다. 그러고는 어의를 따라 진맥을 짚어 보는 연기를 하더니, 금세 손을 놓으며 말했다.

"가벼운 감기네. 감기니까 오늘 하루 푹 쉬면 내일은 말끔하게 나을 거야."

비록 비전문가의 소견이었지만, 아라가 한껏 의기양양해진 목소리로 말했다.

"거 봐, 내가 뭐랬어. 감기라니까?"

감기는 무슨, 아픈 이유라고 한다면 한 가지밖에 없었지만 무휼은 굳이 그 이야기를 꺼내지 않았다. 해 봤자 열만 더 열만 오를 거 같았으니까.

"그럼 쉬어."

푹 쉬라는 그의 말에 아라가 고개를 끄덕이고는 안 그래도 다시 잠이 몰려온다며 두 눈을 감았다. 이를 본 무휼이 조용히 방을 나왔다.

문밖에서 대기 중인 김 상궁과 무언의 인사를 주고받은 그는 먼저 나간 월비를 찾기 위해 중앙궁 밖으로 향했다. 그런데 밖이 소란스럽다. 도대체 무슨 일인가 하고 고개를 갸웃거리는데, 정문 쪽에서 실랑이가 벌어지고 있었다.

활짝 열린 문을 지나치지 못하고 있는 남자와 그 앞을 떡하니 가로막고 있는 작은 여자. 그들을 알아본 무휼이 재빨리 다가갔다.

"여기에는 무슨 일로 오셨습니까."

무휼이 날카로운 목소리로 물었다. 평소 아무래도 좋다는 듯 나른하게 풀어져 있던 눈매 역시 날카롭게 치켜 뜬 것이, 방문자를 향한 적대심을 노골적으로 드러내고 있었다. 그러나 그 방문자인 제하의 눈에는 지금 그런 것 따위 들어오지 않았다.

"꼬맹이가 아프다기에."

그의 머릿속에는 오직 한 가지 걱정뿐이었다.

아침에 일어났더니, 중앙궁으로 어의들이 찾아들었다는 소식을 들었다. 곧이어 꼬맹이가 아프다는 이야기까지.

자신을 반기지 않는 그들을 향해 제하가 비릿한 미소 지으며 물었다.

"못 들어가게 막을 건가?"

그러면서도 절대 물러설 생각 따위 없다는 표정으로.

*　　*　　*

"아이고, 마님! 마님!"

조용할 날이 없는 구제율의 집. 아침부터 우당탕탕하는 소리가 복도에 울려 퍼졌다. 곧 엄청난 굉음과 함께 어느 방의 문이 열리고, 사람들이 안으로 들이닥쳤다.

방 안은 난장판이었다. 여기저기 널려 있는 술병에 그것들과 함께 널브러진 구제율이 태평한 얼굴로 잠이 들어 있다. 갑자기 들이닥친 사람들 때문에 놀란 그가 늘어지게 하품하며 잠에서 깨어났다.

"뭐야, 무슨 소란인 게야?"

"지금 이러고 있을 때가 아닙니다!"

사람들의 선두에 서 있던 연희가 다급히 외쳤다. 그러나 구제율은 오히려 그녀에게 진정하라며 핀잔을 주더니 휘청거리는 몸을 일으켜 앉았다.

"도대체 무슨 일인데 이 난리인가. 이제 걱정거리들도 몽땅 사라졌구만."

그가 껄껄 웃으며 말했다. 바로 어제의 일이었다. 제하가 다른 계집과 은밀한 만남을 갖다가 현장에서 붙잡혔다는 소식에 심장이 철렁하고 내려앉았다. 이제 다 망했다는 생각에 절망에 빠져 있는데, 그 여자의 정체가 여왕이라는 사실이 밝혀지기 무섭게 형세가 뒤집혔다.

과연 내 아들! 기특하게도 여왕의 마음을 얻어 냈으니, 더 이상 걱정할 게 없었다. 이 기쁨에 간밤에 과음을 하고 이제야 일어난 건데, 집안 분위기가 예사롭지 않았다.

"그래서, 무슨 일이냔 말이야."

"설화…… 설화 그년이, 결국 일을 냈단 말입니다!"

비상사태였다.

"잠깐, 그게 무슨 소리야?"

설화라는 이름에 이유 모를 불안을 감지한 제율의 이마에 주름이 잡힌다. 그리고 그의 불안은 적중했다.

"그 계집이 사라졌단 말입니다! 집을 나갔어요!"

"뭐야?!"

제율이 벌떡 일어났다. 다급히 사람을 헤치고 별채에 있는 그녀의 방으로 향한 그는 문 앞에서 굳고 말았다.

방 안은 마치 도둑이라도 든 것처럼 엉망이었다. 값비싼 패물이 들어 있던 서랍장들은 텅텅 비어 있었고, 미처 챙기지 못한 옷가지들이 방바닥에 마구잡이로 널려 있다.

전형적인 야반도주의 현장이었다.

"도대체 너는 주인을 어떻게 모신 게야!"

제율의 호통에 문가에 서 있던 여종이 새하얗게 질리더니, 어쩔 줄 몰라 하며 잽싸게 바닥에 머리를 조아렸다.

"송구합니다. 다 소인의 불찰이옵니다!"

"아이고, 거 보세요. 제가 말하지 않았습니까. 그년은 영 마음에 안 든다고요!"

연희가 외쳤다. 하루라도 빨리 제용의 뒤를 따라 단향에 가라고 하는데도 몸이 아프다는 핑계로 차일피일 미룰 때부터 알아봤다.

"이제 어쩝니까, 고것이 제하와 그렇고 그런 사이이지 않았습니까. 혹시라도 제하를 만나러 간 거면……."

생각만 해도 오싹했다.

"절대 안 될 말이지, 우리가 어떻게 여기까지 왔는데! 그년이 초를 치게 놔둘 수는 없지!"

밖으로 뛰쳐나온 제율이 다급히 사람들을 불러 모았다. 그의 부름에 험상궂게 생긴 장정들이 우르르 몰려왔다.

"아직 시간이 많이 지나지는 않았으니, 멀리 가지 못했을 것이다."

몸종의 말에 따르면 얼마 전에도 궐에 가겠다고 고집을 피웠다고 하니, 국서를 만나려 할 게 틀림없었다. 즉, 그녀는 아직 도성 안에 있다는 뜻.

"몇 명이 동원되든 상관없다! 허튼 짓 하기 전에 반드시 잡아 와야 한다!"

"예!"

"특히나 궐 주변을 집중적으로 감시하고! 절대 국서와 만나게 해서는 안 된다. 알겠느냐!"

제율이 핏대를 세우며 외쳤다.

그의 명령이 끝나기 무섭게 사람들이 빠르게 흩어졌다. 그럼에도 마음이 놓이지 않는지, 뒷짐을 지고 마루 위를 왔다 갔다 하고 있는 제율의 곁에 연희가 다가왔다.

"내 이번에는 그년을 가만두지 않을 것입니다!"

붉게 칠한 입술을 꾹 깨문 그녀의 눈빛에 광기가 서려 있었다.

*   *   *

아라가 잠결에 뒤척였다. 이마에 올려져 있던 차가운 수건은 어느새 열기에 물들어 미지근해졌고, 달라붙는 느낌이 오히려 기분 나빴다. 그러나 팔을 드는 것조차 힘겨운 아라는 아무것도 할 수 없었다.

그때 이를 눈치 챈 어떤 손이 불쑥 다가오더니 재빨리 그것을 치웠다. 뒤이어 차가운 손이 그녀의 뺨에 닿았다.

'아, 기분 좋다.'

서늘한 느낌에 기분이 좋아진 아라가 입꼬리를 씰룩였다. 열이 오른 얼굴을 차가운 손에 비비적거리며 배시시 웃는데, 머리 위에서 작은 웃음소리가 들려왔다.

순간 멈칫. 이상한 느낌에 그녀가 눈을 떴다.

"아, 일어났어?"

그리고 얼어붙었다. 뿌연 시야가 제대로 돌아오기까지 시간이 조금 걸렸다. 눈앞이 서서히 선명해졌고, 곧 한 남자가 보인다. 그를 알아본 아라는 기겁했다.

뭐야, 이 남자가 왜 여기 있는 거야?!

"잠깐, 잠깐."

화들짝 놀란 그녀가 벌떡 일어나려 했지만, 기운이 없어 그런지 몸에 힘이 들어가지 않았다. 결국 제대로 일어나지 못하고 다시 풀썩 쓰러지는 우스운 꼴이 되어 버렸다.

"왜, 왜 여기에 있는 거예요?!"

"아프다기에."

아라가 재빨리 두 손으로 얼굴을 가렸다. 아침부터 계속 누워 있었던지라 그녀의 상태는 말이 아니었다. 물론 궁녀가 갖고 온 세숫물로 세안을 하기는 했지만 여전히 꼬질꼬질할 텐데, 이런 초췌한 모습을 그에게 보이고 말다니.

그녀가 충격에 빠져 있든 말든, 유난히 즐거워 보이는 제하가 고개를 숙였다. 그러더니 다정하게 미소 지으며 이마에 달라붙은 머리카락을 떼어 낸다.

"이상하네. 나 감기 같은 거 안 걸렸는데……. 애초에 입맞춤 몇 번에 이러면 그 뒤의 진도는 어떻게……."

윽.

"그, 그거 때문이 아니거든요?!"

아라가 버럭 외쳤다. 좀 전까지만 해도 골골대던 사람이라고는 믿기지 않을 정도로 그녀는 힘이 넘쳐났다. 물론 순간적이었지만.

"알았어, 알았으니까 흥분하지 마."

"도대체 어떻게 들어온 거예요? 분명 중앙궁 출입은 안 된다고 했잖아요."

다시금 기운이 쪽 빠져 버린 그녀가 물었다. 혼자서는 그를 내쫓을 수 없다는 걸 너무나도 잘 알고 있기에, 무휼을 불러야 하나 생각하고 있는데.

"무휼이라는 친구가 들여보내 줬어."

무휼! 네놈이 범인이었냐! 믿는 도끼에 발등 찍힌다더니, 지금이 딱 그 짝이었다.

생각지도 못한 그의 배신에 아라는 제하를 내쫓을 의욕마저 잃어버렸다. 이제 모르겠다. 그냥 될 대로 되라.

"중앙궁은 이렇게 생겼구나."

제하는 방을 구경하느라 정신이 없었다. 처음 와 본 부인의 방이 신기한 모양이었다. 하긴, 왕의 방이니 아무나 들어올 수 있는 곳이 아니기는 했다.

"희수궁보다 훨씬 내 취향이야."

"그러시겠지요."

아무래도 그럴 수밖에. 희수궁은 대대로 왕후들이 기거하는 곳이었으니, 사내인 그가 지내기에는 여성스러운 분위기가 강할 것이다.

"여기가 훨씬 좋네."

방 안을 둘러보던 그의 손이 아라가 누워 있는 이불 위로 슬그머니 올라왔다. 그가 손바닥 아래에서 느껴지는 푹신푹신한 감촉에 씩 웃으며 말했다.

"이불도 더 좋은 거 같은데, 베게도 좋고."

아라는 서서히 줄어들고 있는 그와의 거리가 너무나도 신경 쓰였다. 거기에 그의 입가에 걸려 있는 저 능글맞은 미소까지.

"특별히 신경 쓴 거라……. 잠깐, 은근슬쩍 눕지 마시죠?"

손을 시작으로 완전히 이불 위로 올라온 그가, 점점 자세를 낮추더니 어느새 그녀의 옆자리에 누워 버렸다. 아라가 당장 일어날 것을 경고했지만 그는 말을 듣지 않았다. 그를 밀어내기 위해 안간힘을 써 봤지만, 꿈쩍도 하지 않았다. 끙끙대며 애쓰는 그녀를 지켜보던 제하의 입꼬리가 비스듬히 올라간다.

"어차피 너 지금 못 움직이잖아."

오히려 당당하게 나온 그는 꼼지락거리며, 얼마 남지 않은 거리마저 좁혀 왔다.

"이런 기회를 놓칠 수가 있나."

잠깐. 기회?!

"자신 있게 유혹할 거라 선언까지 했는데, 시간 낭비해서는 안 되잖아?"

"……."

살짝 비튼 고개에 나른하게 올라간 입매. 아라는 잠시 생각에 잠겼다. 이런 남자가 유혹을 한다는데 설레지 않을 여자가 과연 있을까?

그러나 곧 '기회'라는 말에 그녀가 인상을 찌푸렸다.

"그거 알아요?"

"응?"

"난 기회라는 말을 아주 싫어해요."

그녀가 별로 좋아하지 않는 단어였다. 호시탐탐 그놈의 '기회'를 노리고 득달같이 덤벼드는 대신들에게 그동안 얼마나 시달렸던가.

"많은 사람들이 그 기회라는 것 때문에 나한테 접근하거든요."

잠깐이나마 설레었던 그녀의 심장이 단번에 식어 버렸다. 차갑게 꽁꽁 얼어붙더니 이내 단단해졌다. 저를 내려다보고 있는 그의 유혹적인 눈빛에도 꿈쩍하지 않을 정도로.

문득 그런 생각이 들었다. 일전의 고백도, 지금 이 남자가 이러는 것도 모두 귀족들의 앞잡이로서 연기를 하고 있는 건 아닐까?

"……아."

한편, 뒤늦게 아라의 말뜻을 알아들은 제하가 인상을 찌푸렸다.

"그런 의미에서 한 말이 아니었는데."

아라는 그를 올려다봤다. 당당하게 아니라 답하는 그를 응시하길 얼마, 그녀가 입을 열었다.

"그럼 날 위해서."

과연, 이 남자는.

"모든 걸 버릴 수 있나요?"

날 위해 어디까지 포기할 수 있을까.

"집안을 등지고, 귀족 신분을 버리고, 구가의 구제하가 아닌 아무 것도 아닌 구제하로 살 수 있겠어요?"

천유국에서 귀족들이 누리는 혜택은 상당했다. 그들은 가문의 이름만으로도 타인의 위에 설 수 있었으며, 다른 사람들의 기회를 가로챌 수도 있다.

아라의 질문에 제하는 잠시 아무런 대답도 하지 않았다. 이를 본 아라의 입꼬리가 슬그머니 올라갔다.

그럼 그렇지. 태어날 때부터 가지고 있던 그 권리라는 것을 스스로 내려놓는 건 쉬운 일이 아니었다.

"정말 그거면 돼?"

"예?"

아라의 어깨를 붙잡은 그의 손에 힘이 들어갔다. 놀란 아라가 그를 올려다봤다. 순간 분위기가 바뀐 듯한 그의 깊은 눈동자가 눈에 들어왔다. 서서히 다가오던 그의 얼굴이 결국엔 그녀의 어깨에 닿았다. 아라의 어깨에 얼굴을 묻은 그가 나지막한 목소리로 말했다.

"그러면 날 사랑해 줄 거야?"

"……."

심장 근처에까지 와 닿는 그 울림에 아라는 멈칫했다. 차갑게 식은 심장이 다시금 뜨거워지는 게 느껴졌다. 저도 모르게 두 팔이 올라가더니 그의 넓은 등을 와락 끌어안았다. 이렇게 스스로의 의지로 그에게 다가간 것은 이번이 처음이었지만, 왠지 그래야만 할 거 같았다. 그렇게 마치 아이를 달래듯 그의 등을 가볍게 두드려주길 얼마.

"아니요."

아라가 뒤늦게 답하며 제하를 밀어냈다.

"그냥 한번 해 본 말입니다."

"……."

고집 피울 줄 알았던 그는 예상 외로 순순히 물러났다. 살짝 토라진 제하를 바라보던 아라가 한숨을 내쉬었다.

"정말 미안하지만, 지금 나에게 필요한 건 구가의 구제하예요."

"……."

"당신이 이렇게 국서로 선택될 수 있었던 건 구가의 구제하였기 때문이니까요."

그 말대로, 그가 귀족이 아니었더라면 오늘날 이렇게 둘이 마주 앉아 이야기를 나누는 일 자체가 없었을 것이다. 더군다나 '사랑' 따위의 말을 운운하며 말이다. 어디 상상이나 했을까.

"……그리고 날 진심으로 사랑할 수 없는 이유도, 내가 구가의 구제하이기 때문이고?"

"네."

아라는 고개를 끄덕였다. 그에게 있어서는 잔인한 답변일 수도 있었지만 미안하게도 사실이었으니까.

귀족이기 때문에 그를 선택했고, 마찬가지로 귀족이라는 이유 때문에 그를 사랑할 수가 없다. 그러자 제하가 슬그머니 인상을 찌푸렸다. 아라가 씰룩거리는 그의 눈썹을 응시하고 있는 사이, 그가 그녀의 볼을 살짝 꼬집는다.

"이 꼬맹이가 자꾸 사람을 들었다 놓았다 하네."

잔뜩 골이 난 얼굴. 그러나 아라 역시도 그러했다.

"전부터 생각했던 건데…… 우리 그냥 격식 차릴까요? 이래 봬도 나 이 나라 왕인데."

제하에게서 벗어난 아라가 볼을 쓱쓱 문지르며 말했다.

이제 와서 말하는 것도 우스웠지만, 너무 스스럼없이 대하는 거 아닌가. 원래라면 그는 그녀가 하는 말에 죽는 시늉까지 할 정도로 따라야 했으며, 이렇게 멋대로 구는 것은 용서할 수 없는 일이었다.

"신료들한테는 아무 말도 안 하면서."

"……그건 실수였어요."

아라의 목소리가 서서히 작아졌다. 그 말대로 그건 실수였다.

"아버지께서는 아주 엄한 분이셨거든요. 물론 내 앞에서는 안 그러셨지만, 대신들은 아버지를 두려워했어요. 난 그런 분위기가 싫었고요."

공포 정치. 그것이 그녀의 아버지가 펼쳤던 정치였다. 어린 그녀도 느낄 수 있을 정도로 군신 관계는 지나치게 딱딱했고 숨이 막혔다. 아라는 그것이 싫었다.

"그래서 나는 내가 그들을 존중해 주면, 그들도 날 존중해 줄 줄 알았어요."

그녀는 모두가 한마음 한뜻으로 묶인 가족 같은 분위기를 원했다.

"어리석게도."

물론 그것은 그녀의 욕심이었지만.

"아버지가 옳으셨던 거예요."

아라는 매번 무섭게 인상을 찌푸리고 목소리를 높이는 아버지를 이해할 수 없었다. 그러나 왕위에 오르고 보니, 그럴 수밖에 없었다는 것을 깨닫게 되었다.

'잘 부탁한다.' '믿는다.' '도와 달라.'라는 말을 하면 할수록 그들은 협조가 아닌 무시를 했고, 결국엔 작정을 하고 그녀를 제멋대로 휘두르려 서로 난리였다.

"위안이 될지는 모르겠지만 당신만 허수아비가 아니에요. 사실은 나도 그렇거든요."

"……."

"그래서 지금, 그들에게서 벗어나고자 이렇게 발버둥 치고 있는 중이에요."

다만 그러한 과정에서 예상치 못한 일이 생기기는 했지만.

"그래도 그때의 너와 만나 보고 싶다."

바로 이 남자, 구제하의 존재.

"엄청 순수했을 거 같아."

"좋게 말해서 순수, 나쁘게 말하면 세상물정을 몰랐던 거죠."

제하가 어느새 다시 그녀의 옆에 누웠다. 이제는 그 모습이 너무나도 익숙한 것이라는 영 찝찝했지만, 두 눈을 감는 것으로 무시했다. 어차피 내쫓을 수도 없는걸.

"압력 없는 통솔은 아주 힘들어. 그만큼 인정과 존경을 받아야만 하거든. 그래야 그들이 알아서 따라오지."

진지하게 이야기를 들어 주는 척하며 그가 다가왔다. 아라는 옆에서 들려오는 부스럭거리는 소리가 거슬렸지만 이내 한숨을 내쉰다. 체념했다. 포기다, 포기.

"그런 힘든 길을 혼자 갈 수 있겠어?"

"혼자 아니에요. 월비랑 무휼이 늘 함께인걸요."

익숙한 이름이 나오자 감고 있던 아라의 두 눈이 번쩍하고 떠졌다. 반면 제하의 낯빛은 어두워진다. 마치 안 좋은 기억을 떠올리기라도 한 듯.

이 방에 들어오기까지 참 많은 우여곡절이 있었지. 특히나 그 월비라는 여인은 만만하게 볼 게 아니었다. 여기서 이러고 있는 모습을 들키기라도 한다면……. 생각하는 것만으로도 참담했다.

"보니까 그 둘이 연인인 거 같던데."

아라가 고개를 끄덕였다. 그나저나 둘을 몇 번 만나 본 적 없는 이 남자까지 단번에 둘 사이를 알아차릴 정도라니, 이 정도면 심각한 거 아닐까.

"눈치 없이 둘 사이에 끼어드는 건 아니겠지? 알 거 다 아는 아가씨가 그러면 안 돼."

"안 그래도 나름대로 신경 쓰고 있거든요?"

눈치 없는 사람 취급에 기분이 상한 아라가 대꾸했다. 둘이 함께하는 시간을 최대한으로 늘려 주기 위해 얼마나 고민하고 노력했던가. 그럼에도 둘 사이가 발전하지 않는 것은 다 월비의 탓이었다.

"그러면 그 둘은 둘이서 놀라고 하고, 너는 나랑 놀면 좋잖아."

"난 혼자서도 잘 놉니다."

"거 봐, 둘이 붙으면 결국 너는 혼자라는 거네."

"······그래도 상관없어요."

은근히 유혹하는 것처럼 들리는 그 목소리에 아라는 두 눈을 질끈 감고 돌아누웠다. 지금이라도 당장 내쫓을까? 생각해 봤지만 여전히 기운이 없는 것이 그건 불가능할 듯했다.

"멀리서라도 함께해 주면 되니까."

아라는 그들을 믿고 있었다. 항상 옆에 붙어 있을 필요는 없었다. 오랜 시간 쌓인 유대감이란 그렇게 쉽게 끊어지는 게 아니었으니까. 얼핏 들으면 우울한 말이었지만, 그럼에도 그녀의 표정은 밝았다.

이를 본 제하는 잠시 머뭇거렸다. 원래 계획은 둘을 밀어 주고 우리는 우리끼리 잘 지내 보자로 훈훈하게 마무리 짓는 거였는데 통하질 않으니.

"그 옆자리에 나도 있으면 안 돼?"

결국 제하가 단도직입적으로 물었다. 진지한 그의 물음에 흐뭇하게 웃고 있던 아라의 입가가 움찔, 서서히 경직되기 시작한다.

"그 이야기는 이미 어제 끝나지 않았나요."

아라는 서서히 걱정됐다. 물론 그가 가장 힘들겠지만, 계속해서 거절할 수밖에 없는 그녀 역시 힘들었다. 도대체 얼마나 더 단호하게 말을 해야 알아듣는 걸까, 고민하고 있는데 부스럭거리는 소리가 들려오며 그가 멀어졌다. 이마에 얹어 놓았던 손까지 멀어졌다. 차가운 느낌이 기분 좋았는데, 그의 손이 멀어지자 아라는 약간 아쉬운 느낌이 들었다. 그리고 이는 표정에 고스란히 드러났다.

"'어디 가요?'라는 표정이네?"

"……."

그의 입가에 걸린 미소에 아라는 잠시 할 말을 잃었다.

"지금이라도 적정 거리를 둘까? 나, 갈까?"

그럴 마음 따위 전혀 없으면서 일부러 묻는 것이 너무 얄밉다.

"그냥 있어도 돼요."

"있어 달라는 것처럼 들리는데."

"착각이 심하시네요."

"착각이야?"

"……."

잠시 고민하던 아라는 그의 옷소매 끝을 붙잡았다. 멀어진다 생각하니 놀랍게도 싫더라. 물론 지금 이것이 이중적인 태도라는 건 스스로도 잘 알고 있었지만, 그녀도 처음 겪어 보는 감정이라 혼란스러웠다.

"가까이 있는 것도 안 되고, 그렇다고 멀리 떨어지는 것도 싫다는 건가……."

기분이 상했을까? 그러나 아라의 걱정과는 달리 제하는 오히려 즐거워 보였다. 다시 자리에 누운 그가 긴 팔을 뻗어 아라의 허리에 감더니 제 품 안으로 그녀를 바짝 끌어당긴다.

"응석 좀 받아 주지, 뭐."

"……."

"꽤 잔인한 응석이지만 말이야."

말과 달리 그는 웃고 있었다. 물론 언젠가와 같은 화사한 미소는 아니었지만 머리가 복잡한 아라는 굳이 이를 비교하려 하지 않았다.

"근데 이 말은 해야겠다."

얌전히 그의 품에 안겨 있기를 얼마, 감고 있던 눈을 뜬 그가 문득 떠오른 게 있다며 아라의 어깨에 얼굴을 묻었다.

"뭔데요."

"내가 곰곰이 생각해 봤는데……."

제하가 고개를 들었다. 귓가에 닿는 생소한 느낌에 아라가 몸을 뒤로 빼려 하자, 그는 그녀를 꼼짝 못 하게 힘주어 안고 속삭였다.

"너, 나 좋아하는 거 맞아."

그렇게 말한 그가 목덜미에 입을 맞추고는 떨어졌다. 방금 그 말 때문인지, 아니면 좀 전에 그가 한 행동 때문인지는 몰라도 아라는 충격에 빠져 버렸다. 끝까지 무시하려고 했는데, 그가 자꾸만 곁에서 사랑, 사랑 떠들어 대니 알아차리고 말았다.

"자, 날 위해서라고 하면 말 안 들을 테니까, 네 동료들을 위해서 빨리 나아야지."

이불을 끌어다 덮어 준 그는 마치 아이를 재우듯 토닥여주기까지 했다. 그러나 아라는 쉽게 잠들 것 같지 않았다.

새삼 다시금 확인한 감정에 심장이 쿵쾅쿵쾅. 입 밖으로 튀어나올 정도로 미친 듯이 뛰고 있다. 모르고 있었던 것이 아니다. 모르는 척하려 했던 것뿐. 그러니 이제 와서 새삼스럽게 놀랄 필요도 없다. 그래. 머리 아프게 아니라고만 우기지 말고, 인정할 건 인정하자.

감기 따위가 아니다. 이 남자 때문이야. 최근 일어나고 있는 기이한 현상들 전부, 이 남자 때문이다.

아라가 재빨리 얼굴을 이불에 묻었다.

'큰일 났다. 의식하니까, 괜히 어색하잖아.'

*　　*　　*

"정말 둘만 놔둬도 되는 거야?"

월비가 앙칼진 목소리로 물었다. 그녀의 고개가 중앙궁을 향해 돌아갔다가 다시금 무휼을 향해 돌아온다.

"괜찮대도."

월비는 무휼을 이해할 수 없었다. 어떻게 저렇게 침착할 수 있는 거지? 중앙궁을 방문한 국서와 한판 벌일 줄 알았는데, 순순히 길을 내주며 출입을 허락하다니!

"아무래도 안 되겠어."

"또 뭐."

"둘만 놓고 오는 게 아니었어! 지금이라도 중앙궁에……."

"걱정 말래도 그러네."

"하지만 상대는 국서라고. 절대 가까이하면 안 되는 남자. 게다가 아라는 지금 몸도 성하지 않은 상태인데, 혹시라도 나쁜 마음을 먹고 무슨 짓이라도 하면 어쩔 건데?"

"걱정 마, 밖에서 김 상궁이 칼을 갈며 대기하고 있으니까."

무휼이 지금이라도 돌아가 봐야겠다는 월비를 붙잡았다. 그녀가 말리지 말라며 저항했지만, 사내의 힘을 이기기에는 역부족이었다. 그렇게 둘이 한창 투닥거리며 다투고 있던 그때였다.

"너희 둘, 다투는 건 좋지만 다른 데서 싸우면 안 되겠느냐."

결국 참다못한 대선이 말했다. 현재 그들이 있는 곳은 예문관. 국시 기간이라 일손이 모자라는 예문관의 부탁을 받고 지원을 나온 것이다.

"늙은이 앞에서 사랑싸움이라니, 요즘 젊은 것들은……."

"스승님, 사랑싸움이라니요!"

"됐고, 도와주러 온 거니 너도 이거나 좀 거들어라."

월비의 말을 싹둑 자른 그가 종이 한 묶음을 내밀었다.

정기적으로 시행되는 국시에 참가하는 응시자들의 명단이었다. 혹시 모를 부정행위를 방지하기 위해 한 명 한 명 인적과 신분을 직접 검토해야 했다. 그러나 각지에서 사람들이 몰려올 정도로 인원이 많았기 때문에 그 양은 무시할 것이 못 됐다.

"여기서 이러고 있을 때가 아니라 아라의 곁에 있어 줘야 하는데……."

"너희는 지금으로도 충분하단다. 오히려 과할 정도지."

아라 걱정에 마음을 놓지 못하는 월비에게 대선이 인자한 미소를 지으며 말했다.

"아라에게 친구가 되어 줬고, 형제가 되어 줬고 또 가족이 되어 줬지. 부모 역은 얼결에 내가 맡기는 했지만 아마 만족스럽지는 못했을 테고."

"하긴, 아무래도 노총각이다 보니……."

"시끄럽다. 이 녀석들아."

대선이 발끈했다. 그러면서 결혼은 못 한 게 아니라 안 한 거라 주장했지만, 무휼과 월비는 믿지 않았다.

"어쨌든, 아무리 우리가 노력한다고 해도 될 수 없는 게 한 가지 있다."

"그게 뭔데요?"

그런 게 있을 리가 없다는 월비와 어렴풋이 짐작이 가는 무휼. 그들의 시선이 대선의 입으로 향했다.

"바로 정인(情人)이다."

"……."

"그것만큼은 우리가 못 되어 주지. 그러니 두고 볼 수밖에."

"그야 그렇지만……."

월비의 목소리가 서서히 줄어들었다. 인정하고 싶지는 않지만, 그 말이 맞았다.

"스승님 말씀이 맞아. 부모로서, 친구로서, 형제로서, 곁에서 지켜보며 응원하고 격려해 주는 게 우리의 일이야."

무휼까지 맞장구를 치자 월비가 그를 흘겨봤다. 이내 다시 손에 들린 종이 뭉치로 고개를 돌리며.

"난 그 사람 마음에 안 들어."

입술을 삐죽 내민 월비가 투덜거렸다. 그러자 서류들에 고정되어 있던 무휼의 시선이 그녀를 향한다. 이제야 저를 봐 주는 무휼에게 월비가 찰싹 달라붙었다.

"아라한테 첫 번째는 나랑 무휼이어야 한단 말이야!"

"뭐야, 그 유치한 발언은?"

"유치는 무슨, 넌 그런 거 없어? 항상 셋이서 함께였잖아."

"그럼 너한테 첫 번째인 사람은 누군데?"

"아라랑 너지. 당연한 거 아니야?"

"……."

월비의 말에 무휼이 조용해졌다. 너무나 당당하게 말하는데 아니, 그건 아니지. 납득과 함께 서운함이 몰려오는 애매한 기분. 곧 그가 고개를 내저었다. 그리고 작은 목소리로 중얼거린다.

"난 아라가 두 번째인데."

"뭐야, 그럼 첫 번째는 누군데? 어떤 놈이야?"

"……."

갑자기 높아지는 월비의 목소리에 무휼이 고개를 돌렸다. 그러고는 아무런 대답도 하지 않고 그저 묵묵히 일에 집중한다. 그러나 속이 답답한 것은 어쩌지 못하겠는지 한숨을 폭 내쉬며 한탄했다.

"아, 사람들이 종종 날 불쌍하다는 시선으로 바라보는 이유를 알 거 같아."

무휼의 말에 대선이 무심히 대꾸했다.

"참 빨리도 알았구나."

*   *   *

"어디 가십니까."

눈치를 보던 유신이 물었다.

"어디긴, 중앙궁이지."

그리고 당연한 답변이 돌아온다. 한창 꽃단장 중이던 제하의 말에 유신이 '아~'라며 돌아섰다. 하긴, 너무 당연한 걸 물었구나. 하지만 안 물어볼 수가 없었다.

"통행 허가 받으셨다고 매일 가시는 겁니까?"

"당연하지. 원래 권리는 쓰라고 있는 거니까."

유신이 못마땅하다는 듯 투덜거렸지만, 그럼에도 제하는 꿈쩍도 안 했다. 사랑이란 참 대단하구나. 사랑에 빠지면 주위에 꽃이 보이고 행복해진다더니, 지금 그가 모시고 있는 주인 역시 그러했다. 얼굴에 맴도는 그 미소에 괜히 속이 뒤틀렸다. 궁 안이 답답하다며 역박사와의 외출로 지루함을 달래던 게 엊그제 같은데, 이제는 매일 아침이면 중앙궁에 출근해 밤늦게 돌아오고 있었으니.

'심심해 죽겠네.'

요즘 들어 살맛이 날 거 같은 제하와 달리, 홀로 희수궁을 지키고 있는 유신은 고독과 싸우고 있었다.

"흥, 중앙궁에는 얼씬도 하지 말라고 할 때는 언제고……."

유신이 작게 투덜댔다. 여자에게 푹 빠져 가족과도 같다는 자신을 잊다니. 그렇다고 제하를 탓할 수는 없으니, 만만한 꼬맹이를 탓할 수밖에. 그러나 그 꼬맹이마저 이제는 함부로 할 수 없는 존재가 되어 버렸다는 게 문제였다.

"서약서를 살짝 수정했거든."

제하가 싱긋 웃으며 말했다.

분명 서약서에는 '중앙궁 출입 금지'라는 조항이 있었지만, 계속

되는 그의 무단 침입과 무휼의 허가하에 이루어진 방문으로 이 조항은 무용지물이 되어 버렸다. 결국 아라는 제하의 요구대로 서약서를 수정해 주었고, 덕분에 그는 당당하게 중앙궁에 출입할 수 있게 된 것이다.

"그러니까 너도 같이 가면 좋잖아."

"하하…… 제가 거길 어떻게 갑니까."

"못 가는 이유는 또 뭔데."

그 질문에 유신이 털썩 주저앉았다. 세상이 망하기라도 한 듯 암울해 보이는 그는 절망적인 목소리로 외쳐 댔다.

"조그마한 녀석이 씩씩거리는 게 귀여워서 조금 괴롭혔던 건데…… 그 꼬맹이가 왕이었다니, 이 나라의 왕이었다니!"

그는 충격에 빠졌다. 세상에, 이게 말이 되느냐 말이야. 일개 박사인 줄 알았던 꼬맹이가 왕이라니, 하루아침에 어마어마한 신분 상승이 아닌가.

"이제 저는 목이 날아갈지도 모릅니다. 왕족모독죄로 능지처참을 당할지도 모른단 말입니다!"

"그럴 리 없으니 걱정하지 마."

제하가 잔뜩 흥분한 유신을 진정시켰다.

"그걸 어떻게 확신하시는 건데요?"

"너랑 달라서 애가 착하거든."

제하의 말에 유신이 두 손으로 제 목을 감쌌다. 콩깍지가 단단히 쓰인 그를 보니 아무래도 제 목숨은 스스로 지켜야 할 듯싶었다. 나갈 채비를 끝낸 제하가 옷매무새를 정리하며 막 방을 나서려다가 멈칫, 유신을 향해 돌아섰다.

"그런데 손에 든 그건 뭐야?"

그의 말에 유신의 시선이 제 손에 꼭 쥐고 있던 하얀 봉투로 떨어졌다.

"아, 참. 깜빡할 뻔했네요"

"뭔데?"

잠시 망설이던 유신이 머뭇거리길 얼마, 손까지 뻗으며 기다리고 있는 제하에게 그것을 건네었다.

"구가에서 온 서신입니다."

"서신? 갑자기 웬 서신. 이런 거 안 보내도 툭하면 들이닥치더니만……."

"와도 제하 님께서 안 만나주시니까요."

"아, 그랬지."

제하가 건성으로 답하며 봉투를 열었다. 종이를 꺼내드는 그의 표정이 좋지 않다. 형 제용이 보낸 서신이었다.

"단향의 수령직을 맡게 되었다는 소식은 어렴풋이 들어 알고 있었지만……."

종이를 펼친 제하가 글자들을 대충 훑더니 끝까지 읽지도 않고 덮어 버렸다.

"뭐라 하십니까?"

호기심 가득한 유신이 제하의 곁에 달라붙어 물었다.

제하는 한숨을 내쉬었다.

"뻔하지, 뭐. 또 징징대는 거야."

꼼꼼히 읽어 보지는 않았지만, 도입 부분만 보고도 충분히 뒤의 내용을 짐작할 수 있었다. 그들의 요구는 늘 뻔했다. 돈을 보내 달라. 좀 더 나은 관직으로 승진시켜 달라.

"그래도 읽어 보시는 게……."

"어차피 들어줄 것도 아닌데 봐서 뭐해."

제하는 알아서 처리하라는 말과 함께 서신을 유신에게 넘겼다. 그러고는 다시 자리를 뜨려는데 또 한 번 멈칫, 어색하게 서 있는 유신을 힐끔 바라본다.

제하가 돌아보자 유신이 움찔하고 몸을 떨었다.

"뭐야, 또 뭐가 있는 건데?"

"네, 네?!"

높낮이가 일정치 않은 목소리가 여기저기로 통통 튀었다. 척 봐도 당황한 기색이 역력하다. 유신의 앞에 선 제하가 눈에 잔뜩 힘을 주고는 그를 노려봤다.

"지금 등 뒤에 뭐 숨기고 있잖아."

"이, 이건…… 그러니까……."

몸을 배배 꼬던 유신이 한숨을 내쉬었다. 계속되는 제하의 재촉에 그는 결국 백기를 들곤 곤란하다는 얼굴로 감추고 있던 서신 하나를 내밀며 작은 목소리로 중얼거렸다.

"작은 마님께서 보내신 건데……."

작은 마님이라는 말에 서신의 끄트머리에 살짝 닿았던 제하의 손이 재빨리 물러났다. 시선 역시 거두어지고 이내 그의 표정이 싸늘하게 굳는다.

유신이 제하의 눈치를 보며 물었다.

"······어쩔까요?"

"어쩌긴 뭘 어째."

제하가 방을 나서며 차갑게 말했다.

"태워 버려."

*　　*　　*

"아, 머리 아파."

'쿵!' 하는 소리와 함께 월비가 머리를 감싸며 중얼거렸다. 재빨리 그녀에게 다가간 무휼이 이마를 짚어 보더니 고개를 갸웃했다.

"아라한테 감기 옮은 거 아니야?"

"그거 진짜 감기였어?"

"그렇게 믿어 주기로 했잖아."

"아, 참 그랬지."

서로 고개를 끄덕이며 말을 주고받는 월비와 무휼. 그리고 앞에서 그들의 대화를 흘려듣던 아라가 결국 입을 열었다.

"······너희들 진짜······."

하루를 꼬박 쉬고 나니 몸이 한결 가벼워졌다. 눈을 뜨기 무섭게 어제 못 한 일들을 몰아서 하느라 정신없는데, 둘 때문에 다시금 열이 오르는 거 같았다.

"감기가 나아서 참 다행이야."

"······."

"물론 정말 감기였다면 말이야."

말과는 달리 월비는 생글생글 웃고 있다. 척 봐도 놀리는 의도가
다분한 그녀의 말에 아라는 할 말을 잃었다. 됐다, 됐어. 그냥 일이
나 하자.

그때였다.

"전하."

방문이 열리더니 눈 밑이 시커멓게 내려온 김 상궁이 안으로 들
어왔다. 무언가 심기를 건드리는 일이라도 생긴 건지 영 못마땅하
다는 얼굴로 방문을 힐끔거리며,

"또 오셨습니다."

"……."

김 상궁은 찾아온 손님에 대한 불만을 가감 없이 드러냈다. 단번
에 손님의 정체를 알아차린 무휼과 월비가 약속이라도 한 듯 자리
에서 벌떡 일어났다. 아라가 왜들 그러냐며 바라봤지만, 그들은 각
자 제 몫의 일거리들을 챙겨 들더니 그대로 방을 나섰다.

"잠깐, 다들 어디 가는 건데?"

"나 예문관에 좀 다녀올게."

"예문관?"

뜬금없이 웬 예문관이냐며 아라가 의아해했다.

"스승님께서 이번 국시는 응시자가 많아 선별 작업 좀 도와 달라
고 하셨거든."

"그리고 난 그거 구경 좀 하고 올게."

"……기왕이면 너도 좀 돕지?"

수상하리만치 황급히 퇴장하는 둘. 그들에게서 시선을 떼지 않던 아라가 한숨을 내쉬었다. 곧 다시 일에 집중하려는데 방문이 열리더니 문제의 남자가 들어섰다.

손님이라. 뻔하지, 뭐. 아침 식사 시간이 끝나기 무섭게 중앙궁에 찾아올 사람은 매우 드물었으니까.

"방금 둘이 나가던데."

이제는 이곳에 있는 것이 너무나도 자연스러운 남자, 구제하였다. 문제의 '그 날'이후로 고작 사흘밖에 지나지 않았는데도 말이다.

"혹시 나 때문인가?"

"아마도 그럴걸요?"

아라가 고개를 끄덕였다. 어디 한번 양심의 가책을 팍팍 느껴 보라는 의미였으나 구제하라는 남자에게 그런 건 통하지 않았으니. 오히려 그는 씩 웃으며 말했다.

"눈치 빠른 친구들이네. 마음에 들어."

글쎄, 기뻐해야 할 일은 아닌 거 같은데.

"어, 잠시만요."

저벅저벅. 빠르게 그녀에게로 다가오는 제하. 그의 걸음 수를 마음속으로 세고 있던 아라가 재빨리 손을 뻗었다.

"거기서 말씀하세요."

"여기?"

십 보 정도 떨어진 위치에서 그가 멈춰 섰다. 그러고는 그녀와의 거리가 영 못마땅한지 불만 가득한 표정으로 꼿꼿이 서 있다.

"아무렇지 않게 다가오는 것 좀 자제해 주셨으면 합니다."

아라가 경고했다.

"익숙하지 않아서……."

최측근 이외의 사람과는 어울린 적이 거의 없다 보니, 그가 자꾸만 이렇게 다가오면 절로 움츠러들 수밖에 없었다.

"좋아, 알았어."

그냥 무시할 줄 알았던 제하가 고개를 끄덕이더니 자리에 앉았다.

"그나저나 도대체 왜 자꾸 중앙궁에 오시는 겁니까?"

"신경 쓰여?"

"예, 신경 쓰입니다."

너무나도.

신경 쓰인다는 아라의 솔직한 말에 제하가 웃었다.

"성공이네, 그럼."

"……."

"아, 나는 신경 쓰지 말고 계속 일해."

자리에 앉아 아무것도 안 하고 이쪽을 바라보고 있는데, 어떻게 신경을 안 쓸 수가 있냔 말이야.

"일하는 데 방해됩니다만."

결국 아라가 말했다. 그냥 돌아가 주면 안 되겠느냔 의미였지만 제하가 그 말을 들을 리가 없었다.

"무슨 일 하는데?"

"……."

"아, 미안. 물어보면 안 되는 거였지, 참."

곧바로 스스로의 잘못을 깨달은 그 덕분에 아라는 굳이 입을 열 필요가 없었다. 분명 둘의 서약서에는 정치에 간섭하지 않을 것이라는 조항이 확실하게 명시되어 있었다.

다시금 침묵만이 맴돌고 있는 방 안. 묵묵히 일에 집중하던 아라가 한숨을 내쉬며 붓을 내려놓았다.

"내일 있을 조회에서 논의할 내용들을 미리 읽어 두는 겁니다."

"왜?"

"그래야 회의가 빨리 진행될 수 있으니까요. 건의할 게 있으면 최소 전날까지는 상소를 올려야 해요. 그리고 통과된 것들만 조회에서 논의할 수 있어요."

일과 관련된 이야기는 하지 않기로 했던 아라가 먼저 술술 말하자, 제하가 놀란 듯 두 눈을 동그랗게 뜨고 그녀를 바라봤다.

"그리고 미리 준비를 해 둘 수도 있으니, 제가 대신들에게 일방적으로 밀리는 일도 없고."

"그렇군."

"물론 매번 방심하고 있는 사이를 노려, '통촉하여 주시옵소서.' 공격으로 훅 파고들어 올 때가 많지만."

아라가 한숨을 내쉬었다. 그래, 그때도 그러지 않았던가. 이제 그만 국서를 들이라는 말을 들었을 때도 그녀는 아무런 마음의 준비가 되어 있지 않은 상태였다. 결국 고개를 끄덕이고 말았고, 지금 이렇게 눈앞의 남자와 부부의 연을 맺게 되었다.

"바쁘네."

"예, 아주 많이 바쁩니다."

아라가 고개를 끄덕였다. 어제 하루를 통째로 날리는 바람에 그 양이 어마어마했다. 쌓인 일거리들을 바라보는 아라의 입에서 연신 한숨이 나왔다.

"그러니까 방해하지 말아 주세요."

다시 한 번 그녀가 단호하게 말했다. 알아들었다며 가만히 고개를 끄덕이는 제하. 그러나 그것도 잠시, 얼마 못 가 그는 침묵을 못 견디고 꼼지락거리기 시작했다.

아무래도 안 되겠구나.

"할 일 없으십니까?"

"누구와 달리 속 편한 국서라."

아라는 잠시 고민에 빠졌다. 눈앞에 쌓여 있는 엄청난 조서와 저 앞에서 뒹굴거리고 있는 잉여 인력 하나.

"그렇게 할 일 없으시면 자리라도 하나 드릴까요?"

그녀의 말에 제하가 흠칫 놀란다.

"……지금 관직을 말하는 거야?"

"예."

설마하며 물었는데 아라가 잽싸게 고개를 끄덕였다. 이에 놀란 제하가 벌떡 일어났다.

"나 허수아비 아니었어?"

"허수아비죠."

"서약에 따르면 나는 국정에 참여해서는 안 되는 거잖아."

그 말대로, 허수아비는 허수아비. 국서라는 신분을 이용해 국정을 들쑤시고 다닐 것을 걱정한 아라가 서약에서 강조한 조항 중 하나였다. 그러나 그때와는 많은 변화가 생기지 않았던가. 예를 들면 마음이라든가.

"그렇기는 하지만 뭐…… 기왕이면 남아도는 인력을 효율적으로 써먹는 것도……."

아라가 말꼬리를 흐렸다. 이는 순전히 당신을 위해서가 아닌, 일손 부족으로 인한 어쩔 수 없는 선택이라는 것을 거듭 강조하며. 그 외의 사적인 감정은 절대 포함되지 않았다고 아라가 콕 집어 말했지만, 제하의 귀에는 들리지 않았다.

"날 믿어?"

그의 두 눈이 빛났다. 차마 그 눈을 똑바로 쳐다볼 수 없는 아라는 슬쩍 시선을 피했다. 그러나 대답만큼은 피해 갈 수 없었다.

"남편으로서는 글쎄요……."

"글쎄요?"

"완벽하게 신용하고 있다 하기에는 아직 서로 모르는 점이 많잖아요?"

"하긴."

"뭐, 그래도……."

잠시 머뭇거리던 아라가 그를 바라봤다.

"인간적으로는 어느 정도 믿고 있습니다."

적어도 그가 귀족들의 편을 들어 자신을 배신하는 짓 따위는 하지 않을 거라고, 신기하게도 아라는 그렇게 믿고 있었다. 그리고 이 믿음은 거의 확신에 가까웠다.

"그러니까 앞으로도 제가 당신을 믿을 수 있게 노력해 주세요."

자신을 믿고 있다는 그녀의 말에 적지 않게 놀란 제하의 얼굴이 우스꽝스럽게 바뀌었다. 이를 즐기고 있던 아라가 활짝 웃었다.

"예쁘네."

너무 쉽게 튀어나오는 예쁘다는 말에 아라가 멈칫, 이내 그녀의 미간이 찌푸려진다.

"그놈의 예쁘다는 소리, 어떻게 못 하십니까?"

"왜?"

"남들이 진짜 예쁜 줄 압니다."

그녀의 말에 제하가 기분 좋은 웃음을 터트렸다.

무휼과 월비가 자리를 비운 것이 천만다행이었다. 만약 그들이 이 자리에 함께 있었다면 아마 지금쯤 한바탕 웃고 난리가 났을 테니까.

＊　　　＊　　　＊

"그래서."

대선이 한숨과 함께 입을 열었다.

"너희는 또 왜 온 거냐."

"에이, 왜 오기는요."

월비가 특유의 예쁜장한 미소를 활짝 지으며 대선의 어깨를 주무르고 차를 따랐다.

"당연히 스승님 일 도와드리려고 왔지요."

"입에 침이나 바르고 거짓말을 하렴."

대선에게 월비의 애교는 통하지 않았다. 그도 그럴 것이 엊그제만 해도 귀찮다고 비협조적으로 나오던 녀석이 이제 와서 이러니 이상할 수밖에.

"지금 중앙궁에 신왕이 와 계셔서……."

결국 무휼이 사실을 말했다.

"같이 있기가 좀 어색해서요."

"어색하다니, 뭐가?"

무휼이 잠시 고민에 빠졌다. 곧 그가 정말이지 진지한 얼굴로 대답했다.

"뭐랄까…… 잘 키운 딸내미를 몹쓸 놈에게 시집보내는 느낌이랄까요."

"……."

"하지만 언제까지고 품 안에 안고 있을 수는 없잖아요. 둥지를 떠날 때도 됐지요."

너무나 진지한 그의 답변에 대선의 얼굴이 이상하게 일그러졌다. 귀에 쏙쏙 박히고 마음에 바로 와 닿는 표현이기는 했지만 그 말을 하고 있는 사람의 나이는 고작 열일곱.

"무휼아."

"예."

"어째서 너는 한 여자의 남자가 되기도 전에 한 아이의 아버지가 먼저 된 느낌이냐."

"선행 학습이라고 해 두죠."

무휼이 담담하게 말했다. 그러고는 다시금 맡은 일에 집중하길 얼마, 그가 '어?'라고 의아한 표정을 지으며 고개를 갸웃거린다. 그의 시선이 수많은 이름들이 적혀 있는 어느 한곳에 고정되었다.

"잠깐."

무휼이 재빨리 대선을 바라봤다.

"이 명단에 있는 사람들, 모두 이번 국시에 응시하는 사람들인 거죠?"

"그렇지. 왜, 무슨 문제라도?"

"동명이인일 리는 없는데……."

어디 한번 보여 달라며 대선이 손을 뻗자, 무휼이 제 손에 들려 있던 명단을 그에게 내밀었다. 그리고 어떤 이름 하나를 손가락으로 콕 집어 가리켰다. 그 이름을 본 대선 역시 좀 전의 무휼만큼이나 표정이 굳기 시작했다.

"이 남자는 분명……."

"네, 맞아요."

옆으로 끼어든 월비 역시 그 이름을 보고는 거들었다. 그녀는 지금 이곳에 있는 그 누구보다도 인상을 찌푸리고는 아주 사나운 표정을 지었다. 무휼이 한숨을 내쉬었다.

"이거 골치 아파지겠는걸."

*   *   *

제하는 지금 이 상황이 마음에 들지 않았다.

"일단 여기에 적힌 사람들을 우선으로 외우세요. 지금 당장 신료들의 이름을 전부 외울 필요는 없겠지만, 그래도 고위 신료들 정도는 기억해 두는 게……."

"……."

"왜요?"

서책 두 권을 펼쳐 놓고 열심히 설명 중이던 아라가 물었다. 그러자 못마땅한 얼굴로 턱을 괸 채 그녀를 바라보고 있던 제하가 한숨을 내쉰다. 그는 고개를 돌려 창밖을 바라봤다. 달 하나 덩그러니 떠 있는 밖은 깜깜했다.

"밤이 되면 사람이 감성적으로 변한다던데."

"예?"

"밖은 어둡고, 주변은 조용하고, 방 안에는 여자와 남자 단둘이라."

"무슨 말씀이 하고 싶으신 겁니까."

"야심한 시각에 찾아왔기에 내심 설레었단 뜻이야."

"……."

"있어, 그런 게."

그의 말대로 지금은 야심한 시각이었다. 게다가 장소는 그녀가 그렇게나 꺼리던 구제하의 처소인 희수궁. 늦었으니 슬슬 자야겠구나, 하고 막 누우려는데 그녀가 들이닥친 것이다. 책 두 권을 품에 안고. 시각이 어찌 되었건 아라가 먼저 자신을 찾은 것에 큰 감동을 받은 제하였지만, 그 감동은 오래가지 못했다. 마주 앉기 무섭게 시작된 초단기 강습에 그는 혼이 쏙 빠졌다.

"하루 종일 방치하더니만."

"하루 종일 정무 보느라 정신없었습니다."

아라가 재빨리 말했다. 혹시 모를 오해를 방지하기 위해 일부러 이런 시간을 노린 건 아니라는 점을 분명히 밝히며.

"남편보다 일이 우선이다, 이거지."

"예."

"……너무 딱 잘라 말하네."

"현재로서는 예, 그렇습니다."

아라에게 있어서는 무엇보다도 일이 가장 중요했다.

건성으로 책장을 넘기던 제하가 단호한 그녀의 말에 서운해 하기는커녕, 오히려 해맑게 웃는다.

"'현재로서는'이라는 걸 보면 개선 가능성이 있다는 뜻이로군."

"참 긍정적인 사람이야."

아라가 고개를 절레절레 저으며 혼잣말하듯 중얼거렸다. 이제는 포기한 상태였다. 여느 때라면 허둥지둥 변명을 늘어놓았겠지만, 피곤해서 그런지 그럴 기운조차 없었다.

"살짝 빠져나온 거라 빨리 돌아가 봐야 해요. 그러니까 집중하세요."

그러면서 책을 탁탁 치는데, 한 장 한 장 빼곡하게 채워져 있는 글자들은 본 제하는 인상을 찌푸렸다. 벌써부터 머리가 아프다.

"이거, 내일 아침까지 다 외울 수 있겠어요?"

"내일 아침까지, 이걸 다?"

통째로 암기하라는 아라의 말에 제하의 낯빛이 어두워졌다. 짐

지어 한 권이 아니라 두 권.

"내일 아침이라……."

"이 정도는 외워 줘야죠. 게다가 이건 일부라고요."

아라가 들고 온 것은 제명록의 일부였다. 현재 관직에 종사하고 있는 신료들의 이름이 적힌 명단으로, 조회에 참석할 수 있는 대신들만을 간추렸음에도 그 양이 두 권이나 됐다.

"하룻밤 사이에 이걸 다……."

"내일 오전까지 외우시면, 당장 내일 조회부터 참관할 수 있게 해 드리겠습니다."

"……."

구미가 당기는 그녀의 제안에 제하가 멈칫했다. 더는 고민할 필요가 없지 않은가.

"밤을 새지, 뭐."

그의 시선이 다시금 책을 향했다. 전보다 훨씬 의욕적인 모습으로.

"사람이 하루 안 잔다고 죽는 것도 아니고."

게다가 조회 때 그녀를 따라갈 수 있으면 일하는 중에도 함께할 수 있다는 어마어마한 이점이 있지 않은가.

"기껏해야 수십 명 정도밖에 안 되니까 금방 외우실 수 있을 거예요."

"기껏해야 수십이라……. 참 금방 외우겠네."

별로 위안이 되지 않는 말이었지만 제하는 애써 고개를 끄덕였다. 그가 제명록에 적혀 있는 사람들의 이름과 직책, 그 밖의 세세한 정보들을 꼼꼼히 훑기 시작했다. 내일 아침까지 반드시 다 외우고 말거라는 그의 의지를 확인한 아라가 만족스러운 미소를 지었다.

사실 그에게 정치 참여권을 주는 것은 도박이나 다름없었다. 아직 무휼과 월비에게조차 말하지 않았으니 이번 일은 그녀 혼자 독단적으로 벌인 일. 그들이 알면 아마 난리를 치겠지.

그럼에도 그에게 일을 맡겨 보자 결심한 건, 구제하리는 남자를 믿기 때문이었다. 만약 그가 자신의 편이 되어 준다면, 가뜩이나 제 편이 부족한 이 상황에서 아주 큰 도움이 될 것이다. 더할 나위 없이 든든할 거 같았다.

"기본적인 파벌과 대립 구도 정도는 어느 정도 파악해 두는 게……."

아라가 한창 설명을 늘어놓고 있던 그때였다.

"제하 님."

문밖에서 익숙한 목소리가 들려왔다. 제하의 '들어와라.'라는 말에 문이 열리고, 역시나 아라도 잘 알고 있는 사내가 방 안에 들어선다.

"전하께서 오셨다는 말에 야참을……."

유신이 작은 상을 내려놓았다. 안절부절못하며 좀처럼 그녀와 눈을 못 맞추는데, 그 모습에 아라는 터져 나오려는 웃음을 꾹 참아야만 했다.

"오랜만이네요, 유신 씨."

결국 그녀가 먼저 인사를 건넸다.

"하하…… 박사…… 아니, 전하께서도 그동안 강녕하셨습니까."

얼굴만 보면 으르렁대기 바쁘던 그가 기가 팍 죽어 있다. 이유야 뻔하지, 뭐.

아라에게 붙잡힌 유신은 어쩔 줄 몰라 했다. 최대한 눈도 안 마주치고 상만 내려놓고 가려고 했는데!

그런 그를 보며 아라가 싱긋 웃었다.

"왠지 어색하네요. 그냥 예전처럼 편하게 대해 주세요."

"펴, 편하게요?"

"예."

"……정말……."

"괜찮아요."

미심쩍었으나, 그녀의 입가에 걸려 있는 미소를 본 유신은 안도했다. 혹시라도 그간의 복수라며 난리를 치면 어쩌나 했는데. 긴장이 풀리니 어깨에 들어갔던 힘 역시 풀렸다. 서서히 경직되어 있던 입매도 풀어져 요 며칠 잃어버렸던 미소가 겨우 돌아오나 했는데.

"왜, 얼마 전까지만 해도 툭하면 시비 걸고, 괴롭히고, 기어오르고, 속을 다 뒤집어 놓았으면서 이제 와서 이렇게 예의를 차린다고 해도……."

"죽을죄를 지었습니다, 전하!"

아라의 말에 바짝 조아린 유신이 다급히 외쳤다. 그의 머릿속에 떠오르는 말은 단 하나뿐.

'난 이제 죽었다.'

제하에게 도움을 요청하려 했으나, 현재 그는 자신의 목적을 이루기 위해 책에 집중하고 있었다. 유신이 속으로 한숨을 내쉬었다.

'착하다며! 착하긴 뭐가 착해, 뒤끝이 엄청나잖아!'

안절부절못하는 유신의 반응에 아라는 즐거워졌다. 속이 뻥 뚫리는 통쾌한 기분. 그 느낌을 즐길 만큼 즐긴 그녀가 웃음을 터트렸다.

"하하, 장난이에요. 일어나세요."

"……."

"말하지 않은 내 잘못도 있으니까."

아라의 말이 끝나기 무섭게 유신이 곧장 고개를 들었다.

"전하!"

감동한 눈망울로 계속해서 '전하'를 외쳐 대는데, 아라는 이 역시 거슬렸다.

"그냥 '아라 님'으로 하죠. 그쪽한테 전하라고 불리니까 뭔가 어색한데."

그렇게 지난 일은 잊는 것으로 합의를 보고 나서야 유신은 가벼운 걸음으로 방을 나설 수 있었다. 한편, 그가 놓고 간 상에 올라가 있는 다과를 집어먹던 아라의 시선이 한 곳에 고정되었다. 다과와 함께 상 위에 올려져 있는 붉은 빛을 띠는 액체가 담긴 병.

"이건 뭐예요?"

아라의 물음에 그제야 책에서 눈을 뗀 제하가 그것을 힐끔 보더니 대수롭지 않게 대꾸했다.

"선물 받았어. 외국에서 들어온 음료라고 했던 거 같은데?"

"처음 봐요."

여왕의 신임을 받고 있다는 소문이 퍼지기 무섭게, 잠시 주춤했던 선물들이 다시금 회수궁에 쌓이기 시작했다. 그중에는 아라조차 본 적 없는 물건들도 상당했다. 호기심 가득한 그녀가 슬쩍, 그것을 한 모금 맛을 봤다.

"달달하니 맛있네요."

마음에 드는 건지 입맛을 다시던 그녀가 다시금 잔을 들어 올렸다.

"너 많이 먹어. 난 생각 없으니까."

이름 외우느라 정신없는 제하가 자신의 몫까지 그녀에게 건네었다. 생글생글 웃으며 그것을 받아 든 아라가 잠시 멈칫하더니, 사뭇 심각한 표정을 지었다.

"그런데 이거 뇌물은 아니겠지요? 곧 있으면 국시인데, 면접에서 제 아들 좀 잘 봐 달라느니 그런……."

"상대의 순수한 호의를 좀 믿어 봐."

"……뭐든 의중부터 파악하려 드는 버릇이 있어서."

제하의 말에 아라는 머쓱해졌다. 어느샌가 감사보다도 의심을 먼저 하게 되었다.

"열일곱 인생이 뭐 그리 각박해. 그렇게 살면 안 피곤해?"

"당신이 첫사랑 따위로 고민하고 있을 때, 나는 어떻게 하면 살아남을 수 있을까를 고민하느라 정신없었거든요? 즉, 나이는 그쪽이 많지만 내가 더 인생 선배랄까요."

아라가 대꾸했다. 툭하면 열일곱, 열일곱. 나이를 언급하는 것이 싫었다. 그것도 애 취급을 하며.

"그 이야기는 이제 그만해 주면 안 될까."

한편 제하 역시 싫은 게 한 가지 있었으니, 그건 바로 자꾸만 그녀의 입에서 나오는 '첫사랑' 이야기였다. 가뜩이나 지금 좋아하는 여인의 마음을 사로잡기 위해 고군분투하고 있는데.

"점수를 따야 할 판에 그렇기는커녕, 그 이야기가 나올 때마다 팍팍 깎이고 있는 기분이야."

이러다가 깎일 점수조차 바닥나는 건 아닐까 걱정됐다.

"그쪽이 너무 신경 쓰는 건 아니고요? 일전에도 말씀드렸다시피 첫사랑 같은 건 누구에게나 있는 거잖아요."

당신이 너무 유난 떠는 거라는 말에, 열심히 책장을 넘기던 제하의 움직임이 멈췄다.

"그러고 보니, 아직 네 첫사랑 이야기를 못 들었네."

"별로 말하고 싶지 않습니다만."

"진짜 있기는 해?"

"당연하지요."

긍정적인 대답에 제하의 미간이 찌푸려졌다. 손에 꼭 쥐고 있던 책은 이미 책상 위로 떨어진 지 오래. 그가 날카롭게 물었다.

"누군데?"

누구면 어쩌려고?

"말해도 모르는 사람일 거라고 했습니다."

"그 사람, 지금 어디에 있는데?"

"글쎄요. 지금 어디 있는지는 모르겠지만……."

잠시 머뭇거리던 아라가 말을 이었다.

"슬슬 돌아올 때가 된 거 같군요. 자리를 오래 비울 수 없는 사람인지라."

어느새 책은 뒷전으로 밀려난 상황. 제하의 관심은 오로지 아라의 첫사랑 상대에게 쏠려 있었다. 그는 명단의 이름을 외워야만 한다는 중요한 사명조차 잊어버렸다.

그만큼이나 신경 쓰였다. 잠시나마 눈앞의 저 작은 꼬맹이의 마음을 사로잡았다는 그 남자가.

계속해서 누구냐 물어오는 그 때문인지는 몰라도, 아라는 슬슬 머리가 아파 왔다. 눈앞이 빙글빙글 도는 거 같기도 했고, 다시금 열이 오르는 거 같기도 했다. 어째서 이 남자와 함께 있을 때만 이렇게 아픈 건지.

"그런 생각 안 해 봤어요?"

"무슨 생각?"

아라가 황급히 다른 화제를 꺼내 들었다.

"1년 후에 각자 무엇을 하고 있을지."

"지금은 생각 안 하기로 했어."

"그럼 예전에 세워 두신 계획은 어땠는데요?"

"그야 약속한 시간이 끝나면 예서로 돌아갈 생각이었지."

그의 말에 아라가 고개를 갸웃거렸다. 수령 뒤치다꺼리하는 일로 돌아가겠다는 그의 말이 이해가 안 됐다. 그래도 국서까지 한 양반이 왜 굳이 그런 일을 하겠다는 건지.

"거기 재미있는 거라도 있나요?"

자리가 아니라면 장소 때문이려나. 확실히 예서는 아름다운 곳이었지.

"재미없는 곳이니까 가는 거야."

"무슨 이유가 그래요?"

"아무 일도 일어나지 않으니까 재미가 없는 거거든."

아라가 한숨을 내쉬었다. 아무래도 그의 머릿속을 들여다보지 않는 이상, 무슨 생각을 하는 건지 알 수 없을 거 같았다. 어쩌면 들여다본다고 해도 모를 거 같았다. 구제하라는 남자는 그만큼 특이한 사람이었으니까.

어쨌든 결국엔 돌아갈 생각이었단다. 다만 현재는 그 계획이 보류가 된 것이고.

"그러고 보니까 혼례식 날, 나한테 물어봤죠. 우리가 가장 조심해야 하는 게 뭔지 아느냐고."

"그랬지."

"그때는 몰랐는데, 이제 와서 다시 생각해 보니까 그게 무슨 말인지 알겠어요."

그 말에 그날을 떠올린 제하 역시 웃었다. 그 역시도 당시에는 일이 이렇게 될 줄은 상상도 못 했다.

"그쪽이 알아서 조심하겠다고 하지 않았나요?"

"뭐야, 이제 와서 내 탓으로 돌리는 거야?"

"내 탓은 절대 아닌 거 같아서요."

아라가 확신했다. 설령 자신의 마음이 움직였다 해도, 누군가 먼저 흔들지 않고서야 그리되겠느냐며.

"그때는 그 여왕이 너인 줄 몰랐잖아."

제하가 자신도 억울하다며 말했다.

"아, 이제 좀 내 탓인 거 같기도 하네요."

하긴, 그 입장에서 생각해 보면 확실히 억울할 거 같기도 했다. 그가 그날 다짐한 상대는 여왕이었지 시아라가 아니었을 테니까. 그렇다면 이 모든 게 정체를 숨긴 자신의 잘못이란 말인가.

"분명 먼저 다가가지 않기로 했는데, 그게 어디 내 마음대로 되나."

"……."

"깨달았을 때는 이미 닿아 있었어."

그도 어떻게 손을 쓸 방도가 없었다는 뜻이었다. 결국 누구의 잘못이 더 큰지에 대한 논의는 그렇게 흐지부지 넘어갔다.

"그냥 맨 처음에 만났을 때 여왕이었다는 걸 알았더라면, 상황이 달라지지 않았을…… 잠깐."

문득 어떠한 사실을 깨달은 그가 다시금 고개를 들었다. 어떻게 이런 중요한 사실을 놓치고 있었던 건지 모르겠다는 얼굴이다.

"그러고 보니, 여왕이 어떻게 예서까지 올 수 있었던 거지?"

"예?"

"아니, 그렇잖아. 호위도 거느리지 않고, 달랑 측근 둘만 데리고 지방까지 잠행이라니. 오고 가는 데 걸리는 시간까지 생각해 보면 며칠인데, 그만큼 궐을 비우면 대신들에게 들킬 게 뻔하잖아."

"뭐, 나름의 방법이 있다고나 할까요."

아라가 여유롭게 답했다. 당연히 그녀 나름의 방법이 있었다.

"아, 이참에 말해 두는 게 좋겠네요. 내가 지방 시찰을 다닌다는 건 아무도 몰라요. 그러니까 잠행 이야기는 비밀로 해 줘요. 우리가 혼례 전에 예서에서 만났다는 이야기 역시 절대 하면 안 돼요."

만약 혼례 전 그와의 만남을 들킨다면, 허수아비 국서를 세웠다는 사실이 들통 날지도 몰랐다. 그러나 제하는 이 일의 심각성을 못 깨달은 건지 아니면 관심이 없는 건지 무덤덤했다. 아니, 오히려 그는 웃고 있다. 무언가를 꾸밀 때나 나오는 사악한 미소를 한껏 뽐내고 있다.

"그런 비밀을 지켜 달라는 건 서약서에 없었던 거 같은데?"

"……."

또 시작이구나. 장난의 서막을 감지한 아라가 고개를 떨구었다. 윽. 다시금 머리가 지끈거리며 깨질 듯이 아파 왔다.

"비밀 지키는 게 얼마나 힘든 일인데……."

"그냥 입 딱 다물고 아무 말 안 하면 됩니다만."

"내가 이 세상에서 가장 못 하는 게, 바로 입을 딱 다무는 거야."

무슨 그런 말도 안 되는!

"맨입으로 부탁하려고?"

"……."

"부탁을 하려거든 그에 상응하는 대가가 있어야 하지 않겠어?"

한동안의 기 싸움 끝에 결국 아라가 백기를 들었다.

지금은 자존심보다도 제 뜻을 이루는 것이 더 중요했다. 그리고 그러기 위해서는 그와의 관계에 대해 들켜서는 안 됐다.

"원하는 게 뭡니까."

눈앞이 빙글빙글 도는 거 같았지만, 정신을 똑바로 차리고 그에게 물었다.

"그래서."

뭘 또 부탁하려나 싶었는데, 제하는 미리 생각해 둔 거라도 있었는지 조금의 망설임 없이 바로 입을 열었다.

"누군데, 그 남자."

그 남자?

뜬금없는 '그 남자'의 등장에 아라는 황당했다. 대화의 흐름을 되짚어 보자면 지금 그가 말하고 있는 '그 남자'는 좀 전 이야기에 잠깐 등장한 그녀의 첫사랑일 확률이 높았다.

즉, 여기저기서 주워들은 연애 지식들을 총동원해 봤을 때, 이 남자는 지금 '질투'라는 것을 하고 있는 것이다.

"아니, 솔직히 그렇잖아. 너는 나에 대해 많이 알고 있지만 나는 아니고…… 심지어 너는 상대의 정보까지 전부 알고 있으면서 나만 모르고 있는 건 좀 그렇지 않아? 내 이야기도 알고 있으니 나도 네 이야기를……."

본인이 생각해도 치졸해 보이는지, 제하가 재빨리 포장을 하기 시작했다. 그런 그를 보며 아라는 웃음을 터트렸다. 그러나 그것도 잠깐.

쿵.

투덜거리며 다시금 책으로 시선을 내리던 제하가 갑작스러운 큰 소리에 놀라 고개를 들었다. 분명 방금까지만 해도 제 앞에서 웃고 있던 여인이 시야에서 사라졌다.

"아라?"

옆에 쓰러져 있는 아라를 발견하기 무섭게, 놀란 제하가 자리에서 벌떡 일어났다.

"뭐야, 왜 그래? 아라, 시아라!"

다급한 그의 외침에 밖에서 대기 중이던 유신이 헐레벌떡 안으로 들어왔다. 그의 시선이 곧 제하의 품에 안겨 있는 아라에게 꽂히더니 이내 새파랗게 질린다.

"가, 갑자기 왜 이렇게 되신 거예요?!"

"나도 몰라, 갑자기 쓰러지더니……."

"어의! 일단 어의를 불러올게요, 그동안 제하 님은……."

유신이 어의를 불러오겠다며 막 방을 나서려던 그때였다.

"음냐……."

작게 들려오는 소리에 허둥지둥대던 두 사내가 멈칫, 곧 그들의 시선이 동시에 아라에게 떨어졌다. 꼼짝도 하지 않던 그녀가 몸을 뒤척이며 자신이 멀쩡하다는 것을 알렸다. 그러나 여전히 정신은 못 차리고 있으니, 어디서 많이 본 듯한 모습이었다. 그래, 마치 잠이 든 사람처럼.

뭔가 이상하다는 생각에 유신이 고개를 들었다.

곧 그의 눈에 띈 병 하나. 좀 전까지만 해도 아라가 맛있다며 물 마시듯 마셔 대던 음료였다. 어느새 텅 비어 버린 병을 든 그가 킁킁대며 냄새를 맡아 보더니 이내 기가 차다는 듯 말했다.

"저기, 제하 님…… 이거 술인데요?"

강한 과일 향에 가려져 있어 몰랐는데, 자세히 맡아 보니 알싸한 술 냄새가 은은하게 풍겨 오고 있었다.

제하가 인상을 찌푸렸다. 음료라며!

"과일주네요."

잔에 조금 남아 있는 액체를 한 모금 마셔본 유신이 확신했다.

"처음에는 아무렇지 않은데, 연거푸 마시면 나중에는 훅 가겠어
요."

"맛있다고 엄청 마시더만."

"깜짝 놀랐잖아요! 전 또, 막 음식에 독이 들어 있었다든가 그런
건 줄 알고……."

"소설책 좀 작작 읽으라 했지. 그건 됐고, 그나저나 얘는 어쩌지."

놀란 가슴을 쓸어내리며 제하가 말했다. 그러다 문득 제 품에 안
겨 태평하게 잠이 들어 버린 아라를 보고 있자니, 그 모습이 너무
귀여워 미소가 절로 나왔다.

그러나 그것도 잠시.

"이런."

무언가를 떠올린 그가 흠칫 몸을 떨었다.

"나 이제 죽을지도 몰라."

"예? 에이, 본인이 마셔 놓고 뺀은 건데, 설마 나중에 뭐라 하시겠
어요?"

"아니, 그게 아니라……."

뜬금없이 그게 무슨 소리냐며 유신이 물었다. 그러나 현실을 직
시한 제하는 여전히 공포에 질려 있었으니, 그 대상은 아라가 아니
었다.

"이 녀석 곁에 꼭 붙어 다니는 호랑이가 있어."

그것도 한 마리가 아니라, 두 마리나.

*　　*　　*

달이 시퍼렇게 뜬 밤. 차가운 달빛 아래로 검은 인영들이 다수 보였다.

"찾았나?"

"아니요. 아직 못 찾았습니다."

사내들이 작은 목소리로 이야기를 주고받고 있다.

봄에 잠깐 피었던 꽃들이 지고, 녹음이 가득한 계절. 국혼으로 인해 잠시나마 떠들썩했던 궐 밖이 다시금 소란스럽다. 최근 저잣거리며 궁 주변에서는 험상궂게 생긴 사람들을 자주 목격할 수 있었는데, 그들은 하나같이 필사적으로 어떤 여자를 찾고 있었다.

"제길! 오늘도 빈손으로 돌아가면 가만 안 둔다고 했는데……."

"계집 하나를 못 잡아서 이리 안달이라니……."

"더 샅샅이 찾아봐라."

"예!"

멀지 않은 곳에서 그런 그들을 지켜보고 있는 사람이 있다. 바로 주설화, 그녀였다. 궐 주변을 맴돌고 있는 사내들을 본 그녀가 입술을 깨물었다.

"이제 조금만 더 있으면 됐는데……."

구가에서 빠져나오기 전, 그녀는 제하에게 서신을 보냈다. 지금이라면 분명 그 서신을 읽었을 터. 자신의 처지를 자세히 적어 뒀으니 돕기 위해 궐 밖으로 나올 것이다.

그와 만나야 하는데 이리도 경비가 삼엄해서야…… 궐 주변에 가는 것조차 힘들었다. 조심스럽게 주변을 살피며 근처에 있는 객줏집으로 들어선 그녀는 황급히 주인장을 불렀다. 객주는 국시를 보기 위해 지방에서 올라온 사람들로 가득했다. 북적거리는 실내에 설화가 안도했다. 이렇게 많은 사람들 틈에 숨어 있으면 쉽게 발각되지 않을 것이다.

"방 좀 주세요."

주인장이 가뜩이나 작은 눈을 더욱 가늘게 뜨고는 그녀를 바라봤다. 장옷으로 얼굴을 가린 여자가 떨리는 목소리로 방을 달라 하니, 너무나 수상해 보였다.

"얼마나 머무실 겁니까?"

"보름이요."

설화가 답했다. 보름 안에는 어떻게든 궐에 들어가 제하를 만나고 말 것이다.

"절대 그냥은 못 돌아가."

그녀의 눈이 번뜩였다.

*　　*　　*

"그래서, 이게 다 어떻게 된 일입니까."

"……."

헐떡이는 숨을 가다듬은 무휼이 침착하게 물었다.

희수궁에서 긴급 호출이 들어왔기에 부리나케 달려왔건만, 눈앞에 펼쳐진 상황은 그야말로 가관이었다.

이게 도대체 무슨 일이래. 아라는 술에 취해 늘어져 있고, 남편이라는 남자와 그의 종자는 어쩔 줄 몰라 하며 저를 구세주 보듯 하고 있으니, 참으로 기가 막히고 어이없는 상황이 아닐 수 없다. 그리고 웃기다.

"미리 말하는데."

잠시 할 말을 잃은 무휼의 눈치를 보고 있던 제하가 황급히 말했다.

"내가 먹인 거 아니야."

물론 사전에 확인하지 않은 그의 잘못도 있었지만 단순히 음료라기에 그런 줄로만 알았지, 설마 술일 줄은 누가 알았겠느냔 말이다. 믿어 달라는 그의 눈을 응시하던 무휼은 웃음을 꾹 참았다. 건장한 사내 둘이 정신 못 차리는 여자에게 놀라 쩔쩔매고 있는 꼴이 왜 이렇게 웃긴지.

"크흠, 어쨌든 큰일이 아니어서 다행입니다."

무휼은 한숨을 내쉬었다. 잔뜩 달아오른 얼굴로 헤벌쭉 웃고 있는 아라의 꼴이 말이 아니기는 했지만, 다행히 열이 오른다든가 그 외의 특별한 이상 증세는 보이지 않았다.

그나저나 평소 예의상 한두 잔 정도 마시기는 해도, 그 이상은 속이 매스껍다며 입에도 안 대는 그녀가 만취라니.

'설마……'

좋지 않은 가정 하나를 떠올린 무휼의 눈매가 사납게 변했다.

"이겁니까?"

그가 반상 위에 놓여 있는 빈 병과 아라가 조금 남긴 술잔을 들여다봤다. 매의 눈으로 그것들을 관찰하길 얼마, 아무런 문제가 없다는 것을 확인하고서야 무휼은 안심하며 병을 내려놓는다.

"평범한 과일주네요."

"달달한 게 맛있다던데."

"어린아이 입맛이라."

어린애 취급하면 싫어하지만 입맛만큼은 솔직하다는 그의 장난스러운 말에 제하와 유신은 어느 정도 긴장이 풀어졌다. 어마어마한 기세로 방에 들이닥쳤을 때는 한바탕하면 어쩌나 걱정했는데, 소무휼이라는 남자는 냉철했다. 아마 바늘로 찔러도 피 한 방울 나오지 않을 것이다.

"그래도 다음부터는 외부에서 들어온 음식을 함부로 먹이지 않으셨으면 좋겠습니다."

"미안, 주의하지."

무휼이 낮게 경고했다. 그러자 스르륵 풀렸던 제하의 긴장이 다시금 조여진다.

"그리고 본인도 이 나라의 국서라는 걸 자각하세요. 혹시 모르지 않습니까."

밖에서 봤을 때야 궐 안이 가장 편안하고 안전해 보일지 모르겠지만 그렇지 않았다. 항상 소리 없는 위험이 도사리고 있는 곳이 바로 궐 안이다.

"……."

무휼의 충고에 반사적으로 고개를 끄덕이고 있던 제하가 멈칫, 곧 그의 눈꼬리가 슬쩍 휘었다.

"지금 내 걱정을 해 주는 건가?"

"당연하죠."

무휼이 곧장 답했다.

허수아비이기를 해도 그는 이 나라 국서였다. 게다가 최근 아라의 행동으로 보건대, 그녀는 그에게 마음이 있는 게 틀림없다. 이 정도면 걱정하는 이유로 충분하지 않을까?

"너무 무른 거 아니야?"

자신을 너무 스스럼없이 받아들이는 그의 태도에 제하가 물었다.

"내가 일부러 이 녀석에게 술을 먹여서 어찌해 볼 생각이었다는 가능성은 배제하는 건가?"

"왜 안 했겠습니까. 진작에 했는데……."

잠시 말 꼬리를 흐리던 무휼이 싱긋 웃었다.

"절 보기 무섭게 안도하시는 모습을 보고는 싹 사라졌습니다."

만약 그가 무슨 꿍꿍이를 꾸미고 있었다면 자신에게 도움을 청하지도 않았을뿐더러 등장했을 때 꽤 당황했겠지. 그렇게 '이제 안심이야!'라는 표정을 짓지 않고.

"안도는 무슨, 내가 언제 그런 표정을 지었다고."

제하가 미간을 찌푸렸다. 처음부터 지금까지 여유로운 얼굴로 저를 대하는 것이 왠지 얄미워 은근히 시비를 걸었던 건데 먹히지 않는다.

"죄송합니다. 그럼 제가 잘못 봤나 봅니다."

빠져나가는 것 역시 너무나 능숙했다. 반면 몰려오는 민망함에 제하의 시선은 아래로 떨어졌다. 아무래도 만만히 봐서는 안 될 상대였다.

"그런데 전하께서는 이곳에 무슨 일로 오신 겁니까? 그것도 이런 야심한 시각에."

망설이던 무휼이 물었다. 잠시 월비와 자리를 비운 사이에 아라가 외출했다. 어딜 가면 간다고 늘 말하고 다니던 그녀의 돌발 행동의 원인이 궁금했다. 그의 물음에 제하가 재빨리 책상 위에 펼쳐진 채로 방치되어 있는 책을 그에게 내밀었다.

"이걸 갖고 왔던데. 오늘 안에 다 외우라면서."

무심코 책을 건네받은 무휼은 흠칫 놀랐다. 그것이 제명록이라는 건 단번에 알 수 있었다.

'……아라는 이 남자에게 권력을 쥐어 주려는 건가.'

순식간에 상황 파악이 끝난 그의 낯빛이 어두워졌다. 사실 이는 위험한 일이었다. 아라 역시 잘 알고 있을 터.

누구보다도 그 부작용에 대해 걱정하고 있는 건 그녀가 아니던가. 그렇다면 충분히 생각을 해 보고 내린 결론이라는 건데…….

'우리에게 상담도 하지 않고 곧장 실행으로 옮겼다는 건, 그만큼이나 이 남자를 믿고 있다는 뜻이로군.'

무휼이 씁쓸한 미소를 지었다. 과연, 월비의 말대로 조금 서운하기는 했다.

"그럼 이만 돌아가 보겠습니다. 아라를……."

"......."

무휼이 두 팔을 뻗었다. 그러자 고개를 끄덕이며 제 품에 안겨 있는 그녀를 넘겨주려던 제하가 멈칫, 이내 인상을 찌푸린다. 뭔가가 거슬렸다.

'아라? 지금 아라라고 했지?'

아무리 소꿉친구라고 해도 그렇지, 너무 스스럼없이 부르는 거 아닌가?

머리로는 아라를 넘겨줘야 한다는 건 알고 있었지만, 이상하게도 몸이 말을 듣지 않았다. 오히려 제하는 그녀를 안은 팔에 힘을 주어 더욱더 꼭 끌어안았다.

"너무 감싸고돌면 나중에 홀로 서지 못하게 될 거야."

뜬금없는 제하의 말에 무휼은 두 팔을 거두었다. 그러고는 조금 놀란 얼굴로 그를 바라본다.

"혼자 남게 되면 무너질 거라고."

제하의 충고에 잠시 굳어 있던 무휼이 피식 웃는다.

"아라가 이런 기분이었군요."

마음속에 숨어 있는 어떠한 감정이, 마치 색이나 두루뭉술한 형태 따위로 변해 눈으로 보이는 느낌. 아라 역시 이런 걸 보지 않았을까.

"그거 혹시 경험담이십니까? 꽤 자세한 거 같습니다만."

무휼의 질문에 제하는 입을 다물었다. 숨조차 멈추고 아무런 소리도 내지 않는다. 그러길 얼마, 곧 무슨 말을 하려는 듯 입술이 벌어졌지만 다시 닫혔다.

"뭐, 꼭 경험을 해 봐야 아나."

하고 싶은 말을 꿀꺽 삼키고 나온 다른 말.

무휼의 눈이 번뜩였다. 구제하라는 남자의 가슴속에는 무언가가 살고 있다. 그것에 대해 좀 더 자세히 알아보고 싶었지만, 오늘은 이만하면 됐겠지. 그가 보란 듯이 아라를 향해 손을 뻗었다. 그러자 제하가 영 못마땅하다는 눈으로 그의 손을 노려본다. 나중에는 슬 그머니 몸까지 뒤로 빼며 무휼에게서 멀어지려 필사적이었다. 반대 가 되어 버린 상황. 무휼은 웃음을 꾹 참았다.

지금 누가 누구에게서 아라를 지키려고 하는 건지 모르겠네.

"저기, 뭐 하나만 여쭤 봐도 되겠습니까?"

"뭔데?"

"왜 저를 부르신 겁니까?"

"……무슨 말이 하고 싶은 거지?"

제하가 되물었다. 꼬맹이가 정신을 못 차리니 도와줄 사람이 필 요했다. 사람을 불러야겠는데 부른다고 하면 누가 있겠는가, 당연 히 이 남자지.

"이런 모습을 다른 사람들에게 보이면 너희가 곤란해지는 거 아 니었나? 그렇다고 내가 제 몸도 못 가누는 이 녀석을 번쩍 안아 들 고 중앙궁에 가는 것도 그림이 이상하고."

"……."

"게다가 이 녀석이 너희를 믿으니까."

제하가 이유를 늘어놓으면 늘어놓을수록, 무휼의 얼굴에는 재미 있다는 미소가 번졌다.

이번 일로 그는 구제하라는 사내에 대한 확신이 생겼다. 만약 그가 귀족들 편에 서 있는 허수아비라면 지금 이 상황에서 절대 자신을 부르지 않았겠지.

"생각이 바뀌었습니다."

무휼이 자리에서 일어났다. 그러자 제하가 어리둥절한 얼굴로 올려다본다.

"저는 이만 가 보겠습니다."

"뭐?"

"퇴궐 시간이 지났습니다."

업무 시간 종료니 이만 퇴궐하겠다는 무휼. 그 말에 제하는 어이가 없었다. 지금 장난하자는 건가? 설마 진짜 가겠다는 건 아니겠지? 이 녀석은 어쩌고!

"아니, 잠깐. 잠깐만!"

"그럼 아라를 잘 부탁드리겠습니다."

빈말이 아니었던 건지 무휼은 정말 곧장 문을 향해 걸어갔다. 그런 그에게서 눈을 떼지 못하고 있던 제하는 당황했다. 혹시 무슨 함정이나 이런 건 아니겠지, 그렇지?

"잠깐, 진짜 그냥 가는 거야?"

"예. 아, 혹시라도 허튼짓 하셨다가는 국서고 뭐고 가만히 있지 않을 테니까요."

살벌한 경고를 남긴 무휼이, 아라를 품에 안은 채 굳어 버린 제하를 돌아보며 싱긋 웃었다.

"그럼 안녕히 주무세요."

아니, 안녕히 잘 수가 없는 상황이잖아. 지금.

"어쩌라는 거야······."

괜히 그러는 줄 알았는데 그는 정말 쌩하니 나가 버렸다. 제하는 한숨을 내쉬었다. 한바탕 혼날 것을 각오했는데 이게 무슨 일이래. 설마 꼬맹이를 내버려 두고 갈 줄이야.

"어떡하지요, 제하 님······."

지금 이러한 상황을 아는지 모르는지 문제의 여왕님께서는 여전히 쌔근쌔근 잠들어 계셨으니, 그런 그녀를 바라보던 제하는 유신을 돌아봤다.

"할 수 없지. 유신아, 너도 그만 가서 쉬어라."

"아라 님은요?"

아라를 품에 안은 채 벌떡 일어난 제하가 방 안에 있는 침상 위에 그녀를 내려놓았다. 그러고는 이불을 끌어다 덮어 주고 돌아선다.

"여기서 재우지 뭐, 아침 일찍 중앙궁에 보내면 문제없을 거야."

그는 어쩔 수 없다는 식으로 말하고 있었지만, 유신은 그 말을 믿을 수 없었다.

"왜."

결국 이상한 눈으로 자신을 뚫어져라 쳐다보고 있는 그를 향해 제하가 날카롭게 물었다.

"왜냐고요? 왜일 거 같습니까?"

정말로 모르겠냐는 질문. 그에 찔리는 게 한 가지 있는 제하는 아무 말도 하지 못했다. 잠시 뒤, 인상을 찌푸린 그가 괜히 성질을 냈다.

"날 못 믿어? 아니, 어떻게 무휼이라는 녀석보다 오랜 시간을 함께한 네가 날 더 못 믿는 거지?"

"오랜 시간을 함께했기 때문에 그러는 겁니다."

유신은 단호했다. 그에 대해 자신보다 잘 알고 있는 사람이 과연 있을까? 아니, 없겠지! 한번 사랑에 빠지면 아무것도 보이지 않는 사람이 아니던가.

"……어차피 나는 오늘 밤 안에 저걸 다 외워야 해. 밤을 새야 할 거 같아."

왜 자신을 못 믿어 주는 거냐며, 제하가 암울하게 말했다. 그가 가리킨 곳에는 두꺼운 책 두 권이 놓여 있다. 오늘 밤 안에 머릿속에 넣어야하는 자료들이었다.

터덜터덜. 책상으로 향하는 제하를 지켜보고 있던 유신은 크게 놀랐다.

'아니, 툭하면 입에 귀찮다는 말을 달고 사는 사람이 웬일로 열심이래.'

그는 생각했다.

역시, 사랑의 힘이란 엄청난 건가 봐.

*　　*　　*

"늦었어, 빨리 가자."

무휼이 버티고 서 있는 월비의 팔을 잡아끌었다. 그러나 끝까지 꼼짝을 안 하는 그녀. 할 수 없지.

결국 무휼은 월비를 번쩍 안아 들고 궐문을 나섰다.

"도대체 무슨 생각인 거야?!"

"별생각 없는데."

"하긴, 생각이 있었다면 아라를 그런 악마의 소굴에 던져 두고 오는 짓 따위 하지 않았겠지!"

월비는 지금이라도 당장 희수궁에 쳐들어가 그 악마 같은 녀석에게서 아라를 되찾아 오겠다며 난리였다. 그녀를 필사적으로 막고 있던 무휼도 슬슬 한계였다. 더는 못 막겠어.

"잘 들어, 월비. 나랑 나는 각각 소월가와 유월가의 일원이야."

"그게 뭐?"

"지금은 몰라도 나중이 되면 지금처럼 아라의 곁에 항상 붙어 있을 수가 없어."

그들 역시 귀족이었다. 무휼의 경우에는 무과 시험을 치렀기 때문에 귀족과 대신들의 중간에 속했지만, 국시를 치르지 않은 월비는 완벽하게 귀족 쪽에 속했다.

"특히나 너와 달리 가주권을 갖고 있는 나는 더더욱 그렇겠지."

오라버니가 있는 월비와 달리, 장남인 무휼은 자유로운 영혼이 아니었다. 지금은 이래도 나중에는 아버지의 뒤를 이어 가주가 되어야만 했다.

"각자 집안일에 더 신경 쓰게 될 날이 오고 말 거야. 그럴 경우, 아라의 곁을 지켜 줄 사람이 필요해."

"그야 그렇지만……."

펄펄 날뛰던 월비가 어느새 얌전해졌다. 무휼의 말에 어느 정도 넘어간 모양. 더는 저항하지 않자, 무휼이 그녀를 내려주었다.

"하지만 그 국서, 1년 후면 자리에서 내려와야 하잖아."

"그 점에 대해서는 나도 조금 걱정되기는 하지만⋯⋯."

무휼이 말끝을 흐렸다. 하지만, 사람 일이라는 게 어찌 될지 모르는 거 아닌가.

"그래도 아라가 선택한 사람인데."

그래, 다른 누구도 아니고 본인이 직접 선택한 사람인데.

"기대를 해 보는 것도 괜찮지 않을까."

게다가 그는 이미 아라에게 약속을 한 상태였다. 언젠가 그녀가 그에게 마음이 생기는 날이 오면, 그녀의 편을 들어 주기로.

＊   ＊   ＊

'제하.'

제하는 인상을 찌푸렸다. 마치 동굴 속에 들어와 있기라도 한 듯 머릿속에 가득 울려 퍼지는 높은 음색. 언젠가 그가 너무나도 좋아했던 목소리를 닮았다.

'명심해, 제하.'

그때와 똑같은 목소리가 그의 이름을 부르고 있다.

'너한테는 나밖에 없어.'

목을 조이는 듯한 답답함.

'앞으로도 쭉, 너는 다른 사람들에게 사랑받지 못할 거야.'

말 한 마디, 한 마디가 팔과 다리를 옥죄이는 족쇄마냥 얽히고 얽혀 그를 꽁꽁 묶었다.

'그러니까 제하.'

목소리가 서서히 그를 잠식해 간다.

'너는 절대 다른 사람을 사랑하면 안 돼.'

흠칫.

감겨 있던 두 눈을 번쩍 치켜뜬 제하는 화들짝 놀라며 자리에서 벌떡 일어났다. 숨을 몰아쉬며 진정하고자 했으나, 이미 놀란 심장은 좀처럼 진정할 기미가 보이지 않는다.

"제길……."

제 머리를 감싸 쥔 그가 작게 읊조렸다. 어느새 잠이 든 건지는 모르겠지만, 안 좋은 꿈을 꾸고 말았다. 기분이 바닥으로 곤두박질치는 느낌. 잔뜩 인상을 찌푸린 그가 꺼림칙하게 올라오는 불쾌한 기분을 떨쳐 내기 위해 안간힘을 쓰고 있는데, 문득 손끝에 따뜻한 체온이 닿았다.

화들짝 놀란 그의 눈에 잠들어 있는 아라가 들어왔다.

"……아, 맞다."

새벽녘까지 제명록을 외우고, 아라를 깨우기 위해 왔다가 그만 잠이 들어 버린 모양이었다. 어느새 해는 중천에 떠 있는데 이거 큰일이다. 그러나 큰일이라는 생각과는 달리, 그는 다시 털썩 자리에 누워 버렸다. 조금 늦으면 어때. 지금은 아무 생각도 하고 싶지 않았다.

그저 제 옆에서 잠들어 있는 아라를 보고 있으니, 안심이 됐다. 그래서 그녀를 끌어안았다. 절대 놓치지 않겠다는 듯 아주 꼭. 답답했던 건지 아라가 잠결에 끙끙댔지만, 그녀를 안은 그의 팔에는 여전히 힘이 들어가 있다.

신기하게도 이렇게 그녀를 안고 있으니 좀 전의 불쾌한 기분들이 훨훨 날아가 버리는 거 같았다. 찌푸리고 있던 미간이 펴지고, 깨물었던 입술에는 다시금 혈색이 돌며 입꼬리는 서서히 올라간다.

참 신기해. 닿으니 안심이 된다. 안으니 편해진다.

그렇게 얼마를 있었을까. 자그마한 손가락 하나하나에 정성스레 입을 맞추고 있는데 문득 그녀의 팔목에 무언가가 보였다. 푸르스름한 그것은 서서히 사라져 가고 있기는 했으나, 꼬맹이와는 어울리지 않는 흔적.

제하의 눈빛이 단번에 날카롭게 번뜩였다.

"멍?"

그것도 한두 개가 아니다. 어디 멍뿐이랴, 여자의 몸에는 어울리지 않는 흉터들도 몇몇 개 보였다.

"그러고 보니, 물 한 방울 안 묻히고 곱게 자란 것 치고는 손도 조금 거친 듯하고⋯⋯."

그때였다. 제하가 아라의 팔에 난 상처들에 정신을 빼앗기고 있는 사이, 문밖에서 인기척이 들려왔다. 그러나 상처 때문에 심각해져 있는 그는 이를 눈치채지 못했고 결국 문이 열렸다. 열린 문틈으로 한 중년의 여인이 종종걸음으로 방 안에 들어왔다.

"제하 님, 기침하셨습니⋯⋯!"

희수궁에서 제하를 모시는 이들 중 한 명인 정 상궁이었다. 평소 알아서 일찍 일어나고는 하던 국서께서 오늘은 시간이 지나도 일어나지 않기에 걱정이 되어 와 봤던 건데⋯⋯.

방 안에 들어선 상궁은 그대로 얼어붙었다. 국서의 방 안에 웬 여자가 있다. 이윽고 함께 아침을 맞이하고 있는 그 여인이 여왕이라는 걸 알아차린 그녀의 얼굴이 화르륵 달아오르더니, 두 팔을 파닥이며 어쩔 줄 몰라 했다.

당황한 건 제하도 마찬가지. 안 그래도 이런 상황을 걱정한 건데 하필이면 이렇게 딱 마주하게 될 줄이야. 일단 해명과 입막음을⋯⋯.

"이봐."

"아!"

제하의 부름에 허둥지둥대던 정 상궁이 황급히 고개를 숙였다. 그러고는 연신 고개를 조아리며 소리를 빽 내질렀다.

"소, 송구합니다!"

"잠깐!"

안 좋은 예감을 직감한 제하가 황급히 그녀를 불렀으나, 상궁은 도망치듯 쌩하니 방에서 나가 버렸다.

방 안에는 여전히 세상만사 모르고 잠들어 있는 아라와, 돌처럼 굳어 버린 제하만이 남아 있다. 닫힌 문을 응시하던 제하는 고개를 떨궜다.

큰일 났다.

七花.
금실좋은 부부

"그 이야기 들으셨습니까?!"

치맛바람을 휘날리며 수라간에 들이닥친 나인 하나가 숨을 헐떡이며 외쳤다. 갑작스러운 소음에 음식 장만으로 여념이 없던 이들이 화들짝 놀라며 그녀를 바라본다.

"무슨 이야기이기에 이리 호들갑을 떠는 것이냐."

커다란 식칼을 손에 쥔 상궁이 물었다. 그러자 발을 동동 구르며 곁으로 다가온 나인이 손짓 발짓을 더해 가며 오두방정을 떤다.

"드디어 두 분이서 하셨다 합니다!"

"무얼?"

"합궁이요, 합궁! 간밤에 합궁을 하셨다 합니다!"

"뭐라?"

"전하와 신왕 말입니다!"

바로 오늘 아침, 어린 여왕과 그녀의 남편 사이에 일어난 어느 작은 사건 때문에 궐 안은 한바탕 난리가 났다. 뒤늦게 소문을 접한 수라간 역시 그러했다. 나인의 외침에 사람들이 일제히 동작을 멈추더니, 두 눈을 동그랗게 뜬 채 너 나 할 거 없이 소리를 빽 질러 댔다.

"세상에나, 그게 사실이냐?"

"예, 제 친우가 희수궁 궁녀로 있는데 오늘 아침, 전하께서 희수궁에서 나오시는 모습을 두 눈으로 똑똑히 봤다고 합니다. 어쨌든 지금 그 일 때문에 궐 안이 난리도 아닙니다!"

"어머나, 어머나!"

"그것 참 잘되었구나!"

잘됐다며 기뻐하는 상궁들과 달리, 나인들의 반응은 가지각색이었다. 몇몇은 손뼉을 칠 정도로 기뻐했고, 몇몇은 울먹이거나 믿을 수 없다며 절망했다.

"잠깐, 그럼 무휼 님은? 무휼 님은 어떻게 되는 거야?"

"맞아, 나는 전하께서 무휼 님과 이어지시길 바랐는데!"

"무휼 님에게는 월비 님이 있잖아."

"뭐야, 그럼 삼각관계가 아니었던 거야?"

궐 안 궁녀들은 어린 여왕의 사랑을 적극적으로 응원하고 있었다. 특히나 그중에는 아라가 무휼과 이어지기를 바라는 이들이 압도적으로 많았는데, 결과는 반대였다.

궁녀란 모두가 왕의 여인. 그러나 여왕이 다스리고 있는 현재는 이러한 구분이 무의미해졌다. 그들은 왕의 승은을 입어 신분 상승을 하는 망상조차 꿈꿀 수 없었기 때문에, 남의 사랑 이야기에 열광할 수밖에 없었다. 그리고 그런 그들이 선택한 대상이 바로 아라였던 것이다.

"어쨌든 이제 어여쁜 원자 아기씨를 기대하면 되겠네요."

"전하께서 어여쁘시니, 분명 태어나실 원자마마께서도 한미모하실 거예요."

"벌써부터 기대되네요~"

소원했던 부부의 마음이 통했다는 것에 들뜬 어린 나인들과 달리, 연륜 있는 상궁들은 둘 사이에 태어날 아이에 대한 기대로 즐거워했다.

별거 아닌 작은 소식은 숨 막히는 궐 안을 두근거리게 했다. 아라와 제하로 인해 궐 안 전체가 설레고 있는 것이다. 그러나 잔뜩 들뜬 궁인들과 달리 어두운 기운을 내뿜고 있는 곳이 있었으니, 바로 시건형의 저택이었다.

"큰일 났습니다, 큰일 났다고요!"

평소 그의 눈치를 보느라 찍소리도 못했던 귀족들이 웬일로 목소리를 높이고 있다. 그만큼이나 지금은 긴급사태였다. 그럼에도 침착하게 앉아 있는 시건형. 귀족들은 이제 화가 났다.

"설마 아직도 그 소문을 못 들으신 건 아니겠지요?"

"못 들었을 리가 없지 않습니까."

시건형은 인상을 찌푸렸다. 온 사방이 그 소문이라는 것 때문에 잔뜩 들떠 있는데, 못 들었을 리가 없었다.

"어쩌면 좋단 말입니까!"

귀족들은 잔뜩 흥분한 상태였다. 설마설마했는데 일이 이렇게 되다니! 반전에 반전을 거듭하며 결국에는 손을 쓸 수 없는 지경에 이르렀다.

'이럴 줄 알았으면 그냥 계속 구가에 붙어 있는 거였는데!'

"그때 자신 있게 말씀하시지 않으셨습니까! 여왕의 마음만 먼저 얻으면 된다고요. 그런데 이게 뭡니까?"

"그래요, 마음도 없는데 합궁을 했을 리가 없잖습니까!"

물론 여왕이 작정을 하고 저들에게 물을 먹이려고 꾸민 일일지도 몰랐다. 하지만 그러기에는 일이 너무 컸으며, 구제하가 얌전히 그 작전에 어울려 줬으리라는 보장도 없었다.

"……둘이 정말 마음이 통한 겁니다. 그 외에는 지금 이 상황을 설명할 방도가 없어요!"

"쯧, 허수아비라고 생각했건만……."

이를 어쩌면 좋으냔 말이야!

"혹, 이러다 전하께서 아들이라도 낳으신다면……."

"그런 재수 없는 소리는 꺼내지도 마세요!"

"아니, 하지만……."

저들끼리 한마디씩 거들던 귀족들은 이내 무거운 한숨을 내쉬었다. 눈앞이 캄캄했다. 길이 보이지 않았다.

만약 여왕과 구제하 사이에서 사내아이라도 태어난다면, 그 꼴 보기 싫은 구제율의 세상이 되는 것이나 다름없었다. 지금보다 더 활개를 치고 돌아다닐 그 꼴을 어떻게 봐!

"늦기 전에 둘을 떨어뜨려 놓아야 합니다."

"무조건, 무조건 전하께서 구제하의 아이를 가지시는 것만큼은 막아야 합니다."

"맞습니다. 아이가 태어나면 법적으로 이혼시키기가 힘들어지니까요."

귀족들이 이 정도로 혈안이 되어 있는 데에는 다 이유가 있었다. 천유국은 개인의 권리를 중시하는 나라로, 비교적 이혼이 자유로웠다. 그러나 이 때문에 사람들은 혼인이라는 것을 가볍게 여기게 되었다. 단순 변심이라는 이유로 강제 이혼을 당하는 사례가 발생했고, 그들의 아이들까지 피해를 입는 경우가 생기며 다음과 같은 몇 가지 제한이 생기게 되었다.

첫째, 이혼을 하려거든 국가의 조사를 받은 뒤에야 할 수 있다.

둘째, 부부 사이에 아이가 있으면 웬만한 사유가 아니고서는 이혼을 할 수 없다.

셋째, 이미 한 번 이혼한 전적이 있는 사람의 경우, 또다시 이혼할 수는 없다.

"다들 진정하세요."

"지금 진정하게 생겼습니까?!"

"소문은 소문일 뿐입니다."

목소리만큼은 여전히 침착한 시건형이 그들을 진정시켰다.

"진위 여부를 확인하기 전에는 아직 아무것도 모르는 겁니다."

무게를 잡고 말했지만, 귀족들은 쉽게 넘어가지 않았다. 아무리 현실을 부정해 보려 해도 어쩔 수 없는 상황이었다. 오히려 그럼에도 자꾸만 괜찮다고 말하는 시건형이 답답하기만 했다.

'자존심만 높아 가지고…… 자신의 패배를 인정하려 들지 않는 양반이야.'

'이렇게 여유를 부리니 한 방 먹지.'

속으로는 궁시렁거리면서도 귀족들은 일단 차분한 모습으로 반문했다.

"하지만 목격자가 있지 않습니까."

"듣자 하니 그 목격자가 희수궁의 궁녀라고요. 희수궁 사람의 말을 어찌 신용한단 말입니까? 그 궁녀가 국서와 내통했을지도 모르지 않습니까."

"그, 그야 그럴 수도 있겠지만……."

당당하던 귀족들의 목소리가 한층 수그러들었다.

"이게 다 구제하의 계략일지도 모른단 말입니다."

"……."

꽤 설득력 있는 그의 말에 귀족들은 흔들렸다. 가만 듣고 보니 그 말에도 일리가 있었다. 구제하가 일을 꾸미고, 우리의 어린 여왕께서 그 덫에 걸려 버린 거라면…….

"진실을 알고 있는 여왕과 국서에게 확답을 듣기 전에는 섣불리 판단해서는 안 되겠군요."

"그래요. 포기하기에는 이릅니다."

"……뭐 좋은 생각이라도 있으신 겁니까?"

어느새 완전히 넘어온 귀족들. 다시금 저를 향해 반짝이는 그들의 눈빛에 시건형의 입꼬리가 서서히 올라갔다. 잃었던 여유가 조금이나마 되돌아왔다.

"이미 손을 써 두었습니다."

그가 믿음직스럽게 말했다. 그러나 그것도 잠시.

"하지만 확실히, 이번 일은 예상치 못했던 것만큼 타격이 크군요."

인정할 건 인정해야겠지. 침착하게 상황을 파악하고 그에 따른 대책을 강구해야만 했다. 결의에 찬 귀족들을 바라보는 시건형의 눈빛이 번뜩였다.

"작정하고 몰아붙여야겠습니다."

"몰아붙인다고 하면……."

"쓸 수 있는 수단과 방법은 가리지 않고, 모두 써 보자는 뜻입니다."

귀족들이 입을 다물었다. 시건형답지 않게 초조함이 엿보이는 발언이었다. 그만큼이나 그들이 벼랑 끝에 내몰렸다는 뜻이기도 했다.

*   *   *

"축하해, 아라."

월비가 생글생글 웃는 얼굴로 방 안에 들어섰다. 이를 본 아라는 한숨을 푹 내쉬었다. 안 그래도 숙취로 앓고 있던 터라 머리가 깨질 거 같은데, 또 무슨 말을 하려고 이러나.

"다음 달에 출산이라며?"

"……뭐?"

뜬금없는 그녀의 말에 아라는 숨이 턱하고 막혔다. 눈에 잔뜩 힘을 주고는 그게 무슨 소리냐며 노려봤지만, 월비는 아무렇지도 않다는 듯 어깨를 으쓱이며 말했다.

"지금 궐 밖에 소문이 쫙 퍼졌던데?"

아라는 기겁했다. 심지어 저 말도 안 되는 소문이라는 것이 궐 밖에까지 퍼졌단다. 이게 무슨 마른하늘에 날벼락인지. 월비의 말을 듣던 그녀는 머리를 쥐어뜯었다.

"……어쩌다 소문이 그렇게까지 된 거야."

어젯밤, 제명록을 들고 제하를 찾아간 것까지는 생생하게 기억했다. 그러나 그 이후의 일은 일절 기억나지 않았고, 해가 중천이 돼서야 눈을 떠 보니 자신은 중앙궁이 아닌 회수궁에 있었다. 밖에 퍼진 이상한 소문은 점차 과장이 되었고, 거기에 말도 안 되는 거짓말까지 보태어져 나중에는 손을 쓸 수 없을 정도가 되었다.

"뭘 놀라. 원래 소문이라는 게 점차 과장되고 와전되는 법이지."

구석에 앉아 있던 무휼의 말에 아라는 재빨리 그를 노려봤다.

어쩜 저리도 태연할 수가 있는 건지! 따지고 보면 이게 다 너 때문이잖아!

그녀의 원망이 가득 담긴 시선에 무휼은 한숨을 내쉬었다.

"애초에 네가 정신을 똑바로 차리고 있었으면 이런 일도 없었잖아."

"윽······."

"언제까지고 내가 널 도와주러 갈 수 있을 거라고 생각하지 말라고."

아라는 입술을 깨물었다. 있는 힘껏 응수해 주고 싶었지만 할 말이 없었다. 결국 백기를 들 수밖에. 누굴 탓하리. 그의 말대로 부주의한 자신의 잘못이 가장 큰 것을.

"그리고 아무거나 받아먹지 말라고 했지."

"······."

"네가 잘못한 거야."

"그러네. 내가 잘못했네. 아주 죽을죄를 지었어!"

아라는 생각했다. 상황이 이상하게 돌아가고 있어. 분명 자신은 무휼에게 화를 내려고 했고, 충분히 그럴 자격이 있다고 생각했는데 어째서 지금 내가 혼나고 있는 거지.

"······그래도 일이 이렇게 커질 줄 알았으면, 어제 그냥 데리고 올 걸 그랬네."

아라를 꾸짖기는 했으나, 사실 무휼은 자신에게도 잘못이 있다는 것을 잘 알고 있었다. 그리고 스스로 반성했다. 사실 궐 안에 돌고 있는 소문을 막 접했을 때는 그 역시 크게 놀랐다.

아라라면 새벽에 슬쩍 빠져나와 알아서 잘 중앙궁에 가 있겠거니 했는데, 설마 둘이 사이좋게 늦잠을 잘 줄이야.

"국서는 어쩌고 있어?"

한편 월비는 이 모든 일을 구제하 탓으로 돌리며, 다음에 만나면 가만두지 않겠다 언성을 높이고 있었다.

"그쪽도 지금 난리야. 구가에서 사람들이 몰려와서는 국서를 만나겠다고 앞에서 죽치고 있는 바람에 꼼짝도 못 하고 있대."

"하긴, 구가를 지지하는 귀족들에게는 희소식일 테니까."

"사실인지 확인하기 위해 안달이 나 있는 모습이 눈앞에 선하네."

섣불리 대답하지 않고 궐 안에서 꼼짝을 않고 있으니 그나마 다행이었다. 이런 상황에서까지 그가 중앙궁을 들락날락했으면 소문이 사실이라고 확실하게 인정하는 꼴이 될 테니 말이다.

"역시 오늘 조회를 빼먹는 게 아니었어."

아라가 마음에 걸린다며 입을 열었다.

평소 일찍 일어나는 그녀였지만 간밤의 숙취 때문인지 정오가 되어서야 겨우 일어났다. 덕분에 오전에 있는 조회는 연기될 수밖에 없었고, 이는 소문을 과장시키는 데에 크게 한몫했다.

"이러다 둘째를 임신했다는 소문까지 돌겠네."

침착하려 했지만 그럴 수가 없었다. 부들부들 떨리는 주먹을 말아 쥔 아라가 책상을 신경질적으로 내려쳤다.

"이제 얼굴을 어떻게 들고 다녀……."

"그리고 보면 희수궁 궁녀들도 참 성격이 급하네. 제대로 확인도 안 해 보고 소문부터 퍼트리니 말이야."

"아무리 사실이 아니라고는 해도, 다수가 그렇게 믿으면 그것이 곧 사실이 되고는 하지."

솔직하게 말하면 지금 이 상황, 무휼과 월비 입장에서는 지켜보는 재미가 쏠쏠했다. 물론 엄밀히 말하면 그들에게 있어서 좋지 않은 상황이기는 했지만 그래도.

"안 되겠어. 지금이라도 대신들을 불러 모아 놓고 해명을……."

"해명? 해명을 해서 뭐하려고?"

"뭐하긴, 소문이 점점 과장되고 있으니까 그렇지."

아라가 당연한 거 아니냐는 식으로 말하자 고개를 갸웃거리던 무휼이 의아한 표정으로 그녀를 바라본다.

"군이 이 소문을 잠재울 필요가 있을까?"

"그게 무슨 소리야?"

무휼의 손이 아라를 한 번 가리키더니, 다음으로 희수궁이 있는 방향을 향해 옮겨졌다.

"부부잖아."

"……."

'부부'라는 말에 아라는 조용해졌다. 물론 그 말대로 구제하와 시아라는 부부라는 이름으로 묶여 있는 관계이기는 했지만, 어쩐지 어색했다. 부부, 부부라.

"주위에서 널 정숙하지 못한 여인으로 볼까 봐 걱정하는 거야?"

"아니, 그건 아닌데……."

"네가 다른 남자랑 바람을 피우다 걸린 것도 아니고."

좀 전까지만 해도 해명을 외쳐 대던 아라의 입이 딱 다물어졌다. 물론 허수아비 국서에 가짜 부부이기는 했지만, 무휼의 말대로 남들 눈에는 뭐 하나 이상할 게 없는 관계였다. 그러니 군이 이 소문을 잠재우려 안달할 필요는 없었다.

"오히려 잘된 거 아니야? 구제하는 네 편이잖아. 그 사람만 끝까지 입을 다물어 준다면, 이번 일로 이 1년은 귀족들의 닦달에서 벗어날 수 있을 거야. 나중에 합의 이혼을 할 때도 의심 같은 거 안 받을 테고."

무휼이 눈을 반짝이며 말했다. 나름대로 논리 정연한 그의 말에 아라는 한숨을 푹 내쉬었다. 또 말도 안 되는 결론에 도달할 거 같아 불안해졌기 때문이다. 그리고 그녀의 불안은 적중했다.

"기왕 이렇게 된 거, 금실 좋은 부부 연기를 해 봐."

말이 쉽지, 그게 어디 쉬운 일이냐 말이야.

아라는 속이 까맣게 타들어 가는 거 같았다. 금실 좋은 부부의 연기라니, 불가능했다. 그들에게 말하지 못한 게 하나 있다. 얼마 전 그녀는 그에게 이상한 선전포고를 받았고, 틈만 나면 마음속을 비집고 들어오는 그 때문에 미칠 거 같다는 사실.

지금 밀어내는 것만으로도 필사적인데!

"그쪽에서는 아주 적극적으로 협력할 거 같은데."

마치 자신은 모든 것을 다 알고 있다는 듯 무휼이 싱긋 웃으며 말하자 아라는 뜨끔했다.

"게다가 어차피 너, 그 사람에게 국정에 참가할 수 있는 권한을 주려 했잖아."

"뭐야? 이런 상황에서 국정을 맡기겠다고?!"

월비가 그 말에 예민하게 반응했다. 그러자 아라는 재빨리 무휼을 흘겨봤다. 도대체 그 이야기는 또 어떻게 알고 있는 거야? 이제는 무서울 정도네.

"일부를 맡겨 보자는 거지, 전부 다 맡긴다는 건 아니었어."

"그게 그거지!"

"……그래도 지방 관리 출신이잖아. 경험이 있으니 일 처리도 빠를 거야. 우리에게 큰 도움이 될 거라고."

"절대 안 돼!"

결국 월비가 빽 소리를 질렀다.

"지금 궐 안 곳곳에 소문이 쫙 퍼졌어. 그런데 이 시점에서 네가 그 사람을 국정에 참여할 수 있게 해 주면 그 소문을 인정하는 꼴이 된다고."

"내 말이 바로 그거야."

옆에서 무휼이 고개를 끄덕이며 맞장구를 쳐 주었다. 그러자 신이 난 월비의 목소리가 한층 더 높아진다.

"거봐, 이번만큼은 무휼도 내 의견에 동의……."

"아니, 그러니까 둘이서 서로 죽고는 못 사는 연기를 하라고."

"무휼!"

앙칼진 월비의 외침에 무휼이 그녀의 입을 손으로 막았다. 이거 놓으라며 발버둥 치는 그녀였으나, 무휼도 이번만큼은 단호했다.

"어쩔 수 없어, 아라. 슬슬 한쪽을 선택할 때가 된 거야. 언제까지고 중립에 서 있을 수만은 없다고. 이도저도 아니게 될 테니까."

대신들의 편에 설 것인가, 귀족들의 편에 설 것인가.

그것이 문제였다. 한쪽 편에 서면 다른 한쪽이 칼을 뽑아 들 것이다. 그렇다고 균형을 유지하기 위해 어느 곳도 선택하지 않는다면, 무휼의 말대로 양쪽 모두가 그녀에게 검을 겨눌지도 몰랐다.

"한번 침착하게 생각해 봐."

"하지만……."

"모두 다 안고 갈 수는 없어. 그렇다면 피해를 최소한으로 하는 수밖에."

그 말에 아라는 잠시 생각에 잠겼다.

귀족들의 수는 대신들보다 적었다. 가뜩이나 수적으로 밀리고 있는데, 거기에서 또 시건형과 구제율파로 나뉘었다. 즉, 반토막이 나 버렸다는 뜻이다.

"대신들이 경계하는 건 귀족들의 수장인 시건형이니까, 구제율 쪽 귀족들과 대신들을 결속시킨다면……."

아라의 작은 중얼거림에 무휼은 고개를 끄덕이며 옅은 미소를 지었다.

"그래. 결과적으로 시건형을 포함한 극소수의 귀족들만을 적으로 돌릴 수 있겠지. 구제율이나 대신들 모두 공통적으로 시건형을 적이라고 생각하고 있으니까."

결론에 도달하자 아라의 표정이 밝아졌다. 물론 완벽하게 그녀가 원하는 것은 아니었지만 그래도 완벽에 가까운 이상적인 결과가 아니던가.

"일단 소문은 이미 퍼졌고, 이 소문을 들은 이상 시건형도 가만히 있지는 않을 거야."

그러나 몰릴 대로 내몰린 상황이라는 건 틀림없었다. 그렇다면 이 상황에서 시건형은 어떤 판단을 하려나? 벼랑 끝에 내몰린 그를 본 적이 없기에 짐작조차 가지 않았다.

"어쩌면 말도 안 되는 무언가를 준비하고 있을지도."

무휼의 말에 아라는 인상을 찌푸렸다. 시건형과 말도 안 되는 무언가의 조합이라니.

"말도 안 되는 무언가? 그게 뭔데?"

그녀의 질문에 잠시 고민하던 무휼이 피식 웃었다.

"글쎄, 예를 들면……."

*　　*　　*

"전하."

문제의 사건이 터진 바로 이튿날.

하루 거르고 진행된 조회이다 보니, 처리해야 하는 일이 많아 모두가 정신없었다. 그럼에도 대신들은 틈틈이 아라의 눈치를 보기 바빴다. 그들은 모두 소문이 사실인지 궁금하다는 눈치였지만, 누구 하나 용기 있게 입을 떼는 사람은 없었다. 딱 한 사람을 제외하고는.

"합궁을 치르셨다 들었습니다."

"……."

슬슬 마무리를 하려는데 잠자코 앉아 있던 시건형이 입을 열었다. 그의 말에 대전에는 침묵이 내려앉는다. 다 죽어 가던 눈들이 반짝거리며 일제히 그녀를 향했다.

한편 말을 꺼낸 시건형은 매서운 눈으로 아라의 표정을 관찰했다. 사실 일부러 이런 공개적인 자리에서 그 이야기를 꺼낸 것은 그녀의 반응을 보기 위함이었다. 반응만으로도 그것이 사실인지 아닌지를 알 수 있을 테니까.

그러나 아라는 눈 하나 꿈쩍도 하지 않았고, 아무런 대답도 하지 않았다. 표정을 읽어내는 데 실패한 시건형은 속으로 욕지거리를 내뱉으며 재빨리 미소 지었다.

"참 잘하셨습니다."

대전 안이 술렁이기 시작했다. 그도 그럴 것이 다른 사람도 아니고 시건형이 칭찬을 늘어놓다니, 도대체 저 늙은 여우가 무슨 꿍꿍이인 거지.

"암요, 혼인을 하셨으니 최대한 빨리 후사를 보는 게 좋겠지요."

"……."

"제가 전하를 아직도 어린아이라고 생각하고 있었나 봅니다. 이렇게 제대로 나라의 안위를 생각할 줄 아는 훌륭한 왕이 되셨는데……."

그렇게 말하며 괜히 눈물 한 방울을 소매에 찍어 대던 시건형이 자리에서 일어났다. 그러고는 처음부터 품에 지니고 있었던 것으로 추정되는 책 한 권을 아라에게 내민다.

"전하께서 슬슬 후사에 대해 진지하게 생각해 보실 때가 되었다고 사료되어……."

얼결에 시건형이 내미는 책을 받은 아라가 미심쩍다는 얼굴로 조심스럽게 그것을 펼쳤다.

혹시나 일전에 제하가 희수궁 뜰에서 태우고 있던 서신들처럼 민망한 내용이 적힌 책이면 어쩌나 걱정했지만, 다행히 그런 게 아니었다. 그러나 확실히 이상한 책이기는 했다. 한 장 한 장 사람의 이름과 그에 대한 정보들이 세세히 적혀 있는 것이 꼭 제명록을 닮았다. 또는…….

"이게 뭡니까?"

"명단입니다."

"명단이요?"

명단이라는 말에 아라의 고개가 갸우뚱 기울어졌다. 지금의 이야기 흐름에서 갑자기 왜 명단이 등장하느냐는 반응. 그런 그녀를 바라보며 시건형이 껄껄 웃었다.

"국서와 비슷한 훤칠한 외모의 사내들만 모아 놓았습니다. 나이 역시 또래인 데다, 가문은 두말할 거 없이 확실한 자들입니다."

순간 수군대던 사람들의 입이 딱 다물어졌다. 아라를 향해 있던 그들의 시선은 이제 미소 짓고 있는 시건형을 향해 있다. 수많은 시선이 거슬리지도 않는지, 시건형은 능청스럽게 제 할 말을 다했다.

"선왕들께서도 후사를 잇기 위해 많은 노력을 기울이지 않으셨습니까."

싱긋 웃고 있는 그와 달리, 아라의 입가에는 그나마 걸려 있던 미소마저 싸늘하게 식어 버렸다. 그가 무슨 말을 하고 있는지 알아차리고 나니, 인상이 절로 찌푸려졌다.

"그러니까 지금 숙부님의 말씀은."

아라가 제 손에 들려 있던 책을 '탁!' 소리 나게 덮어 버렸다.

"지금 나더러 남첩을 들이라는 겁니까?"

너무나도 기가 막힌 이야기에 아라는 놀랐다. 참았던 숨을 단번에 토해 내며 묻자, 시건형이 싱긋 웃는다.

"그렇게 말할 수도 있겠군요."

어이가 없어서. 국혼을 하래서 기껏 국혼을 했는데 이번에는 첩이라니. 구제하와의 계약을 통해 위기를 모면했다고 생각했건만, 이렇게 되면 끝이 없었다.

"……농담이 심하시군요, 숙부."

"하하, 제가 언제 농담하는 거 보셨습니까?"

아니, 없었지. 아라의 얼굴이 굳어졌다. 사실은 그녀도 알고 있었다. 그들은 가벼운 농담을 주고받을 정도로 친근한 사이도 아니었으며, 무엇보다도 귀족의 품위를 우선시하는 그가 농담이라는 걸할 리가 없었으니까.

"정말 진심으로 하시는 말씀이십니까."

"당연히 진심입니다."

대전 안의 분위기가 단번에 싸늘해졌다. 그러나 정작 그 원인께서는 저 혼자 해맑게 미소를 지으며 당당히 서 있다.

"어찌 보면 이는 당연한 겁니다."

심지어는 한발 더 나아가 당연한 거라고 우기기까지 한다. 어느 정도 눈치가 있다면 알아서 입을 다물었을 법도 한데, 그는 이 무거운 침묵 속에서도 꿋꿋이 제 할 말을 이어나갔다.

"선대 왕들께서 후궁을 들이신 연유가 무엇이라고 생각하십니까?"

그의 물음에 아라는 입을 꾹 다물었다. 그 이유가 뭔지는 그녀도 너무나 잘 알고 있었지만, 쉽사리 대답할 수 없었다. 그도 그럴 것이 명목상의 이유를 따지자면 후궁을 들이는 이유는 한 가지밖에 없었다. 왕실에서 가장 중요시 여기는 그것, 바로 후사 말이다.

즉, 이는 유도 질문이나 다름없었다.

"예, 바로 후사를 위함이지요."

아라가 끝까지 대답을 하지 않자, 결국 시건형이 스스로 답을 말했다. 예상했던 대로의 답변에 아라의 얼굴이 일그러졌다. 국혼에, 후사에, 이번에는 남첩까지. 자신의 어깨에 짊어진 '의무'라는 짐들이 너무나 많았다.

"그래서, 지금 나보고 후사를 위해 남첩을 들이라는 겁니까?"

누가 봐도 그것은 단순한 핑계였다.

날이 바짝 선 아라의 목소리에 시건형은 잠시 주춤했다. 생각보다 반응이 나빴다. 싸늘한 눈으로 저를 바라보고 있는 그녀에 아차 싶은 시건형이 재빨리 말을 덧붙였다.

"그냥 이런 방법도 있다는 걸 말씀드리고 싶었던 겁니다, 전하."

그러나 이미 늦었다. 아라는 분명 그에게 기회를 주었고, 그가 말을 철회했다면 원만하게 넘어갈 수도 있었다.

"시건형 님!"

결국에는 보다 못한 대신들까지 나서서 그를 비난하기 시작했다.

"도대체 지금 무슨 말씀을 하시는 겁니까?"

"어허, 대신 분들께서는 조용히 있어 주시지요. 어차피 그대들에게도 좋은 일이 아닙니까?"

"뭐라고요?"

시건형의 말에 씩씩거리던 대신들이 조용해졌다. 무조건 반대부터 하지 말고, 함께 손을 잡자는 시건형 나름의 협박이자 유혹이었다.

물론 흥미롭기는 했지만, 이건 옳지 않았다.

"전하와 신왕께서는 이제 막 합궁을 하셨습니다. 그런데 남첩이라니요!"

"맞습니다. 두 분의 사이가 나쁘신 것도 아니고, 아무런 문제가 없지 않습니까!"

"자고로 후궁이란, 왕후께서 옥체가 미령하시거나 아이를 가지실 수 없는 경우를 위함입니다. 그런데 지금은……."

발끈한 대신들이 한마디씩 이어나갔다. 명백한 거절. 결국 홀로 그들과 대립하게 된 시건형이었지만, 그는 여전히 눈 하나 깜짝을 안 했다.

"혹시 모르지 않습니까."

오히려 여유로운 미소까지 지어 가며.

"신왕의 신변에 무슨 일이 생길지도."

은근히 협박 비스무리한 말까지 내뱉는다.

"……예?"

그의 말에 집중하고 있던 아라는 순간 등골이 오싹해졌다. 얼굴은 새하얗게 질렸고, 온몸의 근육이 잔뜩 수축되었다. 이는 다른 이들도 마찬가지. 마치 국서에게 무슨 짓을 할 거라 경고하는 것만 같아 아라는 숨이 턱하고 막혔다. 구제하, 그에게 무슨 일이 생길 거라고 상상하는 것만으로도 그녀는 심장이 철렁하고 내려앉았다.

"이보세요!"

"지금 그게 무슨 말씀이십니까!"

"신왕께서 암살이라도 당한다는 말입니까?!"

시건형과 그를 지지하는 세력을 제외한 나머지 사람들이 목소리를 높였다. 제아무리 그라도 이 많은 수를 혼자 감당하기에는 역부족이었던 건지, 재빨리 꼬리를 내렸다.

"그냥 말이 그렇다는 겁니다. 사람 일은 모르는 거니⋯⋯."

"그만."

아라가 입을 열었다. 그녀의 목소리는 다른 이들보다 훨씬 연약하고 가냘팠지만, 단호했다. 그 작은 목소리를 용케 들은 대신들의 입이 일제히 다물어졌다.

"미안합니다만."

이어지는 뜬금없는 사과에 대전 안이 다시금 술렁였다. 눈 하나 깜빡하지 않고 시건형을 응시하던 아라가 아주 짧고 단호하게 말했다.

"그 제안은 받아들일 수가 없습니다."

"지금 당장 어찌하자는 게 아닙니다, 전하. 일단은 염두에 뒀다가 나중에라도⋯⋯."

"나중에라도."

"⋯⋯."

"그런 일은 절대 일어나지 않을 겁니다."

무미건조한 그녀의 말에 결국 시건형은 입을 다물었다. 저렇게까지 단호하게 말하는데 더는 할 말이 없었다. 그는 예전부터 아라의 눈빛이 마음에 들지 않았다. 이 작은 꼬맹이를 보고 있노라면,

돌아가신 형님이 떠올랐기 때문이다.

그녀는 어렸다. 작정하고 덤비면 언제든 꺾을 수 있을 정도로 연약한 존재였다. 그러나 이따금씩 나오는 저 눈빛에는 꼼짝할 수가 없었다. 정말 소중한 것을 지키고자 할 때만 나오는 그 눈빛. 그녀에게 구제하라는 사내의 존재가 그 정도씩이나 된단 말인가?

"더 하실 말씀 있으십니까?"

"……없습니다."

마른침을 삼킨 시건형이 가만히 고개를 저었다. 낭패였다. 구제하라는 존재를 너무 얕봤다. 둘 사이에 아무것도 없었을 거라는 생각이 너무나도 안일했다.

"그럼 오늘 조회는 이것으로 끝내겠습니다. 모두 수고했어요."

싱긋 웃은 아라가 재빨리 자리에서 일어났다. 한시라도 빨리 이 대전을 벗어나야 마음이 놓일 거 같았다. 쉽게 포기할 시건형이 아니었으니까.

"참."

무휼과 월비와 함께 부랴부랴 대전을 빠져나가던 그녀가 갑자기 걸음을 멈췄다.

"깜빡하고 말 안 한 게 있는데."

시건형 때문에 잠시 잊고 있던 무언가가 뒤늦게 떠올랐다. 아무리 정신이 없더라도 이 이야기만은 꼭 해 둬야 했다.

"다음 총회 때부터는 신왕도 함께 참관하실 예정입니다."

"……예?"

"그러니 다들 그런 줄 알고 잘 부탁드립니다."

제 할 말을 끝낸 아라가 유유히 대전을 빠져나갔다. 그리고 그녀의 폭탄 발언에 대전 안에 남아 있던 사람들은 한바탕 난리가 났다. 대신들의 눈이 놀란 토끼 눈처럼 휘둥그레졌고, 지금 자신이 제대로 들은 게 맞느냐며 재차 확인하는 이들도 적지 않았다. 국서에게만큼은 절대 국정을 맡기지 않으려 하던 여왕이 웬일이래!

"난리가 났네."

등 뒤에서 들려오는 어마어마한 외침 소리에 아라는 피식 웃었다. 다른 것보다도 지금쯤 크게 충격받고 있을 시건형을 생각하니 너무나도 통쾌했다. 이는 무휼과 월비도 마찬가지. 아, 하지만 한 가지가 마음에 걸렸다.

"그래도 오늘 조회에서 남첩 이야기가 거론되었다는 것은 비밀로 하자."

조심스러운 아라의 말에 뒤를 따르던 무휼과 월비가 은근한 시선을 주고받았다.

"누구에게?"

"……."

무휼이 능청스럽게 묻자, 아라는 미간을 잔뜩 찌푸렸다. 다 알고 있으면서 구태여 묻는 것이 너무 못됐다. 한 대 쥐어박고 싶을 정도로.

"누구긴 누구겠어."

그 남자, 구제하지.

아직도 희수궁에서 옴짝달싹을 못 하고 있다니, 참으로 다행이었다. 오늘 조회 때 있었던 일을 그가 전해 듣기라도 한다면 분명 가만히 있지 않을 거 같았으니까.

"천하의 시아라가 남자 눈치를 보고 있다니."

"그러게."

그야말로 놀랄 노 자였다.

*   *   *

"오랜만일세, 그동안 잘 지냈는가? 허허."

"……."

방 안에 들어선 남자가 어색하게 인사했다. 그러나 맞은편에 앉아 있던 구제율은 눈 하나 꿈쩍도 하지 않고, 오로지 가꾸고 있는 난에만 집중했다. 이러한 냉대에 잠시 당황하던 남자가 재빨리 들고 온 무언가를 그에게 내밀었다. 그제야 난에서 시선을 뗀 구제율이 힐끗 그 물건을 바라봤다.

고급 비단으로 꽁꽁 싸인 커다란 보따리. 안에 무엇이 들었는지 알 수 없었지만 고가의 물건임이 틀림없었다.

"요즘 날도 점점 더워지는데, 자네 몸보신 좀 하라고 챙겨 왔다네. 이게 말이야, 외국에서 들어온 귀한 약재인데 원기 회복에는 이것만 한 게 없다고 아주 소문이……."

"그래서, 용건이 뭔가."

구제율이 단호하게 말을 잘랐다.

"그렇게 시건형에게 쪼르르 갈 때는 언제고, 이제 와서 이렇게 다시 찾아온 연유가 뭐냔 말일세."

그 말에 남자가 뜨끔, 잔뜩 움츠러든 어깨를 애써 펴며 어색하게 웃었다.

"하하, 그때는 내가 판단력이 부족하여 실수를……. 미안하네, 정말 미안해. 옛 정을 생각해서라도 한 번만 봐주게."

남자는 구제율의 오랜 벗이었다. 둘은 동문수학한 사이로, 번번이 국시에서 떨어진 제율과 달리 그는 바로 급제를 해 관직에 진출했고 그 뒤로 사이가 멀어지게 되었다.

"한 번 배신한 사람에게 두 번의 배신은 아무것도 아니겠지."

"내가 어떻게 자네를 배신한다고……."

구제율의 비꼼에 남자는 속으로 욕설을 내뱉었다. 설마 그에게 고개를 숙이는 날이 올 줄이야. 운 좋게 국서의 자리를 차지한 주제에 건방 떠는 것이 꼴 보기 싫었다.

그러나 할 수 없지. 지금의 실세는 그가 틀림없으니까.

게다가 시건형을 배신하기로 마음먹은 이상, 어떻게 해서라도 구제율에게 달라붙어야만 했다. 여기서도 실패한다면 이제 아무것도 없었으니! 그에게 이는 곧 마지막 기회나 다름없었다.

"아, 참. 그 이야기 들었는가."

"이야기?"

관심을 보이는 구제율의 반응에 남자는 작게 미소 지었다. 오늘 그가 갖고 온 선물은 보따리뿐이 아니었다.

"내가 막 조회에서 오는 길인데 말일세, 시건형 그 사람 정말 제정신이 아니더구만."

"조회에서 무슨 일이라도 있었나?"

"암, 있었지. 있었어. 글쎄, 시건형 그자가 전하께 남첩을 둘 것을 제안했지 뭔가!"

"뭐라고?!"

시건형이라는 이름에 구제율이 민감한 반응을 보이며 벌떡 일어났다. 희번덕 뜬 눈에는 실핏줄이 다 보일 지경이었고 입술은 너무 꽉 깨문 탓에 핏기가 서려 있기까지 했다. 그만큼이나 그는 잔뜩 흥분한 상태였다.

"시건형…… 내가 조회에 참석할 수 없다고, 그 틈을 이용해……."

"워워, 일단 진정하게나. 진짜 재미있는 건 이 다음이니 말이야."

그래, 시건형의 제안 역시 중요한 이야기이기는 했지만, 사실 뒤이어 등장하는 이야기가 본론이었다.

"전하께서 그 제안을 단칼에 거절하셨다네."

"전하께서?"

잔뜩 일그러졌던 구제율의 얼굴이 전하라는 말을 듣자 순식간에 펴졌다. 극과 극을 달리는 그의 표정 변화에 남자는 최대한 웃음을 참아 내며 그의 비위를 맞췄다.

"그뿐만이 아닐세, 다음 총회 때부터 국서의 참관을 허락하신다는 게 아닌가!"

"그, 그게 정말인가?!"

"암. 정말이고말고. 전하께서 직접 말씀하셨다니까 그러네."

준비한 선물들은 확실히 효과가 있었다. 구제율의 표정은 좀 전과는 비교가 안 될 정도로 밝아졌고, 이를 본 남자는 안도의 한숨을 내쉬었다.

"잘됐어, 참 잘되었어! 이참에 그 꼴 보기 싫은 시건형을 제대로 밟아 버려야지."

"그거 참 좋은 생각일세."

남자가 재빨리 아부했다. 노골적인 처사였으나, 여왕이 제하에게 넘어갔다는 말에 마음이 들뜬 구제율은 이를 밀어내거나 하지 않았다. 그는 단순했다.

"나는 시건형, 그가 왕족이라고 귀족들의 수장이 된 것부터가 마음에 안 들었어. 귀족들을 감시하려는 목적이지, 그게."

"내 말이 바로 그 말일세! 솔직히 시건형은 왕족일 뿐이지 순수 귀족 출신도 아니지 않은가. 수장이라면 귀족이면서 장차 세손의 할아버지가 될 자네가 그 자리에 앉아야지, 암."

"허허, 이 사람아. 할아버지라니, 너무 앞서가는구만."

"앞서가기는! 전하께서 국서를 얼마나 아끼시는지, 세상 모두가 다 알고 있는 마당에!"

가식적인 말들이 오고 가길 얼마, 덕분에 기분이 좋아 보이던 구제율의 얼굴에 아주 잠깐 어둠이 스치고 지나갔다. 듣자 하니 제하는 여왕의 총애를 받고 있고 걱정하고 있던 초야 역시 잘 치러진 듯했으니 그에게 더는 걱정거리가 없었다. 그러나 딱 한 가지, 마음에 걸리는 게 하나 있다.

기쁜 소식을 전해 준 벗에게 다음에 술 한잔 살 것을 약속한 구제율은 그가 돌아가기 무섭게 사람을 불렀다.

잠시 뒤, 험상궂게 생긴 사내 한 명이 그를 찾았다. 덩치와 달리 고개를 푹 숙이고 있는 것이, 사내는 무언가에 잔뜩 겁을 먹은 듯 보였다.

"그년은 아직도 못 찾았나?"

"……죄송합니다. 조금만 시간은 더 주시면 반드시……."

"그놈의 시간, 시간! 그깟 계집애 하나 찾는데 뭐 이리 오래 걸린 단 말이야!"

구제율은 마음이 급했다. 지금 모든 것이 잘 풀리고 있으니, 그 유일한 골칫거리만 잘 해결된다면 이제 이 천유국은 제 손아귀에 들어오는 것이나 다름없었다. 무슨 수를 써서라도 해결해야만 했 다.

"사람을 더 풀어라. 될 수 있는 한 많이! 그리고 온전치 않아도 된 다. 팔을 부러뜨리든, 다리몽둥이를 부러뜨리든 상관없으니 반드시 잡아 와! 알겠느냐!"

"예!"

허리를 직각으로까지 숙여 인사를 올린 사내가 나가고 난 뒤, 방 안에 앉아 잔뜩 인상을 찌푸리고 있던 제율이 낮게 중얼거렸다.

"다 된 밥에 재를 뿌리게 할 수는 없지."

*   *   *

"오랜만이네."

말에 가시가 박혀 있다. 아라는 고개를 갸우뚱하며 눈앞에 서 있 는 제하를 바라봤다.

문제의 그 날 이후 삼 일 쩨가 되는 날. 그동안 그는 희수궁에서 몸을 사렸고, 오늘 오후가 돼서야 아라에게 중앙궁을 방문해도 좋다는 허락을 받고 이리 온 것이다. 당장에 꼬리를 흔들며 달려올 줄 알았던 그가 뻐딱한 반응을 보이자, 아라는 실망했다. 애틋함까지는 아니더라도 반가워할 줄 알았는데, 그는 어째서인지 불만이 가득해 보였다.

"내가 오는 길에 아주 이상한 소문을 하나 들었는데 말이야."

소문?

"놀랍게도 그 소문의 주인공이 부인이시더라고."

소문이라는 말에 아라는 불안해졌다. 한 가지 짐작 가는 게 있었으니, 그녀의 시선이 문가에 앉아 있는 월비와 무휼을 향했다.

'설마 둘 중의 누가 조회 때 일을 일러바친 건 아니겠지?'

그러나 그녀의 바람을 무시하듯 그들은 하나같이 시선을 피하느라 여념이 없었고, 이에 우려가 현실이 되었음을 깨달은 아라는 울상이 되었다.

'도대체 누구야! 당장 말 안 해?!'

솔직하게 자백하라며 아라가 무언의 압박을 넣고 있는 사이, 어느새 그녀의 코앞까지 다가온 제하가 손을 뻗었다. 그러고는 아라의 얼굴을 붙잡아 저에게로 고정시킨다.

"어딜 보는 거야, 오랜만에 만난 남편을 봐야지."

오랜만에 만난 자신에게 집중하지 않고 자꾸 어딜 보느냐는 그의 말에 한 번, 그와의 갑작스러운 접촉에 또 한 번 놀란 아라는 바짝 굳어 버렸다. 그럼에도 그녀는 그의 손을 뿌리치거나 거부하지 않았다. 이에 기분이 풀린 제하가 웃는다. 입술을 끌어올리며 매력적인 미소를 짓던 그가 일부러 느릿하게 말했다.

"우리 부인께서는 나 하나로는 성에 안 차시는 건가?"

아라는 재빨리 제하의 시선을 피했다. 망했다, 망했어. 그의 두 눈이 이글거리고 있는 걸 보니 조회 때 일어난 일에 대해 들은 게 틀림없었다.

"하하. 성에 안 차기는요……."

성에 안 차기는, 감당하는 것만으로도 이렇게 벅찬걸.

"그럼, 그 소문이 전부 거짓이란 말인가?"

아라는 두 눈을 질끈 감았다. 귓가에 들려오는 나긋나긋한 목소리에 입 안이 바짝 마르고, 어느새 제 손등을 부드럽게 쓸고 있는 그 야시시한 감촉에 심장이 뛰어 댔다.

'이거, 귀찮아지겠는걸.'

한숨을 푹 내쉰 아라가 두 눈을 번뜩이며 금방이라도 도주할 자세로 눈치를 보고 있는 무휼과 월비를 노려봤다.

도대체 누가 밀고자야?

솔직하게 말하지 않으면 가만있지 않겠다는 무언의 압박을 보내보지만, 둘은 끝까지 입을 열 생각이 없어 보였다. 뭐, 좋아. 그렇다면 할 수 없지.

"……그 이야기 어디서 들었어요?"

대상을 변경한 아라가 제하에게 물었다. 두 눈을 동그랗게 뜨고 저를 똑바로 바라보는 것이 제하의 눈에는 그저 예뻐 보였으니, 이거 솔직하게 대답할 수밖에 없었다.

"저 둘 중의 누가 당신에게 말했냐고요."

"왜, 나한테 말하지 말라고 신신당부하기라도 했나?"

"예."

아라가 곧장 고개를 끄덕이며 답했다. 그가 알아 봤자 달라지는 것도 없고, 오히려 일이 귀찮게 될 것이 뻔한데 당연한 거 아닌가. 마음 같아선 앞으로도 쭉 모르게 할 작정이었다. 그러자 제하가 서운해하기는커녕, 오히려 씨익 웃더니 묻는다.

"왜? 내가 상처받을까 봐 걱정돼서?"

착각도 유분수지.

"아니요, 내가 걱정돼서 그런 겁니다."

바로 이런 일이 벌어질까 봐 걱정이 돼서 그랬다.

"그래서 저 둘 중 누구냔 말입니다."

"둘? 저 둘 다 아닌데?"

"예?"

너희는 이제 끝이라며 의기양양하게 웃어 보이던 아라는 화들짝 놀랐다. 아니 잠깐, 저 둘이 아니라면 도대체 누구?

"그럼?"

도대체 어디서 정보가 새어 나가는 건지 알아 둬야 했다. 아라의 물음에 제하가 잠시 망설이더니 닫혀 있는 문가를 가리켰다. 그 손 끝을 향해 시선을 옮긴 그녀의 눈에 문밖에 서 있는 검은 그림자 하나가 들어왔다.

"아."

누구긴 누구겠는가.

"김 상궁……."

막상 알고 나니 별로 놀랍지도 않더라. 일전에도 아라에게 사춘기 운운하던 그녀였다. 나중에 월비에게 들은 바에 따르면 김 상궁역시 궁녀들로 이루어져 있는 사랑 모임의 회원으로, 국서를 응원하고 있단다. 언제는 싫어하는 눈치더니! 범인을 알고 난 아라는 다시금 날카로운 눈으로 무휼과 월비를 노려보았다.

'아니면 아니라고 말할 것이지, 사람 헷갈리게 이상한 반응이나보이고 말이야!'

한편 마주앉은 무휼과 월비는 놀란 얼굴로 '너 아니었어?'라는 말을 주고받고 있었다. 아무래도 서로 범인이라고 생각하고는 상대방을 감싸 주려 했던 모양이다.

뭐 어쨌든, 그건 좋아. 넘어가지.

"내가 원래 집착이 아주 심한데……."

"……."

그래, 문제는 이것이었다.

꿀꺽. 뚫어져라 문가를 바라보던 아라는 마른침을 삼키며 고개를 돌렸다. 자신을 잊지 말라며 손등을 쿡쿡 찌르고 있는 제하가 보였다.

"다른 남자에게 곁을 내주는 꼴은 죽어도 못 보니까."

"……."

"그냥 그렇다고."

그냥 그렇기는. 이는 협박이나 다름없었다.

오싹한 감이 없잖아 있었으나, 아라는 겁을 먹기는커녕 입꼬리가 근질근질했다. 이상하게도 마음이 뿌듯하다. 눈앞에서 숨김없이 질투라는 감정을 드러내고 있는 그를 보니 기분이 좋기까지 했다. 점점 이상해지고 있는 거 같아.

"한눈팔 여유 있으면 서슴지 말고 말해 줘."

"말하면 어쩌려고요."

"내가 더 노력해야지."

"노력?"

"부인께서 한눈 못 파시게, 성심성의껏 노력해야지."

제하가 피식 하고 웃으며 미소를 지어 보였다. 이를 본 아라는 미간을 찌푸리며 그의 어깨를 꾹꾹 밀어냈다.

"일단 거리부터 유지하세요."

빨리 제자리로 돌아가라며 손으로 멀리 떨어진 곳을 가리켰다. 아직까지 그와의 적정 거리는 이것이 한계였다. 자꾸만 이렇게 다가오면 심장이 어떻게 될 거 같았으니까.

단호한 그녀의 말에 제하가 못마땅한 얼굴로 자리에서 일어났다. 곧 아라의 신장 하나 정도의 거리까지 물러난 그가 자리에 털썩 앉는다. 어깨를 으쓱이며 이 정도면 만족하느냐는 표정에 아라는 고개를 끄덕였다.

"조금만 더 가까이 가면 안 될까?"

얌전히 앉아 있는다 했더니, 무휼과 월비가 이만 자기들 일을 하러 가겠다며 방을 나서기 무섭게 그는 곧바로 협상을 요구해 왔다.

"안 됩니다."

그러나 아라는 단호하게 고개를 저었다.

"언제까지?"

"내가 익숙해질 때까지."

방 안에 들인 외간 남자는 측근을 제외하고는 그가 거의 처음이었다. 이제는 익숙해질 법도 했지만, 전혀. 어쩐지 날이 가면 갈수록 이놈의 심장은 더 뛰어 댔다.

"부인께서 한눈을 파신다는 이야기를 들어서 그런지, 가까이 있지 않으면 불안한데."

"……그 일은 숙부께서 억지로 밀어붙인 이야기였고, 또 확실하게 거절했으니까."

"확실하게?"

"확실하게."

곧장 따라붙는 확인에 아라가 고개를 끄덕였다. 정말 정색을 하고 시건형을 상대했다. 그가 이 노력을 알아주면 얼마나 좋을까. 다행히 그 바람이 통한 건지, 잔뜩 굳어 있던 그의 얼굴이 어느새 스르륵 풀려 갔다. 이내 제하는 옅은 미소까지 지으며 웃기 시작한다.

"예쁘다."

이제는 익숙한 그 칭찬에 아라의 표정이 굳어졌다. 처음 한두 번은 설레었지만, 이제는 너무 지겹고 단조로워 별 감흥이 없었던 것이다.

"꼭 키우는 동물한테 말하는 거 같아."

그냥 습관적으로 이따금씩 내뱉는, 별 의미 없는 칭찬 말이다.

"난 말할 때마다 늘 진심이었는데."

억울하다며 그가 말했다. 그런 그를 힐끗 바라보던 아라의 시선이 책상 위에 놓여 있는 제명록으로 향했다. 이제 볼 필요가 없다며 그가 반납한 것이었다.

"외우라고 한 건 전부 머릿속에 집어넣었겠지요? 못 했다고 하면 실망이 클 거 같은데요."

"완벽하게 준비되었으니 염려 붙들어 매시지요."

"좋습니다. 그렇게 자신 있는 걸 보니, 바로 실전에 투입해도 되겠군요."

"실전?"

실전이라는 말에 제하의 눈빛이 흔들렸다. 실전이라니, 조회 이외에 또 다른 실전이 있단 말인가? 불안을 감지한 그의 얼굴이 심각해졌다. 한편, 그런 그를 응시하고 있던 아라의 입꼬리가 서서히 올라갔다.

"곧 있을 총회를 말하는 거에요."

"총회? 내가?"

놀란 그를 보며 아라는 고개를 끄덕였다.

"총회. 한 달에 한 번씩 열리는 회의로, 귀족과 대신들 모두가 모이는 가장 큰 규모의 회의. 거기에 국서를 데리고 가는 것으로 확실하게 도장을 찍는 거지요."

아라의 목소리가 약간 무겁다. 결국에는 무휼의 제안을 받아들이기로 한 것이다. 물론 남들 앞에서 금실 좋은 부부의 연기를 한다는 것은 빼고.

"그래야 남첩 이야기를 다시는 못 꺼낼 테니까."

아라의 중얼거림에 제하가 미소를 지으며 눈썹을 씰룩거렸다.

"날 이용하겠다는 거네?"

"처음부터 그럴 목적으로 혼인한 거였잖아요."

그래, 구제하라는 사내와 부부의 연을 맺은 것 자체가 사실은 그를 이용하려는 목적에서였다. 최근 들어 그 목적이라는 것이 불투명해져서 그렇지, 원래라면 분명 그랬다.

"기왕 이용해 먹는 거, 좀 더 철저하게 이용해 보는 게 어떨까."

"그건 또 무슨 말씀이십니까."

"1년 후, 서약대로 헤어진다고 해도 귀족들은 다시금 국혼을 요구하겠지. 그들을 설득하는 건 귀찮을 테니까……."

"흠. 귀찮을 테니까?"

사실 어렴풋이 뒷말이 예상되기는 했지만, 아라는 일부러 물었다. 그러자 그가 너무나도 어여쁜 미소를 짓더니 애교 아닌 애교까지 부려 가며 말했다.

"그럴 바에는 진심으로 나랑 사랑하는 게 낫지 않겠어?"

역시나. 그럴 줄 알았다며 아라의 이마에 주름이 잡혔다. 누군가가 했던 말이 떠올랐다.

"무휼도 비슷한 말을 하던데."

물론 구제하가 말하고 있는 건 '진심' 그리고 무휼이 말한 것은 어디까지나 '연기'라는 점에서 큰 차이가 있었지만.

아라의 말에 제하가 피식 웃었다.

"어쩐지, 그 친구 처음 봤을 때부터 인상이 좋더라니."

거짓말. 만약 이 자리에 유신이 함께 있었다면 대놓고 그를 비웃었을 것이다. 처음에는 무휼을 연적으로 오해해 민감하게 경계한 주제에.

"언제든지 말만 해, 있는 힘껏 이용당해 줄 테니까."

"지금 뭐하자는 겁니까."

"너는 지금 위기이고, 나는 이 위기를 사리사욕을 위해 이용하는 거뿐이지."

너무나도 솔직한 답변에 오히려 아라는 할 말이 없어졌다. 그저 불만 가득한 눈으로 그를 노려보는 것이 최선이었다.

"남의 위기를 이용해 이익을 취득하려는 남자는 싫어합니다만."

아라의 말에 제하가 활짝 웃더니 벌떡 일어났다. 보란 듯이 걸음을 내디뎌 딱 한 걸음만큼의 거리를 좁힌 그가 그녀의 눈치를 보길 얼마, 아라가 아무런 제재를 가하지 않자 이내 만족스러운 미소를 지으며 자리에 앉는다.

"그런 남자에게 사랑받고 있는 게, 바로 당신입니다. 나의 여왕이시여."

*　　　*　　　*

무휼은 한숨을 내쉬었다.

"월비, 이제 그만하고……."

"좀 조용히 해 봐, 잘 안 들리잖아."

문에 바짝 붙어 있던 월비가 투덜댔다. 잔뜩 골이 난 얼굴로 지금 기분이 매우 안 좋다는 것을 고스란히 드러내고 있는데, 무휼의 눈에는 모든 것이 한심해 보일 따름이었다.

"일하러 가는 거 아니었어?"

"아, 잠깐만."

방에서 나오기 무섭게 그대로 일터로 가는 줄 알았더니, 월비는 방 앞에서 꼼짝을 안 했다. 이제는 아예 자리를 잡고 앉아 방 안의 대화를 엿듣겠다고 난리였다.

"곧 있으면 총회라 바쁠 텐데? 아라가 부탁한 자료는 다 정리한 거야?"

"당연하지. 놀 때는 놀아도 일할 때는 제대로 한다고."

월비가 언제 그랬냐는 듯 똑 부러지게 답하자, 뒤에서 한숨을 내쉬고 있던 무휼이 피식 웃었다. 그러면 내가 할 말이 없잖아. 결국 그는 월비의 옆자리에 털썩 앉았다.

그가 알고 있는 유월비란 옛날부터 그랬다. 제 감정에 솔직한 탓에 주위 사람들을 적잖게 당황시키기는 했지만, 가끔씩 번뜩이는 날카로운 판단력은 무시할 게 못 됐다.

한 가지 흠이 있다면, 아라에 대한 애정이 지나치게 강하다는 것 정도.

"너는 아라가 걱정되지 않아?"

"되기는 하는데, 가끔은 미울 때도 있어."

예를 들면 지금과 같은 경우라든가.

문에 머리를 기댄 무휼은 한숨을 내쉬었다. 그리고 방 안에 단둘이 있는 부부의 대화 내용을 듣기 위해 기를 쓰고 있는 월비를 바라본다. 가끔은 아라에게서 눈을 떼고 저를 바라봐 줬으면 하지만, 월비의 마음속에서 아라와 나란히 놓여 있는 이상 불가능하겠지.

"월비, 그냥 저 둘 지켜봐 주면 안 돼?"

"그 이야기는 저번에도 했던 거 같은데?"

자꾸 시끄럽게 할 거면 먼저 가라며, 월비가 삐딱하게 읊조렸다. 그러나 여기에서 물러설 무휼이 아니었으니.

"제대로 된 답변을 못 들었던 거 같은데?"

"나는 저 사람이 마음에 안 든다니까."

"그러니까, 도대체 왜?"

무휼이 끈질기게 물었다. 보나마나 쓸데없는 이유이거나, 질투 때문이겠지. 그러나 월비가 나지막하게 답했다.

"……듣자 하니, 저 국서. 사랑하는 여자가 있었다면서."

"그랬지."

"혹시 저 남자, 아라를 그 여자의 대용이니 뭐니 그 정도로 여기고 있는 건 아니겠지?"

"……."

"아라는 진심인 거 같단 말이야! 나중에 상처라도 받으면 어떡해?"

진심이 담긴 월비의 말에 무휼은 입을 다물었다. 애처럼 굴지 말고 아라를 좀 놓아 달라고 말할 생각이었지만, 그럴 수가 없게 되었다.

"그렇게 생각해 본 적은 없네."

"그럴 것 같았어. 그러니까 나는 열심히 의심할 거야."

다시금 문가에 귀를 바짝 붙인 월비가 인상을 찌푸렸다. 글쎄, 아무리 그래도 안 들린대도.

"아라를 믿고 맡길 수 있다고 판단할 때까지는."

월비가 단호히 말했다. 그리고 이를 지켜보고 있던 무휼은 깊은 숨을 토해 냈다.

"그렇게 말하면 내가 널 막을 수가 없잖아."

월비의 말에도 어느 정도 일리가 있었다. 하지만 무휼은 생각했다. 아마도 지금 구제하가 하고 있는 건 누구를 대신하려는 사랑이 아닌, 진심을 다한 사랑이라고.

남자는 남자가 잘 안다고 했다. 그가 볼 때는 그러했다. 다만 사랑이라는 것이 눈에 보이지 않는 감정인 만큼, 이를 월비에게 논리적으로 설명할 방법이 없으니 안타까울 따름이었다.

'할 수 없지. 월비가 스스로 납득할 때까지 기다릴 수밖에.'

"아무리 그래도, 언제까지 이러고 있을 건데?"

월비의 생각은 이해를 했다지만, 지금 이 행동을 이해한 것은 아니었다.

"……."

"어차피 여기에서는 들리지도 않잖아. 게다가 계속 이러고 있으면 나오다가 마주칠 텐데?"

"윽, 그건 싫어."

"그래, 그러니까 돌아가자."

다시금 시작된 무휼의 설득에 월비는 한참만에야 무거운 엉덩이를 떼고 일어났다. 중앙궁 밖까지 나오는 내내 월비는 국서의 험담을 늘어놓기 바빴다. 그리고 그 옆을 따르던 무휼은 고개를 끄덕이며 건성으로 이야기를 들어 주고 있었다.

그렇게 둘이 막 중앙궁 밖으로 나온 그때였다.

"무휼 님, 무휼 님!"

병사 하나가 다급한 기색으로 땀을 흘리며 그들을 향해 달려왔다. 순간 무휼은 무언가 안 좋은 일이 발생했음을 짐작했다.

"아직 계셨군요. 다행입니다."

다급한 중에도 병사는 무휼과 월비에게 꾸벅 인사를 하더니 거친 숨을 헉헉 몰아쉬기 시작했다. 잠시 그가 호흡을 고를 수 있도록 기다려 주길 얼마,

"자, 잠시 궐 밖에 나가 보셔야 할 거 같습니다."

이어진 병사의 말에 무휼의 얼굴이 일그러졌다. 보통은 문제나 사고가 발생해도 보고로 끝났을 텐데 직접 가 봐야 한다니, 보통 일이 아닌 게 틀림없었다.

"도대체 무슨 일이지?"

재빨리 정문으로 향하며 무휼이 물었다. 그러자 그 뒤를 힘겹게 따라붙고 있던 병사가 숨과 함께 말을 토해 냈다.

"지금 궐 앞에서 웬 여인이, 신왕을 만나야겠다며 소란을 피우고 있다 합니다!"

호랑이도 제 말 하면 온다더니.

그 말에 무휼과 월비는 걸음을 멈췄다. 그러고는 의미심장한 얼굴로 서로를 바라본다. 지금 그들의 머릿속에는 동시에 한 여인의 이름이 떠올랐다.

八花.
피할수없으면즐겨라

"그래서, 나가 봤는데⋯⋯."

한숨을 내쉰 무휼이 쓰게 미소 지었다.

"아무도 없었어."

해가 저물고 어둠이 내려앉은 시각. 원래라면 모든 일을 종료하고 쉬어야 하는데, 중앙궁에는 늦게까지 불이 꺼지지 않았다. 퇴궐 시간은 진즉에 지나갔지만 지금은 그럴 때가 아니었다.

"이상하지?"

"그러게, 이상하네."

방 안에 옹기종기 모여 앉은 월비와 무휼 그리고 아라. 그들의 표정은 하나같이 심각했다.

사건은 오늘 낮, 궐 밖에서 웬 여자가 소란을 피우고 있다는 보고에서부터 시작되었다. 안 좋은 예감에 무휼이 곧장 달려갔지만, 그가 갔을 때는 이미 늦은 상황. 문제의 여자는 물론 궐 밖은 아무 일도 없다는 듯 고요하기만 했다.

"이야기를 들어 보니, 내가 도착하기 전까지만 해도 경비와 다투고 있었다는데."

"그런데?"

"그런데 갑자기 뭔가를 보더니 겁에 질려서는 사라졌다는 거야. 뭔가 이상하지 않아?"

무휼의 물음에 아라는 고개를 끄덕였다.

"이상하네, 이상해도 너무 이상해."

이상했다. 그렇게 소란을 피울 정도였다면 그만큼이나 중요한 목적이 있었다는 뜻. 도중에 도망을 칠 거였으면 그 정도로 소란을 피울 리가 없었다. 게다가⋯⋯.

"신왕을 만나고자 하는 여인이라고 한다면⋯⋯."

그녀의 지목 대상 역시 그냥 넘어갈 수가 없었다. 반드시 신왕을 만나야 한다며 찾아온 여자라니.

"기분은 나쁘지만, 딱 한 사람밖에 떠오르지 않는걸."

아라의 말에 무휼과 월비가 고개를 끄덕였다. 놀랍게도 그들은 지금 같은 생각을 하고 있었다.

"구제용의 부인이자, 구제하의 전 연인."

"⋯⋯주설화."

그녀에 대해 아는 거라곤 대략적인 정보와 이름밖에 없었다.

'주설화.' 어떻게 생겼는지, 어떤 성격인지조차 모르는 정체불명의 여인.

아라는 한숨을 내쉬었다. 그녀도 내심 신경 쓰였던 것이다.

"구제율이 단향에 혼자 갔다는 말을 들었을 때부터 불안하기는 했지."

무휼이 낮은 목소리로 말했다. 혹시나 하고 알아봤더니, 주설화라는 여인이 도성을 나간 기록은 어디에도 없었다. 즉, 그녀는 아직 이곳 천유에 있다는 뜻이었다.

"……무슨 일로 국서를 찾고 있는 걸까."

"아니야, 아직 그 여자라고 확신할 수는 없잖아."

"심증만으로도 충분하지 않나?"

"……단순히 지인일 가능성도 있지 않을까? 급전이 필요해서 국서를 찾아왔다거나, 가족들이 억울하게 옥에 갇혀 있어서 빼내 달라고 부탁을 한다거나……."

"소설을 쓰고 있구나."

웃기지도 않는 소리에 아라는 기가 막힌다며 비꼬았다. 저렇게 요란스레 국서를 찾을 대담한 여인이 얼마나 있겠어. 심지어 구제하는 몇 년간 천유에는 걸음도 하지 않았으니, 지인이 있다고 해도 많을 리가 없었다.

"그런데 말이야……."

잠시 머뭇거리던 무휼이 입을 열었다. 사실 신경 쓰이는 건 그 정체불명의 여자뿐만이 아니었다.

"경비가 이상한 이야기를 하더라고."

"이상한 이야기?"

무휼이 고개를 끄덕였다. 그는 궐 안 모든 군사들의 수장이었지만, 주로 중앙군을 직접 통솔하는 데에 시간을 많이 할애하고 있었다. 때문에 궐 외부에까지 직접 신경 쓰지 못한 것이 문제였다.

"최근 궐 주변에 이상한 사람들이 자주 보인대."

"……이상한 사람? 어떤 사람들?"

"글세. 목격자들의 진술에 따르면, 시전 왈패 같은 느낌의 사내들이라고 했어."

그의 말에 아라는 다시금 심각해졌다.

"왈패들이 궐 주변은 왜……."

이유는 모르겠으나, 왠지 모르게 불안했다.

궐 안에 있으며 내부의 적들을 경계하는 것만으로도 이렇게나 벅찬데, 밖에까지 문제가 생겼다고 생각하니 가슴이 답답하고 식은 땀이 흘렀다.

'도대체 무슨 일이 벌어지고 있는 거지?'

머리를 감싼 아라는 한숨을 푹 내쉬었다. 이러면 안 되는데 자꾸만 안 좋은 방향으로 생각하게 된다.

"혹시라도 그 왈패들이 시건형이나 구제율과 관련 있다고 한다면……."

억측인 감이 없잖아 있었지만, 그래도 경계를 해서 나쁠 것은 없지 않은가. 아라의 말에 무휼 역시 그 점이 걱정된다는 듯 고개를 끄덕였다.

"그래서 외부 경비를 강화할 생각이야."

"그래, 그러는 게 좋겠네."

"지휘는 내가 직접 할 거고."

"잠깐."

아라가 무휼의 말을 끊었다. 지금도 중앙군의 대장으로서 충분히 맡은 일들이 많아 피곤할 텐데, 외부 경비에까지 직접 나서느냐는 걱정에서였다.

"야간 경비까지 네가 직접 하겠다는 건 아니겠지?"

"사태가 사태인 만큼 어쩔 수 없잖아."

그렇게까지 하지 않아도 된다며 아라는 끝까지 그를 말렸지만, 무휼은 그녀의 말을 들을 생각이 아예 없었다. 사실 이번 일로 그도 깨달은 게 아주 많았기 때문이었다.

결국 아라는 고집을 부리는 그를 막지 못했고, 두 손 두 발을 다 들었다. 그러나 무휼에게도 한 가지 마음에 걸리는 게 있었으니. 그의 시선이 제 옆에 앉아 있는 월비에게로 향했다.

"괜찮겠어?"

"나? 난 당연히 괜찮지, 왜?"

본인 체력을 걱정해야지, 왜 자신을 걱정하느냐는 물음. 그러나 그럴 수밖에 없는 게 둘은 늘 입궐과 퇴궐을 함께 하고 있었다.

"내가 애도 아니고, 혼자 돌아갈 수 있어."

"안 돼, 밤늦게는 위험해."

"……."

하여간에 저 과보호. 아라는 영 못마땅하다는 눈빛으로 무휼을 응시했다.

월비의 집인 유월가가 궐에서 먼 것도 아니고, 또 집에서 호위를 붙여 줄 수도 있건만 뭘 그리 걱정하는 건지.

"그럼 당분간은 여기에서 지내는 게 어때? 중앙궁에 남아도는 방도 많으니까."

"그것도 안 돼. 곧 총회가 있으니, 아라는 거기에만 전념해야지."

"뭐야, 무휼. 그 말은 꼭 내가 아라를 피곤하게 만든다는 것처럼 들리는데?"

"당연하지. 너만 두고 가면 분명 방해가 될 거야."

무휼은 그 둘만 내버려 두면 밤새 대화가 끊이지 않을 거라는 걸 잘 알고 있었다. 내일 아라의 상태가 좋지 않다면 결국 총회에서 고생하는 건 자신뿐.

"뭐, 됐어. 나도 싫으니까."

중앙궁에서 자고 가라고 했을 때 열에 아홉은 곧바로 수락하곤 했던 월비가 거절이라니. 말리는 입장이기는 했지만 무휼 역시 놀란 눈으로 그녀를 바라봤다.

"국서랑 마주칠까 봐."

구제하랑 마주칠까 봐 싫다는 월비의 말에 아라가 고개를 갸웃하며 물었다.

"……왜 그렇게 싫어하는 거야?"

자신을 욕한 것도 아닌데, 아라는 이상하게 싫고 서운한 감정이 몰려왔다. 그녀의 물음에 월비는 아무런 대답도 하지 않았다. 그저 삐친 채로 뭐라뭐라 투덜대길 얼마, 결국 보다 못한 무휼이 끼어들었다.

"질투하는 거야."

"질투 아니거든."

"국서에게 널 빼앗겼다고 생각하고 있거든."

사실은 좀 더 그럴싸한 이유가 있었지만, 무휼은 굳이 그 이야기는 하지 않았다. 괜히 입을 놀렸다가 아라의 마음에 상처를 입히게 되면 어쩌나 걱정되었기 때문이다.

"어머, 월비."

다행히 아라는 무휼의 말을 그대로 믿었고 감동했다. 어쩐지 국서의 이야기만 나오면 민감하게 반응한다 했더니 다 이유가 있었구나. 그것도 이렇게 사랑스러운 이유가! 오랜 친우의 우정을 다시금 확인한 아라가 월비를 와락 끌어안았다.

"국서와 월비 중 한 명만 고르라고 한다면, 난 당연히 월비를 선택할 거야."

아라는 진심이었다. 물론 구제하라는 사내 역시 신경 쓰였지만, 아직은 이들과 대등할 정도의 위치까지는 아니었다.

"그럼 우리는 이만 가 볼게."

결국 월비는 오늘도 무휼의 호위를 받으며 집으로 향했다. 월비는 끝까지 혼자 갈 수 있다며 투덜거렸지만, 그게 무휼에게 먹힐 리가 없었다. 결국 그녀는 그에게 붙잡힌 채로 방을 나서야 했다.

"내일 일찍 올 테니까."

"외로우면 국서를 부르든가."

무휼의 장난스러운 말에 아라가 눈을 치켜뜨며 말했다.

"됐거든."

*　　　*　　　*

　궐 근처에 있는 객주 안. 이곳은 오늘도 사람들로 북적였다. 특히나 식사가 가능한 1층은 늦은 시각임에도 불구하고 손님들이 많았다. 그들 틈에 끼어 늦은 식사를 하고 있는 여인이 있었으니, 구석에 앉아 장옷으로 얼굴을 가리고 있는 주설화였다.

　바로 어제, 더는 기다리고만 있을 수가 없어 궐에 찾아갔다가 하마터면 구제율이 보낸 사람들에게 붙잡힐 뻔했다. 이후, 그녀는 신경이 예민해질 대로 예민한 상태였다. 숟가락질을 하면서도 연신 불안에 떨고 있던 그녀가 제 옆자리에 착석하는 사내들에 화들짝 놀라며 몸을 사렸다.

　"자네, 그 소문 들었는가?"

　잔뜩 긴장해 있던 설화는 한숨을 내쉬었다. 다행히 그냥 손님이었던 건지, 사내들은 자리에 앉기 무섭게 탁주 한 사발을 주문하고는 저들끼리 떠들기 바쁘다. 뒤늦게 안도하며 놓았던 숟가락을 집어 드는데, 그녀의 귀에 상당히 거슬리는 대화 내용이 들려왔다.

　"아아, 전하께서 회임을 하셨다는 소문 말인가."

　지금 궐 밖에서는 어딜 가나 화두로 떠오르는 이야기가 있었다. 바로 이 나라의 어린 여왕과 그녀의 남편, 국서의 사랑 이야기가 그것이다.

　"그런데 사실이 아니라는 말도 있던데……."

　"에이, 소문이 괜히 나겠는가. 이게 다 국서이신 신왕과 전하의 금실이 좋다는 거 아니겠어. 허허, 분명 조만간에 좋은 소식이 들려올 걸세."

사내의 말에 맞은편에 앉아 있던 또 다른 사내가 고개를 끄덕이며 술잔을 기울였다.

"암, 왕실 아기씨의 탄생은 곧 천유국 전체의 기쁨이지. 어쨌든 다행일세. 선왕께서는 고령에 공주마마를 가지시어 걱정했는데 이번에는 걱정하지 않아도 되겠어."

한때 천유국 최초로 여왕이 즉위하니 마니 혼란을 겪었기 때문인지, 백성들은 모두 후계자 문제에 민감했다. 때문에 이번 소문은 그들에게도 희소식이었다.

참으로 다행이라며 껄껄 웃고 있는 사내들. 그때였다.

쾅!

어마어마한 소리와 함께 그들의 옆자리에 앉아 있던 여인이 벌떡 일어났다. 깜짝 놀란 그들이 옆을 한 번 힐끔이더니, 재빨리 고개를 돌린다. 옆자리의 여인은 제정신이 아닌 듯했다. 어깨는 바들바들 떨고 있고, 장옷 사이로 보이는 눈은 붉디붉은 것이 오싹하기까지 했다.

"……말도 안 돼."

주설화가 나지막하게 중얼거렸다. 먹고 있던 음식은 아직 반이나 남았지만, 지금 밥이 중요한 게 아니었다.

장옷으로 얼굴을 꼼꼼하게 가린 그녀가 빠르게 1층을 벗어나 2층으로 향했다. 2층에는 수많은 방들이 즐비해 있었는데, 그중에서 가장 끝 방이 그녀가 머물고 있는 곳이었다. 화려하고 비싼 명품을 좋아하는 그녀의 성격과는 어울리지 않는 누추한 방이었지만, 그래도 조금만 참으면 제하가 사람을 보낼 텐데 뭐가 걱정인가 하고 스스로를 위안해 왔다. 그러나 예상치도 못한 일이 생기고 말았으니.

방에 들어서기 무섭게 재빨리 문을 잠근 설화는 작은 침상에 걸터앉았다. 제 입술을 꾹 깨무는 것으로도 모자라, 머리까지 쥐어뜯어 가며 그녀가 중얼댔다.

"그럴 리가 없어…… 그럴 리가 없다고!"

좁고 어두운 방 안에서 홀로 중얼거리는 그녀의 모습은 정신 나간 사람처럼 보이기까지 했다. 그 뒤로도 그녀는 한참이나 미친 사람마냥 중얼거렸고, 그렇게 밤이 지나갔다.

* * *

이른 아침.

새벽같이 일어난 아라는 옷매무새를 바로 하고 방을 나왔다. 이른 시간임에도 밖에는 월비와 무휼이 미리 와 대기 중이었다.

"준비는 다 된 거지?"

무휼의 물음에 아라는 고개를 끄덕였다.

"아마도."

사실 자신이 준비되었는지는 별로 중요하지 않았다. 한두 번 겪어 보는 총회도 아니었거니와, 오늘의 주인공은 그녀가 아니었으니까.

"그럼 가자."

"그래, 우아한 전쟁을 치르러."

지금쯤 대전 안에는 귀족과 대신들이 옹기종기 모여 있겠지. 흡사 수라장과 같은 그곳을 향하는 아라의 걸음은 무거웠다. 오늘 하루 그들에게 시달려야 한다고 생각하니 끔찍했다. 하지만 어쩔 수 없었다. 한 달에 한 번씩은 피할 수 없는 시간. 피할 수 없다면 즐기라는 말도 있지 않은가.

"아."

대전 앞에 도착한 그들이 걸음을 멈췄다. 저 멀리 문 앞에서 쭈뼛거리고 있는 남자가 보였다. 긴장한 건지 우왕좌왕하고 있는 구제하의 모습에 아라는 피식 웃어 버렸다. 아라를 발견한 제하가 안도의 한숨을 내쉬며 그녀의 곁으로 다가왔다.

"준비는 되셨나요."

"아마도."

그 말에 아라는 미간을 찌푸렸다. 뒤에서 킥킥대며 웃는 소리가 들려왔기 때문이다. 재빨리 고개를 돌린 아라가 월비와 무휼에게 눈빛으로 주의를 주었다.

"총회는 기선제압이 중요해요. 쉽게 보이면 안 돼요. 그렇다고 발끈해서 함께 목소리를 높여서도 안 되고요. 흥분해서 단체로 물어뜯으려 들 테니까요."

아라가 지금까지의 경험담을 간단히 축약하여 그에게 경고했다.

"긴장돼요?"

"안 된다고 하면 거짓말이겠지."

"어차피 참관이니까 아무것도 하지 않아도 돼요. 나도 당신에게 뭔가를 기대하는 것도 아니니까. 그냥 부담 없이 앉아 있다가 나오면 돼요. 얼굴을 비치는 데 의의가 있으니."

아라는 평소와 다르게 말이 많았다. 이게 다 긴장을 풀어 주기 위한 그녀 나름의 배려였다. 그리고 이를 알아차린 제하는 보답이라도 하듯 피식 웃었다.

"한 번 안아 주면 좀 나아질 거 같은데."

"좋아요, 뭐. 그 정도야 어렵지 않지요."

장난스러운 그 말에 아라는 너무나도 간단히 고개를 끄덕였다. 예상치 못한 수확에 제하의 얼굴에는 미소가 맴돌았다. 그러나 그것도 잠시.

"무휼."

아라가 정색하고 무휼을 부르자, 안 좋은 낌새를 감지한 제하의 얼굴에서 미소가 사라졌다.

"뼈가 으스러질 정도로 한 번 안아 드려."

"예, 전하. 신왕, 이리로……."

"됐다. 오지 마라, 오지 말라고!"

말이 끝나기 무섭게 눈치 빠른 무휼이 두 팔을 벌리며 그를 향해 성큼성큼 다가갔다. 그러자 제하는 기겁하며 뒤로 물러났고, 이를 지켜보고 있던 아라는 웃음을 터트렸다.

"아직도 긴장되세요?"

"전혀. 이보다 더 침착할 수 없을 정도군."

"자, 그러면 장난은 이쯤하고……."

다시금 아라의 눈빛이 진지해졌다. 무휼을 경계하며 그녀의 곁으로 다가온 제하가 손을 뻗자, 이제는 익숙한 듯 그 손을 잡는다.

"이러고 있으니까 꼭……."

"혼례 올렸을 때 같네."

아라의 말에 제하가 웃으며 뒤의 말을 완성 지었다. 마침 그도 그렇게 생각하고 있던 차였다. 그때와 비슷한 상황. 그러나 확실하게 다른 느낌.

아라의 눈빛에 생기가 맴돌았다. 곧 그녀가 문 앞에 서 있는 내관을 바라보며 고개를 끄덕인다.

곧 대전 안에 우렁찬 목소리가 울려 퍼졌다.

"전하와 신왕께서 드시옵니다!"

자, 어디 한번 덤벼 볼 테면 덤벼 봐라.

*　　*　　*

"절대 안 됩니다."

"아니요, 해야만 합니다."

점점 높아지는 목소리에 아라는 한숨을 내쉬었다. 시작되고 만 것이다. 슬쩍 고개를 돌린 그녀의 시선이 한 층 낮은 단에 앉아 있는 제하에게로 향했다. 그 역시 지금 이 상황이 마음에 안 드는지, 인상을 잔뜩 찌푸리고 있다.

하긴, 왜 안 그렇겠는가. 진지하게 국정을 논해야 하는 대전 안이 그야말로 아수라장인걸.

'그저 제 배 불릴 생각밖에 없는 사람들을 모아 놓고, 나랏일을 논하고 있다니…….'

물론 아라 역시 그들의 마음을 이해 못 하는 건 아니었다. 평소 조회에 참석할 권한이 없는 귀족들에게 오늘은 기회였다. 한 달 동안 꾹 참아 왔던 말들을 다 쏟아 낼 수 있는 시간. 필사적일 수밖에 없겠지.

하지만 이건 아니었다.

"국시 응시료를 인상시켜야 합니다!"

벌써 몇 번째 같은 이야기였다. 그것도 나라를 위함이 아닌, 개인적인 바람에서 나온 이야기라는 것이 아라는 마음에 안 들었다.

"국시 응시료는 4년째 같은 금액이었습니다."

"그래요. 이제 슬슬 올릴 때가 되었습니다."

"아니 됩니다."

"내리면 내렸지, 여기에서 더 올린다는 건 말도 안 됩니다."

귀족들의 맞은편에 앉아 있던 대신들이 차분히 응수했다. 그러나 한 달 중 오늘만을 손꼽아 기다려 온 그들이 쉽게 물러날 리 없었다.

"4년입니다, 4년. 물가 변동에 따라 응시료도 오르는 것이 당연한 이치이거늘! 어쩜 이리들 모르시는 겁니까?"

"모르는 건 우리가 아니라 그쪽입니다. 응시료는 될 수 있는 한 낮게 잡아야 합니다."

"맞습니다. 돈이 꿈을 포기하는 이유가 돼서는 안 됩니다."

어느 한쪽도 제 뜻을 굽힐 생각이 없어 보였다. 그들이 다음으로 취할 행동이 무엇인지 너무나도 잘 알고 있는 아라는 작게 한숨을 내쉬었다.

"전하!"

역시나, 이럴 줄 알았지.

"전하께서는 어떻게 생각하십니까?"

대전 안의 모든 시선이 일제히 아라를 향했다. 자신의 편을 들어 달라는 그들의 강렬한 눈빛을 바라보길 얼마, 그녀가 조심스럽게 입을 열었다.

사실 답은 뻔했다.

"확실히, 올리는 건 좋은 방법이 아니라고 생각합니다."

"그것 보세요!"

단호한 아라의 말에 대신과 귀족들의 반응은 극과 극으로 나뉘었다. 대신들은 '그럼 그렇지.'라며 고개를 끄덕였고, 귀족들은 인상을 찌푸리며 파르르 떨었다.

"모두를 만족시킨다는 게 참 힘든 일이군요."

"……."

"그럼 이건 어떻습니까."

아라가 재빨리 말을 이었다. 총회에서는 노골적으로 한쪽 편을 들어서는 안 되었다. 다른 한쪽의 감정을 상하게 했다가는 나중에 일이 복잡하게 될지도 몰랐기 때문이다.

"귀족들의 제안대로 응시료를 일정 금액 올리는 겁니다."

"전하!"

"단."

드디어 여왕이 저들의 마음을 이해했다며 기뻐하던 귀족들이 순식간에 굳었다. 이제까지의 경험상, 여왕의 입에서 '단'이라는 말이 나오면 그 뒤에는 꼭 마음에 안 드는 것들이 따라붙었으니까.

"만약 응시생이 국시에 불합격할 경우, 그 절반을 돌려주는 겁니다."

둘 중 하나를 콕 집어 선택할 수 없다면, 절충안을 만드는 것이 옳은 방법. 그러나 이 전술도 항상 통하는 것은 아니었다.

"돌려주다니요! 말도 안 됩니다!"

"국시 응시생 수가 몇인데, 그걸 일일이 다 돌려주다니요. 이는 보통 일이 아닙니다."

"그렇습니다. 그리되면 그 일에 또 예산이 들어갈 겁니다."

한 마디씩 보태며 안 된다고 주장하는 귀족들에게 아라는 지쳤다. 본인들 의사에 반하는 의견은 아예 듣지 않겠다는 의지가 고스란히 느껴졌다.

"국시는 모두에게 공정하게 열린 기회입니다. 그런데 응시료를 터무니없이 올린다고 생각해 보세요."

"당연히 터무니없게 올려서는 안 되겠지요. 적절하게 올리자는 겁니다, 적절하게."

"귀족들 입장에서의 '적절하게.'와 백성들 입장에서의 '적절하게.'는 엄연히 다릅니다."

계속되는 아라의 반대에 귀족들은 슬슬 불편한 기색을 내비쳤다. 그들은 이제 답답하다는 눈으로 구제하를 바라봤다.

기껏 총회에 참석할 수 있는 권한을 얻었으면서. 그가 저들 편을 들어 준다면 훨씬 수월할 텐데, 본인은 아무런 관심도 없다는 듯 태연하게 앉아 차나 홀짝이고 있으니.

"결국에는 돈 많은 사람들만 시험을 치를 수 있게 될 겁니다."

"……."

"그래요, 응시생의 대부분이 귀족들의 자제들이겠죠. 그대들의 바람대로."

그녀의 말에 귀족들이 당황했다. 제 속내를 고스란히 상대에게 들키기라도 한 것마냥 그들의 얼굴이 어색하게 굳어졌다. 사실 아라는 진즉부터 눈치를 채고 있었다.

지금 그들이 응시료를 올리고자 하는 데에는 다 이유가 있었다. 겉으로는 돈 욕심 때문인 것처럼 보였지만 사실은 그게 아니었다. 귀족들이 원하는 건 딱 하나, 바로 관직이었다. 만약 응시료를 높인다면 그것을 지불할 능력이 안 되는 서민들은 경쟁 자체가 불가할 것이고 소수의 사람들끼리만 경쟁을 하겠지. 경쟁률이 떨어진다.

"아, 아주 조금만 올리자는 말이었습니다. 아주 조금만……."

아라가 정곡을 찌르자, 귀족들이 한발 물러났다. 그럼에도 그들은 끝까지 제 주장을 거두지 않았다.

"지금도 충분히 높습니다. 일반 민가에서 보름치 쌀을 살 수 있을 정도의 금액이란 말입니다."

"확실히 일반 민가에 비교하면 그럴지 모르겠지만, 평균으로 따지면 그보다는 가치가 적을 겁니다."

"그 평균이라는 것에 귀족들의 재산은 어느 정도 포함되어 있습니까? 똑같이 생각해서는 안 되지요."

"저희도 엄연한 이 나라의 백성입니다!"

아라는 짜증이 치밀어 올랐다. 다른 사람의 이야기는 귀에 담으려 하지도 않고 그저 소리만 질러 대고 있으니, 꼭 다섯 살짜리 아이를 상대하고 있는 기분이 들었다.

할 수 없지. 더는 억지 주장을 들어 줄 인내심이 바닥이 나 버렸다. 그녀가 본격적으로 제재를 가하려던 그때였다.

쨍그랑!

대전 안에 널리 울려 퍼지는 파음. 갑작스러운 소리에 목에 핏대를 세우던 대신과 귀족들의 입이 딱 다물어졌다. 모두가 깜짝 놀란 얼굴로 한곳을 바라본다.

"아, 죄송합니다."

"……시, 신왕."

죄송하다는 말과 달리 구제하는 여유롭게 미소 짓고 있었다. 그의 소매는 흠뻑 젖어 물이 뚝뚝 떨어지고 있었고, 찻잔은 형체를 알아볼 수 없을 정도로 산산조각이 나 사방으로 흩어졌다. 대전 안에는 무거운 침묵이 내려앉았다.

찻잔이 저 지경이 되다니, 실수로 떨어뜨려서는 절대 저런 식으로 깨지지 않을 텐데……. 일부러 깨지라고 집어 던지지 않고서는.

놀란 그들과 달리 작게 미소 짓던 제하는 제 손을 탈탈 털며 말했다.

"제가 이런 자리는 처음이라 긴장이 되어서 그만……."

"……."

"손에서 놓쳤나 봅니다."

대전 안의 공기가 싸하게 식어 버렸다. 그들의 시선이 다시금 조각난 찻잔으로 향했다. 아니, 이제는 찻잔도 아닌 파편으로 향했다.

실수로 손에서 놓치기는! 누가 봐도 일부러 던진 거구만!

"괘, 괜찮으십니까?"

"예, 괜찮습니다."

재빨리 궁녀가 가져다준 천 조각으로 손을 닦으며 제하가 밝게 답했다. 갑작스런 소동이 어느 정도 정리되자, 귀족들은 놀란 가슴을 쓸어내리고 파음과 함께 끊어졌던 대화를 다시 이으려 했다. 그러나 한 번 끊긴 흐름을 되찾기란 어려웠으니. 잠시 고민하던 그들의 입가에 미소가 지어졌다. 좋은 수가 떠오른 것이다.

"신왕께서는 어떻게 생각하십니까?"

"예?"

귀족들이 생글생글 웃으며 물었다. 반면 대신들은 불편한 표정을 지었다. 국서 역시 귀족이었다. 즉, 제하도 귀족의 편을 들 게 분명했기 때문이다.

한편, 제하는 당황했다. 의도적으로 대화의 흐름을 끊은 건 사실이지만, 설마 자신을 끌어들일 줄이야. 그가 슬쩍 아라를 바라봤다. 어찌하면 좋겠냐는 그의 눈빛에 무표정으로 앉아 있던 그녀가 작게 고개를 끄덕였다.

어디 한번 하고 싶은 대로 마음껏 해 보라는 뜻이었다.

"난……."

잔뜩 기대한 얼굴로 저를 바라보고 있는 귀족들을 응시하던 제하가 입을 열었다.

"잘 모르겠습니다."

"……예?"

"한꺼번에 말하니까 못 알아듣겠습니다."

제하가 솔직하게 모르겠다고 대답하자 대전 안이 술렁였다. 귀족들은 답답했다. 알아듣고 자시고 할 게 뭐가 있단 말인가! 그저 저들 편을 들면 될 것을 뭐가 어렵다고 저러는지!

"……지금까지 말씀드린 대로……."

"한꺼번에 소리부터 내지르는데, 어떻게 알아듣습니까?"

"……."

"전하께서는 다 알아들으시는 거 같지만, 저는 많이 모자라는 국서라 여럿이 한 번에 말하면 못 알아듣습니다."

너무 많은 대화가 섞이다 보니 이해가 안 된다는 뜻이었다. 그 말에 잠시 머뭇거리던 대신들이 고개를 끄덕였다. 곧 그들 중 한 명이 입을 열었다.

"현재 귀족 측에서는 국시 응시료를 올려야 한다 주장하고 있지만, 저희는 그래서는 안 된다고 생각합니다. 돈이 없어 시험을 볼 기회조차 얻지 못한다는 건, 너무나도 불공평한 일이니까요. 때문에……."

"아니, 어찌 하나만 생각하고 둘은 생각 못 하시는 겁니까!"

제하가 상황을 정리하는 대신의 말에 고개를 끄덕이며 귀를 기울이자, 불안해진 귀족들이 다시금 대신의 말을 싹둑 잘랐다.

"국시 응시생 수는 점점 늘어가고 있습니다. 덕분에 국시 관련 기관의 관료들은 매일 야근에 시달리고 있고요. 이들의 노고를 위해서라도 응시료는 인상해야 합니다."

"그들의 노고는 인정하는 바입니다. 하지만 그것이 어째서 응시료 인상과 연관이 있다는 말입니까?"

"국시 응시료가 국고에 들어가면 국가 운영비로 쓰이는 것이고, 그리되면 관료들 역시 좋지 않겠습니까? 관료들의 녹봉도 올라갈 테니 말입니다."

"결국에는 지금 우리 배를 불리자고 백성들을 쥐어짜자는 게 아닙니까!"

"어허, 꼭 그렇게 곡해하셔야겠습니까?"

다시금 기 싸움이 시작되었다. 이미 진즉부터 화를 내고 있던 무휼과 월비는 금방이라도 튀어나갈 기세. 그들에 비하면 아라는 꽤 잘 참고 있는 편이었다. 물론 구제하에 비교하면 아무것도 아니었지만. 그는 여유로운 미소를 지으며 그들을 지켜보고 있었다. 마치 재미있는 싸움구경을 하기라도 하듯.

아라는 한숨을 내쉬었다. 아무래도 다시 자신이 나서야겠다. 그럼 이제 저들을 어떻게 진정시켜야 하나 고민하고 있는데, 곧 놀라운 일이 펼쳐졌다.

"……."

"……."

목청껏 떠들어 대던 이들의 목소리가 점차 줄어들더니, 그들은 곧 입을 다물었다. 그리고 뭔가 이상하다는 얼굴로 제하의 눈치를 보기 시작했다.

"그래서…… 신왕께서는 어찌 생각하시는지요."

"여전히 못 알아듣겠습니다."

"……."

"그러니 처음부터 다시 부탁드립니다."

귀족들은 복장이 터질 지경이었다. 신왕께서 못 알아듣겠으니 다시 설명해 달라고 하는데 안 된다고 할 수도 없고, 답답함에 화를 낼 수도 없고.

결국 그들은 다시 처음부터 설명할 수밖에 없었다. 그러나 설명은 꼭 말다툼으로 번졌고, 한참 뒤에야 깨닫고 보면 국서는 웃는 얼굴로 저들의 다툼을 지켜보고 있는 상황.

"다시."

이 과정이 어느새 다섯 번째나 반복되고 있었다.

"처음부터 다시요."

결국에는 모두가 입을 다물었다. 그렇게나 말이 많던 이들이 쉽사리 입을 열 생각을 못 했고, 그저 서로 눈치 보기 바빴다. 그런 그들을 바라보고 있는 구제하는 여전히 여유로웠다. 아라는 내심 놀랐다. 이렇게 많은 고집불통들이 모여 있음에도 이 정도로 조용할 수 있다니.

"그러니까, 저희 측 의견은 응시료 인상에 대한 반대로……."

"아니, 그 전에 알아 둬야 할 게, 현 시점에서 중요한 것은……."

"왜들 이리 말귀를 못 알아들을까."

그의 말에 대전 안의 공기가 싸늘하게 식었다. 순간 아라는 윗사람 무시하는 데 도가 텄다는 그의 말이 떠올랐다. 과연, 윗사람도 무시하는데 아랫사람이라고 다를까.

서열로 치면 그는 이 방 안에서 두 번째로 높은 사람이었다.

"다시."

"⋯⋯."

"처음부터."

결국 귀족들과 대신들이 백기를 들고 말았다. 그도 그럴 것이 그들은 벌써 두 시진째 목청을 높여 가며 말싸움을 벌이고 있었다.

아라였다면 진즉에 나서서 중재를 했겠지만, 구제하는 절대 그들의 싸움을 말리지 않았다. 그저 즐겁게 구경하고 있을 뿐. 그리고 마지막에는 꼭 이렇게 말했다.

'다시 처음부터.'

계속해서 못 알아듣겠으니 처음부터 다시 말해 보라는 그 말에 귀족들은 한숨을 내쉬었다. 드디어 그의 의중을 깨달은 것이다.

구제하는 애초부터 자신들의 이야기를 들을 생각이 없었다.

듣지 않겠다 작정한 사람을 이해시키는 것은 매우 힘들고 어려운 일이었다. 뒤늦게 사태를 파악한 그들이 죽을상을 하자, 이를 지켜보고 있던 제하의 입꼬리가 슬쩍 올라갔다.

"계속해 볼까요? 내가 다른 건 몰라도 인내심 하나는 끝내주는데."

그 말에 귀족과 대신들은 질색을 했다. 특히나 귀족들은 새하얗게 질렸다. 국서가 총회에 참석한다는 말에 이제 저들의 발언권에 힘이 실리겠구나, 했는데 그건 착각이었다.

여왕을 지키는 또 다른 말. 예상치 못한 복병.

기가 죽은 그들을 둘러보던 아라는 작게 웃었다. 그러자 제하가 재빨리 그녀를 돌아봤다. 한껏 의기양양한 얼굴로 '나 잘 했어?'라는 표정까지 지으며. 재빨리 손으로 늘어지는 입가를 가린 아라는 고개를 끄덕였다. 그 덕분에 지금까지 중에서 가장 조용하고 차분한 총회가 되었다.

*　　*　　*

"하여간에."

웃음을 꾹 참고 있던 아라가 대전을 나오기 무섭게 웃음을 터뜨렸다. 내가 진즉에 알아봤지. 그녀가 제하를 향해 돌아서며 말을 이었다.

"성격 참 못됐어요."

"지금 칭찬하는 거지?"

"그래요, 참 잘했어요."

진심으로 하는 감탄 섞인 칭찬이었다. 아라의 솔직한 칭찬에 제하가 미소 짓는다.

"옹고집들을 다루는 능력이 대단하던데요?"

"말이 안 통하는 고집불통 할배들을 상대하는 데에 도가 텄거든."

그 말에 아라는 고개를 크게 끄덕였다. 아, 그랬지. 이 사내는 지금까지 지방을 전전하며 수령의 보좌직을 맡아 왔지. 역시 민원 처리로 쌓인 경험치를 무시할 수는 없었다. 좋아, 생각 이상으로 꽤 괜찮은 전력이 될 거 같다.

"정말 대단했습니다. 귀족들을 꼼짝도 못 하게 했을 때는 어찌나 통쾌하던지. 그렇지, 월비?"

"……뭐, 나쁘지는 않았습니다."

입술을 삐죽 내민 채 뒤를 따르던 월비가 작은 목소리로 말했다. 아직도 그녀는 구제하라는 사내가 마음에 들지 않았지만, 오늘의 그는 칭찬할 수밖에 없었다.

"오늘은 웬일로 칭찬 일색이네."

이어지는 칭찬들에 기분이 좋은 건지, 웃고 있던 제하가 멈칫했다. 그러고는 저를 바라보며 웃고 있는 아라에게 말했다.

"기특하면 상으로 저랑 차나 한잔 마셔 주시든가요, 전하."

"차 한잔 가지고 되겠어요?"

"호오, 그럼 뭘 더 해 주시려고요?"

"차가 좋겠군요. 아주 비싼 차 한잔 내어 드리겠습니다."

바라는 게 고작 차 한잔이라기에, 아라는 정말 그걸로 괜찮으냐 물었다. 그러나 곧 장난기가 가득 서린 그의 얼굴을 보고는 황급히 차로 마무리 지었다.

뭐, 좋다. 오늘만큼은 너무나도 완벽하게 첫 실전을 끝낸 그를 마음껏 칭찬해 주고 싶었으니까.

"일 다 마무리 짓고 저녁쯤에 희수궁으로 갈게요."

"좋아."

총회가 끝났다고 해서 오늘 하루 일과가 모두 끝난 것은 아니었다. 이제 방으로 돌아가 오늘 다룬 논제들을 다시 정리하고 복습해야만 했다.

"기다리고 있을게."

모든 일이 끝나는 건 저녁쯤이 될 거 같다는 그녀의 말에, 제하는 순순히 희수궁으로 향했다.

"그나저나 결국에는 시간 부족으로 일단 부결됐네."

그를 배웅하고 돌아선 아라에게 무휼이 말했다. 구제하 덕분에 결국 귀족들은 뜻을 이루지 못하고 총회를 마무리 지어야 했다. 그렇다고 완벽한 아라의 승리라고도 할 수 없었다. 한 달 후에 열리는 총회에서 이 문제가 다시 거론될 가능성이 매우 컸기 때문이었다.

"그래도 긴장을 늦춰서는 안 돼. 아직 끝난 게 아니니까. 분명 다음 총회 때 또 말이 나올 거야."

"그래도 생각할 시간을 벌었다는 것만으로도 어디야."

"그건 그렇지."

긍정적인 아라의 말에 무휼은 고개를 끄덕였다. 좋게 생각하면 그렇다. 한 달이라는 시간은 잘만 활용하면 전체를 바꿀 수도 있는 시간이니까.

"아, 전하."

그들이 중앙궁에 들어서기 무섭게 궁녀 하나가 종종걸음으로 달려왔다. 앞에 멈춰 선 그녀가 아라에게 꾸벅 인사를 하더니, 손에 꼭 쥐고 있던 것을 내밀었다.

"월비 아가씨 앞으로 온 서신입니다."

"나? 아라가 아니고?"

궁녀가 고개를 끄덕이자, 월비가 의아해하며 그것을 받아 들었다. 이상했다. 자신 앞으로 온 서신이 왜 집이 아닌 중앙궁으로 왔느냐 말이다. 게다가 서신의 상태를 보아 하니 고급진 종이는 아니었다. 군데군데 빛이 바랬고, 구겨지기까지 한 그것은 섣불리 열 수 없는 분위기를 풍기고 있었다.

"연서 아니야?"

왜 있지 않은가. 궐 안에서 일하는 관료인데 오다가다 월비를 보고는 한눈에 반했다는…….

"연서?!"

아라의 추측에 앞장서 중앙궁에 들어서려던 무휼이 움찔하더니, 재빨리 돌아섰다. 그러더니 월비의 곁에 바짝 붙어 서신을 노려보기 시작한다. 걸리적거린다며 월비가 그를 밀어내려 해도 무휼은 떨어질 생각을 안 했다. 그 모습이 너무나 다정하게만 보여 아라는 흐뭇하게 웃었다.

그래, 둘이 빨리 결혼해. 제발.

"어, 이거……."

무휼의 방해를 물리치며 서신을 꺼내 든 월비의 두 눈이 휘둥그레졌다. 그 곁에서 경계하는 눈빛으로 서신을 응시하던 무휼 역시 표정이 서서히 밝아졌다.

"지금 천유국으로 오고 있대!"

"뭐? 누가?"

애초에 누가 보낸 서신인지부터가 알 수 없었기 때문에 아라는 답답했다. 그럼에도 둘의 표정을 보면 아무래도 반가운 손님께서 오고 계시는 모양이었다. 월비가 아라에게로 다가왔다. 그리고 서신의 일부분을 내밀었다.

월비가 가리키는 곳으로 시선을 내린 아라의 표정이 묘하게 바뀌었다.

편지 끝부분에 적혀 있는 사내의 이름, 월영(月影).

곧 그녀의 입가에도 어렴풋이 미소가 지어졌다.

그리운 인연이었다.

"내 혼례식 때는 오지도 않았으면서."

약간의 투정이 담긴 말투. 그러자 월비에게서 받아 든 서신의 일부를 읽고 있던 무휼이 재빨리 변호에 나섰다.

"네가 혼례를 올렸다는 소식을 뒤늦게 들었나 봐."

"하긴, 너무 갑작스러운 국혼이기는 했지."

"응. 이제야 이야기를 전해 듣고 최대한 빨리 오고 있는 중이래."

잠자코 그들의 말을 듣고 있던 아라가 작게 미소 지었다. 하긴, 스스로 생각해도 너무 급하게 치른 국혼이었다. 하루아침에 그녀의 일상이 바뀌어버렸다.

"그러고 보니까……."

서신을 꼼꼼히 정독하던 무휼이 고개를 들었다. 그러고는 희수궁과 이어져 있는 중앙궁의 문을 힐끔 바라보더니, 고갯짓으로 희수궁을 가리키며 아라에게 짧게 묻는다.

"국서는 알고 있어?"

많은 것이 생략된 물음이었지만, 곧바로 전체 문장을 예상한 아라는 작게 고개를 저었다.

"모를걸."

"말할 거야?"

"아니."

아주 잠깐의 망설임도 없이 그녀가 단호하게 답했다.

"굳이 말해서 뭐해."

그래, 굳이 말해서 뭐하나.

"이미 다 지나간 일인데."

아라의 두 눈빛이 짙어졌다.

〈다음 권에 계속〉